Une union scandaleuse

*

Pour l’amour d’un lord

GEORGINA DEVON

Une union scandaleuse

LES HISTORIQUES

éditions Harlequin

Si vous achetez ce livre privé de tout ou partie de sa couverture, nous vous signalons qu'il est en vente irrégulière. Il est considéré comme «invendu» et l'éditeur comme l'auteur n'ont reçu aucun paiement pour ce livre «détérioré».

Cet ouvrage a été publié en langue anglaise
sous le titre :
SCANDALS

Traduction française de
MARIE-JOSÉ LAMORLETTE

Ce roman a déjà été publié dans la collection
HISTORIQUES N° 122
sous le titre
UN SECRET D'ALCÔVE
en décembre 1998

83-85, boulevard Vincent-Auriol, 75013 PARIS — Tél. : 01 42 16 63 63
Service Lectrices — Tél.: 01 45 82 47 47
ISBN 2-280-09516-5

Prologue

Langston Castle
Kent, Angleterre, 1805

— Aaaah...

Le cri de douleur, perçant, traversa la lourde porte de chêne. Debout dans le corridor noyé d'ombre, Jonathan Gervase Maurice St Simon, marquis de Langston, passa ses longs doigts nerveux dans sa chevelure en désordre. Il avait toutes les peines du monde à se retenir de faire irruption dans cette chambre, où sa jeune femme donnait naissance à leur premier enfant. Si seulement ce martyre pouvait prendre fin ! Si seulement Annabelle n'avait pas à souffrir de la sorte !

A peine s'était-il fait ces réflexions qu'une autre pensée, plus terrible encore, lui traversa l'esprit : et si elle allait mourir ? Il se figea, atterré par cette éventualité.

— Milord...

La voix du médecin, chuchotée, l'arracha à sa prostration.

— Se porte-t-elle bien ? Et l'enfant ?

Il se sentait aussi brisé que s'il avait chevauché son

étalon à bride abattue, sans désemparer, durant les vingt-quatre dernières heures.

— Vous avez un fils, milord. Un beau garçon. Mais votre femme a perdu beaucoup de sang. Elle vous réclame.

La poitrine de Langston se serra douloureusement. Annabelle, sa ravissante jeune épousée d'un an à peine, si vive, si délicieuse... Il l'aimait avec une intensité dont il ne se serait jamais cru capable. Avant de pénétrer dans la chambre, il inspira à fond pour se ressaisir ; il ne voulait surtout pas lui montrer ses craintes.

Dès qu'il franchit la porte, une chaleur d'étuve le prit à la gorge. La pièce était un véritable enfer. On avait tiré les rideaux pour la protéger du pâle soleil d'hiver et Annabelle gisait dans le grand lit à baldaquin, molle comme une poupée de chiffon, un petit paquet blanc blotti contre son flanc.

— Annabelle..., murmura-t-il en s'approchant de la couche.

— Mon amour...

La voix de la jeune mère était faible, très faible. Son mari mesura l'effort qu'elle devait fournir pour parler.

Elle avait toujours eu le teint pâle, mais à présent elle était plus blanche que le drap qui la recouvrait. Sa magnifique chevelure noire s'étalait sur l'oreiller ; ses beaux yeux bleus étaient assombris par la souffrance.

L'oppression de Langston s'accrut. Elle était la lumière de sa vie, l'avait été dès l'instant où il l'avait aperçue pour la première fois au bal chez Almack. Cet instant lui paraissait si lointain, tout à coup !

— Mon amour..., répéta-t-elle, le regard fixe.

Il prit sa main, si pâle et si frêle que les veines bleues se voyaient à travers la peau. Si seulement il pouvait lui communiquer sa propre force...

— Où êtes-vous, aimé ? Je ne vous vois pas, gémit Annabelle d'une voix rauque, à peine audible.

Il porta ses doigts à ses lèvres ; leur froideur le glaça. Avoir un héritier ne valait pas de perdre sa femme, l'amour de sa vie.

— Je suis là, chuchota-t-il. Tout va bien ; vous avez juste besoin de vous reposer.

Les lèvres parcheminées, naguère si fraîches et si rouges, prirent un pli amer.

— Je me meurs..., dit-elle dans un soupir. Je me meurs sans avoir su ce que c'était de vivre.

Langston voulut protester, mais il se retint. A quoi bon ? Cela ne servirait à rien, il le savait aussi bien qu'elle.

— L'enfant...

Annabelle s'interrompit pour reprendre son souffle. Sa poitrine se soulevait dramatiquement. Les yeux rivés sur son visage ravagé, son mari guettait ses paroles.

— Il ne faut rien dire à Langston, reprit-elle d'une voix plus basse encore. Jurez-moi de ne rien lui dire.

Le marquis se figea, choqué. De quoi parlait elle ?

— Je suis là, Annabelle. Près de vous.

A tâtons, elle chercha son bras et le serra de toutes les forces qui lui restaient.

— Chut... Les domestiques ne doivent rien savoir non plus. Ils le préviendraient.

Déconcerté, Jonathan posa la main sur ses doigts glacés. Elle devait délirer.

— Annabelle, calmez-vous, ma chérie. Tout va s'arranger.

Sa voix se brisa sur ces derniers mots. Il mentait et ne le savait que trop. Il ne pouvait plus rien faire pour la femme qu'il aimait, sinon tenter de la tranquilliser.

— Je vous en supplie... Ne lui révélez pas notre secret..., poursuivit la mourante dans un souffle. Je ne supporterais pas... qu'il déshérite... notre fils. Le bébé est innocent.

Le visage de Langston s'était raidi. Les paroles de sa femme commençaient à prendre sens. Un sens abominable.

— Pourquoi répudierait-il cet enfant ? demanda-t-il d'un ton crispé, redoutant de tout son être une réponse qu'il se devait pourtant de connaître.

La tête d'Annabelle s'agita sur l'oreiller. Des gouttes de sueur coulaient sur son front moite ; elle se mordit la lèvre, comme si la douleur la tenaillait de plus belle.

— Il est trop fier... trop arrogant... Il ne tolérerait jamais... d'avoir pour héritier le fils d'un autre homme.

Incapable de la regarder davantage, Langston crispa les paupières. Si seulement il avait pu aussi se fermer les oreilles, pour ne pas entendre les mots doux qui suivirent... Lorsqu'il se décida enfin à rouvrir les yeux, Annabelle s'était renversée, presque inanimée. Près d'elle, le bébé se tortillait, mal à l'aise.

— Mon amour... mon amour chéri..., exhala-t-elle dans un filet de voix. Prenez-moi dans vos bras. Serrez-moi une dernière fois...

Langston contempla fixement ce visage qu'il avait adoré, et dont l'ossature délicate transparaissait sous la peau translucide. Combien il avait aimé cette femme ! Et il tenait encore à elle, en dépit de la cruelle trahison qu'elle venait de lui avouer. En dépit du fait qu'elle le prenait pour un autre.

Ravalant sa souffrance, il se saisit avec précaution du bébé et le déposa dans le berceau tout proche. Puis il s'assit sur le lit et prit son épouse contre lui.

— Vous êtes si chaud..., murmura-t-elle. Et j'ai tellement froid...

Elle claquait des dents. Son mari l'enlaça plus étroitement. Il s'était juré à l'instant de ne plus la questionner, mais le besoin de savoir le domina.

— Pourquoi avez-vous épousé Langston ?

Annabelle battit des paupières. Elle fixa sur lui ses pupilles dilatées par la souffrance.

— A cause... de son rang... et de sa fortune, vous le savez bien... Il sera duc, un jour. Mais c'est votre femme, que j'aurais voulu être. J'aurais tout donné pour être... Mme Huntly.

Un sourire très doux détendit ses lèvres sèches, tandis que les ongles de Langston s'enfonçaient dans ses paumes.

— Ce sont vos parents qui vous ont contrainte à ce mariage, n'est-ce pas ?

Elle hocha faiblement la tête.

— Oui... Mais peu importe, maintenant. Pensez à notre enfant...

L'enfant de Huntly ! C'était pire encore que tout ce qu'il aurait pu imaginer.

Annabelle lui avait volé jusqu'à son fils. Elle ne l'avait jamais aimé. Elle s'était donnée à un autre, un homme pour qui il n'avait que mépris. Il aurait voulu protester, nier sa douleur, mais il se contint une fois encore.

Le plus posément possible, il déclara :

— La fièvre vous fait délirer, ma chère. Nous reparlerons de tout cela quand vous serez remise.

A cet instant, les paupières de la jeune femme se refermèrent et sa tête roula sur le côté. Le bébé se mit à pleurer. Instinctivement, Langston reposa Annabelle sur sa couche pour aller s'occuper de l'enfant. Il devait avoir faim, il fallait appeler la nourrice.

Comme il écartait un coin de la couverture, le nourrisson tourna vers lui des yeux d'un bleu encore indistinct. Son héritier. Ce nouveau-né fruit des entrailles de sa femme — et de ses amours avec un autre.

1.

Londres, 1815

Le marquis de Langston, héritier du duc de Rundell, suivait attentivement la performance de l'actrice qui l'avait conduit au théâtre de Drury Lane ce soir-là.

Aux dires de sa mère Alicia, duchesse de Rundell, cette intrigante s'était mis en tête de causer la perte de son frère cadet, Deverell St Simon. Selon ce dernier, la jeune personne en question était la plus délicieuse des créatures. Et si l'on en croyait la haute société londonienne, il s'agissait à n'en point douter de la prochaine Sarah Siddons, la célèbre actrice.

Pour l'heure, Langston partageait entièrement ces trois opinions.

La lourde chevelure châtaine qui cascadait avec des reflets de bronze doré le long de ce joli dos mince lui donnait des démangeaisons d'envie à l'idée d'y glisser les doigts — chose qui ne lui était pas arrivée depuis des années. Le visage de la comédienne était délicatement modelé, avec des pommettes hautes, un très beau front et une fossette espiègle au menton. Sa bouche pleine était peut-être un peu large pour le goût de l'époque, mais le marquis la trouvait fascinante. C'était une bouche qui appelait les baisers.

De sa loge, il ne pouvait distinguer la couleur de ses yeux. Toutefois, Deverell lui avait assez vanté leur nuance « de miel et de mousse » pour qu'il pût l'imaginer : un vert sombre émaillé de paillettes dorées, probablement. Cette image lui tira un sourire amusé. Ce cher Dev devenait un vrai poète dès qu'il tombait amoureux, ce qui lui arrivait fréquemment.

Rien à redire non plus à la silhouette, poursuivit-il en lui-même tandis que son regard parcourait non sans plaisir les courbes avenantes et les membres gracieux de la jeune femme. Grande, svelte et souple, elle méritait tout à fait le surnom que lui avaient attribué les dandys du beau monde : la « Divine » Davidson. Les dames, elles, se montraient plus réservées dans leur jugement. Et quoi de plus naturel, quand il était manifeste qu'elles n'avaient aucune chance face à ce merveilleux bouquet de charme, de talent et de séduction...

— Eh bien, Jon ? demanda Deverell de sa belle voix chaude. N'est-elle pas superbe ?

Langston jeta une œillade indulgente à son frère assis près de lui. Tout officier de hussards qu'il était, le jeune homme conservait une grâce d'adolescent, avec ses cheveux cendrés, ses yeux noisette et son sourire communicatif. Mais si Dev attirait la sympathie, il était beaucoup trop emporté pour son propre bien ; en revanche, doté d'une excellente nature, il était incapable de garder rancœur à qui que ce fût plus de quinze jours.

— Elle est même assez exceptionnelle, je te l'accorde, répondit son aîné avec une feinte légèreté. Aurais-tu l'intention d'en faire ta prochaine maîtresse ?

La question était tout sauf anodine. Dev nourrissait

une faiblesse bien connue pour les femmes séduisantes et talentueuses — ce que celle-ci était plus que de raison. Le problème était de savoir jusqu'où il comptait aller.

Une lueur intrépide s'alluma dans les prunelles de l'intéressé.

— J'ai l'intention d'en faire bien plus que cela.

Langston retint son souffle. Ainsi, leur mère avait raison. C'était elle qui l'avait dépêché au théâtre ce soir-là, afin d'en apprendre un peu plus sur les projets de son frère. La duchesse était dans les transes, car elle redoutait le pire. Un fils de duc ne pouvait épouser une actrice, c'était impensable.

S'efforçant de garder un ton neutre, le marquis insista :

— Oh ! Et peut-on savoir ce que tu envisages ?

Deverell s'empourpra, furieux.

— Espèce d'hypocrite ! Mère t'a parlé, ne prétends pas le contraire.

— Mère me parle à tout propos, Dev, répliqua son frère avec une pointe d'humour. Sois plus précis, je t'en prie.

La rougeur du jeune homme s'accentua ; il pinça les lèvres.

— Ne joue pas les innocents, Jon. Je t'ai observé assez souvent à la Chambre des communes pour connaître ton habileté et ne pas te sous-estimer. Tu sais parfaitement que mère verrait d'un très mauvais œil que j'offre le mariage à Sam.

— Sam ?

Jonathan haussa un sourcil noir, surpris par ce diminutif qui semblait bien masculin pour une personne aussi féminine. Puis il marqua son exaspération d'un mouvement de tête.

— C'est donc la vérité, tu comptes demander à cette actrice de t'épouser ! Moi qui assurais à notre mère qu'elle se trompait, que tu n'aurais jamais la sottise d'accéder aux vœux d'une chasseuse de fortune !

— Sam n'est pas une femme intéressée.

Deverell avait haussé le ton, si bien que les trois dames qui partageaient fortuitement leur loge tournèrent les yeux de leur côté. Langston, qui ne tenait pas à ébruiter l'affaire, leur adressa son sourire le plus éclatant. Un sourire qui dévoilait des dents parfaites, et d'un charme tel qu'il avait déjà fait s'emballer plus d'un cœur.

— J'espère que vous appréciez la pièce, mesdames ?

Ses victimes, troublées, s'empressèrent d'agiter leur éventail et de se replonger dans la contemplation de la scène. Mais il était manifeste, aux œillades furtives qu'elles ne pouvaient s'empêcher de lancer vers les deux fils du duc de Rundell, que ces célibataires de choix les passionnaient bien davantage.

Le marquis, l'air sombre, murmura d'un ton ferme à son frère :

— Un peu de tenue, je t'en prie. Si tu continues à t'afficher de la sorte, tout Londres sera au fait de tes intentions dès demain.

Le bouillant capitaine serra les poings sur son pantalon noir.

— En quoi cela devrait-il me gêner ? Qu'elles papotent autant qu'elles le voudront. Je n'ai aucune raison d'avoir honte de mes actes.

Il leva le menton d'un air de défi.

— Ne sois pas stupide, Dev. Prends cette fille pour maîtresse si cela te chante — après tout c'est chose courante — mais ne cause pas ta perte en l'épousant.

Deverell se redressa sur sa chaise.

— Jamais je n'insulterai Sam en lui offrant une relation indigne d'elle. C'est une grande dame, qui mérite une union devant Dieu. Dans l'amour et le respect.

Son frère plissa les lèvres avec dégoût.

— Sincèrement, Dev, tu me sembles fort mal placé pour prêcher ce genre de morale. Tu as eu plus de maîtresses que bien des hommes n'ont eu de chevaux. Et celle que tu veux épouser accorde sans nul doute ses faveurs à de riches gentilshommes qui n'ont pas jugé utile, eux, de la conduire à l'autel pour les obtenir.

Des applaudissements crépitèrent. L'attention du marquis se reporta sur la scène, où Samantha Davidson obtenait un triomphe dans le rôle de lady Macbeth. Elle éclipsait presque le fameux acteur Edmund Kean, qui était son partenaire. Cela dit, que possédait donc cette femme pour subjuguer à ce point un joli cœur tel que Deverell ? Jusque-là, le jeune homme s'était toujours contenté de liaisons purement charnelles, sans éprouver le besoin d'offrir la respectabilité à ses conquêtes.

Certes, la « Divine » Davidson était d'une grâce et d'une beauté peu ordinaires. Mais son plus grand charme venait peut-être de sa voix, une voix chaude et grave, un peu voilée, qui agissait sur les sens comme le plus brûlant des alcools. Ce timbre particulier l'auréolait d'un mystère qui donnait certainement envie d'en apprendre davantage sur elle.

Langston grimaça. Voilà qu'il se mettait à bêtifier, lui aussi. Pourtant il n'était pas amoureux. Et Dev avait beau dire, il était convaincu que l'actrice, comme toute autre femme, était prête à se livrer au plus offrant. Un titre certainement remporté haut la main par son frère, avec ses idées saugrenues de mariage. Et qui rendait d'autant plus urgente l'intervention d'un aîné plein d'expérience et de raison.

Il se fit plus conciliant.

— Je te le répète, Dev, ton amie est fascinante. Il n'en reste pas moins que tu n'as pas lieu de perdre la tête dans le seul but de profiter de son lit.

Deverell, ulcéré, bondit sur ses pieds — renversant sa chaise au passage. Il domina son frère de sa haute taille.

— Ton cynisme et ton étroitesse d'esprit me révulsent, Jonathan. Depuis qu'Annabelle t'a cocufié, tu mets toutes les femmes dans le même panier. Je suis au regret de t'informer que tu te trompes lourdement, et que Sam n'est pas une intrigante !

La colère raidit les épaules de Langston, mais il s'obligea à rester calme.

— Si tu ne te laissais pas abuser par tes sens, mon cher, tu reconnaîtrais aisément que j'ai raison. Les femmes sont toutes en quête du meilleur parti possible, qu'elles cherchent à se marier ou à se faire entretenir. En cela, ton actrice n'est pas différente d'Annabelle.

Aussi rapidement qu'il s'était emporté, Deverell céda à la tristesse.

— J'ai de la peine pour toi, Jon. Je crains que la trahison de ta femme ne te prive à jamais du bonheur d'aimer et d'être aimé.

Cette compassion inattendue ne fit qu'accentuer l'amertume du marquis.

— Mon histoire personnelle n'a rien à voir là-dedans. J'essaie simplement de t'ouvrir les yeux et de t'éviter une erreur monumentale.

Le jeune officier reprit son air hautain.

— Pense ce que tu voudras, mon opinion est faite.

Sam mérite tous les sacrifices, et je suis prêt à les faire pour elle.

Là-dessus, il tourna les talons et quitta la loge avec raideur.

Resté seul, Jonathan s'efforça de se détendre. Les paroles de Deverell avaient ravivé des souvenirs douloureux, mais il refusa de s'y abandonner. Son bref mariage lui avait donné une leçon qu'il n'était pas près d'oublier. Jamais, au grand jamais, il ne referait l'erreur de céder à la passion et d'accorder sa confiance à une femme ; elles étaient bien trop calculatrices pour cela.

Malheureusement, son frère était sur le point de tomber dans le même travers. S'il se laissait abuser par cette actrice, le scandale qui en résulterait allait ravager leurs parents, sans parler du préjudice social qu'il causerait à Deverell lui-même. Le premier mouvement d'envie passé, il était certain que toutes ses relations se gausseraient de lui et lui tourneraient le dos, y compris ses camarades de régiment qui n'étaient pourtant pas spécialement à cheval sur l'étiquette.

Le duc de Rundell, leur père, était le plus haut fleuron de la noblesse anglaise. Des aristocrates d'un rang moins élevé pouvaient à la rigueur se permettre une telle mésalliance, mais un Rundell, jamais. En outre, Deverell n'était qu'un fils cadet qui n'hériterait ni du rang, ni des biens de sa famille. Quand cette actrice se verrait privée de la fortune et de la position qu'elle espérait bien à tort acquérir par ce mariage, son amertume et son mépris accroîtraient encore le malheur de son époux.

Il fallait empêcher cette union par tous les moyens. Même si son frère était beaucoup plus mordu qu'il ne l'avait cru au départ. Même si depuis quinze jours il passait toutes ses soirées au théâtre et ne rentrait qu'à l'aube, vraisemblablement après de folles nuits dans les bras de la belle Samantha.

Des mesures draconiennes s'imposaient. Mesures qui paraissaient d'autant plus urgentes à Jonathan maintenant qu'il avait vu de ses propres yeux la créature qui tenait Deverell sous son charme. Il s'agissait vraiment d'une femme hors du commun. Une femme que n'importe quel homme rêverait de posséder, conclut-il amèrement — alors qu'il étudiait entre ses paupières plissées la comédienne dont la voix de velours lui donnait le frisson.

Soudain, une solution lui vint à l'esprit. Si son frère se montrait intraitable, pourquoi ne pas la persuader, elle, de renoncer à lui ? Connaissant la moralité des actrices, il ne serait sans doute pas très difficile d'obtenir son consentement contre des espèces sonnantes et trébuchantes.

— Bonsoir, Langston. Puis-je vous tenir compagnie ?

La voix grave de son meilleur ami, lord Andrew Ravensford, l'arracha à ses réflexions.

— Volontiers, mon cher. Faites.

Le séduisant Andrew, grand et bel homme à l'élégance raffinée, ne laissait aucune femme insensible. Avec ses cheveux d'un roux foncé, son teint bistre et ses yeux verts pétillants d'intelligence, il possédait une prestance et une distinction rarement égalées.

Les deux hommes se fréquentaient de longue date. Leur amitié s'appuyait en outre sur le partage des mêmes idéaux politiques, Ravensford siégeant à la Chambre des lords tandis que Jonathan, qui n'était pour l'instant que marquis, devait se contenter des Communes en attendant de devenir à son tour duc et pair d'Angleterre. Cela étant, tout le monde les considérait comme les deux étoiles montantes des *whigs*, le parti libéral qui s'opposait aux *tories*, les conservateurs, dans l'enceinte du Parlement.

L'arrivant redressa la chaise renversée par Deverell lors de sa sortie intempestive et s'assit.

— Savez-vous que Huntly envisage de se présenter contre vous aux élections de votre circonscription? demanda-t-il tout de go.

— Sacré bon sang! jura Langston à mi-voix. Cet homme est un vrai cancrelat.

« Et le père de l'enfant que m'a laissé ma femme », ajouta-t-il en lui-même, avant de repousser cette douloureuse pensée.

— Cette fois, il risque fort de passer en achetant des voix, renchérit Ravensford avec dégoût. C'est un individu dangereux.

Langston lâcha un grognement de dépit. La nouvelle lui fit oublier un moment le problème posé par son frère.

— Je ne puis souffrir les conservateurs de son espèce, qui veulent à tout prix sauvegarder l'influence du roi sur le Parlement. Cette conduite est odieuse, sachant que George III est fou et le régent irresponsable.

— En effet. Sans parler de leur opposition fanatique à la loi sur l'Assistance publique que vous essayez de faire adopter par les Communes. Huntly ne sera pas du genre à défendre les indigents, s'il obtient votre siège.

— Cette perspective n'est guère réjouissante, grommela le marquis. Je vais devoir faire campagne avec une énergie redoublée.

Une lueur de malice s'alluma dans les yeux verts de son ami.

— Dommage que la duchesse de Devonshire nous ait quittés, glissa-t-il pour alléger l'atmosphère. Sinon, vous auriez pu lui demander de distribuer des baisers comme elle l'a fait pour soutenir la candidature de Fox autrefois.

Langston se mit à rire.

— De toute façon, je pense que sa beauté serait quelque peu ternie, aujourd'hui. Il me faudrait trouver un diamant d'une eau sensiblement plus fraîche, si je voulais gagner des voix de cette manière.

— A mon avis, vous n'auriez pas à chercher très loin.

Le ton crispé de son compagnon attira l'attention de Jonathan. Quand il vit qu'Andrew fixait avec une expression troublée la belle Samantha Davidson, son estomac se noua. Juste ciel ! Si un homme de l'expérience de Ravensford se laissait gagner aussi par le charme de cette femme, quel espoir restait-il de sauver Dev ?

Sans parler de lui-même. Il avait beau lutter contre ce sentiment déplacé, il devait bien reconnaître que l'attitude de son ami l'agaçait au plus haut point. Ravensford pouvait se payer toutes les demi-mondaines qu'il voulait. Et si Mme Davidson appartenait sans nul doute à cette catégorie, le fringant député ne pouvait-il jeter son dévolu sur une autre qu'elle ?

— Elle est très certainement aussi chère qu'Harriette Wilson, ne put-il s'empêcher de lâcher, sarcastique.

Aussitôt, il regretta ce trait. Aucune femme, quelle qu'elle soit, ne viendrait jamais s'interposer entre un ami et lui ; il se l'était juré. Mais Ravensford avait détecté l'acidité de sa remarque.

— Chère ou pas, vous pourriez vous la payer, Langston. Néanmoins, comme vous êtes pratiquement fiancé à Cynthia, je sais que vous ne vous abaisserez pas à prendre une maîtresse maintenant.

— L'honneur ! railla Jonathan avec un petit sourire ironique. C'est un luxe bien embarrassant, quelquefois.

— A qui le dites-vous ! déclara Andrew en se levant. J'aperçois justement ma sœur qui m'adresse des signes désespérés. Elle se noie au milieu de ses soupirants, une fois de plus...

Il poussa un soupir résigné, adressa un grand sourire à son ami et quitta la loge. Langston se tourna de nouveau vers la scène, où Samantha Davidson était en train de saluer son public avec une grâce confondante.

La crispation reparut aussitôt entre ses épaules. Le pire, dans cette situation déjà pour le moins incommode, était que cette femme l'avait irrésistiblement attiré dès le premier instant où il avait posé les yeux sur elle. Une faiblesse qu'il ne pouvait tolérer, et qu'il était bien décidé à tuer dans l'œuf.

Samantha exécuta une dernière révérence tandis que le rideau tombait. L'euphorie qu'elle éprouvait toujours après un triomphe comme celui de ce soir ne tarda pas à retomber aussi, remplacée par une intense fatigue. Elle n'avait qu'un désir : rentrer chez elle, retrouver sa fille. Sans Amalie, tout ceci n'aurait pas de raison d'être.

— Quel succès, ma chère ! lui susurra avec un brin d'aigreur Timothy Jones, l'un de ses partenaires.

— Nous avons tous notre part dans ces acclamations, répondit posément la jeune femme. La troupe au complet mérite d'être applaudie pour son travail.

Toutefois, si elle tenait à tempérer la jalousie de son

confrère, elle savait bien que le public venait surtout pour Edmund Kean et elle-même. Londres voyait en elle la remplaçante de l'immense tragédienne Sarah Siddons, qui s'était retirée trois ans plus tôt. La comparaison ne lui déplaisait certes pas, mais la gloire n'était pas son objectif principal ; ce qui comptait surtout à ses yeux, c'était la sécurité matérielle que cette notoriété lui apportait... pour l'instant.

Sam ne nourrissait aucune illusion à ce sujet. Le public londonien était fort versatile. Coqueluche de la haute société aujourd'hui, elle pouvait se retrouver plus bas que terre un mois plus tard.

Son succès, elle ne l'ignorait pas non plus, était dû pour une large part à l'admiration que lui vouaient les hommes. Cet aspect de sa carrière était loin de l'enchanter, mais elle devait bien l'accepter. Et aller retrouver comme chaque soir, pour une heure ou deux de badinage poli, tous ces beaux messieurs qui l'attendaient au foyer du théâtre.

Elle décida de s'y rendre sur-le-champ, même si elle se sentait moite et sale dans la longue tunique blanche à taille haute qu'elle avait portée durant le dernier acte. Autant se débarrasser tout de suite de cette corvée.

Les dandys jeunes ou mûrissants qui se pressaient dans la salle confinée n'étaient pas là pour la congratuler sur ses talents de comédienne, c'était clair. Mais peu lui importait, à partir du moment où elle-même connaissait la qualité de son travail et pouvait à juste titre en être fière. Les devoirs liés à sa célébrité ne constituaient qu'une obligation comme une autre et, tout compte fait, un prix bien mince à payer pour l'indépendance financière qu'elle en retirait en échange. La possibilité d'élever sa petite fille grâce à son métier, et à lui seul, valait bien quelques sourires et quelques amabilités — fussent-ils forcés.

A peine entrée dans la pièce, elle s'arrêta près d'un vase de roses rouges. Des roses de Damas, ses préférées. Elle cueillit une fleur et la glissa dans le ruban qui retenait ses cheveux. Cette habitude était devenue sa « marque » aux yeux de ses admirateurs, une touche d'originalité qu'ils prenaient pour de l'affectation et qui les enchantait. Pour Sam, il ne s'agissait que d'une minuscule oasis de calme et de beauté, un réconfort dont elle avait grand besoin avant d'affronter un univers d'intrigues, de cruauté et de faux-semblants. Le parfum suave et capiteux qui s'exhalait des pétales ne manquait jamais d'atténuer sa fatigue et sa tension.

Le secours de sa rose lui fut plus utile que jamais lorsqu'un vieux débauché la prit d'assaut et lui assena coup sur coup plusieurs plaisanteries graveleuses. Elle réussit à s'esquiver en murmurant une excuse, mais un autre de ses soupirants ne tarda pas à l'arrêter d'une main posée sur son bras nu.

— Dites donc, madame Davidson... Voulez-vous souper avec moi ?

Sam commença par le rappeler à l'ordre d'un regard appuyé. Lorsqu'il eut enfin retiré ses doigts, penaud, elle compensa sa sévérité par un sourire.

— Je vous remercie, lord Drake, mais j'ai déjà un engagement.

Le gentilhomme afficha une moue déçue.

— Une autre fois, alors ?

— Peut-être, lança la jeune femme d'un ton faussement frivole.

A peine avait-elle tourné les talons que deux nouveaux admirateurs lui barrèrent le chemin. L'un d'eux était l'honorable David Huntly. Grand, mince et très élégant, à son habitude, il coiffait ses cheveux châtains à la Brutus. Ses lèvres fines esquissèrent un sourire, tandis qu'il dévorait la jeune femme de ses yeux bleu pâle.

— Madame Davidson...

Par pur réflexe, Sam recula d'un pas — ce qui n'empêcha pas Huntly de s'emparer de la main qu'elle ne lui offrait pas pour la porter à ses lèvres. Un frisson grimpa le long de son bras, tandis que ses cheveux se hérissaient sur sa nuque.

— Puis-je espérer que vous avez reconsidéré votre position ? s'enquit le politicien d'une voix douce et chaude qui contrastait étrangement avec l'éclat glacé de ses prunelles.

Le dégoût de la jeune femme s'intensifia. Huntly l'importunait depuis des semaines pour faire d'elle sa maîtresse, une idée qui lui inspirait la plus vive répulsion. Elle dut se forcer à le regarder en face.

— Ma réponse n'a pas changé, et elle ne changera pas, monsieur.

Le sourire de Huntly se durcit, au point que Sam, l'espace d'un instant, se demanda s'il n'allait pas la violenter. Puis il se ressaisit et redevint mondain et affable... en apparence, car il prenait visiblement un malin plaisir au fait que son ami et lui coupaient toute esquive possible à la belle actrice.

La jeune femme se résigna à prendre son mal en patience — et à endurer jusqu'à la fin de la soirée une migraine qui s'amplifiait de seconde en seconde. Elle accepta de la main de Huntly une flûte de champagne qu'elle ne pouvait décemment refuser, tandis que leur compagnon s'efforçait de la distraire en accumulant les anecdotes insipides. Pendant ce temps, plus provocateur que jamais, son persécuteur ne cessait de la détailler sans vergogne des pieds à la tête. En proie à une tension de plus en plus vive, Samantha n'avait aucune peine à lui décocher des œillades glaciales.

Elle était à bout. Si seulement les hommes acceptaient de la considérer autrement que comme un objet de lucre, disponible pour le plus offrant ! Et Huntly était le pire de tous ; il la voulait dans son lit, point final. D'estime, d'affection, de tendresse, il n'était nullement question avec lui. D'amour, encore moins. Et imaginer une relation qui puisse durer une vie entière était une idée à ranger au magasin des chimères.

Samantha ne voulait rien avoir à faire avec ce genre d'homme. Non seulement elle désirait trouver un père pour Amalie et un mari pour elle-même, mais elle souhaitait de surcroît aimer son époux et être aimée de lui. Un soupir discret lui échappa. Il n'était pas interdit de rêver... à condition de ne pas prendre ses rêves pour la réalité. Car elle savait qu'elle avait fort peu de chances, sinon aucune, de voir un prétendant selon son cœur lui proposer de l'épouser.

Un demi-sourire se peignit sur ses lèvres. Quelqu'un l'avait demandée en mariage, pourtant. Un jeune homme délicieux, du meilleur monde, et dont la compagnie lui était agréable. Sans doute était-elle folle de le repousser. Mais elle n'avait pas le cœur de le précipiter dans une union qui serait désastreuse pour lui, socialement parlant, alors qu'elle ne l'aimait pas d'amour.

— Je crois, mon cher, que Mme Davidson nous trouve ennuyeux à mourir.

La voix faussement suave de Huntly s'insinua dans les pensées de Samantha. Cette situation lui parut intenable, tout à coup ; elle décida qu'il était grand temps pour elle de s'excuser et de quitter la soirée.

A cet instant, il lui sembla percevoir un changement

parmi les personnes présentes. Intriguée, elle tourna la tête pour regarder derrière elle — et se figea dans cette position malcommode, le souffle coupé. Un inconnu venait d'entrer. Et non seulement c'était le plus bel homme qu'il lui avait été donné de voir jusqu'alors, mais il s'avançait droit sur elle en la contemplant fixement.

La gorge nouée, la jeune femme dut faire un effort pour se remettre à respirer normalement. Il était vraiment superbe. Très grand, doté d'une prestance imposante, il possédait des épaules larges, une taille bien prise et des hanches minces. Ses cheveux d'un blond foncé, coiffés en arrière, dégageaient un front altier. Son nez était droit, ses yeux sombres assez enfoncés brillaient du même éclat implacable que ceux d'un rapace cherchant à hypnotiser sa proie.

Sam s'immobilisa, fascinée. Comme malgré elle, elle abaissa son regard vers la bouche de l'arrivant... et son trouble s'accrut. Il avait des lèvres fermes, généreuses, bien dessinées, dont la sensualité évidente démentait la froideur de son expression. Immédiatement, la jeune femme se prit à imaginer leur caresse sur sa peau — une réaction tellement imprévue pour elle et si déplacée qu'elle se gourmanda aussitôt.

Que lui arrivait-il ? Perdait-elle la raison ? Ce n'était pas la première fois qu'un homme séduisant la dévisageait avec une telle insistance. Toutefois, tandis qu'il continuait à progresser vers elle, elle ne put s'empêcher de penser que cet homme-là devait être un terrible adversaire pour ses ennemis... mais aussi un amant hors pair. Cette pensée poudra ses pommettes d'une rougeur diffuse.

Il était tout près, à présent, si près qu'elle pouvait distinguer les longs cils noirs qui offraient un contraste étonnant avec l'or bruni de sa chevelure. Ses prunelles fauves la tenaient captive.

Il s'inclina brièvement devant elle, puis esquissa un demi-sourire.

— Madame Davidson, déclara-t-il d'une voix grave, aussi captivante que le reste de sa personne. Je suis ravi d'avoir enfin le plaisir de vous rencontrer. En fait, j'ai déjà l'impression de vous connaître.

Une étrange oppression pesa soudain sur Samantha. Pourquoi cette lueur à la fois ironique et méprisante dans ses yeux ? Il semblait la détester. Cette acrimonie, *a priori* incompréhensible, lui donna la chair de poule. Toutes les bonnes dispositions qu'elle avait pu nourrir à son sujet s'évaporèrent en un instant.

— Je n'ai pas l'avantage de pouvoir en dire autant, monsieur, rétorqua-t-elle fraîchement.

Le sourire de son interlocuteur se fit sardonique.

— Permettez-moi de me présenter : Jonathan St Simon, marquis de Langston. Le frère aîné de Deverell.

C'était donc cela ! Brusquement, la jeune femme vit aussi clair que s'il venait d'allumer une bougie dans une pièce obscure. Cet homme énigmatique était là pour défendre les intérêts de sa famille et pour la mettre en garde. Nul doute qu'il la prenait pour une intrigante à l'affût d'un beau parti, comme tous ceux qui se pressaient autour d'elle. Quand cesserait-elle de se faire des illusions ? S'efforçant d'occulter son amertume, elle décida de couper court à l'entretien que Langston désirait visiblement. Elle était épuisée et n'avait qu'une envie : rentrer chez elle.

— Quelle délicieuse surprise..., murmura-t-elle avant de lui tourner le dos, au mépris de la politesse la plus élémentaire.

Huntly ricana.

— Eh bien, Langston ! Auriez-vous trouvé à qui parler, pour une fois ?

Il s'attira un sourire plein de dédain.

— Je vois que vous n'avez pas changé depuis Eton, Huntly.

L'intéressé s'empourpra violemment.

— Vous non plus, mon cher. Toujours aussi arrogant. Pour votre gouverne, apprenez que ni votre rang ni votre fortune ne sont en mesure d'influencer notre amie. Le régent lui-même s'y est essayé en vain.

Langston haussa un sourcil.

— Qu'ai-je à voir avec le prince de Galles ?

Samantha bouillait intérieurement. Ces hommes avaient le front de parler d'elle comme si elle n'était pas là. Ils se comportaient comme de jeunes garçons se disputant un jouet. Exaspérée, elle décida de les abandonner à leur querelle et d'en profiter pour s'éclipser. Mais à l'instant où elle atteignait la porte, une main ferme s'abattit sur son bras. Un frisson lui courut le long du dos.

Langston. Dieu du ciel... Par quel prodige cet aristocrate hautain et méprisant réussissait-il encore à la troubler de la sorte ? Alors qu'elle secouait légèrement la tête pour s'éclaircir les idées, la rose glissée dans ses cheveux menaça de tomber. Le marquis, plus prompt qu'elle, s'en empara et la porta à ses narines pour en inhaler le parfum capiteux.

— Cette coquetterie vous sied à ravir, madame, murmura-t-il en remettant la fleur en place sans lui en demander la permission, d'un geste outrageusement cavalier.

Le pouls de Samantha s'emballa. Oppressée, elle chercha à s'écarter et recula d'un pas, mais la porte l'arrêta. De l'air le plus altier qu'elle put, compte tenu de son état, elle lança avec un petit sourire crispé :

— Je me doute que vous souhaitez me parler, milord, et que cet entretien est certainement très important à vos yeux, mais je n'ai aucune envie de vous écouter.

Jonathan plissa les paupières.

— Vos envies m'importent peu, madame Davidson. Que vous le vouliez ou non, vous allez entendre ce que j'ai à vous dire. Jusqu'au bout.

Les mâchoires crispées, la bouche implacable, Langston incarnait l'autorité. Il avait l'habitude d'être obéi, c'était évident. Mais Samantha refusa d'entrer dans son jeu, avec d'autant plus de vigueur qu'elle supportait très mal d'être aussi sensible à son charme vénéneux. Il était hors de question qu'elle plie devant un homme qui minait ainsi ses défenses.

Haussant les épaules, elle fit un pas de côté.

— Il n'y a rien à discuter.

Les doigts fermes remontèrent le long de son bras.

— Méfiez-vous, ma chère. Je n'apprécie guère d'être contré.

La jeune femme se raidit sous l'offense.

— Et moi, monsieur, je n'apprécie pas d'être retenue contre mon gré. Lâchez-moi sur-le-champ ou je crie.

— Criez donc, je vous en prie.

Déconcertée, Sam ne sut plus que faire ni que dire. Langston mit aussitôt sa confusion à profit pour l'entraîner hors de la pièce.

Lorsqu'ils se retrouvèrent dans le corridor désert, à peine éclairé, le pouls de la comédienne s'emballa de plus belle. Son cœur battait si fort qu'elle craignait de défaillir. Elle ne redoutait pas réellement que Langston la malmène, mais l'effet qu'il produisait sur elle la terrifiait... tout en la troublant étrangement.

Elle releva son joli menton, décidée à le défier.

— Avez-vous toujours recours à la force, pour obtenir ce que vous voulez ?

Les yeux sombres brillèrent dans la pénombre.

— J'utilise les moyens qui sont à ma disposition.

Samantha comprit qu'il ne servirait à rien d'essayer de le fuir. Mieux valait l'affronter carrément. Après tout, cette situation n'avait pas de quoi la surprendre ; dans une famille aussi en vue que celle du duc de Rundell, il était évident que quelqu'un devait s'élever contre le mariage du plus jeune fils avec une actrice. La seule chose qu'elle regrettait, c'était que l'émissaire choisi ne fût pas moins viril et moins séduisant.

Ils s'arrêtèrent sous la seule chandelle qui vacillait dans la semi-obscurité. La jeune femme demeurait partagée entre la colère et une sorte d'étrange plaisir, mêlé d'impatience. En fait, elle n'avait pas ressenti cette espèce de tension en présence d'un homme depuis l'âge de seize ans. Et encore... Ce n'était pas aussi fort alors. L'aventure était piquante. A la fois dangereuse et délicieusement tentante.

Langston la relâcha enfin et s'écarta.

— Madame Davidson, je suis certain que vous connaissez d'ores et déjà la teneur de mon avertissement : en aucun cas, je ne vous laisserai réduire mon frère à votre merci en le conduisant à vous épouser.

Sam avait beau s'attendre à cette accusation, elle lui causa un choc douloureux. Passer pour une intrigante, pour une femme calculatrice et intéressée, l'opposé de sa nature, lui faisait toujours aussi mal. Sa fureur redoubla, attisée par l'attitude hautaine et méprisante du marquis ; il était clair qu'il s'était déjà forgé une opinion à son sujet et n'en changerait pas, quoi qu'elle pût dire ou faire. Qu'à cela ne tienne. Elle ne s'épuiserait pas en vaines protestations. Elle opta à son tour pour le sarcasme.

— Seriez-vous le tuteur de votre frère, milord? C'est curieux, je ne vous voyais pas dans ce rôle.

Il se crispa visiblement, ce qui causa quelque satisfaction à son adversaire.

— Je ne pense pas que vous mesuriez les risques que vous encourez par cette attitude, ma chère. Face à moi et aux moyens dont je dispose, vous n'êtes rien.

Le trait porta, mais Samantha conserva un calme olympien. En apparence.

— Oh! En serions-nous déjà aux menaces?

Langston se pencha vers elle, les poings serrés. Un parfum éminemment masculin taquina les narines de la jeune femme.

— Pourquoi pas? Je suis prêt à tout pour empêcher Deverell de courir à sa perte en vous épousant.

L'insulte était grave, et si cruelle que Sam en pâlit. Mais quoi? Dans ce milieu mondain, plein d'hypocrisie et de préjugés, une actrice ne pouvait être qu'une femme entretenue; en aucun cas l'épouse d'un homme « convenable ».

— Et si je vous disais que je n'ai jamais eu l'intention d'épouser votre frère?

Jonathan la parcourut d'un regard cynique.

— Seriez-vous en quête d'une proie plus juteuse? Je suis au regret de vous décevoir, mais nul autre gentilhomme ne se montrera aussi fou que Deverell, vous pouvez m'en croire. D'ailleurs, madame, je vous juge assez intelligente pour le savoir. Vous ne me dupez pas. Je suis convaincu que vous êtes toute prête à accepter une offre aussi alléchante.

Sam ravala sa colère et son amertume ; il était inutile de vouloir battre cet homme intraitable sur ce terrain, elle le savait bien.

— Contrairement à ce que vous semblez penser, milord, les gens ne sont pas tous cupides, riposta-t-elle doucement. Peut-être n'avez-vous jamais eu l'occasion de vous en rendre compte.

Il pinça les lèvres.

— Gardez vos leçons de morale, je vous en prie. Nous savons tous les deux que le métier d'actrice n'est qu'une façade pour d'autres activités plus... lucratives.

Cette fois, Samantha faillit le gifler. Elle serra les poings pour se retenir, mais sa réponse fut cinglante :

— Dans ce cas, je plains sincèrement votre frère de ne pas avoir trouvé meilleur parti que moi dans votre monde. A moins que la différence ne soit pas si grande, à la vérité ?

Les mâchoires de Langston se serrèrent dangereusement.

— Cessons cela et dites-moi combien vous voulez.

La jeune femme ne put réprimer un haut-le-corps. Quand elle pensait qu'il ne pourrait pousser plus loin l'ignominie, il réussissait encore à la surprendre. Son sang furieux martelait à ses oreilles.

— Je doute que votre fortune soit suffisante, milord.

— C'est ce que nous allons voir.

Samantha en avait assez entendu. Avant qu'il ait pu lui faire la plus infâmante des propositions, elle tourna les talons et s'éloigna à vive allure. Jamais, au grand jamais, elle ne permettrait au marquis de Langston d'acheter son honneur — et sa liberté.

2.

Langston suivit des yeux la femme qui le fuyait. Il n'y pouvait rien : l'ondulation de ses hanches, l'élégance de son dos mince et de son long cou gracieux le charmaient, bien malgré lui. Cette superbe créature possédait la beauté capiteuse de la rose qui lui servait d'emblème. S'il se félicitait d'une chose, c'était que Samantha Davidson ne pût en aucun cas convenir à Deverell. Convoiter l'épouse de son frère eût fait de sa vie un enfer.

D'un pas nonchalant, il regagna le foyer pour y prendre son haut-de-forme en castor et sa canne à pommeau d'or. Puis il enfila son long manteau à bavolet pour se protéger du froid et sortit dans la nuit d'hiver.

Dans l'air glacé, la lune paraissait frangée d'argent. Une forte odeur de suie imprégnait l'atmosphère.

— Jon !

La voix de son frère le fit se retourner. Placide, il laissa à Deverell le temps de le rattraper.

— Que faisais-tu, tapi dans le noir ? Guettais-tu la sortie de ta bien-aimée ?

— Peut-être.

Le jeune officier rougit, puis son regard noisette se fit soupçonneux.

— Et toi ? Je ne m'attendais certes pas à te voir sortir de cet endroit. Envisagerais-tu de prendre une maîtresse avant de te lier pour la vie à Cynthia ?

L'aile de la culpabilité frôla Langston, mais il se ressaisit très vite. Non seulement il n'était pas encore fiancé à la fille du duc de Sandring, mais il ne s'était strictement rien passé avec Samantha Davidson.

— Courir le guilledou ne m'intéresse pas, Dev. Je te laisse cette spécialité, rétorqua-t-il en se remettant à marcher d'un pas vif.

Son frère eut un petit rire tendu, dans lequel perçait sa méfiance.

— Oh ! Dans ce cas pourquoi t'être attardé au foyer, parmi toutes ces actrices ? Tu as dû t'y sentir fort mal à l'aise.

Le marquis lui décocha une œillade irritée.

— En effet. Mais il arrive que les obligations familiales nous imposent certaines corvées.

Deverell se figea sur place.

— J'aurais dû m'en douter ! Tu es allé parler à Sam.

Langston continua son chemin sans répondre. Il entendit le jeune homme courir pour revenir à sa hauteur. Peu après, la main de son frère se ferma sur son manteau et l'obligea à s'arrêter. Sa patience, proverbiale, commençait à s'amenuiser dangereusement.

— Bonté divine, Dev ! Il fait un froid de canard. Nous parlerons à la maison.

— Sûrement pas !

Posément, Jonathan obligea son frère à le lâcher.

— Alors, tu n'as qu'à rester dehors et ronchonner tout seul si cela te chante. Pour ma part, je ne ferai pas le planton par un temps pareil, fût-ce pour tes beaux yeux.

De la neige fondue commençait à tomber. Elle brillait sur le rebord de leur chapeau et le lainage de leur manteau. Deverell céda.

— A ta guise, mon cher.

Ignorant le ton boudeur de son cadet, le marquis se remit en route sans se soucier d'être suivi ou non. Dev ne tarda pas à le rejoindre.

— Qu'as-tu dit à Samantha ? reprit-il d'un ton crispé par la colère.

Langston ne se donna pas la peine de regarder son frère. Il connaissait pertinemment l'expression de petit garçon capricieux qu'il devait arborer en cet instant. Deverell s'était toujours rebiffé contre l'autorité, d'où qu'elle vienne. Il ne tolérait pas les contraintes, et avait failli mal tourner quelques années plus tôt. Le duc de Rundell, seul à ne pas s'inquiéter de ces penchants, avait toujours assuré que le benjamin de ses fils finirait par se ranger.

— Je lui ai rappelé que tu n'étais pas un parti pour elle, tout simplement.

— Tu n'avais pas le droit !

La protestation du jeune homme résonna dans la rue déserte. Jonathan pressa le pas, déterminé à se mettre à l'abri avant qu'il ne neige pour de bon.

— Tu m'entends ? cria Deverell.

— La ville entière doit t'entendre, répondit Langston avec lassitude.

Il en avait plus qu'assez de ces disputes. Les deux tourtereaux commençaient à l'agacer sérieusement.

Dev s'arrêta une nouvelle fois.

— Tu peux dire tout ce que tu voudras, j'épouserai Sam.

Excédé, Jonathan se retourna pour le regarder en face.

— As-tu complètement perdu la tête, Dev ? Cette femme est une actrice. Ce qui signifie qu'elle a dû avoir plus d'amants que tu n'as eu de maîtresses, ce qui n'est pas peu dire.

— Saperlipopette ! s'exclama l'officier en glissant sur les pavés mouillés. Tu n'es qu'un maudit sermonneur.

Le marquis se contint. Il ne gagnerait rien à passer sur son frère la fureur que lui inspirait cette femme. Ce n'était pas ainsi qu'il ramènerait ce jeune écervelé à la raison.

— Pense au nom que tu portes, à la famille que tu représentes. Ont-ils si peu d'importance à tes yeux, que tu envisages de les traîner dans la boue par une telle mésalliance ? Ce mariage serait sordide, et ne pourrait se solder que par un échec.

— Comment oses-tu parler ainsi ? Samantha est aussi honorable que n'importe quelle demoiselle de la haute société. La seule différence, c'est qu'elle gagne sa vie, elle. Et elle vaut largement ton Annabelle, je te prie de le croire !

Langston inspira à fond pour dominer la colère qui menaçait de le faire exploser.

— Le coup est bas, Deverell.

Son frère haussa les épaules.

— Tous les coups sont permis, quand on veut gagner. C'est ce que l'on m'a appris à l'armée. Et je veux avoir Sam.

Jonathan réprima un grognement furieux.

— Juste ciel ! Si je comprends bien, tu admires cette femme parce qu'elle subvient seule à ses besoins. Réfléchis un peu : pour elle, ce mariage représentera une vraie manne. Dès qu'elle t'aura mis la corde au cou, elle te plumera comme un perdreau !

Il secoua la tête d'un geste exaspéré, avant de repartir d'un pas vif. Ils atteignaient presque Grosvenor Square, où se dressait l'imposant hôtel particulier des Rundell.

— J'admire Sam parce qu'elle ne doit rien à personne, Jon, insista encore le jeune homme. Elle a réussi dans l'existence par ses propres mérites, en dépit de débuts difficiles.

Sa voix se fit plus douce.

— Mais c'est surtout sa bonté, qui me touche. Elle possède une générosité rare chez les personnes de sa condition, je te l'accorde. Je l'ai vue, de mes yeux, donner son dernier shilling à un mendiant. Si tu peux me citer une seule femme du monde capable d'un geste pareil, je te montrerai un singe vêtu de la livrée du régent.

L'image amusa Langston malgré lui. Le prince de Galles était célèbre pour ses excentricités, rien ne pouvait surprendre de sa part. Mais il retrouva vite son sérieux.

— Je suppose que ce beau geste, exécuté devant toi, t'a aussitôt incité à renflouer les finances de cette chère Mme Davidson ? répliqua-t-il, sarcastique.

Saisissant l'allusion, Deverell s'empourpra sous l'outrage.

— Oh ! Tu es ignoble ! Samantha n'est pas une calculatrice, je te l'ai dit et répété. Et si je lui ai proposé de l'aider, en effet, elle a refusé l'argent que je lui offrais.

— Il suffit.

Langston gravit en hâte les marches qui menaient à la double porte de la superbe demeure familiale.

— Pour l'heure je suis transi, fatigué et rassasié de ces discussions sans fin. Que tu l'admettes ou non, il est clair que cette femme a réussi à t'entortiller autour de son petit doigt, et qu'elle te tient solidement.

Poussant le battant sans attendre que le majordome vînt leur ouvrir, Jonathan devança son frère dans le vestibule. Il était rare qu'il fût las à ce point des incartades de Deverell, mais ce soir-là la coupe était pleine.

A peine avait-il fait dix pas, que la femme de chambre de sa mère vint l'accoster avec une révérence.

— Si cela convient à Votre Seigneurie, Sa Grâce la duchesse aimerait vous parler, milord.

— Dites-lui que je serai auprès d'elle sans tarder.

Il était accoutumé aux sommations de sa mère, et celle-ci ne pouvait le surprendre. Elle attendait son rapport. C'était l'une des raisons qui l'avait poussé à regagner l'hôtel familial au lieu de rentrer chez lui, ce soir-là, outre le fait que sa résidence personnelle était en cours de rénovation.

Lorsqu'il pénétra dans le boudoir d'Alicia, duchesse de Rundell, celle-ci était langoureusement allongée sur un canapé de brocart argenté. Bien qu'elle ait eu trois fils dont l'aîné, Langston, avait passé trente-deux ans, Mme de St Simon demeurait une fort belle femme. Ses cheveux noirs ne comportaient pas une trace de gris. Coiffés à la mode, avec de courtes boucles sur le front et un chignon ramassé au sommet de la tête, ils mettaient en valeur l'ovale de son visage. L'éclat de ses yeux gris, frangés d'épais cils noirs, était rehaussé par le bleu roi d'un déshabillé de soie rebrodé de fils d'argent.

— Eh bien, qu'a-t-elle dit ? s'enquit-elle tout à trac.

Jonathan sourit. Il était aisé de voir de qui Deverell tenait son impulsivité.

— N'allez-vous pas m'offrir du thé ou une collation, pour me rendre quelques forces avant de subir votre interrogatoire ? riposta-t-il, taquin.

— Je t'en prie, Jon. Ne me pousse pas à bout, il est plus de minuit.

Soudain, la porte de communication qui reliait les appartements du duc à ceux de sa femme s'ouvrit. Le maître de maison entra d'un pas nonchalant, tandis que son regard perçant, du même brun que celui de Langston, passait de la duchesse au marquis et vice versa. De haute taille, mince et élancé, il ressemblait beaucoup à son fils aîné.

Un fin sourire joua sur ses lèvres.

— Tiens donc... Un conciliabule secret, en pleine nuit ?

La duchesse se leva et se porta vers lui, les mains tendues.

— J'ignorais que vous étiez rentré, très cher.

— Cela me paraît évident, ma douce, sans quoi vous ne recevriez pas un autre homme dans votre boudoir.

Le ton licencieux de son père, son regard, indisposèrent Jonathan au point qu'il se leva pour quitter la pièce. Il avait du mal à supporter l'étalage du désir qui liait ses parents, alors que peu de temps auparavant ceux-ci s'adressaient à peine la parole. Mais quand la duchesse avait quitté son mari pour s'enfuir avec un amant, provoquant le plus grand scandale des dix dernières années, le duc s'était brusquement avisé qu'il tenait à elle. Il l'avait ramenée au bercail, lui avait déclaré sa flamme, et depuis ils se comportaient comme de jeunes époux fort épris l'un de l'autre.

Cela étant, le mariage ne semblait pas aller de soi pour les Rundell. Celui du duc et de la duchesse, pure union de convenance, avait battu de l'aile pendant vingt-sept ans avant de connaître ce renouveau inattendu. Par réaction peut-être, Langston avait choisi de se marier par amour, une option qui avait tourné à la débâcle. Et voilà que Deverell, à son tour, menaçait les institutions familiales en voulant épouser une actrice qui ne s'intéressait qu'à son argent ; il n'était pas nécessaire de recourir à une boule de cristal pour deviner que ce couple mal assorti ne durerait pas non plus.

— Si vous voulez bien m'excuser, déclara le marquis, je vais vous laisser. Nous parlerons demain matin, mère.

La duchesse pivota vers lui, ses fins sourcils noirs froncés sans altérer sa beauté.

— Ne sois pas ridicule, Jon. Nous pouvons fort bien débattre de ce problème devant ton père.

Elle attira le duc jusqu'au canapé et s'assit tout contre lui. Il passa un bras sur ses épaules.

— Apprenez, mon cher, que je suis très inquiète au sujet de Deverell. Imaginez-vous qu'il poursuit de ses avances une actrice de Drury Lane, et qu'il est même allé jusqu'à lui proposer le mariage !

Amusé, son mari tourna les yeux vers leur fils.

— Vous vous tourmentez pour rien, ma douce. Deverell est trop conscient de son nom et de son rang pour commettre une telle erreur.

Le regard d'Alicia se durcit. Elle pinça les lèvres.

— Je vous trouve bien optimiste, mon ami. Si vous voulez mon avis, nos fils ne sont peut-être pas aussi conscients de leurs responsabilités que vous l'étiez à leur âge.

Le duc de Rundell redevint sérieux.

— N'êtes-vous pas injuste ? Alaistair semble avoir réussi son mariage. Jonathan ici présent nous a déjà donné un héritier. Un second fils serait certes le bienvenu, mais je crois savoir que des fiançailles sont dans l'air, ainsi qu'une alliance plus que convenable avec les Sandring. De quoi vous plaignez-vous ? Dev n'a pas vingt-six ans. Lorsqu'il aura fini de jeter sa gourme, il y a fort à parier qu'il s'établira lui aussi avec une jeune femme parfaitement respectable. Quant à cette actrice, ajouta-t-il avec un sourire coquin, je suppose qu'elle est avare de ses faveurs, et que Deverell ne songe qu'à l'amadouer en lui proposant davantage qu'une simple rente... Il ne serait pas le premier jeune dandy à agir ainsi.

Irrité par cette remarque, Langston faillit demander à son père s'il s'était comporté de la sorte dans sa jeunesse ; il ne se retint que par égard pour sa mère, qui semblait scandalisée.

— Je crains que les intentions de Dev ne soient plus sérieuses que vous ne le pensez, monsieur, dit-il simplement.

Il ne pouvait se permettre de contredire son père de façon plus ouverte. Même s'il s'entendait plutôt bien avec son aîné, le duc ne badinait pas avec les principes ; il ne tolérait aucune discussion de la part de ses fils.

— Dans ce cas, déclara Gervase de St Simon en se levant, je te laisse le soin de le sauver de lui-même.

Il se pencha vers sa femme et posa un baiser sur son front.

— Quant à vous, ma douce, je vous attends à côté.

La duchesse s'empourpra joliment, tout en adressant une œillade énamourée à son époux.

— Je ne serai pas longue, mon ami.

Dès que le duc fut sorti, elle poussa un soupir.

— Tu ne m'as encore rien dit de cette femme, Jon.

Troublé par la suavité de sa voix, qui rappelait étrangement celle de la belle actrice, Langston se dit qu'il ne pouvait révéler à sa mère tout le bien qu'il pensait de Samantha Davidson — au moins physiquement. Si la duchesse venait à deviner l'attirance qu'il éprouvait lui aussi pour la comédienne, qu'il le veuille ou non, elle risquait d'en avoir des vapeurs, ce qu'il ne tenait aucunement à provoquer.

— Mme Davidson est fort plaisante à contempler et fort talentueuse, répondit-il d'un ton posé. Il n'est nullement surprenant que l'on voie en elle la prochaine Sarah Siddons.

Alicia de St Simon se leva brusquement et se mit à arpenter la pièce, les pans de son peignoir virevoltant autour d'elle avec l'éclat du vif-argent.

— Cesse de tourner autour du pot, Jon. Nous ne sommes pas aux Communes. Je suis ta mère et nous parlons de l'avenir de ton frère.

Elle se figea et darda son regard gris sur son fils.

— Accepte-t-elle de renoncer à Dev, oui ou non ?

Langston prit son temps pour répondre. Il n'était pas dans ses habitudes de céder à la pression d'un adversaire, fût-il sa propre mère. S'avançant lentement vers la cheminée, il posa un pied élégamment chaussé sur le rebord. La chaleur des flammes le pénétra agréablement, mais il se sentit soudain très fatigué.

— Elle y renoncera tôt ou tard, lâcha-t-il enfin avec le même calme qu'il montrait à la Chambre. Il suffit de lui soumettre des arguments suffisamment attractifs pour cela.

La duchesse alla se rasseoir. Elle soupira de nouveau.

— Comme tu dis vrai... Les femmes de cette sorte ne comprennent qu'un langage : un marché clair et net. Et plus on est direct avec elles, mieux elles comprennent.

Elle leva les yeux vers son fils.

— Arrange-toi pour la convaincre.

— C'est bien mon intention, madame. A présent, je vous souhaite une bonne nuit.

Alicia lui fit signe de la rejoindre. Elle l'embrassa tendrement sur la joue.

— Cher Jon. J'ai toujours su que je pouvais compter sur toi. Tu possèdes un tel bon sens... Il n'y a que toi pour savoir quand agir, et quand laisser mijoter un problème. C'est ce qui fait de toi un député aussi remarquable.

Là-dessus, elle rejoignit sa coiffeuse et prit l'un des pots de crème qui l'ornaient. Rencontrant son reflet dans le miroir biseauté, elle ne put réprimer un léger frisson.

— Prends toutes les mesures qu'il faudra, Jon. Il est impensable qu'un St Simon épouse une actrice ; il y a déjà eu assez de scandales dans cette famille.

Jonathan savait pertinemment de quoi elle parlait ; manifestement, cette aventure continuait à la perturber autant qu'elle le déconcertait. Il n'avait jamais compris ce qui avait pu pousser une femme telle que sa mère à braver tous les interdits pour le seul charme d'un homme. Lorsqu'il quitta le boudoir, il était plus décidé que jamais à empêcher son frère de semer de nouveau le trouble et le chagrin chez les Rundell.

De son côté, Samantha était également rentrée chez elle. Elle poussa avec soulagement la porte de sa petite maison de Covent Garden. C'était une demeure modeste, qui avait besoin d'être rénovée, mais elle était à elle, et se trouvait dans un quartier convenable pour y élever une petite fille de neuf ans. Elle l'avait acquise à la fin de sa première saison d'actrice reconnue au Drury Lane. Le mobilier n'était pas neuf, les tapis usés jusqu'à la trame, mais cet endroit était devenu son refuge, son foyer.

Avec un soupir, elle ôta sa cape et la posa sur la chaise prévue à cet effet dans la petite entrée. Puis, relevant une mèche châtaine qui lui tombait sur la joue, elle songea à se préparer une bonne tasse de thé pour s'aider à réfléchir. Car elle devait réfléchir.

Il était évident que le marquis de Langston s'apprêtait à la harceler. Elle n'était pas une oie blanche. Non seulement elle mesurait le pouvoir et l'influence de son adversaire, mais elle savait très bien qu'il en userait pleinement contre elle.

Pourtant, cette perspective avait beau l'inquiéter, elle ne parvenait pas à assombrir totalement le souvenir de leur rencontre.

Un frisson la parcourut. Pour une fois, elle regrettait presque que Langston n'eût pas d'autres vues sur elle, comme tant d'autres gentilshommes. Si seulement il ne la prenait pas pour une vulgaire courtisane, assez ambitieuse pour vouloir séduire son jeune frère ! Mais il était clair qu'elle ne l'intéressait pas pour elle-même. S'il devait l'importuner, ce ne serait pas pour obtenir ses faveurs, loin de là.

Elle poussa un nouveau soupir, se redressa et prit la chandelle que Lottie, sa gouvernante, avait laissée allumée pour elle. Ensuite, oubliant son thé, elle s'engagea dans l'étroit escalier qui menait aux chambres du premier étage. Là, elle ouvrit doucement une porte et se glissa sans bruit dans la petite pièce où dormait sa fille. Les rideaux de toile bouton d'or étaient tirés pour masquer la lumière de la lune, mais sa chandelle lui permit d'accéder au lit.

Arrivée au chevet d'Amalie, elle posa le bougeoir

sur une table voisine et contempla l'enfant endormie, ne pouvant résister à l'envie de repousser les boucles qui tombaient sur son front lisse. Soudain, prise d'un irrésistible élan de tendresse, elle s'assit sur le lit et saisit la petite fille dans ses bras.

— Maman ? murmura Amalie, les yeux clos.

— Oui, mon cœur, c'est moi, chuchota Sam, savourant le contact de ce petit corps chaud serré contre sa poitrine. Je suis là.

Amalie se blottit comme un chaton et Samantha se mit à la bercer doucement en chantonnant une berceuse. Elle savait que sa fille s'était rendormie, mais elle tenait à compenser par sa présence les longues heures qu'elle devait passer loin d'elle.

Sa fille... Elle l'aimait si fort qu'elle en avait mal. Les cheveux dorés de l'enfant et ses grands yeux bleus lui venaient de son père. Charles Davidson était comédien, lui aussi. Il avait quitté Samantha quand Amalie avait six mois. Quelque temps plus tard, la jeune femme avait appris qu'il avait péri en mer, le bateau sur lequel il se rendait en Amérique ayant fait naufrage. Il y avait bien longtemps que ces souvenirs n'étaient plus douloureux.

Au bout d'un moment Sam recoucha la petite fille, la borda avec soin et l'embrassa. Il était temps qu'elle aille dormir aussi, sans quoi la journée du lendemain serait terrible.

Comme elle s'y attendait, le réveil fut difficile. Ces quelques heures de sommeil n'avaient pas réussi à dissiper totalement sa migraine, et les menaces de Langston n'arrangeaient rien. Après avoir entrouvert les paupières, elle se laissa retomber sur ses oreillers et jeta un bras sur ses yeux.

Il serait si simple d'accéder aux demandes du marquis — d'autant qu'elle n'avait pas la moindre intention d'épouser Deverell St Simon. Malheureusement, elle éprouvait un curieux besoin de s'opposer à cet homme arrogant, comme si le fait de le combattre devait la protéger de l'attirance qu'il exerçait sur elle. S'il se montrait odieux, peut-être parviendrait-elle à le haïr...

A cet instant, un tourbillon pénétra dans la chambre et prit le lit d'assaut. Sam cueillit Amalie dans ses bras alors que la petit fille s'affalait sur la courtepointe vert pâle.

— Amalie ! s'exclama-t-elle en riant. Toi, au moins, on peut dire que tu sais comment me faire lever.

La petite fille gloussa et se suspendit au cou de sa mère.

— J'ai cru que vous ne vous réveilleriez jamais, aujourd'hui ! Et Lottie voulait absolument que je vous laisse dormir.

— Je lui sais gré de sa gentillesse.

Reposant sa fille, Sam se leva. Elle enfila ses mules et son vieux peignoir de laine émeraude, dont elle serra les pans sur sa poitrine pour se réchauffer. Puis elle se dirigea vers la cheminée, ranima les braises et s'installa dans un fauteuil.

— Maman ! cria Amalie perchée sur le lit. Quand Lottie vous aura apporté votre chocolat, pourrez-vous m'emmener à la Tour de Londres pour voir les bêtes sauvages ? S'il vous plaît !

Samantha réprima un soupir. Elle devait répéter de bonne heure, ce jour-là, et quantité de choses à faire l'attendaient dans la maison. Si seulement elle avait pu se réserver un peu de temps pour elle... Mais elle n'eut pas le cœur de repousser sa fille. Elle était prête à tous les sacrifices pour la rendre heureuse et lui donner un sentiment de sécurité.

— Oui, ma douce, nous irons. Mais il va falloir nous hâter, et nous ne pourrons pas nous attarder très longtemps.

— Oh, merci, merci ! piailla Amalie en dansant sur la courtepointe. Je vais chercher mes bottines et mes mitaines, et nous pourrons partir.

Sam ne put s'empêcher de rire.

— Laisse-moi au moins m'habiller et prendre mon petit déjeuner.

— Eh bien, mademoiselle ! lança Lottie qui arrivait avec un plateau copieusement garni de scones et de chocolat fumant. Ne vous avais-je pas dit de laisser votre maman tranquille, aujourd'hui ?

Devant l'air penaud d'Amalie, la jeune femme sourit. Puis elle se leva pour aller débarrasser la gouvernante.

Lottie était une grande et forte femme d'une cinquantaine d'années, coiffée d'un chignon gris bien serré. Elle n'avait jamais été belle, mais l'âge lui conférait de la distinction. Des yeux d'un bleu vif, auxquels rien n'échappait, brillaient derrière les lunettes rectangulaires perchées sur son petit nez rond. Sam l'avait engagée à la naissance d'Amalie, et lui portait une vive affection.

— Merci, Lottie. Mais combien de fois devrai-je vous dire que je peux préparer moi-même mon petit déjeuner ?

— Tss-tss-tss ! persifla la gouvernante, l'air faussement offusqué. Taisez-vous donc, madame. La domestique, ici, c'est moi.

Secouant la tête, Samantha réintégra son fauteuil, le plateau sur ses genoux.

— Je vous répète que j'ai engagé une gouvernante. Pas une cuisinière, ni une femme de ménage.

— Occupez-vous de ce qui vous regarde, répliqua Lottie avec son franc-parler habituel. Vous, votre travail, c'est de nous assurer le gîte et le couvert. Ainsi qu'une certaine sécurité pour nos vieux jours, même s'ils sont encore loin.

Sam sourit, amusée par l'insistance de sa compagne à refuser de vieillir.

— Nous sommes d'accord là-dessus, mais cela ne signifie pas que vous deviez tout faire dans cette maison.

Lottie se planta devant elle, les mains sur ses hanches rebondies.

— Vous travaillez au théâtre tous les soirs et une bonne partie des journées. Cela ne vous suffit donc pas ? Laissez-moi le reste et ne discutez plus.

Les yeux pétillants, Samantha se tut et avala une gorgée de chocolat. Il était chaud, sucré à point et délicieusement onctueux.

— Mmm... Je reconnais que je n'aurais jamais la patience de préparer quelque chose d'aussi bon chaque matin, Lottie.

La gouvernante, qui avait entrepris de faire son lit, lui jeta un coup d'œil courroucé.

— Parbleu ! De la patience et de la volonté, vous en avez à revendre quand il s'agit de faire quelque chose qui vous plaît. Si je me souviens bien, vous avez passé des semaines à convaincre ce directeur de théâtre de vous prendre dans sa troupe, quand ces deux bons à rien...

Elle s'interrompit brusquement et tourna les yeux vers Amalie, qui par bonheur ne les écoutait pas. Mais Samantha savait très bien ce qui aurait suivi, si Lottie avait continué. Sa fidèle domestique mettait dans le même sac son mari, qui les avait abandonnées, et son beau-père — le second époux de sa mère décédée — qui avait refusé de les accueillir sous son toit. Ce sinistre individu l'avait rejetée à la rue avec son bébé, l'enjoignant de se débrouiller pour gagner sa vie. Elle ne lui pardonnerait jamais son attitude, mais cette cruauté, en un sens, l'avait aidée : elle s'était juré de réussir par elle-même, et elle y était parvenue.

Ecartant ces souvenirs désagréables, Samantha étala de la marmelade sur un scone encore tout chaud et le tendit à sa fille, assise à ses pieds.

— Ferme la bouche quand tu manges, Amalie.

L'enfant obéit sur-le-champ. Sa mère ne plaisantait pas sur les bonnes manières, elle le savait. Samantha tenait ces principes de sa propre mère, la dernière fille d'un baron de petite noblesse. Elle avait été élevée dans la pauvreté, mais avait reçu une éducation parfaite, qui constituait sa plus grande richesse.

Alors qu'elle faisait sa toilette et commençait à s'habiller, Lottie se tourna soudain vers elle.

— A propos, madame ! J'allais oublier : on a apporté une lettre pour vous, ce matin. Je l'ai posée près de la porte et je n'y ai plus pensé.

— De qui est-elle, Lottie ?

— Je l'ignore. Le messager était un valet en livrée bleu et or. Je n'ai pas reconnu les couleurs d'un de vos admirateurs habituels.

Samantha fronça les sourcils, subitement assaillie par un pressentiment désagréable. Elle acheva vivement d'enfiler sa robe de promenade vert pomme, une paire de robustes bottines, puis elle descendit au rez-de-chaussée.

Le pli cacheté, une lourde feuille de vélin, l'attendait

sur un plateau posé dans l'entrée. Quand elle s'en saisit, la jeune femme nota que ses doigts tremblaient. Elle se gourmanda. A quoi rimait une telle nervosité ? Elle ne reconnaissait même pas les armes gravées sur le message.

Glissant un ongle sous le cachet de cire, elle le fit sauter et déplia la feuille. Le message était rédigé d'une grande écriture ferme, à l'encre noire : « Je vous rendrai visite ce jour à trois heures de l'après-midi. Langston. »

Le sang de Samantha ne fit qu'un tour. Elle relâcha le souffle qu'elle retenait à son insu. Dieu du ciel ! Cet impudent allait venir la harceler jusque chez elle ? Il avait plus de toupet que douze fils de duc réunis !

Un coup d'œil à la petite montre qu'elle portait en sautoir, le seul souvenir qui lui restait de sa mère, lui indiqua qu'il était une heure. Si elle raccompagnait Amalie à la maison après leur promenade, comme elle le faisait d'habitude, elle risquait fort de rencontrer Langston. Or elle n'avait pas la moindre intention de le recevoir.

S'il venait la sermonner de nouveau au sujet de son frère, monsieur le marquis en serait pour ses frais. Après tout, il méritait bien une leçon, pour l'avoir traitée avec un tel dédain. Sa vengeance était toute trouvée : elle allait le laisser moisir quelque temps, en lui laissant croire qu'elle s'était finalement décidée à épouser Deverell.

Mâchoires serrées et menton levé, elle remonta au premier.

— Lottie ! Comme nous avons peu de temps, aujourd'hui, j'emmènerai Amalie avec moi au théâtre. Venez nous y retrouver à trois heures. Vous pourrez assister à la répétition avant de rentrer.

La gouvernante leva les yeux des vêtements qu'elle était en train de plier. Sa maîtresse n'avait jamais réussi à la duper.

— Un problème au sujet de cette note, madame? s'enquit-elle d'un air soupçonneux.

— Pas le moindre! affirma la jeune femme en faisant les cent pas devant la cheminée. J'ai la situation en main. Et plus tôt ce malotru s'en avisera, mieux ce sera.

Amalie, elle, n'avait aucune idée de ce qui se tramait autour d'elle. La seule chose qui comptait, c'était ce que sa mère venait d'annoncer. Elle sauta sur ses pieds et poussa des cris de joie.

— Je pourrai vraiment vous voir jouer, maman? Oh, ce sera merveilleux!

Pleine de fougue, elle s'empara de la main de sa mère et la serra très fort.

— Un jour, je serai une grande actrice, moi aussi. Comme vous.

Le cœur serré, Samantha baissa les yeux sur sa fille. Comment dire à son enfant que l'on souhaite une vie meilleure pour elle, tout en sachant que ce ne sera jamais possible? Relevant son regard troublé, elle vit que Lottie l'observait avec tristesse. Sa chère gouvernante avait compris ce qu'elle ressentait.

La jeune femme afficha un grand sourire et prit Amalie dans ses bras.

— Si tu te contentais d'être mon public, pour aujourd'hui?

3.

A sa vive satisfaction, Samantha réussit à éviter Langston ; ne l'ayant pas trouvée chez elle, le marquis ne vint pas pour autant la pourchasser au théâtre. Néanmoins ce soulagement fut de courte durée, car après la représentation la jeune femme dut subir une nouvelle fois les avances plus que pressantes de son frère.

Comme elle avait refusé de recevoir Deverell St Simon dans sa loge, le jeune officier la suivit au foyer et la soumit à un véritable siège.

— Je vous en prie, Sam, dites-moi que vous acceptez de m'épouser ! la supplia-t-il, retenant sa main entre les siennes.

Elle lui répondit par un petit sourire mi-gêné, mi-attendri. Ils étaient le point de mire de tous les dandys qui se trouvaient là, et qui ne perdaient pas une miette de la scène. Et si le désespoir de son soupirant la touchait, si elle eût aimé lui prodiguer une consolation quasi maternelle, car elle éprouvait pour lui une vive affection, elle considéra qu'elle ne pouvait se le permettre. Trop de gentillesse ne ferait qu'aggraver la situation ; elle devait se montrer ferme.

— Vous me faites un grand compliment, milord, et

je vous en remercie. Mais m'a position n'a pas changé : je ne puis devenir votre femme.

— Samantha...

La voix de Deverell se brisa.

— Ne soyez pas aussi catégorique, je vous le demande instamment. Prenez le temps de réfléchir.

Une vague de regret submergea la jeune femme. Elle aurait tout donné pour pouvoir le satisfaire. Une telle union lui offrirait la sécurité à laquelle elle aspirait de tout son être, non pour elle-même, mais pour Amalie. Grâce à ce mariage, sa fille aurait la vie dont elle rêvait pour elle, et qu'elle-même ne pourrait jamais lui assurer. Mais ce n'était pas envisageable : le jeune St Simon avait beau passer pour une tête brûlée, Sam percevait en lui une bonté et une générosité qu'elle ne se sentait pas le droit de trahir.

Un jour, elle en était certaine, il rendrait très heureuse une autre femme qui lui conviendrait beaucoup mieux qu'elle. Une riche héritière, d'une famille aussi noble que la sienne, ou au pis une fille de commerçant fort bien dotée. Alors que s'il l'épousait, il se mettrait au ban de la haute société et s'attirerait les railleries de ses semblables. Elle ne pouvait lui laisser commettre pareille folie.

Et de toute façon elle n'était pas amoureuse de lui, ce qui tranchait la question.

Pourquoi, à cet instant précis, le visage de Langston vint-il s'inscrire dans son esprit ? Elle revit son front haut, ses yeux bruns aussi perçants que ceux d'un faucon, et un soupir lui échappa. A quoi bon songer à lui ? Non seulement il était plus inaccessible encore que son frère, mais elle ne représentait pour lui qu'un obstacle à éliminer, rien d'autre.

— Chère madame Davidson..., déclara soudain une

belle voix grave, juste derrière elle. Puis-je vous offrir un verre de vin ?

Heureuse d'échapper à la ferveur de Deverell, qui refusait toujours d'entendre raison, Samantha se détourna. En découvrant le comte de Ravensford, son premier mouvement fut de se réjouir ; c'était un gentilhomme fort séduisant, renommé pour sa galanterie, sa distinction et son intelligence. Puis elle se souvint qu'il était l'intime de Langston et son plaisir s'évapora. Elle lui dédia néanmoins le plus gracieux des sourires.

— Merci, milord. J'accepte très volontiers.

— Sam..., gémit Deverell.

Ravensford se pencha vers lui et lui murmura discrètement à l'oreille :

— Un peu de tenue, Dev. Tout le monde vous regarde. Tenez-vous vraiment à vous faire rabrouer en public ?

Le jeune homme se rembrunit. Le regard sombre, il abandonna enfin la main de Samantha qui se tourna vers le comte et s'éloigna avec lui.

— Je vous sais gré de votre intervention, lord Ravensford, déclara la jeune femme à mi-voix. J'apprécie grandement M. St Simon, mais son insistance m'embarrassait quelque peu.

Andrew la contempla en souriant.

— Ce cher Dev s'enflamme aussi aisément qu'un morceau d'amadou. Il a toujours été ainsi. L'armée devrait lui faire beaucoup de bien.

Cette fois, Samantha lui rendit son sourire de bon cœur. Même s'il était l'ami de Langston, ce brillant politicien lui plaisait et sa compagnie lui était agréable. Pourtant, un moment plus tard, alors qu'il l'abandonnait dans un recoin discret pour aller lui chercher le vin promis, elle décida de s'éclipser sans rien dire. Elle se sentait fatiguée, d'humeur mélancolique et rêvait de se retrouver chez elle le plus tôt possible.

Elle n'entra dans sa loge minuscule que pour y prendre son long manteau à capuche. Comme elle le jetait sur ses épaules, le drap épais effleura un presse-papiers en cristal et le renversa. C'était l'un des rares présents que lui avait offerts son mari, une petite licorne fantaisie. En la lui donnant lors de leurs fiançailles, Charles lui avait dit qu'il s'agissait d'un symbole magique, destiné à protéger sa virginité en attendant leur nuit de noces. Un frisson la parcourut à ce souvenir. Elle était bien jeune, alors, et bien naïve...

En redressant le bibelot, elle s'avisa de l'épaisse feuille de vélin qu'elle avait glissée dessous et fronça les sourcils, irritée. Le message de Langston. L'arrogant marquis pouvait bien lui adresser assez de notes pour en tapisser ce théâtre tout entier, elle continuerait à l'ignorer.

Cet homme était dangereux. D'instinct, elle pressentait qu'il était capable de lui faire du mal — quel que fût le moyen qu'il choisirait pour cela. Mais à quoi bon remuer d'aussi sombres pensées ? Pour l'heure, il était grand temps de rentrer.

D'une main, elle rabattit son capuchon sur sa tête ; de l'autre, elle tâta son réticule et se sentit rassurée : son petit pistolet était toujours là, elle ne craignait rien.

Sam avait l'habitude de regagner son domicile à pied, afin d'économiser quelques shillings. Covent Garden n'était qu'à une vingtaine de minutes en marchant vite ; et si, à la nuit noire, le quartier n'était pas très sûr, elle préférait encore prendre quelques risques plutôt que de dépenser un argent qui pouvait être utile à sa fille.

Elle quitta le théâtre par l'une des portes latérales.

L'air glacé dessinait des halos autour des réverbères et lui mordait les joues et le nez. Elle serra sa cape autour d'elle et partit d'un pas vif.

A peine avait-elle longé un pâté de maisons que le bruit d'une voiture roulant sur les pavés lui fit retenir son souffle. Elle se tança vertement. Ce n'était pas la première fois qu'une calèche la doublait, les environs de Drury Lane demeuraient animés assez tard. Si elle était aussi nerveuse, décida-t-elle, c'était à cause de Langston et de ses menaces.

Elle pressa le pas.

La voiture, un cabriolet noir recouvert d'une capote, arriva à sa hauteur... et ralentit. La portière s'ouvrit, révélant une silhouette d'homme. Un homme de haute taille, assez impressionnant.

Samantha inspira à fond et tenta de se rassurer. Après tout, ce véhicule pouvait très bien s'être arrêté près d'elle par hasard. Elle se tint cependant sur ses gardes, sachant qu'il valait mieux être prudente. Le poids de son réticule ballottant contre sa cuisse la réconfortait.

Comme elle continuait à marcher, regardant droit devant elle, elle se rendit compte que l'attelage avançait lentement pour ne pas la dépasser. En dépit du froid, de la sueur perla sur son front. Cette fois, il semblait évident que l'on en voulait à sa personne.

De ses doigts tremblants, elle s'efforça de délier le cordon de son réticule. Mais avant qu'elle ait pu l'ouvrir et se saisir de son arme, l'homme qu'elle avait distingué dans l'ombre sauta à terre et se planta devant elle, lui barrant le passage. Terrifiée, Sam se figea ; puis elle tourna les talons, prête à repartir en courant vers le théâtre. Peine perdue : un bras l'encercla, une main se posa sur sa taille. Elle se débattit comme un animal pris au piège, mais son agresseur était plus fort qu'elle. En un clin d'œil, il la souleva et la jeta dans la voiture, où elle atterrit lourdement entre les sièges.

Elle poussa un cri suraigu qui ne servit à rien. L'homme était monté derrière elle. Dès qu'il eut refermé la portière, le cabriolet se remit en mouvement.

Des sanglots de peur et de vexation secouèrent la jeune femme. Elle se mordit la lèvre pour les réprimer, tandis qu'elle tentait de nouveau d'ouvrir son sac.

— Vous avez d'excellents poumons, madame Davidson.

Au son de cette voix grave et moqueuse, Sam se raidit, les yeux écarquillés.

— Langston ! s'exclama-t-elle.

— Cela vous surprend ?

— Vous n'êtes qu'un mufle ! Un goujat ! maugréa Samantha, ivre de fureur.

Sa colère était si intense que lorsque ses doigts se refermèrent enfin sur son pistolet, elle sentit qu'elle était prête à tirer. L'arme était trop petite pour être vraiment dangereuse, mais elle pourrait au moins intimider son adversaire.

Une nouvelle fois, Langston la prit de court. Avant qu'elle ait pu actionner la détente, ses doigts musclés se refermèrent sur son poignet.

— Vous feriez mieux de vous abstenir, déclara-t-il doucement.

— Lâchez-moi, ordonna-t-elle de son ton le plus impérieux, un exploit vu le tremblement qui l'habitait tout entière.

Le marquis obéit. Un sourire cynique se peignit sur ses lèvres.

— Quel tempérament, madame Davidson ! Si j'osais, je dirais que vous me rappelez Deverell.

Samantha s'efforça de contenir sa fureur ; elle frémissait de la tête aux pieds.

— Je n'aime pas être provoquée. Et c'est ce que vous avez fait, monsieur, en m'enlevant de la sorte !

— Vous ne m'avez pas laissé le choix, puisque vous avez refusé le rendez-vous que je vous avais fixé.

— Vous ne savez donc que recourir à la force, comme une brute ? riposta Sam en s'installant tant bien que mal sur la banquette, face à lui.

Tandis qu'elle lissait sa jupe, le sourire de Langston s'élargit. Ses dents blanches, éclairées par les lanternes de la voiture, brillèrent d'un éclat carnassier. Il avait vraiment l'air dangereux.

— Je vous avais prévenue : j'utilise tous les moyens à ma portée.

Il plissa les paupières, tandis que son sourire s'évanouissait.

— Et j'obtiens toujours ce que je veux.

Le pouls de la jeune femme s'accéléra.

— Je crains de vous décevoir, milord, déclara-t-elle d'une voix moins ferme qu'elle ne l'aurait voulu. Je n'ai pas l'habitude de me plier aux ordres, d'où qu'ils viennent.

Langston se pencha vers elle, la dominant de ses larges épaules. Ses genoux s'appuyèrent contre ceux de Sam, qui se sentait de plus en plus nerveuse.

— Vous obéirez aux miens.

Elle releva le menton.

— Je ne le pense pas.

— Bien sûr que si. Sinon vous le regretterez amèrement.

La belle voix grave, si troublante d'ordinaire, avait

pris le tranchant de l'acier. Sam inspira à fond, tandis qu'elle nouait ses doigts tremblants sous sa cape.

— D'autres menaces, milord ?

— Quand je mets quelqu'un en garde, ma chère, ce ne sont jamais des paroles en l'air. Je suis prêt à tout pour libérer mon frère de vos machinations, sachez-le.

Comme elle se taisait, il s'avança davantage encore. Son haleine balaya la joue de Samantha, qui en frissonna de la tête aux pieds. Horrifiée de se montrer si vulnérable devant cet homme sans foi ni loi, elle baissa les paupières pour lui cacher son trouble. Son regard cynique lui était intolérable.

— Rendez sa liberté à mon frère sans plus d'histoires, et je vous offrirai mille livres, ajouta le marquis d'une voix trop douce.

Outragée, Samantha se mordit la lèvre pour ne pas l'insulter comme il le méritait. Elle ne lui ferait pas le plaisir de lui dévoiler la profondeur de sa blessure. Se renfonçant dans l'obscurité pour cacher les larmes de dépit qui embuaient ses yeux, elle se jura d'avoir sa revanche. Il pensait pouvoir l'acheter pour si peu ? Il se trompait lourdement !

Lorsqu'elle s'estima capable de parler, elle se redressa fièrement et regarda son adversaire bien en face.

— Il me semble que vous considérez fort légèrement l'avenir de votre frère, milord. Selon moi, arracher sir Deverell à un destin pire que la mort vaut largement dix fois plus.

Langston serra les poings.

— Vous vous tenez en haute estime, à ce que je vois.

— Il faut bien que je me juge à ma juste valeur, si personne d'autre ne le fait.

— Cinq mille livres.

Samantha afficha un sourire crispé.

— Dix mille, et pas un penny de moins.

— Allez au diable !

Il capitulait, avec une rage qui dépassait tous les espoirs de la jeune femme. Quel plaisir elle aurait à lui rire au visage, le lendemain, lorsqu'elle refuserait son argent ! Elle n'aurait pu rêver de donner meilleure leçon à ce méprisant personnage, en lui prouvant qu'elle était beaucoup moins cupide que lui.

Son plan la ravissait. A côté, la petite blessure d'amour-propre provoquée par la piètre opinion que le marquis avait d'elle ne comptait pas. Pas du tout.

Comme elle détournait le visage, elle reconnut les contours familiers de Covent Garden. Stupéfaite, elle comprit que Langston la ramenait tout bonnement chez elle. Cette pensée la troubla plus qu'elle ne l'aurait voulu ; il se comportait presque comme s'ils étaient des intimes. Mais c'était loin d'être le cas.

— Faites arrêter la voiture, demanda-t-elle sèchement. Je terminerai à pied.

Elle voulut se lever, mais un soubresaut la fit retomber sur le siège. Langston lui jeta un coup d'œil impénétrable.

— Les rues sont trop dangereuses pour une femme seule.

Un petit rire nerveux échappa à Samantha.

— Je rentre seule tous les soirs, monsieur le marquis. Je suis parfaitement capable de veiller sur mon propre sort.

A sa vive stupeur, il s'empara de son réticule et en sortit le pistolet.

— C'est avec cela que vous vous protégez ? observa-t-il d'un ton sarcastique. Cette arme est à peine plus qu'un jouet, elle ne peut tirer qu'un coup.

— Cela me suffit, marmonna la jeune femme, fort mal à l'aise sous son regard scrutateur.

— Certainement pas.

Les yeux perçants, qui parcouraient lentement son visage, s'arrêtèrent sur sa bouche. Furieuse, elle releva le menton d'un geste de défi.

— Tout le monde n'a pas la chance d'être riche comme Crésus et de pouvoir s'offrir une voiture particulière.

— En effet, acquiesça Jonathan en lui rendant son sac. C'est pour cela, je suppose, que certaines femmes décident de devenir actrices — dans l'espoir d'attirer un riche mari dans leurs filets. Malheureusement pour vous, ma chère, vous n'avez pas fait le bon choix.

Samantha frémit de colère.

— Je vous rappelle que ce « mauvais choix » est sur le point de me rapporter dix mille livres, riposta-t-elle avec hauteur. Et vous avez bien de la chance que je ne tienne pas davantage à sir Deverell. Si je l'aimais, rien ne me ferait renoncer à lui ; pas même une fortune.

Les traits du marquis se contractèrent. Le reflet de la lanterne allumait des flammes jaunes dans ses prunelles sombres.

— Vous semble-t-il honorable d'extorquer de l'argent de cette façon ? De vous faire payer pour ne pas ruiner l'existence d'un jeune homme auquel vous ne tenez même pas ?

Sam reçut ce mépris comme une lame en plein cœur.

— Je m'estime aussi honorable qu'un dignitaire de haut rang qui abuse de son pouvoir et de son influence pour intimider une femme, milord.

Langston plissa les paupières, impressionné malgré lui par son esprit et son sens de la repartie.

Etre forcé d'admirer l'intelligence de cette femme

était une pilule difficile à avaler pour lui, au même titre que le désir irrépressible qu'elle lui inspirait. Il avait beau tenter de se raisonner, se répéter qu'elle n'était qu'une demi-mondaine sans moralité, il continuait à la convoiter. Cela le perturbait grandement. Il n'avait plus réagi de la sorte depuis Annabelle. Et même alors, son obsession n'était peut-être pas aussi forte.

Ils étaient arrivés, ce qui lui évita d'avoir à répondre. Dès que le cabriolet s'arrêta, il ouvrit la portière sans attendre le cocher et sauta à terre. La rue n'était pas éclairée, mais les lanternes de la voiture suffisaient largement pour y voir. En outre, une douce lumière brillait derrière les vitres de la maison; quelqu'un devait attendre Samantha Davidson.

Comme il se tournait pour offrir sa main à la jeune femme, celle-ci l'ignora et sauta à son tour. Dans sa distraction, il avait oublié de déplier le marchepied.

— Enfer et damnation! C'est toi, Jon?

Langston tournoya sur lui-même. A peine descendu d'un fiacre qui s'éloignait déjà dans la nuit, Deverell fondait sur eux.

— Par tous les diables! Que fais-tu ici, Dev? Retourne d'où tu viens; cette affaire ne te concerne pas.

— Sir Deverell? murmura Samantha, abasourdie.

Jonathan lui jeta un rapide coup d'œil et le regretta aussitôt. Avec ses grands yeux élargis par la surprise et ses jolies lèvres entrouvertes, elle était beaucoup trop séduisante pour sa tranquillité d'esprit.

Le jeune capitaine se planta devant son frère aîné.

— Ainsi, c'est toi qui as enlevé Sam! Si je ne l'avais pas vu de mes propres yeux, je n'aurais jamais voulu le croire. Quand j'ai entendu son cri, tout à l'heure, j'ai cru qu'elle avait été abusée par un malfaiteur.

La patience du marquis était à bout.

— Ne sois pas si mélodramatique, je t'en prie. J'avais besoin de m'entretenir avec Mme Davidson, et c'est le seul moyen que j'ai trouvé de la forcer à m'écouter.

— Tu me paieras cet outrage ! menaça Deverell, les poings serrés. Tu mériterais que je te provoque en duel.

— Quoi ? rétorqua Langston, aussi furieux qu'exaspéré. Qu'une pareille idée puisse te venir à l'esprit est à peine imaginable, Deverell. Cette femme n'est qu'une *actrice*, et qui plus est je ne lui ai fait aucun tort.

— Aucun tort ? répéta le jeune homme, la voix stridente. Alors que tu l'as enlevée comme un malpropre ? Et je mettrais ma main au feu que tu l'as menacée !

En proie au plus vif désarroi, Sam s'interposa entre les deux frères.

— Je vous en prie ! Cette scène n'a aucune raison d'être.

Deverell la prit par les épaules et plongea son regard dans le sien.

— Ne vous a-t-il pas brutalisée ? N'a-t-il pas tenté de vous faire céder ?

Saisie par l'intensité de son expression, Samantha ne put nier. Elle détourna les yeux.

— Votre frère ne m'a fait aucun mal, répondit-elle simplement.

Langston, pour sa part, tolérait avec peine ce qui se déroulait devant lui. L'attitude possessive de Dev, ses mains posées sur l'actrice lui étaient insupportables. N'y tenant plus, il tendit le bras et arracha Samantha à l'emprise de son frère.

— Il suffit, Deverell. Rentre à la maison, maintenant, avant que l'irrémédiable ne se produise.

— L'irrémédiable ? se récria le jeune homme. Ce qui est irrémédiable, c'est que j'épouserai Sam et que cela ne te regarde pas. Bonaparte régnera sur l'Europe entière avant que je ne t'abandonne la femme que j'aime, *monsieur mon frère !*

Les cheveux de Langston se hérissèrent sur sa nuque. Les choses allaient trop loin, trop vite. Il devait à tout prix endiguer les émotions incontrôlables qui le submergeaient tout à coup. La seule question à l'ordre du jour, c'était d'empêcher Deverell d'épouser cette femme. Rien d'autre.

Il inspira profondément pour se calmer, puis déclara d'un ton posé :

— Tout ce que j'essaie de faire, mon cher, c'est de convaincre Mme Davidson que son intérêt n'est pas de t'épouser, mais d'accepter l'argent que je lui offre en compensation.

Dev s'avança d'un pas, les yeux flamboyants.

— Tu as osé ? hurla-t-il. Tu as dépassé les bornes, Jon !

— Dev, voyons !

Le jeune homme prit son élan, lançant son poing de toutes ses forces. Par bonheur, Jonathan avait vu arriver le coup ; il eut le temps de jeter la tête sur le côté, et le direct de son frère manqua sa cible.

— M. Jackson t'a donné de bonnes leçons de boxe, à ce que je vois, grommela Deverell en se remettant en position.

Prompt comme l'éclair, Langston attrapa son poignet au vol et l'immobilisa.

— Arrête, Dev. Elle n'en vaut pas la peine.

Deverell se figea.

— Comment peux-tu te permettre de parler ainsi ? Pour moi, rien ne compte davantage que Sam. Je l'épouserai, quoi que tu fasses pour m'en empêcher.

Il se raidit, tous ses muscles contractés.

— Et si tu t'avises encore de l'importuner, je te jure que je t'en demanderai réparation, frère ou pas !

Langston le relâcha et jeta un regard venimeux à Samantha qui se tenait à quelques pas, le visage défait et les yeux pleins d'horreur.

— Je ne m'étonne plus que l'on vante tant vos talents de tragédienne, madame ! lâcha-t-il d'un ton cynique. A vous voir, on croirait presque que vous souffrez de ce qui arrive. Monter un frère contre son frère ! Etes-vous satisfaite ? En tout cas, si jamais un duel devait découler de tout cela et que l'un de nous en meure, sachez que vous en porteriez l'entière responsabilité.

4.

Deux jours plus tard, le marquis de Langston se tenait devant la porte de Samantha Davidson. Le panneau d'acajou était usé par le temps, mal entretenu. Comme le reste de la maison, d'ailleurs. Jetant un coup d'œil critique à la petite bâtisse attenante à deux autres demeures, une particularité de Covent Garden, Jonathan St Simon se demanda quel pingre avait pu installer l'actrice dans un lieu aussi peu reluisant. La plupart de ses connaissances mettaient un point d'honneur à traiter fastueusement leur maîtresse, par orgueil.

Il frappa.

Sans doute fallait-il chercher du côté de Huntly, songea-t-il, les sourcils froncés. Il n'aurait pas cru la belle Mme Davidson sensible à ce genre de beau parleur, trop poli pour être honnête, mais après tout d'autres femmes lui avaient trouvé des mérites avant elle. Et il avait vu Huntly la poursuivre de ses assiduités au théâtre, l'autre soir.

Son estomac se retourna à l'idée de Samantha dans les bras de ce blanc-bec. Il s'empressa d'écarter cette image déplaisante.

Il était ici dans l'intérêt de Deverell, rien d'autre.

Bientôt, son frère serait sauvé grâce au billet à ordre de dix mille livres qu'il avait dans sa poche.

Comme personne ne répondait, il frappa de nouveau. Si fort, cette fois, que les planches vieillies en tremblèrent. Sapristi ! La colère qu'il avait réussi à contenir depuis l'avant-veille se réveilla de plus belle. Il lui avait envoyé une autre note dans la journée, l'avertissant de son passage. Et pas une seconde il n'avait envisagé qu'elle chercherait à l'éviter, vu la raison de sa visite.

Au troisième coup sans réponse, il sentit une raideur familière s'installer entre ses épaules. Sa fameuse patience était en train de le quitter. Quel jeu jouait donc cette péronnelle ? Son absence signifiait-elle qu'elle avait changé d'avis ? Que dix mille livres ne lui suffisaient plus ? Juste ciel ! Il aurait dû venir la surprendre à l'aube, sans la prévenir.

Il lui fallut très peu de temps pour regagner sur lui-même le contrôle qui faisait l'admiration de tous, ses amis comme ses ennemis. Repoussant du bout de sa canne le rebord de son haut-de-forme, il fronça ses sourcils sombres, fixant la rue sur laquelle le crépuscule hivernal commençait à tomber.

Où pouvait-elle être, en cette fin d'après-midi ? Avec l'un de ses amants ? Huntly, ou Deverell ? Ces idées lui parurent bien trop sombres pour s'y attarder à cette heure de la journée. Déterminé à agir plutôt qu'à remuer des pensées aussi... déprimantes, il inspira à fond et décida de se rendre au théâtre. Peut-être avait-il une chance de la trouver là-bas, après tout.

Il donna l'adresse au cocher et remonta en voiture.

Le trajet ne dura que quelques minutes. Langston pénétra aussitôt dans la salle. Elle était plongée dans la pénombre, et seule la scène sur laquelle les comédiens répétaient était éclairée.

En se dirigeant vers les premiers rangs, Jonathan garda les yeux rivés sur la femme dont son frère se disait si épris. Une nouvelle fois, il fut frappé par sa grâce et son élégance. Avait-elle acquis ce port de reine par son métier, ou ces qualités étaient-elles innées chez elle ?

Sitôt ces questions formulées, il se morigéna. Il n'était pas là pour s'intéresser à sa personne — même s'il ne pouvait s'en empêcher. Cette femme piquait sa curiosité. Il avait vu jouer la grande Sarah Siddons. La « Divine » Davidson était encore meilleure. Qu'est-ce qui faisait la différence, subtile mais indubitable ? Il n'aurait su le dire. Des nuances dans la voix, peut-être, ou dans le jeu. Mais surtout une sorte d'intense détermination, de flamme intérieure qui semblait la dévorer.

Cette conclusion le troubla. Intrigué, il se demanda si elle mettait la même passion dans sa vie privée — et dans sa vie amoureuse.

— Bravo ! Bravo !

Une voix enfantine s'éleva soudain non loin de lui, l'arrachant à des rêveries dans lesquelles il n'avait pas à s'aventurer. Regardant dans cette direction, il aperçut une petite fille assise au premier rang près d'une femme à l'allure carrée et aux cheveux gris. L'enfant avait une longue natte blonde qui lui tombait dans le dos et un petit visage ovale éclairé par de grands yeux bleus. Elle se tenait très droite, et sa posture à la fois gracieuse et élégante rappelait étonnamment celle de l'actrice.

Un soupçon plissa les paupières de Langston. Les yeux mi-clos, il se replongea dans la contemplation de Samantha Davidson, qui se mettait en position pour entamer la scène suivante.

— Monsieur ?

La petite fille s'adressait à lui. Fronçant les sourcils, il se tourna vers elle.

— Oh, pardonnez-moi ! s'exclama-t-elle alors en se renfonçant dans l'ombre protectrice de sa compagne. J'ai cru que vous étiez un ami de maman.

Les lèvres du marquis se relevèrent. Un ami de maman. C'était bien la fille de la comédienne.

La femme aux cheveux gris, qui devait être sa gouvernante, poussa un soupir ulcéré.

— Amalie ! Combien de fois vous ai-je dit de ne pas vous adresser ainsi à des étrangers ? Taisez-vous, sinon je vous ramène sur-le-champ à la maison.

L'enfant obéit, mais continua subrepticement à étudier Jonathan. Ce dernier avait beau ne pas apprécier sa mère, il ne put s'empêcher d'admirer cette preuve de caractère. Qui était le père de cette petite ? Samantha Davidson avait-elle été mariée, ou avait-elle eu un enfant naturel ? Il n'était pas rare que des actrices se fassent engrosser par des hommes qui n'étaient pas leur mari ; chose qui arrivait aussi à d'autres, d'ailleurs.

La bouche marquée d'un pli amer, Langston s'assit pour assister à la fin de la répétition. Il avait du mal à concentrer son attention, avec la jeune Amalie qui ne cessait de l'observer à la dérobée. La petite fille se trémoussait sur son siège et chuchotait constamment à l'oreille de sa gouvernante. Une image fugace lui traversa l'esprit : celle de son fils Stephen, qui avait à peu près le même âge.

Le petit garçon, qui avait hérité des cheveux noirs et des yeux bleus de sa mère, vivait au château de Langston, dans le Kent, avec un précepteur. Jonathan prévoyait d'aller le voir bientôt. Curieusement, il s'était attaché à Stephen et l'enfant lui manquait, en dépit du fait qu'il lui rappelait constamment la trahison d'Annabelle.

Des applaudissements enfantins le tirèrent de nouveau de ses ruminations. Apparemment, la répétition était terminée. Il se leva et se dirigea à grands pas vers la scène, bien décidé à en finir une fois pour toutes avec Samantha Davidson.

Arrivé près de l'actrice, qui se crispa visiblement en l'entendant approcher derrière elle, il lui demanda à mi-voix de lui accorder un entretien en privé.

Un frisson parcourut la jeune femme. Cette apparition n'avait pas de quoi la surprendre : étrangement, elle avait deviné la présence de Langston depuis qu'il était entré dans la salle au milieu de la répétition. Comme si la tension qui émanait de cet homme avait le pouvoir de la toucher à distance, ce qui la perturbait grandement. Puis elle se rendit compte que ses camarades guettaient avec avidité ce qui allait se passer, et elle se ressaisit. S'ils se réjouissaient à la perspective d'une confrontation, ce n'était pas son cas.

Lentement, elle se détourna et fixa sur le marquis un regard parfaitement calme.

— Dois-je me sentir flattée de votre insistance, milord ?

Il haussa un sourcil moqueur.

— Je ne fais que m'adapter à vos manigances, madame.

A ces mots, Samantha ne put contenir son indignation.

— Le théâtre est mon gagne-pain, monsieur. Vous auriez dû me consulter sur mon emploi du temps, au lieu de m'adresser une sommation sans me permettre d'y répondre !

Ramassant ses jupes, elle s'apprêta à le contourner pour quitter la scène. La main de Langston se détendit et se referma brutalement sur son poignet.

Samantha se figea, sous peine de risquer une luxation. Elle envisagea un instant de provoquer un esclandre, sachant que ses camarades viendraient à son secours. Le regard noir du marquis l'en dissuada ; quoi qu'elle tentât, il n'abandonnerait pas la partie.

— Si vous voulez bien me lâcher, je vous accorderai la faveur d'un entretien, déclara-t-elle sèchement. A moins que vous ne teniez à me faire payer par des ecchymoses le fait que je ne sois pas constamment à votre disposition ?

La rougeur qui envahit les joues de Langston lui causa une certaine satisfaction. Elle avait réussi à lui faire honte de sa conduite, indigne d'un gentilhomme. Mais il ne cilla pas — et ne la lâcha pas non plus.

Soudain, le bruit d'une course résonna sur les planches. Puis il y eut un choc, Amalie se ruant de toutes ses forces sur le marquis. Ce dernier, surpris, voulut s'esquiver et faillit perdre l'équilibre. D'un même mouvement, il libéra Sam et cueillit au vol la petite fille qui risquait elle aussi de tomber.

Furieuse, Amalie se débattit et le roua de coups de poing.

— Je ne vous permets pas ! Je ne vous permets pas de rudoyer ma mère !

Les acteurs qui se trouvaient encore là rirent sous cape, mais Samantha n'avait pas le cœur à s'amuser. Hors d'elle, elle empoigna l'enfant et l'arracha à l'étreinte de Langston, avant de la protéger de son corps.

— Ne touchez pas à ma fille, sinon vous le regretterez ! déclara-t-elle d'une voix sourde, la poitrine soulevée par la colère.

Le marquis parut outré.

— Me croyez-vous assez goujat pour m'en prendre à une enfant ?

Sam s'efforça d'apaiser son souffle. Elle considéra son adversaire d'un œil critique.

— Je crois simplement que vous n'avez jamais agi autrement qu'à votre guise. Et la vie m'a appris à me méfier comme de la peste des hommes tels que vous, milord.

Jonathan recula, les traits crispés, et brossa consciencieusement la manche impeccable de son frac noir ; il était manifeste qu'il se donnait le temps de contrôler sa fureur. Lorsqu'il releva les yeux, ils avaient la dureté du silex.

— Je suis un homme d'honneur, madame. Il ne me viendrait pas plus à l'idée de brutaliser un enfant que de tricher aux cartes.

Sam retint à grand mal un rire moqueur. Les aristocrates et leurs fameux codes ! Ces gens à part, elle le savait, se targuaient de ne jamais tricher au jeu ; c'était aussi important à leurs yeux que leur nom ou leur lignage. Quelle dérision !

— Belle preuve de noblesse, en effet, répliqua-t-elle non sans sarcasme.

Langston pinça les lèvres.

— En effet.

A cet instant Lottie les rejoignit, tout essoufflée d'avoir grimpé les marches de l'estrade.

— Soyez prudente, madame ! Cet individu n'a cessé de vous fixer durant toute la pièce. Ne lui faites pas confiance !

Jonathan serra les poings, puis se détendit. Il se tourna vers la gouvernante, très calme.

— Je ne suis pas le seul homme à contempler votre maîtresse, ma bonne. Et beaucoup ont des intentions moins honorables que les miennes, je vous l'assure.

Lottie souffla avec mépris.

— Ce sont les actes qui comptent, monsieur, pas les belles paroles.

Sam jugea bon d'intervenir avant que sa fidèle gardienne ne finisse de mettre Langston hors de lui.

— Ne vous inquiétez pas, Lottie. Monsieur le marquis souhaite simplement me parler. Allez m'attendre dans ma loge avec Amalie, je vous rejoins.

Après un dernier regard de travers au marquis en question, la gouvernante s'exécuta en bougonnant. Quant à la petite fille, blottie dans ses jupes, elle quitta la scène en tirant la langue à ce beau monsieur qui ne lui plaisait pas du tout. Voyant cela, Jonathan ne put s'empêcher de sourire. C'était très certainement ce qu'il aurait fait à son âge, et Stephen aussi.

Sa réaction ulcéra Amalie, qui s'efforça de résister à Lottie.

— N'essayez plus de poser la main sur ma mère, sans quoi je... je vous arracherai les yeux !

Jonathan, grand seigneur, s'inclina sans la moindre moquerie.

— Votre attitude est parfaitement louable, mademoiselle.

Quand l'enfant eut enfin disparu, il offrit galamment son bras à Samantha. Les frasques d'Amalie avaient réussi à l'amadouer.

— Si vous n'y voyez pas d'inconvénient, je me propose de vous reconduire chez vous en voiture, madame. Au risque de me répéter, les rues de Covent Garden ne sont pas très sûres, le soir.

La jeune femme s'écarta.

— Ne m'en veuillez pas si je refuse, milord. Je tiens à rentrer avec ma fille.

Langston toussota.

— Amalie et sa gouvernante sont incluses dans

mon invitation, bien entendu. Une fois chez vous, je vous saurais gré de m'inviter à entrer un moment afin que nous puissions conclure notre affaire en privé.

Sam réfléchit. Refuser sa proposition ne reviendrait qu'à repousser l'inévitable. Et elle se réjouissait à l'avance de voir sa mine, lorsqu'elle lui rendrait froidement ses dix mille livres. Mais allait-elle feindre de s'intéresser encore à son frère, ou lui dirait-elle la vérité ?

— Comme il vous plaira, répondit-elle enfin. Si vous voulez bien m'attendre un instant...

Elle tourna les talons dans un envol de mousseline, toujours aussi gracieuse. Jonathan la suivit des yeux. Quel dommage que Dev l'ait remarquée le premier ! Dans d'autres circonstances, il ne lui aurait pas déplu de devenir le protecteur de la belle Mme Davidson. Mais la situation étant ce qu'elle était, et cette femme incarnant ce qu'il méprisait le plus au monde, un tel désir ne pouvait qu'être totalement irréaliste.

Quelques minutes plus tard, Sam monta avec le plus de dignité possible dans le cabriolet de Langston. C'était le véhicule dont il s'était servi pour l'enlever, un souvenir qui lui donnait encore des frissons. Elle s'efforça de conserver son calme.

Une fois à l'intérieur, elle constata qu'elle ne pourrait s'asseoir à côté de Lottie et d'Amalie, comme elle l'espérait. La banquette était trop étroite. Quelqu'un devait prendre place à côté du marquis. Amalie refuserait à coup sûr, et elle ne pouvait décemment imposer à l'héritier du duc de Rundell de voyager près d'une domestique. Il ne restait donc qu'elle.

Avec un soupir résigné, elle s'installa sur le siège

encore vide. Lorsqu'elle s'aperçut que Langston observait son manège d'un œil sarcastique, elle s'empourpra et releva fièrement le menton.

— Je vous sais gré de votre délicatesse, murmura-t-il en s'asseyant près d'elle.

Leurs jambes se touchaient. Pétrifiée, Sam sentit son cœur s'emballer et sa bouche s'assécher. Jamais, de sa vie, la proximité d'un homme ne l'avait troublée à ce point. C'était un véritable choc pour elle de constater que ce simple contact suffisait à déverser dans ses veines des torrents de lave incandescente.

Elle inspira à fond, tenta de s'éloigner. En vain. Chaque fois qu'elle s'écartait d'un centimètre, Langston prenait un malin plaisir à se rapprocher d'elle. Cette situation était intenable.

Tout à coup, la voix flûtée d'Amalie s'infiltra dans les pensées qui la torturaient.

— Maman, comment se fait-il que vous ayez permis à cet homme de nous raccompagner ? Cela n'était jamais arrivé, jusqu'à présent !

Langston leva un sourcil sceptique.

— Cela me semble difficile à croire, dit-il à mi-voix.

Pour son malheur, Amalie l'entendit.

— Je ne suis pas une menteuse ! se récria-t-elle.

— Je vous demande bien pardon, petite demoiselle, mais peut-être n'êtes-vous pas au fait de tous les faits et gestes de votre mère.

Sam se redressa, piquée au vif. Une telle attitude était intolérable.

— Amalie n'a que neuf ans, monsieur. Elle est en droit d'avoir certains idéaux, et d'attendre un minimum de morale de la part des adultes qui l'entourent. Vos remarques condescendantes ne vont pas dans ce sens.

— Je veux bien l'admettre.

Jonathan abandonna ce sujet brûlant. Il n'avait nulle raison d'en vouloir à la petite fille, dont la vivacité lui plaisait de plus en plus.

Ils ne tardèrent pas à arriver, pour le plus grand soulagement de Sam qui redoutait une autre intervention intempestive de sa fille.

— Lottie, vous emmènerez Amalie dans la cuisine et vous la ferez souper, dit-elle pendant que Langston ouvrait la portière et descendait le premier, sans attendre l'aide de son cocher.

Cela allait devenir une habitude, songea-t-il en lui-même, tout en tendant une main secourable à la gouvernante et à l'enfant. Ce comportement ne seyait guère à son rang, mais il éprouvait le besoin de bouger.

Amalie le foudroya du regard. Il mobilisa toute sa volonté pour ne pas rire, sachant que la susceptibilité de la jeune demoiselle ne le tolérerait pas. Lottie, elle, le remercia d'un signe de tête ; mais elle ne lui accorda pas l'ombre d'un sourire. Lorsqu'elles eurent pénétré dans la maison, Jonathan se retourna pour aider Samantha.

Penchée vers son visage puissamment charpenté, la jeune femme dut humecter ses lèvres sèches. Les yeux bruns fixés sur elle ne révélaient rien. Ils étaient parfaitement indéchiffrables. La belle bouche ferme, en revanche, avec ses contours bien ourlés qui la rendaient si sensuelle, arborait un pli moqueur.

Il lui tendit la main. Elle n'avait aucune envie de la prendre, mais la refuser reviendrait à lui accorder la victoire. Alors, se raidissant à l'avance contre l'effet que produirait sur elle la chaleur de sa peau, Sam posa des doigts légers entre les siens. Sa réaction fut pire encore que ce qu'elle avait craint : brusquement, ses genoux se dérobèrent. C'était la première fois qu'elle éprouvait une chose pareille et ce constat, une nouvelle fois, la dévasta.

Elle trébucha, et serait tombée si Langston ne l'avait rattrapée à temps. Embarrassée au plus haut point par une sensiblerie aussi ridicule, elle s'empourpra et le repoussa des deux mains.

— Je peux tenir debout, marmonna-t-elle, pressée d'échapper à l'influence désastreuse que ce grand corps viril exerçait sur elle.

— Voilà qui serait à vérifier, rétorqua doucement le marquis.

Son regard, soudain, était devenu beaucoup, beaucoup plus expressif. La flamme qui brillait au fond de ses prunelles évoquait sans équivoque un désir brûlant.

Pour le coup, Sam perdit le peu de sang-froid qui lui restait. Sous l'effet du désarroi, elle se mordit la lèvre. Dieu du ciel ! Qu'allait-elle devenir ? Il était ici pour se débarrasser d'elle en la payant, pas pour la séduire !

Elle se redressa, esquiva son cavalier et le pria de la suivre à l'intérieur. Dès qu'elle eut franchi le seuil, la tête haute, elle n'eut pas besoin d'entendre la porte se refermer sur lui pour savoir qu'il la suivait : elle percevait sa présence jusque dans les moindres fibres de son corps.

Une fois dans le salon, qui était presque aussi glacial que la rue, Sam se retint de remuer les braises pour ranimer le feu qui couvait dans l'âtre. Elle souhaitait en finir le plus vite possible.

Résolument, elle se tourna vers Langston et le regarda droit dans les yeux. Il y avait belle lurette qu'elle avait appris à dominer sa timidité, une faiblesse qui la mettait si souvent en position d'infériorité autrefois. Son mari et son beau-père avaient été d'excellents maîtres en la matière.

— Je présume, milord, que vous avez en votre possession un billet à ordre de la somme convenue ? demanda-t-elle posément.

Le marquis plissa les paupières. Sans répondre, il glissa une longue main élégante dans la poche de son manteau et en retira un feuillet qu'il lui tendit.

C'était la traite, l'ultime insulte. La poitrine de Sam se contracta. Par ce geste, Langston la plaçait face au désastre de sa vie personnelle. Si elle ne s'était pas cruellement trompée sur Charles, elle serait aujourd'hui une femme mariée, Amalie aurait un père et la sécurité qu'elle méritait, et cet homme ne serait pas là, devant elle, en train de l'acheter... Une vague d'amertume la submergea, et elle dut faire un effort pour ne pas pleurer.

— Je vois que vous avez respecté les termes de notre accord, murmura-t-elle d'une voix enrouée.

Langston s'écarta.

— Il n'aurait pu en être autrement, madame.

Alors, brusquement, le chagrin de Samantha fit place à une intense colère. Elle déchira la traite en deux, puis en quatre, puis en huit, et continua jusqu'à ce qu'il n'en restât plus que des confettis qui retombèrent sur le tapis élimé.

— Voilà ce que je pense de votre argent, monsieur ! s'écria-t-elle avec fureur.

Avant qu'elle l'ait vu venir, les doigts du marquis se refermèrent brutalement sur ses bras. Son visage tendu était tout près du sien, son souffle chaud balayait ses joues enflammées. Une série de frissons se propagea dans le dos de la jeune femme.

— Vous pousseriez un saint à la violence ! maugréa-t-il, les dents serrées. Et je suis loin d'en être un. Alors prenez garde de ne pas aller trop loin dans la provocation, madame Davidson.

Ces menaces n'étaient pas des paroles en l'air, Sam en avait pleinement conscience. Mais son instinct de femme percevait autre chose que de la rancœur dans l'attitude crispée de Langston, dans l'intensité du regard qui filtrait à travers ses paupières mi-closes. Il éprouvait de l'attirance pour elle, c'était manifeste.

Elle inspira à fond, torturée par une folle envie de le suivre sur cette voie périlleuse. Lui non plus, ne lui offrait pas l'amour ni le respect dont elle rêvait. Mais l'idée de vivre avec cet homme hors du commun une passion enflammée la tentait terriblement.

Elle devait fuir, tout de suite.

Les yeux de Langston s'assombrirent, son visage s'abaissa. Il allait l'embrasser. Il allait l'entraîner dans le noir tourbillon des émotions qu'elle lisait dans son regard... et elle allait capituler, elle le savait déjà.

Il l'écrasa contre lui et s'empara de sa bouche. Ce baiser, dévorant, souleva en Samantha des sensations qu'elle n'avait jamais éprouvées. Jamais. Prise du plus enivrant des vertiges, elle s'abandonna à l'étreinte du marquis et se laissa couler à pic vers des abîmes de passion.

Et soudain, sans prévenir, il s'arracha à elle et la repoussa. Sam eut l'impression qu'un froid terrible l'envahissait. Frustrée, perdue, elle le dévisagea sans comprendre. Les traits de Langston étaient durs, ses lèvres serrées.

— Vous rendez-vous compte du pouvoir que vous exercez sur les hommes ? lâcha-t-il sourdement, la voix âpre. Deverell n'a aucune chance de vous résister.

Il serra les poings.

— Moi-même, je n'ai pas été capable de le faire. Et pourtant, le ciel m'est témoin que je ne nourris pas la moindre illusion à votre sujet.

La réaction de Samantha fut instantanée : elle lui administra un soufflet qui claqua sinistrement dans la pièce.

Lorsqu'elle vit les marques rouges laissées par ses doigts, elle se figea, horrifiée, et se mordit de nouveau la lèvre pour l'empêcher de trembler.

— Je... je n'avais encore jamais frappé personne, bredouilla-t-elle. C'est la première fois. Mais le jugement que vous portez sur moi est si injuste, votre condamnation si... impardonnable, que je n'ai pas pu me retenir.

Les mâchoires serrées, le corps rigide, Langston réprimait visiblement une fureur sans bornes. Pourtant, lorsqu'il reprit la parole, sa voix affectait un calme dangereux.

— Dans ce cas, pourquoi avoir détruit cette traite ? A mon avis, c'est tout bonnement que vous n'avez jamais eu l'intention de l'accepter. En dépit de vos affirmations, je reste persuadé que vous comptez toujours épouser mon frère.

Il eut une moue méprisante.

— Mais après tout, je suppose que je ferais la même chose, si j'étais dans votre situation.

Sam vacilla, ébranlée par la cruauté de ses assertions et par l'accumulation de tous ces événements hautement perturbants. Elle posa une main sur le dossier d'une chaise, cherchant un réconfort dans ce contact familier.

— Vous me jugez à l'aune de vos propres critères, monsieur le marquis. Vous venez de le reconnaître à l'instant. Or vos valeurs ne sont pas les miennes. Je n'ai jamais eu l'intention de prendre cet argent, en effet, parce que je n'ai jamais eu l'intention d'épouser votre frère. Je voulais simplement vous donner une leçon. J'ai pour sir Deverell beaucoup d'estime et de sympathie, mais je ne l'aime pas. Et je ne me marierai qu'avec un homme que j'aimerai, et qui m'aimera.

Tout en s'expliquant sur ses sentiments, Samantha s'en voulait de s'abaisser de la sorte. L'opinion de Langston n'aurait pas dû lui importer, elle aurait dû se moquer de savoir s'il la croyait ou non. Malheureusement, il n'en était rien. Elle éprouvait un besoin irrépressible de se justifier à ses yeux, et le constater la mettait en miettes intérieurement.

— Beau discours, déclara Jonathan en quittant la pièce, mais je ne vous surprendrai pas en vous disant que je n'y ajoute aucune foi.

Il s'arrêta sur le seuil du vestibule.

— Vous n'avez pas fini d'entendre parler de moi, madame. Je prendrai toutes les dispositions nécessaires pour vous empêcher de devenir une St Simon.

A l'instant où il passait dans la petite entrée faiblement éclairée, des coups sourds furent frappés à la porte.

— Laissez-moi entrer ! hurla la voix de Deverell. Je sais que tu es ici, Jon, j'ai vu ta voiture. Je t'avais interdit de revenir menacer Sam !

Langston se tourna vers la jeune femme, sarcastique.

— Vous l'attendiez, n'est-ce pas ? Voilà qui me prouve amplement la fausseté de vos affirmations.

Hors d'elle, Samantha faillit le souffleter une seconde fois. Mais le plus pressant, à ses yeux, était d'éviter la catastrophe qui se préparait.

— Ne soyez pas stupide ! Si vous n'étiez pas venu me chercher au théâtre, je ne serais pas ici.

Il leva ses sourcils sombres d'un air sceptique, puis tendit la main pour ouvrir la porte. Quand Sam découvrit le visage ulcéré de Deverell, elle retint un cri de frayeur. Même dans ses pires cauchemars, elle n'aurait jamais cru que les choses pourraient en arriver là.

Le capitaine pénétra d'un pas raide dans l'entrée et cingla de ses gants le visage de son frère.

— Je t'avais prévenu, Jon. J'exige réparation de cette offense. Nous irons sur le pré, mon frère.

Samantha blêmit. Elle se rua sur le jeune homme, agrippant les revers de sa vareuse.

— Non, Dev ! Ne faites pas cela, je vous en supplie ! Je vous jure que Langston ne songeait qu'à votre bien, en venant me trouver. Ne commettez pas l'irréparable, je vous en conjure.

Le courroux du marquis enfla de plus belle. Cette satanée comédienne avait beau jeu de vouloir éteindre les braises, après les avoir attisées ! Mais le pire était encore que lui, Langston, brûlait moins de la corriger que de l'arracher à Deverell pour lui faire subir un tout autre traitement — traitement qui justifierait bien davantage que ses menaces le duel exigé par son frère...

Les poings serrés, il se contraignit à garder son calme. Ce n'était pas le moment d'envenimer une situation déjà explosive.

Par-dessus la tête de Samantha, il plongea son regard dans celui de son cadet.

— Je t'adjure de réfléchir, Dev. Ne laisse pas cette femme faire de nous des ennemis.

— Sam n'a nul besoin d'intervenir pour cela, mon cher. Nous le sommes déjà, par ta propre faute.

Désespérée, la jeune femme se tourna vers Langston.

— Arrêtez-le, s'il vous plaît ! Vous êtes l'aîné, usez de votre autorité !

Il lui jeta une œillade féroce. La fureur crispait sa bouche.

— Ne vous mêlez pas de cette affaire.

Lottie surgit sur ces entrefaites, l'air inquiet.

— Que se passe-t-il, madame? J'ai entendu crier depuis la cuisine, et pourtant elle n'est pas à côté!

Elle remonta ses lunettes; son regard acéré balaya les deux hommes.

— Ces messieurs se querellent-ils à cause de vous?

Samantha aurait tout donné pour courir se réfugier sur sa généreuse poitrine, tant cette situation la rendait malheureuse. Mais il lui incombait de ramener le calme avant que cet esclandre n'attirât Amalie. Sa fille était trop jeune pour assister à une scène aussi déplaisante.

— Ne vous tourmentez pas, Lottie. Je vais y mettre bon ordre. Retournez auprès d'Amalie et tenez-la à l'écart.

Cela fait, Sam s'adressa froidement au marquis :

— Permettez-moi de vous prendre au mot, milord. Puisque cette affaire, selon vous, ne me concerne pas, je vous prie d'aller porter votre différend ailleurs que chez moi.

Deverell, penaud, s'empourpra jusqu'aux oreilles et s'inclina poliment.

— Vous avez raison, Sam. Je suis navré. Il est indigne de deux gentilshommes de se disputer devant une dame.

Sans un mot de plus, il tourna les talons et sortit. Langston lui emboîta le pas, mais avant de franchir la porte il foudroya la jeune femme du regard.

— A votre place, madame, je ne serais pas fier d'avoir provoqué un tel drame. Mais vous pouvez être satisfaite, votre but est atteint : désormais, à moins que je ne le tue ou le rende infirme dans ce lamentable duel, rien ne pourra plus retenir Deverell de vous épouser. Quelles qu'en soient les conséquences tragiques pour lui ou pour sa famille.

Sam, immobile, le regarda partir. Elle était blanche comme un linge.

5.

Sa capuche rabattue sur la tête et sa cape bien serrée autour d'elle, Samantha marchait d'un pas vif. Le ciel était couvert, mais le pâle soleil hivernal s'efforçait péniblement de trouer les nuages — exactement comme Langston, un moment plus tôt, avait tenté devant ses collègues de la Chambre des communes de percer le mur de l'indifférence et des préjugés de classe pour défendre les pauvres et les mal lotis.

L'expérience qu'elle venait de vivre l'avait ébranlée.

Après une nuit blanche, elle avait décidé de parler d'urgence au marquis ; il fallait à tout prix qu'ils essaient d'éviter ce funeste duel, dont la perspective la terrorisait. Elle s'était donc rendue aux Communes, où elle était certaine de le trouver. C'était la première fois qu'elle pénétrait dans ce haut lieu de la politique britannique, et elle n'oublierait pas de sitôt le débat houleux auquel elle avait assisté.

Le hasard avait voulu qu'elle arrivât au moment où Jonathan St Simon, député du Northumberland, prenait la parole pour défendre le projet qui lui tenait à cœur : réformer la loi sur l'Assistance publique, qui datait d'Elizabeth I, pour l'adapter aux besoins du nombre grandissant de miséreux sécrété par l'industrialisation du pays. Il avait plaidé avec passion la cause des laissés pour compte, peignant un tableau fort noir de ces familles qui allaient frapper en vain aux portes des presbytères pour demander une aide souvent refusée, de ces enfants qui mendiaient dans la rue pour quêter une croûte de pain. Cette situation, avait-il conclu d'une voix vibrante, était intolérable ; on devait y mettre un terme.

Ses propositions, révolutionnaires, avaient soulevé un tel tollé que le Président des Communes, qui conduisait les débats, avait dû réclamer le silence.

La jeune femme en avait profité pour s'éclipser en douce, émue aux larmes. Elle en avait assez entendu, et ne se sentait plus le courage d'aller affronter de but en blanc l'orateur extraordinaire qui venait de s'exprimer devant elle. Il fallait d'abord qu'elle se donne le temps de réfléchir, qu'elle mette un peu d'ordre dans ses pensées et dans ses sentiments — complètement chamboulés par cette scène inattendue.

Si Langston pouvait savoir à quel point elle partageait ses convictions, et souhaitait le voir remporter cette victoire ! La misère, la détresse, elle les avait connues aux pires moments de son existence ; elle aussi avait dû s'en remettre à la charité paroissiale lorsqu'elle n'avait plus un sou pour vivre. L'expérience avait été amère. Les aumônes reçues, concédées sans compassion ni gentillesse, ne lui suffisaient même pas pour nourrir décemment Amalie. Cette période dramatique restait gravée dans sa mémoire comme le plus cruel, le plus glacé des souvenirs.

Elle s'arrêta et inspira une longue goulée d'air chargé de suie. Mieux valait ne plus penser à tout cela. Elle était si heureuse à présent, en comparaison ! Et le bien-être dont elle jouissait, même s'il n'était encore que relatif, elle ne le devait qu'à elle-même, à sa persévérance, à son travail acharné. Tout ce qu'elle possédait, elle s'était battue pour l'avoir, comme Langston se battait maintenant pour améliorer le sort des déshérités.

Qu'adviendrait-il de son combat, s'il acceptait ce duel contre son propre frère ?

L'idée la fit frémir. La chose se saurait sans aucun doute, et le scandale qui en résulterait risquait de ruiner définitivement la carrière politique de Jonathan St Simon. Elle devait empêcher cela ; dans l'intérêt des pauvres gens que Langston défendait, sinon pour lui-même. Puisqu'elle était la cause du différend qui opposait les deux frères, il lui revenait de les réconcilier.

Le cœur plus léger, elle repartit d'un pas alerte, animée d'une vitalité qui lui faisait défaut depuis quelque temps. Elle haussa le menton, redressa les épaules. C'était décidé : dès le lendemain, elle irait trouver sir Deverell. Elle ne connaissait pas grand-chose aux codes compliqués qui régissaient les duels, mais croyait savoir que celui qui se considérait comme l'offensé était seul en mesure de se retirer sans déshonneur. C'était ce qu'elle allait tenter d'obtenir.

Localiser Deverell St Simon ne fut pas chose aisée. A force de questions et de pièces glissées dans maintes paumes avides, Sam finit par apprendre que le jeune homme avait quitté la demeure des Rundell le soir même où il avait provoqué son frère en duel. Il s'était réfugié dans une pension assez peu reluisante, où il occupait un meublé avec son aide de camp.

La deuxième épreuve, pour la jeune femme, consista

à franchir le barrage méprisant que lui opposa la logeuse de Dev. Il était contraire aux bonnes mœurs qu'une personne de sexe féminin vînt rendre visite à un célibataire, et la grosse femme à l'air rogue le lui fit bien sentir. Enfin, toute honte bue, Samantha réussit non sans mal à se faire introduire dans l'appartement du capitaine.

— Madame Davidson ! s'écria l'aide de camp stupéfait. Je ne sais si sir Deverell...

— Ma visite a de quoi vous surprendre, je n'en doute pas, l'interrompit la jeune femme d'une voix douce. Mais je vous en prie, faites savoir à votre maître que je suis ici pour une affaire d'importance.

Le domestique, visiblement en proie à un grave problème de conscience, finit par céder.

— Veuillez vous asseoir, madame. Je vais prévenir monsieur.

Samantha prit place près d'une table basse, devant la cheminée. Amusée, elle contempla le désordre qui régnait dans la pièce : des cartes traînaient sur une table de jeu, des livres étaient semés un peu partout, une carafe et deux verres trônaient sur un buffet. Le mobilier était peut-être loué, mais Deverell semblait s'être installé comme chez lui.

Quelques secondes plus tard, une porte intérieure s'ouvrit en coup de vent et le jeune homme surgit, chemise dégrafée, un air d'intense inquiétude sur son visage tendu.

— Sam ! s'écria-t-il d'un ton choqué. Quelle raison a bien pu vous amener jusque chez moi ? Si quelqu'un vous a aperçue, c'en sera fait de votre réputation !

Samantha sourit. Il ressemblait à un petit garçon tiré de sa sieste, avec ses mèches en bataille, sa tenue négligée et ses bottes poussiéreuses. Manifestement, il avait dormi tout habillé.

— Ne vous tourmentez pas pour cela, Dev. De toute manière, ma réputation est déjà faite. Quoi que je fasse ou que je dise, nous n'y changerons rien.

— Pardon, mais je compte bien y changer quelque chose, moi ! affirma-t-il en venant se planter devant elle, les sourcils froncés. Dès que j'aurai mis un terme aux manigances de Langston, je vous épouserai et plus personne n'osera vous dénigrer. Je vous en fais le serment.

Les deux frères étaient aussi bouillants l'un que l'autre, songea Sam, à la différence qu'ils ne s'emportaient pas pour les mêmes motifs. Deverell jugeait les gens pour ce qu'ils étaient ; Langston, lui, ne démordait pas de l'opinion qu'il s'était forgée d'eux — même sans les connaître.

Elle se leva avec grâce, bien décidée à prendre la conversation en main avant que son soupirant n'aille trop loin.

— J'apprécie grandement le souci que vous avez de mon honneur, sir Deverell, mais en l'occurrence il n'y a rien à défendre. Le marquis ne m'a causé aucun tort. Qui plus est, je pense que les conséquences de ce duel pourraient lui être fort néfastes, à plus d'un titre.

— Sornettes ! riposta le jeune homme en allant se servir un verre de vin.

Un peu tard, il s'avisa qu'il manquait à tous ses devoirs.

— Voulez-vous de ce porto ? demanda-t-il. Je n'ai pas de xérès, ici.

Samantha refusa poliment. Il vida son verre d'un trait, visiblement hors de lui.

— Que craignez-vous donc ? Langston est un haut dignitaire que rien ne peut toucher. Il doit hériter du premier duché d'Angleterre, avec toute la sécurité et la respectabilité qu'un tel titre confère.

Avec un rire âpre, il conclut :

— Non, ma petite confrontation avec lui ne comporte aucun danger, rassurez-vous. Mais elle aura l'avantage de venger votre honneur.

L'amusement de Samantha fit place à l'exaspération. Ce jeune dandy était aussi têtu que son frère aîné, ce qui n'était pas peu dire. Il devait s'agir d'un trait de famille.

Elle soupira, puis s'efforça de bannir toute colère de sa voix. Elle devait se montrer persuasive, rien d'autre.

— Ecoutez, Dev. Si je viens plaider la cause de Langston, ce n'est pas pour épargner sa personne. Il se trouve simplement qu'il défend une loi qui me tient à cœur, et je redoute que ce duel ne mine ses efforts. A mes yeux, il serait affreusement regrettable que le sort de milliers de malheureux eût à pâtir d'une dispute sans fondement.

Alors que Deverell, jusque-là, l'avait écoutée en silence, ranimant son espoir, il changea brusquement de mine et elle comprit qu'elle avait mal choisi ses derniers mots.

— Sans fondement ? s'exclama-t-il, ivre de fureur. Vous ignorez de quoi vous parlez ! Figurez-vous qu'il a convaincu ma mère de ne pas me donner la parure d'émeraudes destinée à ma future épouse ! Alors que j'avais prévu de vous offrir la bague sans attendre, en signe de mon engagement !

Il se conduisait vraiment en enfant gâté, et la sympathie que Samantha lui portait s'évapora tout à fait.

— Nous avons déjà abordé ce sujet, sir Deverell. Et si je suis fort consciente de l'honneur que vous me faites, je vous répète que je ne suis pas éprise de vous. Comme je n'épouserai qu'un homme que j'aimerai passionnément, ainsi que je vous l'ai déjà dit, cette affaire n'a pas lieu de vous opposer à votre frère.

— Oh, si !

Dev tomba à genoux.

— Je veux vous épouser, Sam ! Il y a tant de choses que je pourrais faire pour vous, et pour votre fille. Donnez-moi cette chance, je vous en supplie ! Acceptez de devenir ma femme !

Sam ferma un instant les paupières. Dieu, que la tentation était grande ! Ne plus avoir à s'inquiéter de l'avenir d'Amalie serait merveilleux. La plus belle chose qui lui arriverait jamais. Mais pas dans ces circonstances.

Elle inspira profondément.

— Vous connaissez ma réponse, Dev. Quoi que vous puissiez dire, elle ne changera pas. Et si, malgré cela, vous persistez à vouloir affronter Langston, sachez que je vous en voudrai terriblement.

Comme elle se dirigeait vers la porte, le dos raide et la tête haute, il se releva en hâte et la rejoignit.

— Sam, je vous en prie !

— Cela vaut mieux ainsi, sir Deverell. Nous ne sommes pas faits l'un pour l'autre, insista Samantha d'un ton plus amène.

Avant qu'il pût protester davantage, elle sortit et referma la porte derrière elle avec une fermeté qui ne pouvait laisser planer le moindre doute sur sa détermination.

Une fois dehors, elle prit le temps de regarder autour d'elle. La rue grouillait de monde, et elle décida de se mêler aux passants pour flâner un peu, ce qui ne lui arrivait pratiquement jamais. Au coin d'un pâté de maisons, une petite marchande ambulante criait :

— Chauds, les marrons ! Chauds !

Par ce temps froid, le délicieux arôme des châtaignes grillées était tentant ; Sam y céda. Après avoir payé son cornet le double du prix demandé, une extravagance largement compensée par la surprise qui se peignit sur le visage glacé de l'enfant, puis le sourire éclatant qui suivit, elle se remit à marcher d'un pas lent, savourant à sa juste valeur ce plaisir aussi simple que rare pour elle.

Il lui restait plusieurs heures avant la prochaine répétition, prévue en fin d'après-midi. Elle avait tout loisir de se rendre à pied jusqu'à Grosvenor Square, où se trouvait l'hôtel particulier de Langston. Une nouvelle confrontation avec le marquis ne l'enchantait guère, mais après l'échec manifeste auprès de Deverell, elle s'avérait plus que jamais nécessaire.

La jeune femme maudit son cœur, qui s'emballa aussitôt à cette perspective. Cette émotion était ridicule ; elle devait absolument se calmer avant d'arriver.

— Par tous les diables ! maugréa Jonathan.

Un bruit de voix s'infiltrait dans la bibliothèque où il travaillait à son projet de loi, l'empêchant de se concentrer. Relevant la tête, il massa sa nuque raidie et consulta la pendule posée sur le manteau de la cheminée. 4 heures, déjà ! D'un geste irrité, il mit de l'ordre dans ses documents et les empila sur le côté de son imposant bureau d'acajou. Cela fait, il s'appuya au dossier de son fauteuil de cuir capitonné et son regard, comme toujours, se porta vers le grand portrait accroché face à lui.

Annabelle, peinte par sir Thomas Lawrence... A l'époque la jeune femme était enceinte de trois mois, mais cela ne se voyait pas encore. L'artiste avait fort bien su capter l'éclat lumineux de sa beauté, la transparence de son teint, l'étincelle de son regard couleur de saphir. Son visage à l'ovale parfait semblait éclairé de l'intérieur. Dans sa naïveté, Jonathan avait pris cela, alors, pour le reflet d'une joie intérieure, d'une merveilleuse sérénité. Plus tard, il avait compris avec amertume que cette expression de contentement venait du plaisir secret de sa liaison adultère, de cette passion défendue dont elle portait le fruit.

Par la suite, loin de se débarrasser de ce tableau, il avait pris soin de le garder sous les yeux. Il tenait à se rappeler chaque jour la duplicité de son épouse et la méfiance sans bornes qu'il convenait d'opposer à toutes les femmes, sans exception.

Dans l'entrée, le ton de la conversation semblait monter dangereusement. Intrigué, le marquis commença à se lever pour aller voir ce qui se passait. C'est alors qu'il reconnut la voix unique de Samantha Davidson qui exigeait de lui parler, et il se figea.

Une tension soudaine lui noua l'estomac. Que venait-elle faire chez lui ? Aucune femme soucieuse de sa réputation ne se permettait jamais de rendre visite à un célibataire, pas même sa maîtresse.

Ce premier mouvement de surprise passé, il décida de la laisser quelques minutes de plus aux prises avec son majordome, qui avait pour ordre de ne pas déranger son maître et refusait formellement de l'annoncer. Cette jeune intrigante apprendrait qu'on ne se présentait pas à l'improviste chez le marquis de Langston.

Un sourire sardonique sur les lèvres, il fit jouer ses épaules pour se détendre. Il n'était pas difficile de deviner pourquoi la « Divine » Davidson tenait tellement à lui parler... Sans doute avait-elle décidé de faire monter les enchères pour renoncer à Deverell. Cela expliquerait qu'elle ait déchiré si cavalièrement sa traite de dix mille livres, deux jours plus tôt.

Son sourire s'élargit. Elle allait en être pour ses

frais ; il avait de très mauvaises nouvelles à lui annoncer.

Soudain impatient de savourer sa victoire, il alla ouvrir la porte et ordonna d'une voix forte :

— Peter, faites entrer Mme Davidson.

Le domestique ne put cacher son soulagement, et s'empressa d'obéir.

Sans attendre l'entrée de sa visiteuse, Langston se dirigea alors vers la cheminée et ranima le feu — omettant de se demander pourquoi il éprouvait le besoin subit de ramener un peu de chaleur dans la pièce, qui s'était considérablement refroidie pendant qu'il travaillait.

— Madame Davidson, milord, annonça le majordome d'un ton solennel.

Le marquis se détourna à l'instant où l'actrice remerciait Peter d'un sourire exquis, propre à damner n'importe quel homme. Un élan de désir le souleva, qui provoqua aussitôt sa colère.

— Je vois que votre propension à charmer est toujours aussi vive, madame. Et qu'elle s'adresse à n'importe qui, déclara-t-il sèchement, les lèvres pincées.

Samantha lui décocha une œillade ulcérée, puis elle haussa ses fins sourcils avec dédain.

— Pour ma part, milord, je constate que vous êtes toujours d'humeur aussi aimable.

Jonathan refusa de lui répondre. Il ne lui ferait pas le plaisir d'entrer dans son jeu. D'ailleurs, il était assez occupé à tempérer l'incompréhensible attirance que cette femme lui inspirait.

S'efforçant de paraître impassible, il la détailla crûment. Elle était vêtue simplement, d'une ample cape de drap gris dont la capuche retombait sur ses épaules. La lumière vacillante des bougies allumait des reflets d'or, de cuivre et de bronze dans sa chevelure châtaine. Comme le premier soir où il l'avait vue, Jonathan fut pris de l'envie insidieuse de défaire ce chignon somptueux et de glisser les doigts dans sa masse soyeuse.

Il se rappela rudement à l'ordre. Cette ravissante créature n'était pour lui qu'une adversaire. Et même sa pire ennemie, puisqu'elle avait conduit son propre frère à le provoquer en duel.

— Quelle raison vous amène, madame Davidson ? Auriez-vous finalement décidé d'accepter mon offre ? demanda-t-il froidement.

Elle leva le menton.

— Non, milord.

— Ah ! Il s'agit donc d'autre chose.

D'un air faussement détaché, Langston alla emplir un verre d'un liquide doré.

— Voulez-vous essayer ? C'est du whisky écossais, un alcool que mon frère Alaistair m'a fait connaître il y a quelques années.

— Merci, mais je ne suis pas ici pour expérimenter de nouveaux breuvages, milord.

Sa fermeté et son sang-froid, une fois de plus, suscitèrent l'admiration involontaire du marquis.

— Pourquoi, alors ?

Il se dirigea vers la cheminée et posa un pied élégamment botté sur la grille. Sam le suivit des yeux. Il se mouvait avec l'aisance de l'habitude dans ce décor fastueux. Vêtu d'une redingote brune impeccablement coupée, d'un foulard immaculé glissé dans l'échancrure de son gilet et d'une culotte chamois admirablement ajustée, il incarnait en apparence l'archétype de l'aristocrate imbu de lui-même. Mais la jeune femme savait à présent que cette prestance imposante cachait autre chose : un homme sensible, qui se préoccupait du sort des moins favorisés que lui.

Ce qui ne signifiait pas pour autant qu'elle devait se radoucir à son égard.

Toutefois, le respect qu'elle portait à son action la poussa à soutenir le regard insolent dont il parcourait sa personne ; sans cela, elle eût quitté la pièce sur-le-champ.

— Je suis venue vous demander de renoncer à ce duel avec sir Deverell.

La bouche de Langston prit un pli si méprisant que Sam dut fournir un réel effort pour continuer.

— Je... j'ai...

Elle se reprit.

— Il se trouve que j'ai eu vent du projet de loi que vous tentez de faire adopter en ce moment, et il me paraîtrait hautement regrettable d'y porter atteinte par un tel scandale.

Voilà. Elle l'avait dit. Il pouvait la dévisager avec tout le dédain qu'il voulait, cela n'avait plus la moindre importance. Elle était venue défendre une cause juste, c'était la seule chose qui comptait.

— Madame Davidson..., déclara-t-il lentement, de cette voix grave qui ne manquait jamais de donner le frisson à Samantha. Apprenez que je n'ai jamais eu l'intention d'affronter mon frère. Cela dit, l'intérêt que vous semblez porter à mon action politique me surprend et me charme ; je n'en attendais pas autant de votre part. Mais permettez-moi tout de même de douter de votre sincérité. A mon humble avis, ce discours n'a qu'une seule et unique visée : m'inciter à renchérir sur l'offre que je vous ai faite.

Une vive rougeur enflamma les joues de la jeune femme. Elle s'en sentit humiliée, car elle aurait dû depuis longtemps déjà se montrer insensible aux sarcasmes de cet homme. Il lui fallut une bonne minute pour surmonter l'amertume qui lui nouait la gorge.

— Vous vous comportez comme un goujat, monsieur. Néanmoins, je crois savoir qu'une réelle compassion vous habite envers les malheureux de notre pays, et c'est la seule raison qui m'a conduite à oser cette démarche. J'ai entendu votre discours aux Communes, hier. Sachez qu'il m'a touchée, contre mon gré, et que j'ai même poussé la faiblesse jusqu'à souhaiter votre victoire.

Une expression fugace, qui ressemblait à de l'émotion, passa dans les yeux de Langston. Mais elle disparut tout aussi vite, au point que Sam crut s'être trompée. Dans son désir de prouver à cet individu hautain et borné qui elle était vraiment, elle lui prêtait des sentiments qui n'étaient pas les siens.

— Ce geste vous honore, madame, rétorqua le marquis avec une dérision qui confirma la jeune femme dans ses conclusions. Mais je vous le répète, vous n'avez plus à vous tourmenter : j'ai pris les mesures qui s'imposaient afin d'éviter ce duel.

— Lesquelles ? s'enquit Samantha, le souffle court.

— Ne vous en déplaise, vous n'êtes pas la seule à vous inquiéter du vote de cette loi. Je dispose à la cour d'amis influents qui ne tiennent pas plus que vous à le voir entravé par un scandale, et qui se soucient tout autant de l'avenir de Dev. Cela étant, mon bouillant petit frère va être dépêché auprès de Wellington, à Bruxelles. Son départ est imminent. La capitale belge, vous ne l'ignorez pas, sert de plaque tournante à nos opérations militaires contre Napoléon. Une bonne partie de la haute société s'y trouve rassemblée, et la vie mondaine y est fort animée. Nul doute que Deverell ne tardera pas à vous oublier.

Abandonnant sa posture près de la cheminée, il se rapprocha de Samantha. Elle perçut le parfum raffiné qui montait de ses vêtements, un délicat mélange de citron et de musc, et en fut plus troublée qu'elle ne l'aurait souhaité.

— Cette manœuvre est très intelligente, murmura-t-elle. Vous avez l'art de faire d'une pierre deux coups.

— Je ne fais que veiller à l'intérêt des miens, insista Langston avec une douceur aussi trompeuse que menaçante.

L'avertissement était clair, mais Sam refusa de se laisser intimider.

— Je n'en doute pas, milord, et je vois que vous ne laissez rien au hasard, répliqua-t-elle fraîchement. Il semble que j'aie perdu mon temps et risqué ma réputation pour rien, puisque vous aviez déjà la situation en main. Pardonnez donc cette intrusion inutile et souffrez que je vous quitte. Bonne journée, monsieur.

Sans lui laisser le temps de reprendre l'initiative, Samantha tourna les talons et sortit. Elle traversa d'un pas sec le vestibule de marbre poli. Lorsqu'elle se retrouva dans la rue grise, gagnée par le crépuscule, elle éprouva un besoin urgent de marcher pour se détendre. L'entretien avec Langston lui avait mis les nerfs à vif, des pensées contradictoires se livraient bataille dans son esprit échauffé.

Le seul point positif qui lui apparaissait au milieu de ce tumulte, c'était qu'elle n'aurait plus affaire à l'arrogant héritier du duc de Rundell. Jamais.

6.

— Maman ! cria Amalie de sa jolie voix flûtée. Venez vite ! Un paquet vient d'arriver pour vous !

L'enthousiasme de sa fille fit sourire Sam, qui travaillait dans le minuscule jardin qu'elle entretenait avec autant de soin que de plaisir à l'arrière de sa maison. L'enfant était dotée d'un heureux caractère, qui la poussait à se réjouir du moindre événement agréable.

Cela dit, une telle livraison n'avait rien d'extraordinaire. Nombreux étaient les admirateurs qui envoyaient des présents à leur actrice préférée. Si ceux-ci étaient trop chers ou trop importants, Samantha les retournait aussitôt ; mais elle conservait les petits cadeaux anodins, bibelots ou autres babioles, et les offrait à Amalie qui s'en faisait toujours une joie. D'où son impatience bien compréhensible chaque fois qu'un porteur venait frapper à leur porte.

Pour sa part, la jeune femme accordait sa préférence aux fleurs, et particulièrement aux roses. Lorsqu'elle en recevait, tout le monde pouvait en profiter, y compris Lottie.

Elle se releva, brossa la terre qui recouvrait son tablier, ôta ses gants de jardinage et jeta un coup d'œil satisfait à son travail : elle avait paillé les tiges de ses rosiers pour les protéger du gel. Ainsi, dès le mois de mai et durant tout l'été, ils lui prodigueraient à foison les corolles odorantes dont elle ne se lassait pas. Lorsqu'elle rentrerait, le soir, elle pourrait humer avec délice le parfum capiteux des roses de Damas et les effluves plus légers de ses ravissantes petites roses grimpantes.

Ce jardin était son havre de paix.

Lissant sa robe de drap toute simple, elle rejoignit Amalie qui sautait d'un pied sur l'autre.

— Hâtez-vous, maman ! Deux messieurs en livrée ont apporté ce cadeau. Il doit être très précieux ! Et regardez cette rose magnifique glissée dans le ruban. N'est-elle pas du plus bel effet, sur ce papier doré ?

— Je t'en prie, mon ange, calme-toi, dit Samantha en prenant le paquet.

Sa fille avait raison, l'effet des pétales rouge sang sur cette feuille d'or était superbe. Et quel parfum ! En cette saison, il s'agissait d'une fleur de serre, un vrai luxe. L'expéditeur n'avait pas regardé à la dépense.

Après avoir, par jeu, glissé la rose dans la natte blonde d'Amalie, la jeune femme décida d'ouvrir la première boîte, qui apparemment en contenait une autre plus petite. Le ruban défait, le papier doré écarté, elle souleva le couvercle... et se rembrunit aussitôt.

Cet écrin de velours bleu provenait de toute évidence de chez un joaillier. Encore un homme qui voulait faire d'elle sa maîtresse, et tentait d'acheter ses faveurs par un bijou de prix.

Il n'était pas question de divulguer ce genre d'excentricité à Amalie. Ou bien elle demanderait la raison d'un tel cadeau, chose fort délicate à expliquer, ou bien, dans sa candeur, elle le trouverait naturel. Et Samantha ne tenait pas à lui inculquer dès son plus jeune âge des valeurs aussi frelatées.

Sans mot dire, elle referma le couvercle.

— Qu'est-ce que c'est, maman ? Je veux voir ! protesta la petite fille, les yeux rivés sur le paquet.

Sam hésita. Si elle tergiversait ou laissait planer un doute, cette histoire n'en finirait pas. Mieux valait couper court, fût-ce au prix d'un mensonge sans conséquence.

— Ce monsieur est un plaisantin, répondit-elle en feignant un air fâché. Un si bel emballage pour m'offrir de simples compliments ! A-t-on idée ?

Comme l'enfant faisait la moue, déçue, Sam décida de lui rendre son sourire.

— Pour nous consoler, nous allons prendre une tasse de thé bien chaud avec du pain beurré, et nous jouerons aux grandes dames. Veux-tu ?

Immédiatement, le visage d'Amalie s'illumina de nouveau.

— Oh, oui, maman !

C'était un jeu qu'elle adorait. Sa mère regretta un peu d'avoir eu recours à ce procédé, car elle n'aimait guère lui faire miroiter un style de vie auquel elle n'aurait jamais accès, mais dans ce cas précis c'était un moindre mal. Protéger Amalie des cruelles réalités symbolisées par ce bijou lui semblait essentiel.

— Va vite demander à Lottie de nous servir dans le salon, mon cœur.

Dès que l'enfant se fut éclipsée, Samantha tira l'écrin de sa boîte et l'ouvrit. Il devait contenir un message, et elle voulait savoir qui avait eu l'outrecuidance de lui adresser un présent aussi peu délicat.

Son premier geste fut de retenir un cri d'admiration. L'objet était une bague magnifique, deux diamants de la plus belle eau sertis dans une monture délicieusement travaillée. N'importe quelle femme eût rêvé de porter une telle merveille. Et nul homme au monde ne pouvait imaginer qu'on la lui refusât.

Les lèvres pincées par l'irritation, la jeune femme déplia le billet qui accompagnait la bague. Sa fureur s'accrut lorsqu'elle reconnut l'écriture de Deverell.

« Très chère Sam, avait-il griffonné à la hâte. Je vous en prie, pardonnez la lâcheté qui m'a poussé à vous faire envoyer ce présent de manière aussi cavalière. Lorsque vous recevrez ce témoignage de ma dévotion, je serai en train de franchir la Manche. J'ai agi ainsi pour vous empêcher de me le retourner sur-le-champ, et dans l'espoir que vous voudrez bien réfléchir encore à ma proposition en attendant mon retour. Votre fidèle serviteur, Deverell St Simon. »

Il était vraiment impossible ! Un véritable enfant gâté, accoutumé à obtenir tout ce qu'il désirait. Et s'il pensait que son absence allait la contraindre à conserver ce bijou, il se trompait lourdement. Mais à qui le retourner, et comment ?

Samantha ne vit que deux solutions : les parents du jeune homme ou son frère. Comme elle ignorait tout du duc et de la duchesse, et de la réaction qui serait la leur, elle opta pour Langston qu'elle connaissait un peu. A contrecœur.

Cela étant, confier un objet de ce prix à un inconnu l'ennuyait ; le risque était trop grand. Quant à Lottie, il était délicat de la faire s'acquitter à sa place d'une telle corvée. Il ne lui restait donc qu'à rapporter l'écrin en personne. D'ailleurs, rien ne l'obligerait à voir le marquis. Elle remettrait simplement le paquet à son majordome.

Sa décision prise, elle rangea la bague dans la poche de son tablier et alla prendre le thé avec sa fille.

***

Les sourcils froncés, Jonathan contemplait la bague qui étincelait à la lumière du chandelier. Cette catin ne manquait pas de front. Que cherchait-elle à lui prouver, par ce renvoi qui ne le concernait pas ? Son désintéressement ? Sa bonne foi ? Il n'en croyait rien. Il y voyait plutôt un défi de fort mauvais goût, et une façon détournée de l'informer des excès de son frère.

Un coup frappé à la porte de la bibliothèque le tira de ses sombres pensées. Son valet venait lui annoncer l'arrivée de l'enquêteur qu'il avait convoqué, un certain Winkly. Alaistair lui avait chaudement recommandé cet ancien sergent de ville, reconverti dans des activités plus lucratives. Son frère avait eu recours à ses services quand feu le comte de Bent avait tenté d'enlever son épouse, et s'en était montré fort satisfait.

— Faites entrer, ordonna-t-il.

Quelques secondes plus tard, un petit homme au visage de fouine pénétra dans la pièce.

— Bien l'bonsoir, patron... Oh, pardon ! Votre Grâce, veux-je dire, corrigea-t-il en ôtant sa casquette de laine. Il paraît que vous auriez besoin de mes services ?

— En effet, Winkly.

Le marquis se leva et contourna son bureau.

— Il s'agit d'une actrice dont j'aimerais élucider le passé. Je voudrais savoir ce qu'il est advenu de son mari, prétendûment décédé, et si elle a réellement été mariée au père de son enfant.

— Compris, pat...

Winkly s'interrompit avec une grimace. Une telle familiarité n'était pas de mise avec l'héritier du puissant duc de Rundell.

— Toutes mes excuses, milord. Je ne suis pas vraiment habitué à frayer avec les gens de la haute.

— C'est sans importance, répondit Jonathan en souriant malgré lui.

Le visage de Winkly s'éclaira. Il avait l'air d'un mauvais garçon, avec son incisive manquante, mais il ne fallait pas s'y tromper. C'était l'un des plus fins enquêteurs de Londres.

— Pour quand vous faut-il ces informations, milord ?

Langston se rembrunit.

— Le plus tôt sera le mieux.

— Oh ! Une affaire urgente ? Je vois. Et qui est la dame ?

— Il ne s'agit pas d'une dame, mais d'une demi-mondaine, comme toutes les actrices, déclara froidement le marquis.

Winkly émit un sifflement. Le frère de lord Alaistair semblait d'une humeur massacrante ; il aurait intérêt à le satisfaire, c'était clair.

— Mais encore ? risqua-t-il.

— Elle se nomme Mme Davidson. Samantha Davidson.

Là, l'enquêteur ouvrit des yeux ronds. La « Divine » Davidson ? On ne parlait que d'elle dans les pubs et dans les salons. Et plutôt en bien ! Jamais un mot de travers sur cette tragédienne renommée, qui ralliait tous les suffrages. Cette histoire paraissait plutôt tordue — mais, après tout, ce n'était pas son affaire.

— Entendu, milord. Je m'y mets sur-le-champ.

— Merci, Winkly.

Comprenant qu'il était congédié, le petit homme sortit en faisant grise mine. Une personne si convenable ! Si ce n'était pas malheureux... Puis il pensa aux pièces d'or qui l'attendaient, et ses scrupules s'évanouirent.

Resté seul, Jonathan se rassit à son bureau. Il attendait Ravensford, qu'il avait fait appeler pour lui soumettre les avenants à son projet de loi. Il aurait grand besoin de l'appui du comte, lorsque celui-ci serait discuté à la Chambre des lords. Les compromis qu'il avait dû accepter ne l'enchantaient guère, mais il préférait cela à un rejet définitif.

Lentement, mais sûrement. C'était un principe qui lui tenait à cœur et qu'il s'efforçait également d'appliquer à sa vie privée — en temps normal.

Soudain, pris d'un accès de colère, il empoigna la liasse de documents et la rabattit violemment sur la table, ce qui fit sauter sa plume de son encrier. De l'encre éclaboussa les papiers, mais il n'en avait cure.

En temps normal ! Depuis qu'il avait posé les yeux sur cette Samantha Davidson, plus rien n'allait comme il voulait. Il avait beau faire, il ne cessait de penser à elle au détriment de son travail. Cette femme l'obsédait.

— J'ai dit à Peter qu'il était inutile de m'annoncer.

La voix grave du comte de Ravensford, venue du seuil, le fit sursauter. Cette fois, il renversa carrément l'encrier.

— Nom de...

Jonathan bondit sur ses pieds, s'écartant juste à temps pour empêcher l'encre de couler sur sa culotte chamois. En hâte, il tira de sa poche un mouchoir immaculé et en tamponna son bureau. Puis, avec un soupir excédé, il le jeta dans sa corbeille à papier.

Durant toute la scène, Andrew n'avait cessé de l'observer avec une attention amusée.

— Vous aurais-je surpris à rêvasser, mon cher ? demanda-t-il d'un ton malicieux.

— Je ne pense pas que ce terme soit celui qui convienne, maugréa Langston.

— Oh ! Votre esprit ne s'égarait donc pas vers une délicieuse actrice, dont le nom est sur toutes les lèvres en ce moment ?

Le marquis faillit se fâcher, mais l'espièglerie qui brillait dans les yeux de son ami eut raison de son irritation. Il sourit.

— Si fait, espèce de brigand. Puis-je savoir d'où vous vient ce don de double vue, tout à coup ?

Cette fois, ce fut Ravensford qui se rembrunit.

— Lorsqu'une femme connue se rend au domicile d'un illustre célibataire, mon cher, la nouvelle a vite fait le tour des salons. Et nul doute qu'après tous ces on-dit, la presse à scandales va s'emparer de l'affaire.

Il marqua une pause.

— Avez-vous songé à Cynthia ?

— Il s'agit là d'une affaire de famille, riposta sèchement Langston. Cynthia n'est en rien concernée.

La repartie était dure. Sans cœur, même. Il en avait conscience. Mais depuis sa mésaventure conjugale, il ne souffrait plus qu'une femme, quelle qu'elle fût, lui dictât sa conduite.

Les traits crispés, il s'approcha d'une desserte et déboucha une carafe.

— Whisky ou porto ?

— Whisky, répondit Andrew. C'est un breuvage barbare, mais qui sied tout à fait à mon humeur.

Jonathan hocha la tête et le servit. En rejoignant les deux fauteuils de cuir installés devant la cheminée, il prit l'écrin posé sur son bureau. Quand Ravensford fut confortablement installé près de lui, il leva son verre et porta un toast :

— Au succès de notre loi sur l'Assistance publique et à la disparition de toutes les femmes machiavéliques !

Ils burent de concert.

— Je n'aurais pas cru que vous ayez des visées sur Mme Davidson, déclara alors le comte d'une voix posée. Sachant que Deverell est fou d'elle et que Cynthia attend d'un jour à l'autre votre demande...

Langston reposa son verre avec brutalité.

— Je n'ai aucune visée sur elle ! Quelle sorte d'homme serais-je, si je tentais de marcher sur les brisées de mon frère ? Même si Dev a tort de s'obstiner, même si je suis déterminé à l'éloigner de cette femme par tous les moyens, je ne me montrerai pas goujat au point de la séduire. Si vous voulez tout savoir, elle est venue m'implorer d'éviter un duel avec Deverell. Je regrette que cette visite ait pu froisser Cynthia, mais je ne puis contrôler les faits et gestes de Mme Davidson. Elle échappe à mon influence.

Ravensford lui jeta un regard sceptique, puis porta les yeux sur les flammes.

— Il est vrai qu'elle a du caractère.

— A ce qu'il semble. Mais je ne vous ai pas fait venir pour parler de cet incident. Je comptais vous remettre ma nouvelle version de ce projet de loi, ce qui est exclu à présent. Je vous en ferai porter une copie propre demain. Cela étant, passons à la seconde raison de votre présence ici.

— Qui est ?

— Samantha Davidson, maugréa le marquis, l'œil noir.

Il serra les doigts autour de son verre.

— Il faut faire quelque chose à son sujet. Deverell en est obsédé.

— Deverell, vous êtes sûr ? lança Andrew d'un ton taquin.

Jonathan lui jeta un regard furieux, puis lui tendit l'écrin posé près de lui.

— Tout à fait sûr. Voyez par vous-même.

Ravensford ouvrit le coffret et émit un sifflement.

— Mazette ! Cette bague est impressionnante.

— Comme vous dites. Et totalement déplacée. Mon cher frère l'a fait porter chez cette femme après son départ, afin qu'elle ne pût la lui retourner. Mais comme Mme Davidson est aussi têtue que lui, elle me l'a rapportée.

— A vous ? releva le comte, l'œil brillant. Se pourrait-il que *vous* l'intéressiez ?

— Certainement pas. Je ne suis pas disposé à l'épouser, moi, répondit Langston avec un mépris coupant. Mais Deverell persiste dans sa folie. Comme s'il ignorait qu'une femme qui se marie pour avoir une position, ou par intérêt, n'est jamais fidèle.

Le comte secoua la tête d'un air attristé.

— Il faudra bien qu'un jour vous fassiez taire votre rancœur, Jon. Annabelle n'a pas commis un crime si extraordinaire, que je sache. Bien des gens mariés ont des aventures, sans que cela mette en cause la réussite de leur mariage.

— Annabelle m'a laissé pour héritier un bâtard, répliqua Langston, la bouche amère. La plupart des femmes qui se marient par convenance ont tout de même la délicatesse de donner un descendant à leur époux, avant d'aller courir la prétentaine.

— Je reconnais que le coup était bas, acquiesça Andrew. Il n'en reste pas moins que Stephen est un enfant délicieux, qui vous fait honneur. Et qu'il sera un excellent duc de Rundell, le moment venu.

L'expression de Langston se durcit encore.

— Un duc de Rundell sans une goutte de notre sang dans les veines ! persifla-t-il.

Ravensford lui-même ignorait qui était le vrai père

de Stephen. C'était un secret que Jonathan gardait jalousement — tout en espérant sans trop d'illusions que Huntly continuerait à observer la même discrétion.

— La situation est étrange, en effet, mais il y a eu des précédents dans l'histoire. Je vous le répète, Jon : renoncez à vous torturer et acceptez enfin de vivre. Je vous en conjure.

Jetant un coup d'œil à son ami, le marquis fut touché par la sincérité de son expression.

— Merci, murmura-t-il.

— A présent, reprit Andrew, que comptez-vous faire au sujet de Mme Davidson ?

— J'ai concocté un plan qui devrait mettre fin une fois pour toutes aux vues de Deverell sur elle, mais j'aurais besoin de votre aide.

— Si le service que vous me demandez n'est pas trop immoral, elle vous est acquise.

Langston sourit.

— Voilà. J'envisage de recevoir prochainement quelques amis au château de Langston, pour une quinzaine de jours. J'offrirai à Mme Davidson de nous accompagner, afin de distraire mes hôtes en montant une pièce avec eux. Je gage qu'elle acceptera, car elle sera fort bien payée. Votre rôle sera de la séduire.

— Une mission très agréable, mais dans quel but ?

— Dev ne voudra plus d'elle s'il apprend qu'elle a été votre maîtresse.

— Oh ! Et vous, êtes-vous sûr que vous n'en prendrez pas ombrage ?

Jonathan ne put s'empêcher de rougir. La perspicacité et l'insistance de son ami devenaient gênantes.

— Sans évoquer mes éventuelles fiançailles avec Cynthia, je ne tiens nullement à me brouiller à mort avec mon frère. Il me déteste déjà assez comme cela à cause de cette femme.

Ravensford hocha la tête.

— Effectivement, je semble être l'homme de la situation.

Il se leva, termina son verre et le reposa.

— Il ne sera pas dit que j'aurai manqué à mes devoirs. Ni envers mon pays, ni envers mes amis, affirma-t-il avec humour.

Langston partit d'un grand rire. Il se sentait beaucoup mieux, tout à coup. Se levant à son tour, il appliqua une tape amicale sur l'épaule du comte.

— Je savais que vous ne me lâcheriez pas. Pour ce qui est du projet de loi, je pense que vous approuverez les quelques amendements que j'y ai apportés. Mieux vaut céder sur certains points et passer le barrage des Lords.

— Certainement, approuva Andrew. D'ici là, que diriez-vous d'une partie de whist chez Brook's ? Votre frère Alaistair et Tristan Montfort nous y attendent.

— Volontiers, répondit Jonathan, heureux de la diversion qui lui ferait oublier un moment l'obsédante Samantha Davidson.

Ce qui ne l'empêcha pas d'ajouter aussitôt, comme malgré lui :

— Ensuite, nous pourrions faire un détour par Drury Lane. Plus tôt vous vous mettrez en campagne, mieux ce sera.

7.

Sam perçut la présence de Langston dans la salle. Il y avait dans l'air une électricité qui lui mettait les nerfs à fleur de peau.

Que faisait-il là ? En lui retournant la bague, elle avait pensé couper court à toute relation avec lui. S'imaginait-il encore qu'il ne s'était agi que d'un stratagème, et qu'elle avait toujours l'intention d'épouser son frère ?

Elle manqua une réplique et se gourmanda aussitôt. Après tout, il n'était peut-être pas là pour elle. Sa présence pouvait s'expliquer par mainte autre raison — y compris un intérêt tout à fait banal et normal pour la pièce, qui avait reçu d'excellentes critiques.

Néanmoins, lorsqu'elle regagna sa loge deux heures plus tard, son inquiétude était toujours aussi vive. Seul le parfum entêtant qui l'accueillit parvint à l'arracher à ses soucis.

Ouvrant de grands yeux, elle découvrit une somptueuse gerbe de roses rouges posée sur l'unique chaise qui meublait le local exigu. Avec une exclamation de plaisir, elle alla prendre le bouquet et y enfouit son visage pour s'enivrer de sa senteur. Puis elle chercha la carte de l'expéditeur, mais n'en trouva pas.

Sam fronça les sourcils, contrariée. S'agissait-il encore d'un admirateur secret ? Elle n'avait nul besoin de ce genre de mystère en ce moment. Néanmoins, au lieu de se débarrasser de ce présent anonyme comme les convenances l'auraient exigé, elle décida pour une fois de passer outre et de profiter de ces fleurs sublimes sans égard pour les conséquences.

Au moment où elle glissait une corolle veloutée dans ses cheveux, on frappa à sa porte. Instantanément, Samantha se mit à trembler. Elle enfila en hâte son peignoir de flanelle, le serra autour d'elle et s'enquit d'une voix altérée :

— Qui est là ?

— Langston.

Elle s'y attendait. Dès l'instant où elle avait deviné qu'il était au théâtre, et en dépit de ses efforts pour se persuader du contraire, elle avait su qu'il viendrait. Soudain, alors qu'elle n'avait jamais jugé utile de faire poser un verrou sur sa porte, elle regretta vivement qu'il n'y en eût pas deux — au moins.

— Je ne souhaite pas vous parler, répondit-elle avec une fermeté dont elle se félicita.

— Moi, si.

Cette voix... Chaque fois qu'elle l'entendait, elle en avait la gorge sèche. Que faire ? Si elle refusait d'ouvrir, Langston le prendrait mal et entrerait sans sa permission, elle en était sûre. Elle se trouverait alors à sa merci, en position de défense, et le seul moyen de lui échapper serait de crier — ce qu'elle ne se résoudrait jamais à faire.

Conclusion : mieux valait céder.

Elle approcha sans bruit de la porte, grâce à ses mules, et entrouvrit prudemment le battant. Le marquis était plus séduisant que jamais, dans son frac noir relevé d'un gilet damassé et d'un superbe foulard blanc. Les torches fixées au mur mettaient des reflets d'or sombre dans ses cheveux. Quand Sam vit la façon dont il détaillait sa silhouette, puis la lueur moqueuse qui s'alluma dans ses yeux mi-clos, elle sut qu'elle était perdue.

— Allez-vous-en, ordonna-t-elle d'une voix oppressée. Je ne suis pas habillée.

— Cela ne me dérange aucunement, murmura-t-il.

Le pouls de la jeune femme s'emballa. Son sang tambourinait à ses oreilles. Elle humecta ses lèvres sèches, s'efforçant de résister à son envie de le laisser entrer. Juste ciel... Si elle s'écoutait, elle le supplierait presque de l'embrasser de nouveau, pour s'assurer que ses baisers étaient bien aussi enivrants que dans son souvenir. Au prix d'un effort louable, elle se ressaisit.

— Je n'ai plus rien à vous dire, maintenant que sir Deverell a quitté l'Angleterre et que ce duel est évité.

— Il ne s'agit pas de mon frère. C'est moi qui ai une proposition à vous faire, maintenant. Une proposition... fort intéressante pour vous, insista-t-il d'une voix suggestive. Si vous acceptez de m'écouter, je vous assure que vous n'aurez pas à le regretter.

La moutarde monta au nez de Samantha. Malgré tout ce qu'elle avait fait pour le convaincre du contraire, il la considérait toujours comme une femme cupide, c'était clair !

— Je regrette déjà de vous avoir écouté jusque-là, milord. Continuer cette conversation ne serait pour moi qu'une perte de temps, répliqua-t-elle froidement.

Elle voulut refermer la porte, mais le pied que Langston avait glissé dans la fente l'en empêcha. Brusquement, elle céda au désarroi. Pourquoi une telle insistance ? Que lui voulait-il, à la fin ?

— Je vous en prie ! se récria-t-elle. Laissez-moi en paix !

Un sourire sarcastique se peignit sur les lèvres du marquis.

— Vous savez bien que je ne renonce jamais, madame Davidson. J'ai décidé de vous parler et je vous parlerai.

Lentement, inexorablement, il poussa le battant et finit par s'introduire dans la loge. Sam, sans voix, reculait au fur et à mesure qu'il avançait. Lorsqu'il referma la porte sur lui, elle se sentit écrasée par sa présence imposante, qui semblait occuper tout l'espace. Elle aurait voulu reculer encore, mais elle était coincée contre sa coiffeuse. Le parfum capiteux des roses, qui se mêlait aux relents de maquillage et aux effluves épicés montant des vêtements de Langston, lui donnait le tournis. La petite pièce, plutôt froide d'habitude, lui semblait soudain changée en fournaise.

Elle crispa les doigts sur le rebord de la table, le souffle court. Elle n'avait aucune raison de réagir ainsi à la présence de cet homme. Il fallait qu'elle se domine. Mais les mouvements saccadés de sa poitrine la trahissaient et Langston, pour son malheur, ne perdait pas un détail de la scène.

Il parcourut la loge encombrée d'un regard cynique ; ses yeux sombres s'arrêtèrent un instant sur les roses, puis se portèrent de nouveau sur Sam.

— Ce désordre est-il à l'image de votre âme, madame Davidson ?

Sam pinça les lèvres, furieuse.

— Auriez-vous forcé ma porte pour venir me donner des leçons, milord ?

Il continuait à la fixer, impassible.

— Vous avez bien forcé la mienne, l'autre jour.

— J'avais une excellente raison de le faire. Du moins le croyais-je, rétorqua sèchement la jeune femme.

— La mienne est tout aussi bonne. Je viens vous offrir de travailler pour moi lorsque la saison londonienne sera terminée.

Samantha, par miracle, parvint à dissimuler la stupeur que lui causa cette annonce. Elle se contenta de hausser un sourcil moqueur.

Jonathan, de son côté, se demandait avec un trouble croissant si elle avait conscience de son charme ; avec ses longs cheveux lâchés sur ses épaules et ce peignoir qui dévoilait un profond sillon séparant des seins sublimes, elle était séduisante en diable. Pire encore, son teint de rose et l'éclat de ses yeux mordorés donnaient l'impression qu'elle sortait des bras d'un amant. De miel et de mousse... Deverell avait raison ; elle était tout cela, et bien davantage. Une flèche de désir lui traversa les reins et il se raidit, retenant son souffle.

— Oh ! Et pourquoi accepterais-je votre offre, milord ? Il me semble que je viens d'en refuser une qui était fort lucrative, et que vous ne pouvez certainement égaler.

Sa voix de gorge, son regard fondant, la rendaient terriblement excitante. Sans doute ne s'en apercevait-elle pas, sans quoi elle aurait sur-le-champ sorti son pistolet, songea Langston, furieux de sa propre faiblesse. Non seulement il n'était pas là pour la séduire, mais jamais, au grand jamais, il ne ferait la moindre proposition libertine à cette femme.

Il revint à son sujet.

— Je prévois de recevoir des amis dans mon château de Langston, et j'aimerais que vous puissiez jouer pour eux. Vous gagneriez davantage en quinze jours que durant tout une saison au théâtre.

Les grands yeux de Sam s'élargirent un instant. Lorsqu'elle se mordit la lèvre, perplexe, ce geste accrut le supplice de Jonathan. Puis la jeune femme s'approcha, refermant d'une longue main fine le décolleté de son peignoir, et il s'écarta d'autant — sachant qu'il ne résisterait pas au moindre contact entre eux. Distraitement, elle caressa d'un doigt une licorne de cristal posé sur sa coiffeuse. Le marquis ne put s'empêcher de trouver ce bibelot bien futile, pour une femme dotée d'un tel caractère.

— C'est très généreux à vous, répondit-elle enfin, sa voix à la douceur un peu rêche jouant une cruelle partition sur les nerfs tendus de Langston. Néanmoins, je suis sûre que vous comprendrez mon refus, et que vous n'en serez pas surpris.

Elle le dévisagea, le mettant au défi de la contredire.

— Je suggère que vous vous accordiez quelques jours de réflexion, madame Davidson. Souvenez-vous que vous êtes une mère de famille, avec toutes les charges que cela suppose. Et que la proposition de mon frère n'est plus de mise, puisqu'il ne rentrera pas en Angleterre avant longtemps.

Le regard de Sam se fit provocant.

— Je vous sais gré de m'offrir une seconde chance, milord. Vous vous montrez décidément fort magnanime.

Jonathan s'inclina brièvement, réfrénant son envie de la saisir dans ses bras et de l'embrasser avec passion.

— J'en déduis que vous acceptez de reconsidérer ma proposition.

Avec souplesse, Samantha le frôla pour traverser la

pièce. Les pans de son peignoir s'envolèrent, tandis qu'elle semait derrière elle un suave parfum de rose. Arrivée à la porte, elle s'y adossa et déclara d'un ton vif :

— Ma décision est prise : je n'irai pas chez vous, monsieur le marquis. L'argent n'est pas tout dans la vie.

Langston la couvrit d'un regard pénétrant.

— Il l'est pour la plupart des gens. J'ai peine à croire que vous soyez différente.

La voix de la jeune femme se durcit.

— Ma position est pourtant simple. Pour rien au monde je n'accepterais quoi que ce soit de vous.

Ses yeux verts lançaient des étincelles, à présent, et la colère empourprait ses joues. Elle était plus désirable que jamais. La volonté de Jonathan céda d'un coup, bien qu'il eût parfaitement conscience de courir au désastre.

En deux pas, il fut sur elle.

— Sapristi..., maugréa-t-il. J'ai beau savoir que nous n'avons rien en commun, et que mon frère vous convoite, je ne puis vous résister.

Ses mains longues s'emparèrent des épaules de Samantha, d'un geste à la fois ferme et tendre. Elle le sentait vibrer comme la corde d'un violon sous l'archet. Tandis qu'elle le dévisageait, les pupilles dilatées, ses lèvres roses s'entrouvrirent de leur propre gré. Elle n'était plus qu'une femme comme toutes les autres, envoûtée par le désir d'un homme et incapable de s'y soustraire.

— Par tous les diables..., grommela encore Jonathan. Ce que nous allons faire est une grave erreur, mais c'est ainsi.

Il courba la tête et s'empara de la bouche de Sam.

Aussitôt, elle se sentit fondre contre lui, alors que sa raison lui criait de le repousser. Il avait raison. Ce baiser était une erreur. Une faute que ni l'un ni l'autre ne souhaitaient commettre, mais quelque chose de plus fort qu'eux les y poussait. Tout en l'embrassant comme un fou, Langston la parcourait de ses mains avides, comme s'il n'était plus maître du désir qu'elle lui inspirait. Sam, les paupières closes, s'abandonnait à ses caresses avec un plaisir inouï qui dépassait tout ce qu'elle avait connu.

Non, elle n'avait rien inventé. Cet homme la transportait, lui faisait oublier tous ses devoirs. Il était capable de causer sa perte, mais entre ses bras elle se sentait vibrer d'une exaltation qui valait tous les renoncements du monde. Au bout d'un moment, n'y tenant plus, Jonathan enfouit les doigts dans la chevelure soyeuse qui le tentait depuis si longtemps. Un gémissement de plaisir lui échappa.

— Dieu du ciel... Vous ne pouvez savoir quelle envie j'avais de toucher vos cheveux, murmura-t-il contre ses lèvres.

Il releva la tête pour contempler Samantha. Avec ses longues boucles en désordre, ses lèvres gonflées de désir, ses yeux pleins de langueur, elle était la passion incarnée. Le peignoir qui bâillait sur sa ravissante poitrine acheva de perdre Langston. Ses doigts abandonnèrent le satin de ses cheveux pour se poser sur son bras, faire glisser l'étoffe le long de son épaule. Cette femme le rendait fou ; il ne pouvait se rassasier d'elle.

— Vous m'ensorcelez, marmonna-t-il avant de l'embrasser de nouveau.

D'une main, il plaqua les hanches de Samantha contre son ventre, lui révélant l'intensité de son désir. Puis il courba la tête, et quand ses lèvres chaudes se posèrent sur la pointe d'un sein la jeune femme crut défaillir de plaisir.

Soudain, une voix masculine résonna derrière la porte à laquelle elle était appuyée, la faisant sursauter.

— Samantha !

Elle se figea, la gorge nouée. Timothy ! Il venait la chercher pour se rendre au foyer avec elle.

Le marquis se raidit aussi, mais il resta étroitement enlacé à elle, comme s'il ne pouvait se résoudre à la lâcher.

Jonathan eut toutes les peines du monde à réprimer un grognement de dépit. Puis il se contraignit enfin à relever la tête. Lorsqu'il vit le trouble qui altérait les traits de sa compagne, il revint brusquement sur terre et mesura l'étendue du gâchis que cette intrusion providentielle leur avait évité.

Sapristi ! Sans cet homme, rien ne l'aurait empêché de posséder Samantha Davidson dans cette loge, à même le sol. Ce faisant, il aurait enfoncé le dernier coin de discorde entre Deverell et lui, se brouillant à jamais avec un frère qu'il aimait tendrement. Et tout cela pour une actrice !

— Sam ?

Derrière la porte, la voix s'était teintée d'inquiétude.

— Que faites-vous donc ? Tout le monde vous attend. Ces messieurs commencent à s'impatienter.

Sam s'efforça de reprendre sa respiration, tandis que Langston, enfin, relâchait son étreinte. Le désir qui brûlait dans les yeux du marquis lui donnait envie d'envoyer Timothy au diable, mais elle devait se manifester, sous peine d'ennuis qu'il valait mieux éviter.

Les coups reprirent, plus violents.

— Sam ! Est-ce que tout va bien ?

— Oui, répondit-elle à grand-peine. Je... j'arrive dans un instant.

— Vous êtes sûre ? insista le comédien en abaissant le loquet de la porte.

Jonathan se pressa contre la jeune femme, pesant de tout son poids sur elle pour empêcher Timothy d'ouvrir. Elle se mordit la lèvre, bouleversée par le contact de son torse plaqué sur sa poitrine.

— Je vous en prie, Tim, accordez-moi quelques minutes, bredouilla-t-elle d'une voix à peine audible. Je vous répète que tout va bien.

— Si vous le dites, marmonna l'acteur en s'éloignant.

Quand le son de ses pas se fut évanoui, Langston s'écarta enfin. Sam resta adossée à la porte, les jambes vacillantes. Elle était heureuse de bénéficier de ce support ; c'était la seule chose qui l'empêchait de s'effondrer aux pieds du marquis, liquéfiée de désir. Et elle n'aurait jamais supporté de s'humilier de la sorte.

— Laissez-moi, maintenant, murmura-t-elle d'une voix si faible qu'elle en fut épouvantée.

Il recula, la scrutant d'un regard dont toute trace de passion semblait avoir brusquement disparu. Un frisson parcourut la jeune femme.

— Soyez sans crainte, madame Davidson. Je n'ai pas l'intention de m'attarder. Il est clair que nous éprouvons un vif désir l'un pour l'autre, mais je le déplore. Et si mes sens ont pris un moment le dessus, sachez que vous ne serez jamais ma maîtresse. Vous n'êtes pas une femme pour moi, pas plus que vous ne seriez une épouse pour Dev.

La douleur noua la gorge de Samantha. Péniblement, elle se redressa et resserra les pans de son peignoir sur sa poitrine. La goujaterie de cet homme était sans bornes. Et puisqu'il ne lui restait plus que sa dignité à lui opposer, elle s'écarta avec grâce et lui livra posément le passage.

— Sortez, Langston.

Un instant, il se figea et elle crut qu'il allait ajouter quelque chose. Mais il se reprit, saisit la poignée et sortit.

Dès qu'il eut refermé derrière lui, Sam empoigna la chaise sur laquelle les roses étaient posées et la tira jusqu'à la porte, semant les fleurs sur le plancher. Leur parfum entêtant lui montait à la tête, aussi puissant que des vapeurs d'opium. Lorsqu'elle eut coincé le dossier sous le loquet, elle inspira à fond et tenta de réprimer le tremblement qui la secouait tout entière.

Chaque fois que cet individu plein de morgue survenait dans sa vie, il apportait le désastre. Et que penser de ce qui venait d'arriver ? Il ne pouvait s'agir d'amour, elle n'était pas assez sotte pour le croire. Ils ne s'estimaient même pas. Quant à l'offre saugrenue qu'il lui avait faite...

Sam entreprit de ramasser les roses éparses pour se donner le temps de réfléchir. Certes, cet argent serait le bienvenu. Elle disposait de quelques économies, mais élever un enfant entraînait toujours des dépenses imprévues. D'un autre côté, passer quinze jours sous le même toit que Langston lui paraissait inenvisageable. Pas seulement à cause de ce qui venait de se passer, mais bien davantage parce que cela risquait à tout moment de se reproduire.

Comment se leurrer ? Ils avaient beau se détester cordialement, savoir que tout les séparait, l'incroyable attirance qui les liait semblait invincible. Ce baiser en avait été la preuve.

De nouveau, des coups retentirent à la porte.

— Sam ! Que se passe-t-il donc, à la fin ? cria Timothy. Vous aviez promis de venir tout de suite. Certains de vos soupirants menacent de venir vous chercher eux-mêmes !

Samantha se crispa. Voilà bien l'aristocratie dans toute sa splendeur. Ces beaux messieurs estimaient que leur fortune et leur lignage leur donnaient tous les droits. Et Langston, en cela, n'était pas différent d'eux.

— Cette fois, je vous jure que j'arrive dans l'instant, affirma-t-elle à son camarade.

En toute hâte, elle ôta son peignoir et passa une robe Empire toute simple, en mousseline blanche. Puis elle releva ses cheveux et y glissa une autre rose, sachant que ses admirateurs comptaient sur ce rite. Cela fait, elle drapa un châle d'indienne sur ses épaules et gagna le foyer.

Sur le seuil, elle marqua une pause afin de se préparer à ce qui l'attendait. La pièce était bondée de représentants de la haute société, que les membres de la troupe flattaient honteusement. La comédie habituelle... Comme toujours, ce spectacle réveilla sa migraine ; elle ne s'y ferait jamais.

— Chère madame Davidson ! Enfin !

La voix suave de Huntly aggrava immédiatement le malaise de Sam. Se raidissant pour supporter les assauts de ce dandy qu'elle ne pouvait souffrir, elle se tourna vers lui et lui jeta un regard interrogateur.

— Monsieur Huntly ?

Il était coiffé à la perfection et vêtu de même. Pourtant, son élégance affectée manquait d'allure, de ce chic suprêmement désinvolte qui seyait tant à d'autres gentilshommes. Malgré ses belles manières, cet homme avait quelque chose de fortement déplaisant. Son vernis semblait trop lisse, trop brillant, pour ne pas cacher des intentions moins amènes qu'il ne voulait le laisser paraître. A cette idée, Samantha frémit et resserra son châle autour de ses épaules.

— Une coupe de champagne ?

Avant qu'elle ait pu répondre, Huntly lui en mit une dans la main.

— Merci, murmura-t-elle.

Pourquoi persistait-il à la poursuivre de ses avances ? Elle avait clairement refusé sa « protection », pour reprendre le terme qu'il employait.

— Pourrions-nous nous rendre un moment dans votre loge ? s'enquit le politicien, les yeux aussi brillants que ses dents blanches.

Devant ce sourire de prédateur, Sam frissonna de nouveau. Il avait beau se montrer beaucoup plus courtois que certains personnages de sa connaissance, il lui donnait la chair de poule.

— Ce que vous souhaitez me dire ne nécessite certainement pas un tête-à-tête, monsieur Huntly, répondit-elle posément, sans élever la voix.

Instantanément, le sourire mielleux de Huntly disparut ; sa bouche se durcit.

— Vous savez parfaitement de quoi il retourne. Je vous réitère ma proposition, à savoir que j'apprécierais grandement de vous recevoir chez moi, à la campagne, lorsque Drury Lane fermera à la fin de la saison mondaine. Vous y trouverez des avantages certains, je vous en donne l'assurance. Et j'accepterai même la présence de votre fille et de sa gouvernante.

— Vous feriez cela ? releva Sam d'un ton faussement admiratif. Votre générosité vous honore, monsieur. Peu d'hommes supporteraient de s'encombrer des enfants de leur maîtresse pour un séjour galant.

Huntly retrouva le sourire. Elle avait su le flatter comme il convenait.

— Je me targue de ne pas être un homme ordinaire, madame.

— C'est ce qu'il semble, en effet, glissa évasivement la jeune femme qui cherchait un moyen de le quitter sans le vexer.

Elle ne pouvait se permettre de s'en faire un ennemi. Sa position était trop fragile pour cela, et les hommes aussi vaniteux que Huntly prenaient fort mal le moindre revers.

Le marquis de Langston choisit ce moment pour s'approcher. Il salua Samantha d'une courbette polie, mais une flamme intense brûlait dans ses yeux bruns.

— Madame Davidson... Cette rose qui orne vos cheveux est ravissante. Je gage qu'elle doit aller droit au cœur de tous les hommes ici présents, comme elle touche le mien.

— Langston ! intervint Huntly d'une voix sourde, à la limite de l'offense. J'aurais dû me douter que vous poursuiviez notre divine actrice de vos assiduités. Il semble que nous ayons de nombreux goûts en commun, vous et moi.

Langston ne laissa rien paraître, mais Sam perçut aussitôt la tension qui s'emparait de lui. Ces deux hommes, manifestement, étaient animés d'une haine qui remontait à loin. Pourtant, la réaction du marquis parut contredire son intuition.

— Croyez-vous, mon cher? Je suis au regret de vous contrarier, mais Mme Davidson et moi-même sommes simplement en relation d'affaires. Serait-ce aussi le cas pour vous?

Les lèvres de Huntly se pincèrent, sa voix prit un tour tranchant.

— Il se trouve que Mme Davidson et moi sommes également en pourparlers, ne vous en déplaise. Quant à la teneur de notre accord, elle ne vous regarde pas.

— J'en suis convaincu, riposta Langston avec mépris.

Il se tourna vers Samantha.

— J'espère que cela ne vous empêchera pas de réfléchir à mon offre, madame. Elle demeure valable.

Là-dessus, il s'éloigna d'un pas nonchalant. Sam rougit jusqu'à la racine des cheveux. Quel toupet ! Comment osait-il la traiter ainsi ? Il la faisait passer pour une demi-mondaine prise entre deux propositions libertines.

Huntly se racla la gorge et reprit d'une voix qui avait retrouvé toute sa suavité :

— Très chère... Samantha, si vous voulez bien me permettre, j'insiste sur le fait que nous nous entendrions à merveille, j'en suis persuadé. Et je mettrais à votre disposition une rente substantielle, qui vous éviterait d'avoir à rejouer au théâtre.

Son sourire de velours ne pouvait dissimuler l'éclat féroce de ses prunelles.

Sam s'apprêta à proférer un autre mensonge poli, uniquement destiné à protéger sa carrière. Huntly était un homme d'influence ; s'il décidait de lui nuire, il pouvait fort bien convaincre la direction de Drury Lane de ne pas renouveler son contrat.

— J'apprécie votre proposition à sa juste valeur, monsieur, répondit-elle à son corps défendant.

— Vous acceptez donc ? s'écria Huntly, frétillant d'aise.

Soudain, la vulgarité de cette comédie parut insupportable à la jeune femme. Elle en avait plus qu'assez d'être constamment manipulée par les uns et les autres, plus qu'assez de devoir en permanence amadouer ces messieurs imbus de leur argent et de leur pouvoir. Elle se redressa fièrement. Huntly pouvait ruiner son avenir ? Tant pis ; elle en prendrait le risque. Après tout, ce ne pourrait être pire que de se retrouver à la rue à dix-sept ans, avec un bébé de six mois sur les bras. Elle avait survécu à l'époque, elle survivrait encore. Au pire, l'offre de Langston l'y aiderait au début.

Elle retira la main que son soupirant était sur le point de prendre. Malgré ses talents de comédienne, l'aversion qu'elle lui portait devait être manifeste, mais elle était incapable de feindre davantage.

— Je suis navrée de vous décevoir, mais je ne puis m'y résoudre, répondit-elle le plus poliment possible. Je suis une mère, comme vous venez de le faire observer vous-même, et l'éducation de ma fille est ce qu'il y a de plus important à mes yeux. Pour rien au monde je ne voudrais qu'Amalie me vît partager l'existence d'un homme qui ne serait pas mon mari.

La lueur dangereuse à laquelle elle s'attendait s'alluma dans les yeux bleus de Huntly.

— J'ose espérer malgré tout que vous reconsidérerez votre position, madame. Je passerai encore quelque temps à Londres après la fin de la session parlementaire. Si vous changez d'avis, faites-le-moi savoir.

Samantha s'obligea à sourire. Elle avait brûlé ses vaisseaux. Désormais, rien ni personne ne pourrait la protéger de la vengeance de cet homme.

Sauf... le marquis de Langston, pensa-t-elle soudainement. Et cette perspective était loin de la rassurer.

8.

Six jours plus tard, Sam contenait ses larmes au chevet d'Amalie qui gémissait et se débattait, en proie à une fièvre qui refusait de céder. Si seulement le médecin pouvait arriver !

Les bras moulus par la fatigue et l'inquiétude, la jeune femme plongea de nouveau un linge dans la bassine d'eau fraîche et en épongea une fois de plus le visage échauffé de sa fille. Elle avait l'impression de répéter ce geste sans arrêt, depuis des jours et des nuits. En vain, puisque l'état de l'enfant ne s'améliorait pas.

« Je vous en supplie, Seigneur, ne me l'enlevez pas ! implora-t-elle en silence. Elle est toute ma vie ! »

— Le docteur est là, madame, annonça Lottie du pas de la porte.

Elle s'effaça pour laisser entrer sir Reginald, le meilleur médecin de Londres.

— Le ciel soit loué ! murmura Sam en lâchant la serviette pour se lever. Je vous remercie infiniment de vous être dérangé, docteur. J'ai beau faire, il semble que je ne puisse rien pour elle, ajouta-t-elle avec un regard désespéré au visage blême et au petit corps amaigri d'Amalie.

Sa voix se brisa dans un sanglot. Sans un mot, le médecin l'écarta et prit sa place près du lit. Toujours silencieux, il examina la petite fille de la tête aux pieds, la tâta, écouta sa respiration. Enfin, il ramena la couverture sur elle et se tourna vers Samantha, l'air préoccupé.

— Votre fille souffre d'une inflammation des bronches, madame Davidson. Il faut la tenir au chaud et lui appliquer en permanence un cataplasme sur la poitrine. Je vais vous préparer de surcroît une potion qu'elle devra prendre trois fois par jour.

Sam hocha la tête, prête à tout pour tirer Amalie de ce mauvais pas.

Au bout de trois jours, sir Reginald annonça enfin la bonne nouvelle : Amalie était hors de danger.

— Toutefois, ajouta-t-il gravement, il serait bon qu'elle puisse quitter Londres quelque temps. L'air de la ville est mauvais pour elle, et si elle reste ici elle se rétablira beaucoup plus lentement. Si cela vous est possible, je vous conseillerais fortement un séjour à la campagne.

Sam sursauta, puis acquiesça.

— Bien sûr. Je suis prête à tout pour lui rendre la santé, docteur.

Le montant des honoraires du médecin lui causa un nouveau choc. Par bonheur, elle avait un peu d'argent de côté à la banque. Mais cette ponction imprévue allait faire fondre ses économies, même si elle estimait que les soins prodigués par sir Reginald valaient largement cette somme.

Dès qu'elle se retrouva seule, Samantha s'effondra dans un fauteuil du salon et versa toutes les larmes qu'elle avait retenues si longtemps, tant elle se sentait soulagée. Puis, sa tension dissipée, elle s'assoupit sans s'en rendre compte.

Lorsqu'elle s'éveilla, la pièce était plongée dans l'obscurité. Lottie, restée au chevet d'Amalie, n'avait pas tiré les rideaux. Sam se leva et alla se poster à la fenêtre, pensive, les yeux rivés sur la froide nuit d'hiver. Qu'allait-elle faire, maintenant ?

En fait, les solutions étaient restreintes : puisque sa fille ne pourrait se rétablir qu'à la campagne, elle devait accepter la proposition de Langston. Elle irait le trouver le lendemain pour lui donner son accord, à la condition expresse qu'elle puisse emmener sa fille avec elle.

Un frisson la parcourut. Elle décida de quitter ce salon glacé et de monter voir Amalie.

A l'instant où elle posait le pied sur la première marche, on frappa à la porte d'entrée. Samantha se figea. Qui pouvait bien venir à une heure aussi avancée ? Comme elle tardait à aller ouvrir, on frappa de nouveau. Plus fort. La jeune femme regagna le salon et jeta un coup d'œil par la fenêtre qui donnait sur la rue. Une voiture était arrêtée devant chez elle, et elle reconnut avec un haut-le-corps la couronne qui en ornait la portière.

Langston.

Il frappa une troisième fois avant qu'elle ait pu atteindre la porte. Le souffle un peu court, Sam ouvrit vivement et demanda tout de go :

— Que faites-vous ici ?

Les paupières plissées, le marquis la considéra de la tête aux pieds. Puis il entra sans y être invité et déclara aussi abruptement qu'elle :

— Vous avez une mine de déterrée. Ce que l'on dit est donc vrai.

Aussi décontenancée par ses paroles que par son arrivée impromptue, Sam éprouva pourtant un étrange sentiment de réconfort à le voir là. Elle referma la porte sans protester ; il pouvait penser d'elle ce qu'il voulait, sa présence la rassurait. D'ailleurs, il avait beau la vilipender, elle était toujours sensible à l'impression de sécurité qui émanait de sa personne.

— Vous n'avez pas répondu à ma question, observa-t-elle néanmoins.

Langston fronça les sourcils. Son visage tendu, éclairé par la lumière froide de la lune qui tombait de l'imposte, paraissait plus dur et plus séduisant que jamais. La jeune femme retint son souffle, troublée par une émotion malvenue.

— Je me suis rendu au théâtre pour vous renouveler mon offre de la semaine dernière. J'y ai appris que vous étiez absente depuis plusieurs jours, parce que votre fille était gravement malade.

En dépit de son ton posé, Sam détecta dans sa voix une réelle inquiétude. Il se souciait d'Amalie. Cette constatation la toucha, mais ne l'étonna pas ; son action politique prouvait amplement qu'il était capable de montrer de la compassion pour son prochain — à partir du moment où le prochain en question n'était pas l'un de ses ennemis.

Elle repoussa ses cheveux en arrière et se prépara, non sans appréhension, à lui présenter sa requête.

— Oui, la santé d'Amalie m'a beaucoup alarmée. Par bonheur, grâce aux soins de sir Reginald, elle est en bonne voie de guérison. Mais elle est encore loin d'être rétablie, et...

Sam s'interrompit un instant, guettant sur le visage du marquis un radoucissement qui lui faciliterait la tâche. Il demeurait impassible, mais elle décida néanmoins d'aller jusqu'au bout.

— Sir Reginald estime qu'un séjour à la campagne lui serait nécessaire, reprit-elle, la gorge serrée. Aussi, si votre proposition est toujours valable, je serais heureuse de l'accepter — à condition qu'Amalie puisse m'accompagner.

Voilà, le plus dur était fait. Samantha relâcha le souffle qu'elle avait retenu à son insu et attendit la réponse.

— Parfait, déclara Langston. Vous pourrez partir pour ma propriété dans deux jours, avec votre fille et sa gouvernante ; je vous enverrai une voiture.

Il s'était exprimé d'un ton parfaitement neutre, mais la jeune femme voyait fort bien l'examen critique auquel il la soumettait, comme s'il s'attendait à la voir défaillir d'un instant à l'autre. Elle devait vraiment paraître épuisée.

— Merci, milord, murmura-t-elle d'une voix altérée par l'émotion. J'espérais de tout cœur que vous n'auriez pas changé d'avis.

— Je ne reviens jamais sur une offre, madame Davidson.

Sam le crut sans peine. Il était peut-être fier et arrogant, mais c'était un homme d'honneur, cela se lisait sur son visage sévère. Sans le connaître, elle devinait qu'il ne devait jamais abandonner une personne dans le besoin, ou quelqu'un dont il se sentait responsable. Cette pensée la troubla de nouveau. Se pouvait-il qu'il se sentît des devoirs envers elle ? Et si cela était, depuis quand ?

Tandis qu'elle réfléchissait à cette idée, médusée, une autre inquiétude perça dans son esprit. Avait-il réglé le problème de l'attirance qu'ils éprouvaient l'un pour l'autre ? Quoi qu'il en soit, elle savait déjà que ce séjour chez lui mettrait sa propre résistance à rude épreuve.

⁂

Sam jeta un coup d'œil par la vitre de la confortable voiture que Langston avait mise à leur disposition. Les étoiles de givre qui constellaient le verre faisaient paraître le paysage hivernal plus irréel encore. Tout semblait cristallisé par le froid glacial de cette fin février, les grands arbres nus comme l'herbe figée par le gel. C'était austère, mais superbe.

Soudain, elle aperçut un lapin de garenne qui se cachait sous un buisson de houx. Cette scène était si bucolique que la jeune femme, aussitôt, eut l'impression d'avoir laissé loin derrière elle les tracas du monde.

— Maman, est-ce que nous arrivons bientôt ? Et est-ce que lord Langston sera gentil avec vous, maintenant ?

La voix flûtée d'Amalie fit sourire Samantha, même si l'inquiétude de la petite fille la troublait quelque peu. Apparemment, elle n'avait pas oublié sa première rencontre avec le marquis, au théâtre. Cela dit, elle allait beaucoup mieux et n'avait pas souffert de ces trois longues journées de voyage. Ce séjour inespéré finirait de la rétablir.

— Si lord Langston m'a demandé de venir distraire ses hôtes, c'est que sa colère de l'autre jour est oubliée, mon ange. Je suis certaine qu'il se montrera parfaitement courtois avec moi.

Et s'il ne le faisait pas, se promit-elle en elle-même, elle saurait le rappeler à ses devoirs. Ce n'était pas parce qu'elle se sentait redevable envers lui qu'elle lui permettrait de la traiter autrement qu'avec respect.

— Pour ce qui est de ta première question, mon cœur, nous sommes déjà dans sa propriété.

Les grands yeux bleus d'Amalie s'arrondirent.

— Vraiment ? Je ne vois pourtant que des arbres, et pas de maison !

Lottie remonta ses lunettes sur son nez, puis décida d'intervenir.

— C'est que nous arrivons chez un grand seigneur, jeune demoiselle. Les aristocrates du rang de lord Langston ne tiennent pas à ce que leurs demeures se voient de la route.

Amalie pencha la tête sur le côté, intriguée.

— Qu'est-ce qu'un grand seigneur, Lottie ? Et un aristocrate ?

Sam se tourna vers la vitre et cacha son fou rire derrière sa main gantée de gris. La malheureuse Lottie s'était lancée dans une entreprise périlleuse. Connaissant l'intarissable curiosité de sa fille, les questions allaient bien durer jusqu'au château.

Elle ne se trompait pas. Amalie en était encore à demander l'explication des mots « puissant » et « héréditaire » quand soudain, au détour de l'allée, la demeure du marquis apparut dans toute sa splendeur. Le cri d'admiration de la jeune femme sauva la pauvre Lottie d'une crise de nerfs imminente.

Devant elles, environné de pelouses jaunies par l'hiver, se dressait un somptueux manoir élisabéthain dont les innombrables fenêtres aux carreaux sertis d'étain étincelaient au soleil. Plus qu'une gentilhommière, c'était un véritable château — et si grand qu'il eût pu contenir le village natal de Samantha tout entier.

Alors, pour la première fois depuis qu'elle connaissait Langston, celle-ci mesura vraiment l'étendue de sa fortune et de sa puissance.

Abasourdie, elle se sentait brusquement aussi stupide qu'un moucheron qui aurait essayé de s'en prendre à un bœuf. Quand elle pensait à la façon dont elle s'était opposée à cet homme — et comptait bien continuer — son inconscience lui semblait soudain sans bornes. Plus cruellement encore, elle comprenait tout à coup à quelle vie fastueuse elle avait renoncé en refusant d'épouser sir Deverell. Tout ce confort, toute cette sécurité... Pourtant, si c'était un peu difficile à admettre, elle ne le regrettait pas.

Quand la voiture s'arrêta au bas du perron et qu'un domestique en livrée bleu et or dévala les marches pour venir leur ouvrir la portière, le petit visage d'Amalie exprimait le comble de la surprise et de l'émerveillement.

— Maman, n'est-ce pas magnifique. Vraiment magnifique ? s'exclama-t-elle.

Là-dessus, sans la moindre hésitation, elle sauta dans les bras du valet. Sam secoua la tête, amusée. Elle savait qu'elle aurait dû mettre un frein à l'enthousiasme de sa fille, mais après avoir failli la perdre, elle n'en avait pas le cœur. Suivant Amalie, elle mit pied à terre et sentit le sol gelé crisser sous ses bottines.

— Madame Davidson...

La voix grave du marquis la fit sursauter. Elle ne l'avait pas vu arriver, et chacune de ses paroles semblait toujours se répercuter jusque dans les moindres fibres de son corps. Comme elle se tournait vers lui, il poursuivit galamment :

— Amalie, dame Lottie... Soyez les bienvenues au château de Langston. Je ferai de mon mieux pour vous rendre ce séjour agréable.

— A charge de revanche, je suppose..., murmura Sam sans pouvoir s'en empêcher.

Il arrivait visiblement des écuries, et dans sa tenue d'équitation qui moulait scandaleusement son corps svelte il était vraiment trop beau pour la tranquillité d'esprit de la jeune femme. La toison blonde révélée par l'échancrure de sa chemise de linon blanc avait manqué la faire défaillir, d'où le mordant de sa remarque.

Elle avait parlé à mi-voix, mais il l'avait entendue.

— Certainement, murmura-t-il avec malice. Après tout, madame Davidson, je n'ai pas invité la première actrice de Londres pour qu'elle nous rassasie uniquement de sa beauté.

Ce ton flatteur lui ressemblait si peu que Sam lui décocha une œillade intriguée. La lueur qui brillait dans ses yeux fit courir un frisson délicieux le long de son épine dorsale. Juste ciel ! Si elle n'avait pas su à qui elle avait affaire, elle aurait pu croire qu'il cherchait à la séduire.

Amalie, elle, gardait les pieds sur terre.

— Maintenant que nous sommes ici, milord, je suis sûre que vous allez être gentil avec ma maman, n'est-ce pas ?

La question avait été posée avec une telle gravité et une telle candeur qu'il eût fallu être le diable en personne pour ne pas répondre par l'affirmative. Amusé, et charmé par l'habileté avec laquelle cette délicieuse petite personne l'avait piégé pour protéger sa mère, le marquis sourit largement.

— Je constate avec plaisir que vous êtes remise de votre maladie, Amalie. Vous avez recouvré tout votre allant.

Son sourire se prolongea, car il éprouvait une réelle tendresse pour la petite fille. Lorsqu'elle haussa le menton d'un air têtu, comme si elle n'était pas satisfaite, il ajouta en hâte :

— Je vous promets de me montrer le moins désagréable possible avec votre mère. Vous pouvez compter sur moi.

Immédiatement, le visage d'Amalie rayonna de bonheur. Elle se tourna vers sa mère, triomphante, et celle-ci lui rendit son sourire avec tant d'amour et de douceur que Jonathan, un instant, se prit à envier l'enfant. Il se gourmanda aussitôt, et s'empressa de se rappeler les griefs qu'il nourrissait contre la belle actrice pour se ramener à la raison. Comme sa fille, elle était d'une habileté redoutable ; quelles que soient les apparences, il devait se méfier des calculs de cette intrigante.

D'un geste sec, il se tourna vers le valet.

— Michael, veuillez conduire Mlle Amalie et dame Lottie à leur chambre, je vous prie. Faites en sorte qu'on leur serve une collation et des boissons chaudes.

Le domestique s'inclina, sa perruque poudrée brillant au soleil. Amalie lança un dernier regard à sa mère, puis elle le suivit gaiement en compagnie de Lottie.

Sam la regarda disparaître dans le manoir avec un mélange de surprise et d'amusement. Sa fille avait beau se montrer intrépide et spontanée, il était fort rare qu'elle la quittât aussi vite lorsqu'elles arrivaient dans un lieu inconnu. Apparemment, Amalie avait adopté d'un même mouvement le marquis et sa maison.

— Elle va certainement beaucoup mieux, murmura Langston, mais ce séjour à la campagne lui sera salutaire. Vous avez pris la bonne décision.

De nouveau, Samantha nota avec un petit frisson de plaisir la chaleur qui teintait sa voix, habituellement si sèche lorsqu'il s'adressait à elle.

— C'était la seule que je pouvais prendre, répondit-elle, songeant qu'elle avait agi pour le bien de sa fille, mais sûrement pas pour le sien.

Plus Langston se montrait généreux et attentionné, plus elle craignait de commettre la pire des imprudences dans sa situation : commencer par l'estimer, pour finir par s'attacher à lui.

— J'ose espérer qu'elle ne vous coûte pas trop.

Il avait repris son ton distant, comme si elle l'avait vexé. Samantha s'éclaircit la gorge, soucieuse de changer de sujet.

— Quand comptez-vous me montrer votre théâtre, milord ? J'aurai besoin de le voir, pour déterminer ce qui me sera nécessaire. Savez-vous déjà quelle pièce nous allons jouer ?

— Pas encore, mais je vais y réfléchir.

Il se dirigea vers l'entrée, et attendit sur le seuil que le majordome ouvrît l'immense porte à double battant. Un lustre magnifique était suspendu dans le vestibule. Quand Samantha, le souffle coupé, vit sa lumière auréoler l'arrogant port de tête du marquis de Langston, elle se demanda avec angoisse ce que les deux semaines à venir allaient lui réserver. Puis elle entra à son tour, résignée au pire.

En fin de journée, Sam jeta un dernier coup d'œil à son reflet dans le long miroir biseauté fixé au mur de sa chambre. Cette robe de velours vert sombre, à la coupe stricte et élégante, lui allait fort bien. Le profond décolleté carré dégageait son cou, une partie de ses épaules et servait d'écrin à la rondeur laiteuse de sa gorge ; quant à la taille haute, soulignée d'un ruban de satin assorti et de quelques minuscules roses rouges en boutons, elle donnait une allure encore plus élancée à sa silhouette.

Lottie avait eu raison de la pousser à s'acheter une

nouvelle tenue de soirée. Les dîners seraient nombreux, ainsi que les divertissements, et elle apprécierait d'avoir au moins une robe à la mode.

En entrant dans sa chambre, elle avait eu la surprise et le plaisir d'y découvrir un bouquet de ses roses préférées, dressées dans un vase de cristal. Elle alla prendre une fleur, la huma et la glissa dans ses cheveux, comme au théâtre.

La gouvernante, qui arriva sur ces entrefaites, joignit les mains en signe d'admiration ; la fierté empourpra ses joues rondes.

— Dieu du ciel ! On peut dire que vous ne serez pas déplacée, madame ! Pas déplacée du tout, loin de là !

Sam sourit et lui adressa une révérence espiègle.

— Grand merci, ma bonne dame.

— Cela dit, vous feriez bien de vous presser, sinon vous allez être en retard, bougonna Lottie en se mettant à ranger le désordre laissé par sa maîtresse. Le marquis a beau se montrer fort généreux avec nous, il n'est pas toujours commode.

La jeune femme lui jeta un regard taquin, sachant qu'elle brûlait de connaître les vraies raisons qui l'avaient amenée chez Langston, hormis la santé de sa fille. Mais ce sujet épineux demeurait son domaine privé.

— Je n'ai pas l'intention d'indisposer notre hôte, assura-t-elle. Je m'esquive, Lottie, d'autant que je souhaite encore embrasser Amalie avant le dîner. Montez-vous bientôt ?

— Dès que j'aurai rangé ce fatras. Dites à la petite de se mettre au lit.

— A vos ordres, madame.

Cette fois, Lottie ne put s'empêcher de glousser. C'était un vrai plaisir de voir Samantha d'humeur si malicieuse ; avec tous ses soucis, elle n'avait pas souvent l'occasion de s'amuser.

— Déguerpissez, et que je ne vous revoie plus avant demain !

Sam disparut dans un éclat de rire. Après s'être égarée un moment dans un labyrinthe de portes et de corridors, elle finit par trouver l'escalier qui menait au quatrième étage, où se trouvait la nursery. Sa fille occupait la troisième chambre sur la droite. Comme elle commençait à compter, une voix jeune, impérieuse, s'éleva soudain derrière elle et la fit sursauter.

— Dites donc, madame, qui êtes-vous ?

La jeune femme pivota sur elle-même et se retrouva face à un garçonnet d'une dizaine d'années, mince et élancé. La bougie qu'il tenait à la main éclairait un visage fin, des yeux d'un bleu sombre et des boucles d'un noir de jais. Avec son front haut et son nez droit, il avait la beauté d'un pâtre grec.

— Je suis Samantha Davidson, la mère d'Amalie, répondit Sam. Lord Langston m'a invitée chez lui pour faire du théâtre, car je suis comédienne.

— Ah, vous êtes la mère de la petite fille, déclara l'enfant en s'approchant. C'est bizarre, vous ne lui ressemblez pas.

Sam réprima un sourire. Il se jugeait donc si adulte, par rapport à sa fille ? Il ne devait pourtant avoir qu'un an ou deux de plus qu'elle, au grand maximum.

— Amalie ressemble à son père, répondit-elle avec beaucoup de sérieux.

Une vive curiosité s'alluma dans les yeux du jeune garçon.

— Il est ici, lui aussi ?

— Non. Il a péri en mer il y a plusieurs années.

L'enfant se rembrunit aussitôt.

— Oh... Je suis navré, vraiment. Bonsoir, madame Davidson.

Avant que Sam ait pu ajouter un mot, il tourna les talons, regagna sa chambre et referma la porte sans bruit. Alors que la jeune femme restait figée sur place, étonnée par une conduite aussi étrange, une autre porte s'ouvrit et Amalie montra le bout de son nez.

— C'est vous, maman ? Il me semblait avoir reconnu votre voix. Vous parliez à cet horrible garçon ?

Sam sourit, amusée, et rejoignit sa fille.

— En quoi est-il horrible ? s'enquit-elle tandis qu'Amalie courait se réfugier dans son lit, garni d'une jolie courtepointe bleue.

— Il veut tout commander ! répondit la petite fille adossée à de gros oreillers de plume. Tout à l'heure, il voulait m'obliger à jouer à colin-maillard alors que je n'en avais pas envie.

Sam s'assit près d'elle et écarta quelques boucles blondes échappées de sa natte.

— Oh ! Serait-il du genre dominateur ?

— Et comment ! acquiesça Amalie avec emphase. Il a décrété que demain nous irions jouer dehors. Quand je lui ai dit que je ne pourrais pas, parce que j'ai été malade, il a déclaré que je n'avais pas le droit de refuser. Il paraît qu'il est le vicomte Taunton, que ce château appartient à son père et que je dois lui obéir.

Cet enfant était donc le fils de Langston... Sam n'en fut pas autrement surprise, même si cette nouvelle inattendue la déconcertait quelque peu. Le petit garçon ne ressemblait pas à son père, mais il en avait bien l'allure hautaine et l'arrogance. Et où était sa mère ?

Pas un instant, elle n'avait envisagé que Langston fût marié. Cette découverte fit naître en elle un malaise certain. La poitrine soudainement oppressée, elle dut fournir un effort pour s'intéresser aux bavardages d'Amalie. Par bonheur, Lottie arriva pour la remplacer.

— Comment, madame ? Vous êtes encore là ? se récria la gouvernante d'un ton choqué. Vous allez être en retard pour le dîner, et dans une maison comme celle-ci cela ne se fait pas, je vous le garantis. Allez, filez !

Sam embrassa sa fille et s'éclipsa. Lottie avait raison. Elle avait reculé le moment de descendre par timidité, parce qu'elle se sentait toujours gênée au milieu d'étrangers. Mais il était certain que son embarras serait bien plus grand encore si elle devait faire son entrée la dernière, avec tous les regards fixés sur elle...

Pourtant, malgré son inquiétude, un sourire se peignit sur ses lèvres. Amalie allait beaucoup mieux, à en juger par la façon dont elle avait rabroué le jeune vicomte. Et ce changement d'air lui serait très profitable.

Quoi qu'il dût advenir durant ce séjour, il était indéniable qu'elle devait beaucoup au marquis de Langston.

9.

Quand Samantha atteignit le salon, elle informa le valet de pied posté à l'entrée qu'elle ne souhaitait pas être annoncée. Après une brève réaction de surprise devant une requête aussi inusitée, le domestique se plia à sa demande et, impassible, lui ouvrit la porte.

La jeune femme s'immobilisa un instant sur le seuil, le temps d'assurer son maintien. La pièce de réception était immense, avec des tables et des fauteuils disséminés un peu partout et de nombreux invités installés çà et là par petits groupes. La hauteur des murs l'impressionna : elle devait bien atteindre six ou sept mètres, et le plafond en coupole qui dominait l'ensemble était orné de fresques très colorées représentant des nymphes rosissantes folâtrant avec des chérubins. Des scènes assorties figuraient également sur les lambris, dont les panneaux étaient soulignés de filets dorés.

— Madame Davidson..., déclara près d'elle une voix d'homme au timbre agréable, empreint d'une galanterie courtoise. Je commençais à croire que Langston s'était joué de moi, en m'assurant que vous étiez ici.

Sam se tourna avec un sourire vers le comte de

Ravensford, dont la chevelure cuivrée s'enflammait sous la vive clarté répandue par trois énormes lustres.

— J'apprécie de rencontrer au moins une personne de ma connaissance, milord, répondit la jeune femme en lui offrant sa main.

Il la porta à ses lèvres et prolongea son baiser un peu plus que nécessaire. Il était clair qu'il souhaitait la courtiser, mais Sam, en dépit de la sympathie qu'elle éprouvait pour lui, n'en fut pas émue le moins du monde.

Cette belle impassibilité s'évapora aussitôt, en revanche, quand la voix de Langston retentit derrière eux.

— Madame Davidson ? Je n'ai pas entendu annoncer votre entrée. Serait-ce que Ravensford vous guettait à la porte, afin de vous ravir dès votre arrivée ?

La jeune femme retira sa main au comte et se tourna vers le marquis. Elle l'avait déjà vu en frac, mais chaque fois son allure et sa prestance lui coupaient le souffle. Le blond foncé de ses cheveux prenait des reflets d'or bruni, son visage sévère avait la beauté impérieuse d'un dieu grec. Quant à la flamme qui brillait dans ses yeux sombres, elle était indéchiffrable.

— Monsieur le marquis, murmura Samantha en se gardant bien de lui tendre ses doigts. On ne m'a pas annoncée, en effet, mais c'est à ma demande ; j'ai jugé que cela pourrait paraître prétentieux, pour quelqu'un qui n'est pas tout à fait une invitée comme les autres.

Le regard énigmatique de Langston, rivé sur elle, la tenait prisonnière. Elle regretta aussitôt de lui avoir révélé son manque d'assurance, se plaçant par là même en position d'infériorité. Oubliant totalement le comte de Ravensford, pourtant si bienvenu quelques minutes plus tôt, elle porta une main à sa gorge comme si ce geste pouvait la libérer de son anxiété.

— Je vois que vous arborez mes roses, reprit Langston sans la quitter des yeux. Je suis heureux qu'elles vous plaisent. A vrai dire, elles vous vont aussi bien ici qu'à Londres.

Avec un choc, Sam comprit alors que le mystérieux bouquet placé dans sa loge le soir de sa visite venait de lui. Ses pommettes s'empourprèrent au souvenir de ce qui avait failli arriver ce soir-là, tandis qu'une nuée de papillons tournoyait dans son ventre crispé. Pour quelle raison lui avait-il offert ces fleurs ?

— Notre divine actrice prendrait peut-être un verre de xérès, intervint Andrew.

Sa voix fit presque sursauter Samantha. Elle lui dédia le plus charmant de ses sourires.

— Merci, milord, mais j'aperçois là-bas un gentilhomme que j'ai déjà rencontré. Je pense que je vais aller lui présenter mes respects.

Prendre congé de la sorte était un geste outrageant, qu'aucune demoiselle bien élevée n'eût osé se permettre. Sam le savait parfaitement. Mais elle n'était ni une jeune fille de bonne famille, ni une dame respectable. Son statut d'actrice, après tout, lui donnait droit à certaines extravagances. Et non seulement Langston la mettait dans un état qu'elle supportait fort mal, mais elle détectait entre le comte et lui une étrange tension qui la rendait impatiente de les fuir.

Jonathan la suivit des yeux tandis qu'elle se dirigeait avec sa grâce habituelle vers le fond de la salle, la tête haute et le dos droit.

— Vous auriez pu m'avertir que vous aviez changé de tactique, déclara Andrew d'un ton bref. Cela m'eût évité un certain ridicule.

Le marquis le dévisagea avec étonnement.

— De quoi parlez-vous ?

— Comme si vous ne le saviez pas ! répondit le comte, tout en décochant une œillade lourde de sens à la belle actrice. Si j'avais pu deviner que vous monopoliseriez notre héroïne, j'aurais chassé sur un autre terrain.

Les sourcils de Langston se froncèrent.

— Ne soyez pas stupide, riposta-t-il avec plus d'irritation qu'il ne l'aurait voulu. Rien n'est changé. Je compte toujours sur vous pour l'amener dans votre lit et la soustraire à Deverell.

— Dans ce cas, mon cher, vous feriez bien de surveiller vos expressions quand vous l'approchez, déclara malicieusement Ravensford, qui avait enfin retrouvé son sens de l'humour.

Jonathan décrispa ses poings, qu'il avait serrés à son insu.

— Soyez tranquille : elle sera assise près de vous à table, et je vous la confie pour la conduire à la salle à manger.

— Très volontiers, accepta Ravensford avec une courbette amusée. Si vous me le permettez, je vais de ce pas faire valoir mes droits auprès de ma cavalière.

Le marquis le regarda s'éloigner, plus sombre que jamais. Il était furieux de s'être dévoilé aussi légèrement. Pour l'amour du ciel, comment pouvait-il réagir ainsi aux avances de son ami, qu'il avait lui-même manigancées ? Il se rappela sévèrement à l'ordre, en se remémorant que ses relations avec son frère dépendaient de la réussite de cette opération.

Quand le majordome lui fit signe que le dîner était servi, il alla offrir son bras à sa propre cavalière, l'épouse d'un propriétaire voisin. Mais il eut beau faire, il ne put s'empêcher de chercher encore du regard la belle Samantha Davidson, dont le rire de gorge et la voix de velours l'atteignaient malgré le brouhaha qui les séparait. La vue de son décolleté opalin, si bien mis en valeur par le vert sombre de sa robe, fit bouillir son sang dans ses veines. Il se crispa, les traits contractés. Jamais une femme ne l'avait obsédé de la sorte ; elle avait le don de le faire réagir d'une façon inacceptable.

Lorsqu'il repoussa la chaise de sa voisine, lady Roberts lui lança un regard troublé par-dessus son éventail.

— Que vous arrive-t-il, Langston ? Je gage que vous n'avez pas entendu une seule de mes paroles, et votre air sombre paraîtrait fort intimidant à toute autre que moi.

Elle souriait, mais sa nervosité était manifeste. Jonathan se morigéna. Cela suffisait, à présent. Il était hors de question qu'une Mme Davidson affectât son comportement envers ses invités.

Adressant son sourire le plus charmeur à sa compagne, il lui servit la première excuse qui lui vint à l'esprit :

— Je suis navré, madame. Mais vous savez ce que c'est, lorsqu'un célibataire reçoit ; je suis dans les transes à l'idée que quelque chose n'aille pas.

Lady Roberts gloussa.

— A ce que l'on dit, vous serez bientôt déchargé de ces affres de maître de maison, milord. Lady Cynthia fera une hôtesse délicieuse.

Cette remarque n'était pas faite pour alléger l'humeur du marquis. Non seulement il n'était toujours pas sûr de ses intentions vis-à-vis de Cynthia, mais ce genre de conversation l'horripilait.

— Laissons ces rumeurs, madame. Je suis convaincu que lady Cynthia les juge aussi outrées que moi.

Avant que sa voisine stupéfaite ait pu protester, il se tourna vers la vieille dame assise à sa gauche, la comtesse douairière de Ravensford, grand-mère d'Andrew.

Lorsqu'ils étaient enfants, puis adolescents, cette forte femme connue pour son originalité et son franc-parler prenait toujours leur parti, alléguant qu'il fallait les laisser grandir et mûrir en paix, si l'on voulait que leur personnalité se développât convenablement. Son grand âge ne lui avait rien fait perdre de ses opinions tranchées et elle était toujours prête à semer la discorde quand elle le jugeait bon — un penchant qui ne tarda pas à se confirmer ce soir-là encore.

Plaçant son lorgnon devant ses petits yeux au bleu usé, elle s'enquit d'une voix sonore, due à sa surdité :

— Qui est donc ce beau brin de fille avec une rose dans les cheveux ? J'ai rarement vu une jeune personne aussi ravissante. Les sœurs Gunning ne lui arrivent pas à la cheville, ce qui ne les a pas empêchées de mettre le grappin sur un duc et un pair.

Elle jeta une œillade incisive au marquis, puis se remit à fixer Sam avec outrecuidance.

— Ne me dites pas que vous l'avez invitée chez vous sans arrière-pensée, Langston, je ne vous croirais pas.

Jonathan crispa les doigts sur ses couverts. Pour une fois, l'esprit caustique de la comtesse ne le distrayait pas le moins du monde et il regrettait presque de l'avoir invitée, ce qui ne lui était jamais arrivé.

— Rassurez-vous, madame, la présence de Mme Davidson a une raison très claire, répondit-il sèchement. Elle est ici pour distraire mes hôtes et les faire profiter de son talent, qui est incontestable.

— Oh ! Il s'agit donc de cette actrice superbe dont tout Londres se gargarise ? Je comprends, maintenant ! poursuivit l'incorrigible douairière avec un petit sourire entendu. Et je ne m'étonne pas non plus que vous ne la quittiez pas des yeux. Ravensford fait de même depuis qu'elle est entrée, et vous avez toujours eu des goûts identiques en matière de femmes, tous les deux.

Le marquis, dont l'irritation allait croissant, faillit s'étrangler en avalant son consommé à la tortue. Les outrances de la vieille dame devenaient carrément intolérables. Il décocha un coup d'œil venimeux au comte, qui lui répondit d'un haussement d'épaules mi-amusé, mi-résigné.

Sam, elle, avait du mal à croire ce qui lui arrivait. Qui était donc cette vieille douairière empanachée, qui faisait fi de tous les usages et parlait aussi fort qu'une poissonnière ? Ses perfidies la faisaient rougir jusqu'aux oreilles.

Comme s'il avait deviné sa question, Ravensford se pencha vers elle et lui murmura à l'oreille :

— Ma grand-mère... Elle est toujours impossible, quand elle s'en prend à Langston. Parce qu'il n'a jamais voulu se remarier, elle est convaincue que je subis sa mauvaise influence et qu'il est responsable de mon célibat prolongé.

La jeune femme ne put s'empêcher d'ouvrir des yeux ronds.

— N'est-ce pas fort exagéré ?

Une lueur malicieuse brilla dans le regard de son voisin.

— Si, bien sûr. Mais je n'y peux rien.

L'envie de l'interroger plus avant dévorait Sam. Elle se contenta néanmoins d'ignorer de son mieux les regards appuyés de la comtesse et de se consacrer à son consommé.

— Ne vous en faites pas, lui chuchota encore le comte en aparté. Elle aboie, mais elle ne mord pas.

Cette remarque n'eut pas l'heur de tranquilliser Samantha, qui ne tarda pas à trouver ce dîner interminable. La douairière, crûment, continuait à émailler la conversation de ses remarques enlevées. La jeune femme s'efforçait de conserver une attitude détachée, et les coups d'œil qu'elle jetait de temps à autre à Langston lui prouvaient qu'il faisait de même. Mais des plis exaspérés bordaient sa bouche et ses prunelles brillaient dangereusement.

Au bout d'un moment, lasse de ce manège, Sam se redressa avec dignité. Après tout, Langston l'avait cherché ; puisqu'il avait tenu à l'engager pour distraire ses invités, à lui d'en supporter les conséquences.

Malheureusement, comme elle lançait au marquis une œillade rancunière, la comtesse l'intercepta et se mit à glousser comme une vieille dinde. Samantha regretta instantanément son manque de retenue, d'autant que toutes les têtes s'étaient tournées vers la douairière dont le face-à-main ballottait sur sa poitrine soulevée par le rire.

— Eh bien, Langston ! Il semble que vous ayez trouvé à qui parler, pour une fois. Cette charmante personne n'est pas du genre geignard, comme votre Annabelle. Non... Celle-ci va vous donner du fil à retordre, je vous en réponds !

Par bonheur, ils étaient arrivés au dessert. Le marquis, impassible, se leva et annonça la fin du repas.

— Un thé va vous être servi dans le petit salon, mesdames, pendant que ces messieurs et moi-même nous rendrons un moment au fumoir.

Le soulagement de Samantha fut vif, mais de courte durée. Car dès que les dames eurent gagné le salon, la terrible comtesse vint s'asseoir d'autorité sur le même sofa qu'elle. Comme elle voulait se lever et s'esquiver avec une révérence, sa compagne la retint d'un geste.

— Je vous en prie, mon petit, pas de salamalecs entre nous. J'ai vu que vous étiez seule et j'ai pensé que nous pourrions bavarder un peu, toutes les deux.

Sam chercha en vain un moyen d'échapper à cette conversation ; elle n'en trouva pas. Et la douairière, impitoyable, aborda d'emblée le sujet qu'elle voulait à tout prix éviter.

— Si nous parlions un peu de Langston ? suggéra-t-elle avec un petit rire amusé. Ce diable de garçon me semble vraiment mordu, cette fois. Il y a si longtemps qu'il a perdu sa femme que j'avais renoncé à le voir remarié, mais apparemment je me suis trompée...

Samantha, horrifiée, se dit qu'elle devait absolument mettre un terme à ces outrances. La vie privée du marquis ne la concernait pas, et elle refusait d'y être mêlée.

— Je suis au regret de devoir vous contredire, madame, mais le marquis de Langston et moi-même n'entretenons aucune relation personnelle, déclara-t-elle d'une voix altérée.

La vieille dame hocha plusieurs fois sa tête argentée à la manière d'un oiseau picorant du grain, puis elle saisit son lorgnon pour dévisager la jeune femme.

— Je ne sais si je dois vous croire, ma mie. Et si vous dites vrai, le contraire ne saurait tarder.

Sam, au désespoir, balaya la pièce du regard en quête d'un quelconque secours. Quand elle vit les autres dames qui chuchotaient derrière leur éventail en les observant à la dérobée, elle comprit que nulle aide ne lui viendrait de ce côté. Alors elle poussa un soupir et se résigna à son sort.

— En quoi ai-je mérité un tel intérêt de votre part, madame ? Je ne vois pas...

La comtesse se remit à glousser.

— Comment ne vous aurais-je pas remarquée, à voir la façon dont ces deux godelureaux s'affrontent du regard à votre sujet ? Et je reconnais qu'ils ont bien raison : il y a en vous une droiture et un courage qui me plaisent, ma chère, et qui se trouvent rarement de nos jours. D'ailleurs, Langston et Ravensford sont taillés dans la même étoffe, c'est sans doute pour cela qu'ils vous apprécient à ce point — votre beauté mise à part. Cela dit, je mettrais ma main au feu que mon petit-fils vous laisse de marbre, en dépit des œillades enflammées qu'il vous jette. Aussi vous prierais-je instamment de ne pas lui donner de faux espoirs.

Malgré elle, Sam admira la finesse de la vieille dame.

— Pour rien au monde je ne froisserais intentionnellement lord Ravensford, madame. Ni personne d'autre, je vous l'assure.

— Pas même Langston ? releva la douairière, malicieuse.

Comme Samantha voulait protester, elle posa sur son bras une main alourdie par les bagues.

— Ne dites rien, ma fille. Mais sachez que rien ne m'échappe, et qu'un même feu couve de part et d'autre.

— Puis-je me mêler à cette passionnante conversation ? demanda soudain la voix du marquis, toute proche.

Sam sursauta. Pour une fois, chose rare, elle ne l'avait pas senti arriver.

— Certainement pas, mon cher, répondit la douairière en lui tapotant le bras de son éventail refermé.

Nos secrets ne vous regardent pas. Et puis il est temps pour moi de me retirer ; une dame de mon âge ne vaut plus rien passé une certaine heure.

Langston s'inclina devant elle et l'aida à se lever.

— Vous gardez l'esprit aussi alerte que lorsque je vous ai connue, milady.

— Flatteur ! minauda la comtesse en souriant. Ce qui est sûr, c'est que cette délicieuse personne aurait en moi une sérieuse rivale, si j'avais cinquante ans de moins.

Puis elle redevint grave, et plongea ses yeux bleus dans ceux du marquis.

— Je vous aime beaucoup, Jon, mais je vous avertis : ne vous avisez pas de faire souffrir Andrew, sans quoi vous aurez affaire à moi. C'est compris ?

— Parfaitement, milady.

— Bien.

Après un petit clin d'œil complice à Sam, la comtesse salua Langston d'un signe de tête et s'éloigna, impériale.

Sans demander la moindre permission, le marquis s'installa près de la jeune femme sur le sofa aux coussins damassés d'or. Soudain, la pièce parut trop petite à Samantha. Elle aurait voulu s'écarter, mais ne pouvait le faire sans risquer de choir sur le somptueux tapis d'Aubusson. Réprimant un tremblement, elle s'efforça de chasser les pensées déplacées que la proximité de cet homme, contre son gré, faisait naître en elle. Mais quand Langston se tourna vers elle, le visage si près du sien qu'elle distinguait l'ombre de ses cils sur ses joues, elle n'y tint plus et esquissa un geste pour se lever.

Immédiatement, la main du marquis se referma sur son poignet. Sam percevait la chaleur de ses doigts à travers son gant de chevreau.

— Je vous en prie, laissez-moi partir, plaida-t-elle doucement, la voix tendue.

— Pas avant que j'en aie terminé.

Son pouce décrivait de petits cercles à la base de sa paume. En avait-il conscience ? Elle espérait en tout cas qu'il ne remarquait pas les battements incontrôlés de son pouls. Et il était clair qu'elle ne pouvait lui échapper sans créer une scène dont elle n'avait nul besoin.

— Que voulez-vous ? demanda-t-elle dans un souffle.

Le regard sombre de Langston la parcourait effrontément, passant de la rose glissée dans ses cheveux à celles qui soulignaient sa poitrine. Le cœur de Sam s'emballa de plus belle.

— Connaître vos intentions à propos de Ravensford, répondit-il d'un ton crispé.

Samantha retint un cri offusqué.

— Mes intentions ? Mais je n'en ai aucune ! Le comte est pour moi une simple connaissance, vous le savez bien !

— Et s'il s'éprenait de vous ?

Choquée, Sam porta sa main libre à sa gorge.

— Je ne pense pas que cela advienne. En outre, en quoi cela vous importerait-il ?

Les prunelles de Langston étincelèrent. Ses pupilles noires semblaient sans fond. Le parfum de son eau de toilette assaillit la jeune femme, dont le pouls s'accéléra dans l'attente de sa réponse. Cette tension insoutenable se prolongea quelques instants. Puis, abruptement, le marquis haussa les épaules et s'écarta, rompant le charme qui retenait Sam captive.

— Je veux lui éviter le même sort que mon frère.

Ils en reviendraient donc toujours là ! Sam ravala de son mieux la colère qu'il avait réveillée.

— Lord Ravensford et votre frère sont des hommes adultes, que je sache, rétorqua-t-elle le plus posément possible. Non seulement ils sont assez grands pour déterminer tout seuls ce qui leur convient ou pas, mais il est temps pour eux d'apprendre qu'ils ne peuvent avoir tout ce qu'ils désirent.

— Dont vous-même, si je saisis bien, conclut froidement Langston. Dommage que vous ne sachiez pas mieux leur faire comprendre cette leçon.

Il se leva, puis, sans préambule, changea de sujet.

— Que diriez-vous d'une partie de whist ? Je crois que mes invités sont en train de composer quelques tables.

Samantha se leva à son tour.

— Permettez-moi de décliner votre offre, milord. Je n'ai ni le goût ni les moyens de m'adonner à des jeux d'argent.

Elle pivota sur ses talons et s'éloigna d'un pas vif, se demandant ce qui lui avait pris de lui révéler ainsi sa situation financière.

— Ce froncement de sourcils ne vous sied guère, déclara Ravensford en surgissant brusquement auprès d'elle.

Le ton était espiègle, et Sam n'en prit pas ombrage.

— Navrée de vous décevoir, milord. Une actrice elle-même ne peut toujours feindre la gaieté.

Le comte fixa sur elle un regard vert trop scrutateur à son gré.

— Langston vous importunerait-il ?

— Il lui arrive de se montrer assez cassant, éluda la jeune femme.

Ravensford sourit.

— Oui, il se comporte de cette manière lorsqu'il veut à tout prix parvenir à ses fins.

— Je m'en suis aperçue, déclara sèchement Samantha.

Elle n'était pas décidée à laisser Langston lui gâcher le plaisir qu'elle pouvait retirer de ce séjour ; en outre, la journée avait été longue et elle préférait remettre ces problèmes au lendemain.

— Si vous voulez bien m'excuser, milord, il se fait tard.

— Permettez-moi de vous accompagner.

Sans attendre sa réponse, le comte s'empara d'un chandelier et attendit qu'elle le précédât vers l'étage où se trouvaient les chambres. Sam n'eut aucune peine à deviner ses intentions ; mais elle savait de façon tout aussi certaine qu'elle ne pouvait accéder à ses vœux. Un instant, elle se demanda si elle devait le laisser aller jusqu'à sa porte pour le congédier en bonne et due forme, ou s'il valait mieux décliner son offre... et remettre la rebuffade à un autre soir.

Les paroles de la comtesse lui revinrent, renforcées par celles de Langston — et elle opta pour un sourire.

— Merci, milord.

Finalement, ils cheminèrent ensemble de façon plutôt agréable, grâce à la conversation entretenue par le comte. Sam eût aimé nouer des relations amicales avec cet homme charmant, beaucoup plus courtois que nombre de ses pairs. Mais elle ne nourrissait aucune illusion ; ses admirateurs avaient tous la même chose en tête, en ce qui la concernait, et Ravensford n'y faisait pas exception.

Arrivée devant sa porte, elle se retourna et lui tendit sa main.

— Je vous remercie de votre compagnie, milord.

— Tout le plaisir a été pour moi.

Comme en début de soirée, les lèvres d'Andrew

s'attardèrent un peu trop longuement sur ses doigts — et comme alors elle resta de marbre. Il se redressa, lui adressa un petit sourire contrit et s'inclina.

— Je vois que ma cour ne vous agrée pas, madame, et je le regrette.

Sam lui sourit chaudement, reconnaissante de sa compréhension.

— Soyez certain que je le regrette aussi, milord.

Ces paroles étaient sincères. Cet homme méritait sa sympathie et son respect. Malheureusement, ce n'était pas lui qui faisait battre son cœur.

Le lendemain matin, Jonathan se leva de bonne heure, à son habitude. Tandis que son valet de chambre lui préparait sa tenue d'équitation, il alla jusqu'à la fenêtre et en écarta les lourds rideaux de velours brun. Des fleurs de givre nimbaient les vitres. Il constata avec plaisir qu'il avait neigé durant la nuit, ce qui rendrait sa promenade d'autant plus excitante.

Soudain, son sourire se figea : il venait d'apercevoir, se promenant lentement dans le jardin aux herbes brunies par le gel, une longue silhouette enveloppée d'une cape grise. Immédiatement, il reconnut Samantha Davidson.

Il eut d'abord un choc en constatant que ce spectacle lui procurait un étrange plaisir. La voir flâner ainsi dans sa propriété, alors que le soleil n'était pas encore levé, avait quelque chose d'intime et de familier qui était loin de lui déplaire. Son premier mouvement fut de vouloir s'habiller en hâte pour la rejoindre. Puis une autre conclusion lui sauta à l'esprit : si elle était dehors à une heure aussi matinale, c'était que Ravensford, de toute évidence, n'était pas arrivé à ses fins.

Le soulagement qu'il en éprouva le mit en rage. Il fut pris d'une telle fureur devant sa propre faiblesse qu'il frappa violemment du poing sur une table, envoyant valser un vase en faïence de Wedgwood qui se brisa sur le parquet.

— Enfer et damnation ! s'écria-t-il.

Son valet entra, l'air soucieux.

— Que se passe-t-il, milord ? Etes-vous souffrant ?

— Non ! Je me porte comme un charme, James. Laissez-moi un instant, je vous prie.

Dès que le domestique se fut retiré, surpris et inquiet, Langston ferma les paupières, essayant de chasser de son esprit ce visage et ce corps qui l'obsédaient. Il n'était pas malade, c'était pire : plus les jours passaient, plus il brûlait de posséder la seule femme au monde qui lui était interdite. Et il n'était plus question, pour l'heure, d'aller la rejoindre dans le jardin : seul le ciel savait de quoi il eût été capable.

10.

Au bruit de la porte qui s'ouvrait, Sam leva les yeux du puzzle auquel elle travaillait depuis une heure environ avec Amalie et Stephen. Lorsqu'elle était venue rendre visite à sa fille, dont la santé s'améliorait de jour en jour, elle avait souri en découvrant les deux enfants occupés à jouer ensemble. Ils se disputaient fréquemment, mais ils avaient aussi de nombreux goûts en commun, et pour l'heure tout se passait à merveille.

— Madame Davidson... Je ne pensais pas vous trouver ici.

La voix chaude, un brin caustique, glissa sur la jeune femme avec la douceur rêche d'un velours pris à rebrousse-poil.

Elle se leva et lissa la mousseline jaune pâle de sa robe, décidée à répondre sur le même ton.

— Bonjour, milord. Moi non plus, je ne m'attendais pas à votre visite. Surtout de si bon matin.

— Papa ! s'écria joyeusement Stephen.

Il sauta sur ses pieds pour courir vers le marquis, puis, de manière abrupte, s'arrêta net à quelques pas de son père.

— Oh, pardon, sir ! Je me montre très impoli.

Il se tourna à demi vers sa compagne de jeu.

— Puis-je vous présenter Mlle Amalie Davidson ? Amalie, voici mon père, le marquis de Langston.

La petite fille se mit debout et exécuta une révérence tout à fait convenable.

— Inutile d'être aussi pompeux, Stephen. Sa Seigneurie et moi avons déjà fait connaissance. Nous avons même passé un accord, n'est-ce pas, milord ?

Horrifiée par l'impudence de sa fille, Sam la rappela sévèrement à l'ordre.

— Amalie ! Présente tout de suite tes excuses à lord Langston, je te l'ordonne !

Loin de céder, l'enfant releva fièrement le menton.

— Pourquoi, maman ? Vous lui parlez bien de cette manière, vous !

— Peut-être, riposta Samantha ulcérée, mais ton âge ne te permet pas encore de t'exprimer ainsi, ma fille. Et je te trouve très effrontée.

— Un trait qu'elle tient sans doute de sa mère, murmura Langston, ironique.

Il s'interposa entre elles et plaça une main amicale sur l'épaule d'Amalie.

— Cessez de vous disputer, mesdames. Je ne suis pas venu dans l'intention de semer la discorde, mais simplement de voir mon fils.

Il se tourna vers le petit garçon et l'interrogea sur son emploi du temps de la journée. Sam fut saisie par le changement survenu dans l'attitude de Stephen ; après son premier mouvement de joie à l'entrée de son père, il montrait maintenant une réserve presque douloureuse. Que se passait-il entre ces deux-là ? L'enfant, dont le regard bleu semblait trahir une blessure, se tenait aussi droit que le marquis. Mais cette posture inspirait presque la pitié, tant elle évoquait un petit être malheureux qui s'efforçait de cacher sa peine sous un air distant et hautain.

Le cœur de Samantha se serra. Etait-ce la mort de sa mère, qui l'avait marqué à ce point ? Soulevée par une bouffée d'affection pour Stephen, elle décida d'alléger l'atmosphère.

— Voudriez-vous faire une partie de petits chevaux avec nous, milord ? Les enfants avaient envie d'y jouer, mais il nous manquait un partenaire.

Une lueur amusée s'alluma dans les yeux de Langston.

— Croyez-vous que je serai à la hauteur ?

— Nous allons voir.

La jeune femme installa le jeu devant la fenêtre. Le marquis prit place en face d'elle et les enfants, ravis, s'assirent entre eux. Lorsqu'ils eurent choisi leurs chevaux, chacun prenant sa couleur favorite, le regard de Sam rencontra soudain celui de Langston et le temps, un instant, parut s'arrêter. Puis elle s'avisa de ce qui se passait et abaissa vivement les paupières.

La partie dura près d'une heure, et ils s'amusèrent comme des fous. Comme le marquis gagnait haut la main, Stephen s'écria tout à coup, la voix pleine d'excitation :

— Papa, n'est-il pas inconvenant que vous battiez les dames ?

Son père lui répondit par un grand sourire.

— Au jeu, mon cher, les dames prennent les mêmes risques que nous. Tant pis pour elles.

Sam ne l'avait jamais vu aussi détendu, et elle s'aperçut que cette facette de sa personnalité lui plaisait beaucoup. C'était un homme d'une complexité étonnante.

Ils auraient continué à jouer, si Lottie n'était venue

chercher Amalie pour une courte sieste avant le déjeuner. La jeune malade était pratiquement guérie, à présent, mais elle devait tout de même observer un certain repos. Comme sa fille suivait la gouvernante à contrecœur, Sam décida elle aussi de prendre congé.

— Si vous voulez bien m'excuser..., murmura-t-elle en se levant.

— Certainement, répondit Langston.

Il se tourna vers son fils.

— Aimeriez-vous m'accompagner aux écuries ?

Une surprise émerveillée se peignit sur le visage du petit garçon.

— Oh, oui, sir !

Si la jeune femme nota avec plaisir qu'ils allaient passer un moment supplémentaire ensemble, elle fut intriguée par la stupeur manifeste de Stephen. Son père s'occupait-il donc si rarement de lui ? L'enfant, de toute évidence, semblait le craindre. Puis elle se gourmanda, décidant avec fermeté que cela ne la concernait pas, et alla rejoindre Lottie et Amalie.

Quelques heures plus tard, Samantha traînait son ennui à travers le rez-de-chaussée du château. Cet après-midi lui semblait sans fin. Les dames se tenaient dans l'un des salons ; elles cancanaient en jouant au whist ou en travaillant à leurs ouvrages de broderie, occupations qui la rebutaient totalement. Les messieurs, eux, étaient soit à la chasse, soit en train de jouer au billard, une distraction dont elle ignorait les règles.

Langston l'avait-il vraiment fait venir pour monter une pièce avec ses invités ? Elle commençait à se le demander. C'était le deuxième jour qu'elle était là et il ne lui avait toujours pas soufflé mot de son projet.

Comme la mélancolie menaçait de l'envahir, elle décida de réagir en allant prendre un thé dans la petite salle à manger réservée à cet effet : tout au long de la journée un buffet demeurait garni en permanence, les hôtes du marquis pouvant en profiter à leur guise et en toute liberté.

Elle était en train de se servir, quand l'honorable Emily Ershaw apparut et choisit un canapé au concombre. Sam lui sourit. La jeune femme, une jolie brunette aux yeux bleus, avait à peu près son âge et lui semblait sympathique.

— Ces canapés sont délicieux, dit-elle pour engager la conversation. Je les ai goûtés hier et les ai trouvés exquis.

— Je m'en suis aperçue, rétorqua Emily avec un sourire glacé. En vous voyant, je me suis souvenue du conseil de ma mère : une dame, d'après elle, ne doit jamais montrer son appétit en public.

Sam avait beau être accoutumée à ce genre de réflexion méprisante, surtout de la part des femmes, elle en éprouva un choc et se figea. Avant qu'elle ait pu répondre, cependant, une voix masculine s'éleva dans la pièce :

— Pour ma part, Emily, je me souviens de vous avoir entendue mille fois rabâcher les conseils de votre mère... mais pas de vous avoir vue les mettre en pratique.

Samantha se tourna vers le seuil, le souffle court. Langston prenait sa défense ? Elle n'en revenait pas.

L'honorable Emily rougit d'abord comme une pivoine, puis devint très pâle.

— Voilà qui ne m'étonne pas de vous, marquis. J'aurais dû me douter que vous seriez du côté de Mme Davidson, riposta-t-elle aigrement, les lèvres pincées.

Là-dessus, elle pivota sur les fins talons de ses mules et sortit, l'air satisfait. Langston la suivit des yeux avant de s'approcher de Sam, qui se versait une deuxième tasse de thé.

— Emily a toujours eu une langue plus acérée que son intelligence, déclara-t-il. Et l'envie est son péché mignon.

L'envie ? Sam se demanda si elle avait bien entendu. Puis son attention fut attirée par la scène assez incroyable qui se déroulait sous ses yeux : Langston, d'un air décontracté, empilait sur une assiette un nombre copieux de scones, qu'il accompagna d'une bonne quantité de crème fraîchc et de confiture de fraises. Cela fait, il se servit une tasse de thé et y ajouta deux grosses cuillerées de sucre.

— Ma parole ! Vous êtes un vrai ventre sucré ! s'exclama la jeune femme, éberluée.

Elle ne s'était jamais doutée qu'il pût être gourmand. Mais ce défaut — pour autant que c'en fût un — le rendait soudain plus humain, plus abordable.

Il mordit avec appétit dans un scone, mâcha longuement, puis avoua dans un grand sourire :

— D'après ma mère, c'est *mon* péché mignon. Et si je ne fais pas attention, je crains de regretter le jour où j'ai goûté à ma première douceur.

Sam sourit à son tour, toute tension oubliée. Ils savourèrent leur collation dans une bonne humeur qui lui parut fort plaisante, même si elle savait que cette trêve ne durerait pas — et se demandait avec curiosité ce qui avait amené le marquis en ce lieu au moment où elle s'y trouvait.

Langston, de son côté, l'observait avec attention. Elle prenait son thé sans sucre, nota-t-il. Ils étaient si différents, dans de si nombreux domaines, qu'il ne comprenait vraiment pas pourquoi elle l'attirait à ce point.

Quand il eut terminé, il reposa son assiette vide et interrogea :

— Que diriez-vous d'aller jeter un coup d'œil au théâtre avec moi, madame Davidson ? Vous pourriez m'indiquer ce qu'il faudra prévoir, avant d'assigner les rôles à mes hôtes et de commencer les répétitions.

Samantha prit grand soin de terminer son thé et de reposer délicatement sa tasse sur sa soucoupe avant de lever les yeux vers lui. Puis elle le dévisagea un long moment, avant de déclarer d'un ton posé :

— Je commençais à me demander si cette histoire de pièce n'était pas un leurre. Si vous ne m'aviez pas attirée ici dans le seul but de m'éloigner de Londres, lorsque sir Deverell rentrera de Bruxelles.

Langston s'empourpra violemment.

— Sornettes ! répondit-il avec humeur. Dev ne sera pas de retour en Angleterre avant des mois.

Néanmoins, elle avait raison sur un point : cette pièce *était* un prétexte. La finesse de la jeune femme le dérouta. Il n'avait pas encore choisi le moindre titre et ferait bien d'en trouver un d'urgence, s'il ne voulait pas accroître ses soupçons. Cela posé, avait elle aussi flairé quelque chose du côté de Ravensford ? Et ce dernier avait-il renouvelé ses avances ?

Le seul fait d'évoquer la « mission » de son ami, une fois de plus, l'irrita prodigieusement. Il se débarrassa de sa tasse d'un geste si brusque que le thé qui restait au fond jaillit sur la soucoupe. Bonté divine ! Il se comportait vraiment comme le dernier des idiots. S'il avait fait cette proposition à Ravensford, c'était tout de même bien pour que son ami réussisse ! Et s'il y avait une chose qu'il voulait éviter à tout prix, ce n'était pas qu'Andrew séduisît cette femme ; c'était de se mettre son frère à dos pour le reste de ses jours — ou d'avoir à l'affronter en duel.

— Allons-y, déclara-t-il fraîchement. Le théâtre n'a plus servi depuis dix ans, et il doit y avoir un certain nombre de détails à revoir.

Ses traits se contractèrent au souvenir de la dernière représentation qui y avait été donnée. Annabelle, enceinte d'un mois ou deux, avait insisté pour inviter quelques voisins au château et monter une pièce avec eux. Elle adorait ce genre de divertissement. Après sa mort, il avait fermé le théâtre et ne l'avait plus rouvert.

Ils parcoururent en silence le dédale de corridors qui menaient à la petite aile où la salle de spectacle avait été installée. Langston s'était muni d'un chandelier. Arrivé devant la porte il alluma lentement les trois bougies, puis il ouvrit.

Aussitôt, une forte odeur de moisi et de renfermé les assaillit.

— J'ai pensé que nous pourrions jouer *La Mégère apprivoisée*, annonça-t-il en se dirigeant vers la scène. Croyez-vous que ce lieu conviendra ?

Sam le suivit, regardant autour d'elle.

— Eh bien... oui, pourquoi pas ? Mais nous avons du pain sur la planche, avant de commencer à répéter.

Sa voix chaude, un peu voilée, troublait Jonathan plus qu'il ne l'aurait souhaité. Quand cesserait-il de réagir aussi vivement à cette femme ? Et comme si ses attraits physiques ne suffisaient pas, sa volonté évidente de prendre les choses en main suscitait en lui une admiration dont il se serait bien passé.

Il inspira à fond.

— Je le crains, grommela-t-il.

Ensemble, ils montèrent sur la scène. En quelques

gestes experts, Samantha vérifia l'état des décors et du rideau. Elle se mouvait avec une grâce qui le fascinait, sans se montrer rebutée le moins du monde par la poussière et les toiles d'araignées. Cette simplicité, ce manque total d'affectation, stupéfiaient son compagnon. A sa place, la plupart des femmes qu'il connaissait auraient poussé les hauts cris et réclamé sur-le-champ des domestiques. Mais il devait s'y faire : elle ne ressemblait en rien à aucune des femmes qu'il avait rencontrées jusque-là.

Au bout d'un moment, elle se tourna vers lui et sourit.

— Je devrais pouvoir tout remettre en état d'ici deux jours, si vous me fournissez quelques hommes pour déplacer les objets lourds et quelques servantes pour frotter et nettoyer.

Les flammes des bougies dessinaient des ombres sublimes sur son visage, qui prenait par instants l'allure d'un masque d'or aux méplats magnifiquement sculptés. Et un tel bonheur brillait dans ses yeux que Jonathan se sentit porté vers elle par un désir irrépressible.

Il voulait cette femme. Par tous les saints du ciel, il la lui fallait.

Comment avait-il pu croire qu'il pourrait la livrer à un autre ? Cette mascarade avec Ravensford était du dernier ridicule. Si un homme devait la séduire, c'était lui, même si tout le lui interdisait !

Brutalement, il posa le chandelier et la saisit dans ses bras. Elle ne lui opposa nulle résistance, au contraire. Un plaisir inouï lui embrasa le sang dès qu'il s'empara de sa bouche, qu'il retrouva la tendre chaleur de ses lèvres sous les siennes. Sapristi... S'il se laissait aller, il l'allongerait sur-le-champ sur cette scène pour la posséder sans autre forme de procès. Mais il devait attendre un peu. Au moins un peu.

Coulant ses doigts dans la soie de ses cheveux, il éprouva une telle félicité qu'un gémissement lui échappa. Samantha, elle aussi, lâchait des plaintes passionnées.

— Je vous désire comme un fou, murmura-t-il contre sa bouche.

Il s'écarta pour la couver de son regard brûlant, et lut un appel identique dans ses grands yeux où l'or le disputait au bronze.

— Je sais, répondit-elle dans un souffle. C'est la même chose pour moi, Langston. Même si je ne le veux pas.

Pris d'un vertige, Jonathan se demanda comment il avait pu en arriver là avec elle. Lui avouer sa passion. La seule explication possible, c'était qu'il n'avait plus la moindre emprise ni sur son cerveau, ni sur son corps. Il était devenu esclave de ses sens.

Sam se pressa de nouveau contre lui, avide de sentir ce corps musclé qui la désirait avec une telle ardeur. Cet instant divin lui rappelait celui qu'ils avaient déjà partagé dans sa loge. C'était aussi fort, aussi incompréhensible, mais cela existait. Qu'ils le veuillent ou non. D'où venait cette étrange force qui les poussait inexorablement l'un vers l'autre, en dépit de tout ce qui les séparait ?

Langston enfouit son visage au creux de son cou, mordilla le lobe de son oreille, l'embrassa de nouveau. La passion les enflammait, les soudait l'un à l'autre. Puis ses lèvres chaudes descendirent le long de la gorge de Samantha, taquinèrent le bord de son décolleté et elle s'arqua vers elles, appelant un plaisir plus grand encore.

— Oui ! gémit-elle. Oui ! Oh, Langston...

— Jonathan, chuchota-t-il contre sa peau brûlante.

— Jonathan, répéta-t-elle comme une prière. Jon... Ne vous arrêtez pas, je vous en supplie...

Ne vous arrêtez pas.

Ces mots retentirent avec un étrange écho dans le corps tendu du marquis. Ces paroles-là, Annabelle aussi les prononçait lorsqu'ils faisaient l'amour, et qu'elle attendait toujours davantage de lui. Sa femme était insatiable et c'était loin de lui déplaire. Pourtant, à la même époque, elle accordait ses faveurs à un autre...

Instantanément, ce fut comme si un glaive s'était abattu entre Samantha et lui. Son ardeur retomba. Le désir subsistait encore, mais il était capable de le surmonter, à présent.

Il s'écarta, les yeux rivés sur ce ravissant visage défait par la passion, et maugréa un juron furieux. Ils étaient fous. Complètement fous.

— Je vous en veux de me tenter de la sorte. Comme je m'en veux de ne savoir vous résister, déclara-t-il d'une voix sourde en s'arrachant à elle.

Choquée, Sam chercha à tâtons quelque chose à quoi se raccrocher pour ne pas tomber. Sa main rencontra le dossier d'une chaise branlante et elle s'y accrocha comme à une planche de salut dans un océan démonté. Elle ne comprenait pas ce qui arrivait, mais voyait bien la fureur qui émanait de Langston, raidi à quelques pas d'elle.

A grand peine, elle retint les larmes qui menaçaient de ruisseler sur ses joues. Ce rejet brutal était déjà assez cruel ; elle ne voulait pas lui montrer de surcroît à quel point il l'avait blessée. Elle aussi, lui en voulait. Terriblement. Une douleur sourde l'habitait, si intense qu'elle était incapable de mettre un nom dessus. Peut-être était-ce de la haine. Mais peut-être aussi... de l'amour, songea-t-elle avec effroi. Sinon, pourquoi souffrirait-elle ainsi ? Pourquoi se sentirait-elle abandonnée, trahie de la sorte ?

Réprimant un sanglot, elle choisit la fuite. Elle ne pouvait rester plus longtemps face à lui, après une telle humiliation. Et elle ne supporterait pas non plus l'explosion de cette colère qu'elle sentait couver dans ses épaules crispées.

Le dos tourné, Jonathan l'entendit s'enfuir en courant. De toutes ses forces, il résista à l'envie de la rattraper, de la retenir. Pour la deuxième fois, il avait failli la posséder. Malgré tout ce qu'il savait, rien n'aurait pu l'arrêter. Il en était à un point où seul le ciel pouvait l'aider.

Le regard morne, les pieds croisés sur un pouf et un verre de cognac à la main, Langston fixait les flammes qui brûlaient dans la cheminée de la bibliothèque. Dehors, la neige tombait. Il était plus de minuit, certains de ses invités jouaient aux cartes ou au billard, d'autres étaient couchés — et Samantha Davidson s'était retirée depuis des heures.

Il l'imaginait seule dans son lit, berçant son dépit, mais peut-être était-elle avec un amant. Et peut-être avec Ravensford.

Une épée lui transperça la poitrine.

Il avala une gorgée d'alcool. De quoi se plaignait-il ? Si tel était le cas, son ami l'aurait sauvé malgré lui, et Deverell ne le haïrait pas pour la vie...

Ce raisonnement ne servit à rien. Il avait beau tenter de fuir la vérité, elle revenait sans cesse le narguer. Il désirait cette femme plus que tout au monde. Le besoin qu'il avait d'elle lui rongeait les sangs et la moelle. Et elle le désirait aussi, ce qui n'arrangeait rien...

Au souvenir des douces plaintes de Samantha, il eut un grognement et vida son verre une nouvelle fois.

— Ah, c'était donc ici que vous vous cachiez !

La voix chaude du comte le fit sursauter. Andrew referma la porte derrière lui, puis, d'un pas tranquille, vint s'asseoir dans le fauteuil de cuir voisin.

— Je me demandais pourquoi vous ne jouiez pas les hôtes attentionnés, ce soir. Est-ce parce que notre divine amie n'est plus là ?

Au moins, elle n'était pas dans les bras de Ravensford. Le soulagement qui envahit Langston l'irrita si fort qu'il en fronça ses sourcils sombres.

— Un cognac ? proposa-t-il au comte. C'est du vrai, et du meilleur. Mon père en avait fait venir plusieurs caisses de France il y a vingt ans, avant les guerres. Aujourd'hui, on ne peut plus l'avoir que par contrebande.

Ravensford l'observa avec gravité.

— Ne détournez pas la conversation, Jon. Si j'en souhaite, je me servirai. J'ai vu la façon dont vous fusilliez Mme Davidson du regard, lors du dîner. Cela ne peut plus durer. Qu'envisagez-vous ?

Une sensation de malaise étreignit le marquis. Il n'avait aucune envie de s'expliquer avec Ravensford, mais il était clair qu'il ne pourrait y échapper. Andrew était son ami et son confident depuis trop longtemps ; ils n'avaient pas de secret l'un pour l'autre.

Il soupira.

— Je l'ignore. Cette histoire me dépasse.

Le comte poussa un juron exaspéré.

— Que me chantez-vous là ? Faites donc d'elle votre maîtresse, et n'en parlons plus ! Avec Napoléon qui vient de s'échapper de l'île d'Elbe, Dev ne rentrera pas à Londres avant plusieurs mois. D'ici là, je suis prêt à parier que votre liaison avec la « Divine » Davidson sera depuis longtemps terminée. Pourquoi en faire un tel drame ?

Jonathan bouillait de se lever et d'arpenter rageusement la pièce, mais il se contint.

— Ma mère ne va pas tarder à arriver, maugréa-t-il.

— Avec Cynthia, je suppose ?

— Avec Cynthia, confirma amèrement le marquis.

— Alors là, mon vieux, je dois dire que vous êtes dans un sacré pétrin. Il ne se fait guère d'entretenir sa maîtresse sous le même toit que sa mère et sa future femme.

— C'est surtout ma mère qui me préoccupe. Je ne suis pas encore engagé avec Cynthia.

Ravensford se leva, alla emplir un verre de cognac et fit tourner le liquide ambré à la lueur des flammes. Puis il se rassit.

— Vous avez tort de tergiverser, Jon. Cynthia serait pour vous une excellente épouse, et la meilleure manière de vous réconcilier avec le mariage. Elle est docile, raisonnable... et ce n'est pas elle qui vous tromperait.

— Je sais, grommela Langston. C'est pour cela que je l'ai choisie.

Mais ce n'était pas Cynthia, non plus, qui lui donnerait la passion dont Samantha Davidson était capable. Faire l'amour à cette demoiselle trop sage lui donnerait l'impression de coucher avec une poupée — dans le seul but de concevoir d'autres héritiers.

Cette perspective le glaça.

— Enfer et damnation ! maugréa-t-il en allant chercher la bouteille de cognac, afin de pouvoir se resservir à son aise.

— Sans oublier qu'elle serait une très bonne mère pour Stephen, insista Andrew.

Samantha aussi, ferait une bonne mère pour son fils. Elle s'occupait d'Amalie avec une tendresse exemplaire, songea le marquis.

Une fois de plus, la fureur le reprit. Juste ciel ! Qu'est-ce qui lui passait par la tête ? Cette femme était celle dont son propre frère était épris. Une actrice, une demi-mondaine ! Peut-être se résignerait-il à en faire sa maîtresse, mais il ne pouvait songer à l'épouser.

Et pourtant... L'idée d'aimer la jeune femme à satiété, de la posséder aussi souvent qu'il en aurait envie l'inonda d'une chaleur qui n'avait rien à voir avec l'alcool.

Il se versa une nouvelle rasade. Le comte poussa un soupir résigné. Manifestement, il n'avait pas réussi à convaincre son ami.

— Noyer vos tourments dans le cognac n'en fera pas disparaître la cause, observa-t-il en se levant. Tôt ou tard, mon cher, vous serez bien forcé de risquer de nouveau votre cœur.

Jonathan ne répondit pas. Sans bouger, il guetta le bruit de la porte qui s'ouvrait et se refermait doucement. Ravensford le connaissait toujours aussi bien ; cela dit, savoir qu'il avait raison ne lui rendait pas les choses plus aisées.

11.

Sam, loin d'être une cavalière expérimentée, montait sa jument à une allure tranquille. Un valet d'écurie la suivait au pas, légèrement sur sa gauche.

Au-dessus de leur tête, le soleil essayait vainement de percer la grisaille. Et si la neige avait fondu au cours de la nuit, ce redoux n'allait certainement pas durer.

Samantha remonta le col de son spencer de drap grenat ; l'humidité, pénétrante, lui faisait presque regretter l'impulsion qui l'avait poussée à entreprendre cette promenade. Mais ce matin, après une nuit troublée, elle avait éprouvé le besoin de calmer ses nerfs durement ébranlés par sa dernière entrevue avec Langston.

— Nous quittons les terres de Sa Seigneurie, madame, et je sais que cela lui déplairait fortement, déclara soudain le valet.

D'un geste coquet Sam écarta la plume bordeaux qui retombait joliment de sa toque de velours incarnat, une folie qu'elle avait jugée nécessaire à ce séjour « aristocratique », et lui jeta un coup d'œil intrigué.

— Le marquis ne s'entend-il pas bien avec ses voisins ?

— Si fait, madame, en... en règle générale, répondit le jeune homme qui semblait brusquement fort nerveux. Seulement nous sommes sur la propriété de M. Huntly, et...

— Huntly ? s'exclama la jeune femme d'un ton aigu. Huntly est le voisin de lord Langston ?

— Oui, madame. Les affaires de M. le marquis ne me regardent pas, mais je sais que nous ne devons pas nous attarder ici.

Un frisson qui n'avait rien à voir avec le temps parcourut Samantha. Et tout à coup, comme pour entériner ses craintes, une détonation retentit derrière eux. L'écorce d'un bouleau tout proche vola en éclats et la jument de la jeune femme se cabra, désarçonnant sa cavalière. Sam heurta le sol gelé avec un cri, tandis que le valet s'occupait de rattraper sa monture.

— Vous n'avez pas de mal, madame ? demanda-t-il avec inquiétude en revenant vers elle.

Sam se redressa, tout étourdie. Elle avait surtout eu grand-peur.

— Qui nous a tiré dessus ? s'enquit-elle d'une voix altérée.

— Le garde-chasse de M. Huntly, probablement. Il a des ordres. Son maître ne tolère pas les intrusions sur ses terres.

— Quelles manières barbares ! se récria Samantha en brossant ses vêtements. Il aurait pu nous toucher !

Son compagnon haussa une épaule.

— Je vous l'avais dit : nous sommes en tort.

La jeune femme lui lança une œillade indignée.

— Franchir les bornes d'une propriété n'est pas une raison pour tirer sur les gens !

— On pend bien ceux qui braconnent, rétorqua le valet d'un ton détaché.

Il disait vrai. Samantha soupira, outrée par ces mœurs d'un autre âge, et s'apprêta à se remettre en selle. A l'instant où elle saisissait sa bride, une voix impérieuse la fit sursauter violemment :

— Restez où vous êtes !

Elle se figea, puis tourna la tête vers le bouquet d'arbres d'où venait la voix. Ce faisant, elle se rendit compte que le valet était blanc comme un linge.

Un homme émergeait des fourrés, vêtu d'un costume de chasse marron foncé. D'une main, il tenait les rênes de son cheval ; de l'autre, un pistolet qui fumait encore.

Huntly... La gorge de Sam se contracta, et son cœur manqua s'arrêter lorsqu'elle distingua le sourire sardonique qui flottait sur ses lèvres.

— Madame Davidson ! déclara le gentleman-farmer en s'approchant. Quelle délicieuse surprise de vous trouver chez moi ! Vous seriez-vous lassée de la compagnie de Langston, que vous venez quêter la mienne ?

Le froid avivait son teint pâle. Il portait des gants de cuir, et à en juger par ses bottes crottées il avait dû marcher un bon moment. Cette tenue, ajoutée à l'éclat meurtrier de son regard bleu, lui donnait l'air terriblement dangereux.

Sam se prit à regretter que Langston ne fût pas à ses côtés. Il l'aurait protégée de cet individu visiblement mal intentionné, elle en était sûre. Alors que le malheureux valet, figé derrière elle, ne pouvait tenter le moindre geste pour la secourir : il eût signé son arrêt de mort. S'il avait l'idée, au moins, de s'esquiver pour aller chercher de l'aide ! songea la jeune femme qui se savait en fort mauvaise posture.

Comme si le jeune homme avait lu dans ses pensées, il profita de la distraction de Huntly — qui la dévorait des yeux avec une concupiscence éhontée — pour tourner bride et s'éloigner discrètement. Samantha inspira à fond. A elle de jouer, maintenant. Ses talents d'actrice devaient lui permettre de repousser Huntly... assez longtemps pour éviter le pire.

Il avança d'un pas ; elle recula d'autant.

— J'ignorais que vous étiez le voisin de Langston, monsieur Huntly, déclara-t-elle en ravalant sa terreur. Il ne m'en avait rien dit.

Le politicien ricana.

— Langston et moi ne sommes pas dans les meilleurs termes, vous le savez certainement.

— Ah, oui !

Un petit rire parfaitement ridicule échappa à Sam, qui s'en voulut aussitôt de sa faiblesse ; elle se sentait au bord de l'hystérie.

— C'est exact... J'ai entendu dire que vous étiez rivaux. Vous briguez tous les deux le mandat de député pour cette circonscription, n'est-ce pas ?

— Entre autres choses. Quoi qu'il en soit, il ne vous poursuit de ses avances que pour me contrer. Vous l'aviez deviné, je suppose ?

Son regard acéré semblait vouloir la marquer au fer rouge, comme si Huntly estimait qu'elle lui appartenait déjà.

— Langston ne m'a invitée chez lui qu'en raison de mon métier, sir. J'ai pour tâche de distraire ses hôtes.

Huntly s'esclaffa.

— Vous plaisantez ! Il est clair qu'il veut vous amener dans son lit, c'est assez criant lorsqu'il vous regarde.

La nervosité de la jeune femme ne cessait d'empirer. Elle crispa les doigts sur ses rênes, se demandant si elle serait capable de sauter en selle et de détaler avant que Huntly pût la rattraper. Un coup d'œil au regard perçant du bonhomme et à sa posture de fauve prêt à bondir l'en dissuada. Manifestement, la seule solution qui lui restait était de l'amadouer en lui faisant du charme — bien que le temps et l'endroit ne s'y prêtassent guère.

Elle s'efforça de respirer posément, amplement, afin de se calmer.

— Vous vous trompez, monsieur Huntly. Pour le marquis, je ne suis qu'une employée qu'il paie fort convenablement ; en échange, je dois monter avec ses invités *La Mégère apprivoisée*, de Shakespeare, et j'avoue que ce projet m'enchante.

Peine perdue. Avec un sourire en coin qui traduisait son scepticisme, Huntly lâcha son arme et tendit les mains vers Samantha, qui lui échappa de justesse.

— Je vous en prie, sir ! Modérez vos manières !

Elle tenta de placer sa jument entre eux, mais à l'instant où elle allait contourner l'animal, Huntly s'empara de son poignet et lui tordit le bras avec une brutalité qui lui arracha un cri. Puis il l'attira à lui et la pressa de force contre sa poitrine.

La terreur de Samantha était telle qu'elle en oublia sa douleur. Le souffle chaud de son agresseur balayait sa joue ; tournant la tête pour l'éviter, elle le sentit sur son cou, ce qui lui parut bien pire encore. Huntly tenait ses deux mains coincées entre eux, si bien qu'elle n'avait aucun moyen de le repousser.

Elle faillit hurler de peur et de dégoût, mais se retint à temps. Si elle se débattait trop vivement, elle risquait de le payer très cher. Alors, avec un long soupir, elle s'efforça de mobiliser toutes ses ressources.

— Sincèrement, Huntly, vous n'avez pas à me malmener ainsi..., murmura-t-elle le plus langoureusement possible. J'apprécierais bien davantage un traitement plus doux, croyez-moi.

Il plissa les paupières, la scrutant avec attention.

— Vous céderiez ?

Sam battit des cils avec coquetterie, puis soupira encore et feignit de parcourir du regard la clairière qui les entourait. Jamais elle n'aurait pu jouer une telle comédie en le fixant dans les yeux.

— Peut-être, mais pas ici...

Elle baissa la voix, prenant une intonation charmeuse.

— Ne pourrions-nous nous retrouver dans un lieu plus intime ?

L'emprise de Huntly se fit moins brutale. Ses mains allaient et venaient sur les bras de Samantha, trahissant un trouble grandissant. La jeune femme nota ce changement comme un signe positif, mais il ne fallait rien brusquer. Elle n'était pas encore sortie d'affaire.

— J'ai un petit pavillon de chasse à dix minutes à cheval d'ici, répondit-il d'un ton plus amène. Nous pourrions y passer un moment délicieux.

Sam comprit qu'il n'était pas dans son intérêt de refuser carrément. Sa victoire était trop fragile. D'un autre côté, elle n'avait aucune intention de s'éloigner avec lui de cette clairière — où les secours amenés par le valet pourraient la retrouver.

Sachant qu'elle négociait un tournant capital, elle humecta ses lèvres sèches et risqua d'une voix plus suave encore :

— Ce programme me sied tout à fait, sir. Mais j'aimerais m'y préparer comme une femme se plaît à le faire. L'attente rend le plaisir tellement plus délicieux encore... Voulez-vous m'accorder jusqu'à ce soir ?

Elle était allée trop loin. Les doigts de Huntly se

refermèrent de nouveau comme un étau sur ses poignets.

— Il suffit, ma belle. Je vous ai déjà bien assez attendue à mon goût. Ou vous me suivez immédiatement, ou je vous prends ici, sur la terre gelée.

Sam réprima un cri d'épouvante. A quoi bon crier, puisque personne ne pourrait l'entendre ? Il ne lui restait plus qu'à tenter une manœuvre désespérée, apte à convaincre Huntly de sa bonne volonté. Endiguant le dégoût qui lui soulevait le cœur, elle se pressa contre cet homme qu'elle haïssait et posa ses lèvres sur les siennes.

Il réagit instantanément, la broyant dans ses bras pour s'emparer de sa bouche avec une fièvre brutale. Lorsqu'elle sentit sa langue chercher la sienne, sa main plaquer rudement ses hanches contre son bas-ventre, Samantha gémit, souhaitant de tout son être pouvoir s'évanouir sur-le-champ. Le malaise qu'elle éprouvait était si fort que son désir fut exaucé. Soudain, ses genoux fléchirent et tout devint noir.

Alors que le monde semblait se désintégrer autour d'elle, elle eut l'impression d'entendre le galop d'un cheval. Mais c'était loin, si loin... Et pendant ce temps, vaguement, elle se rendait compte que Huntly ouvrait brutalement sa jaquette, déchirait son corsage.

Tout à coup, un cri rageur la ramena à la réalité.

— Lâchez-la, espèce d'ordure ! Lâchez-la ou je vous brûle la cervelle !

Langston ! Péniblement, Sam releva les paupières et découvrit le marquis à quelques mètres d'eux, un pistolet braqué sur Huntly. Elle faillit défaillir de nouveau — de soulagement cette fois. Le ciel soit loué ! Il était arrivé à temps...

Mais Huntly, loin d'obéir, garda un bras autour de

sa taille. Tandis qu'elle reprenait ses esprits, il s'écarta juste assez pour montrer à son rival dans quel état elle se trouvait. Sam constata avec horreur que ses seins étaient nus — et que le regard furieux de Langston était dardé sur eux.

Poussant un cri de honte, elle s'empourpra violemment et chercha à remettre de l'ordre dans sa toilette. Huntly l'en empêcha. Alors, au désespoir, elle secoua la tête avec frénésie afin de défaire son chignon. Quand les longues mèches s'écroulèrent enfin sur sa poitrine, la dissimulant en partie à l'examen méprisant du marquis, elle se sentit un peu mieux.

Jonathan, lui, continuait à voir rouge. Jamais, de sa vie, il n'avait éprouvé une fureur pareille. Pas même lorsqu'il avait découvert la trahison d'Annabelle.

Samantha Davidson à demi nue dans les bras de Huntly. Ses seins splendides offerts aux lèvres de cet ignoble individu. Et si c'était tout ! Mais il l'avait vue, de ses yeux, se presser contre son amant et lui donner sa bouche. Car elle était sa maîtresse, sans le moindre doute ! Ils avaient dû monter cette comédie afin de duper son valet. Sinon, comment expliquer l'état dans lequel elle se trouvait ?

Cela dit, avec un talent patenté, elle tournait vers lui un regard implorant. Son visage crispé exprimait le choc et la peur.

— Je vous en supplie, Langston, délivrez-moi de cet homme !

Serait-elle effrayée, vraiment ? Il plissa les paupières, sceptique. Un bref instant, il envisagea l'hypothèse que le valet avait dit vrai, et qu'elle n'était réellement que victime. Mais il l'écarta aussitôt. Il l'avait *vue* quêter les caresses de ce monstre.

Un peu ébranlé, tout de même, il serra les mâchoires et ordonna sèchement :

— Libérez cette femme, Huntly.

Cette fois, son rival obéit. Mais il le fit avec une lenteur provocante.

— Allez-y, Langston ! Prenez-la, puisque vous en mourez d'envie ! déclara-t-il d'un ton suave. Mais sachez que c'est moi qu'elle désire. Vous avez pu le constater, non ?

Bouillant de rage, Jonathan jeta un coup d'œil à Samantha, qui s'efforçait tant bien que mal de rajuster ses vêtements déchirés.

— Ecartez-vous, Huntly.

Son voisin ricana. Immobile, il affichait une morgue pleine d'outrecuidance.

— Ecartez-vous, ou je vous y force ! menaça le marquis en brandissant son arme.

Avec un rictus satisfait, Huntly s'exécuta.

— Juste ciel ! Vous risqueriez votre carrière pour elle en me tirant dessus ? Voyons, Langston ! Cette femme n'est qu'une actrice. Une catin.

Tandis que Samantha blêmissait sous l'outrage, Jonathan s'avisa qu'il avait lui-même prononcé ces mots blessants — pour convaincre son frère. Mais en cet instant Deverell était à mille lieues de ses préoccupations. Seule importait la fureur noire qui l'habitait, tant envers Huntly qu'envers cette femme qui suscitait en lui des émotions aussi torrentielles.

— Ecartez-vous aussi, ordonna-t-il à Samantha. Je ne voudrais pas vous blesser si je dois tirer.

Elle déglutit, et le mouvement de son long cou blanc le rendit plus fou encore.

Huntly, lui, rejoignait prudemment son cheval.

— Je vous la laisse pour aujourd'hui, marquis, mais cette histoire n'est pas terminée ; je vous en donne ma parole.

Les dents serrées, Jonathan dut se contenir pour ne pas abattre sur-le-champ cet individu sans vergogne. Vu ce qui se passait, il avait du mal à comprendre que Huntly, jusqu'ici, ne se soit jamais servi contre lui de l'arme que représentait Stephen. Ignorait-il qu'il en était le père ?

— Filez avant que je ne décide de supprimer la vermine que vous êtes, Huntly.

— Du calme, Langston. Oubliez-vous que vous êtes chez moi ?

— Non. C'est même la seule raison qui me pousse à vous accorder un sursis, croyez-moi.

Après un dernier sourire sardonique à Sam, Huntly se mit en selle. Lorsqu'il tourna bride, le marquis nota avec satisfaction qu'il se tenait très droit, les épaules raides, comme s'il s'attendait à tout moment à recevoir une balle entre les omoplates.

— N'ayez crainte, Huntly ! Je ne tire jamais dans le dos d'un adversaire, moi ! lança-t-il haut et fort.

Sans se retourner, son rival éperonna sa monture et détala vers la sécurité des arbres.

Alors Jonathan considéra de nouveau Samantha. Figée près de sa jument, elle serrait les lambeaux de son corsage sur sa poitrine, le regard fixe.

Il se dirigea vers elle, ôta sa redingote et la lui tendit.

— Tenez, couvrez-vous. Et n'attendez pas que votre amant revienne, c'est inutile.

Avec un haut-le-corps, Sam sortit de sa torpeur et ouvrit la bouche, trop choquée pour pouvoir articuler un son. Avant qu'elle ait pu réagir, Langston la saisit par la taille et l'installa sans douceur sur sa selle.

— Oh ! s'écria-t-elle en empoignant la crinière de sa jument pour ne pas tomber. Vous... vous ne valez pas mieux que lui !

Sans un mot, Jonathan prit sa bride et la tira jusqu'à son étalon. Puis il monta à son tour et s'élança au petit trot en direction de ses terres.

— Où allons-nous ? demanda Sam au bout d'un moment. Ce n'est pas le chemin du château ?

— Non.

Il l'emmenait dans une petite cabane utilisée de temps à autre comme abri par son garde-chasse. Pourquoi ? Il n'aurait su le dire. Peut-être voulait-il s'accorder un peu de temps avant de regagner les écuries, mettre quelque distance entre cet incident sordide et la vie policée qu'il devrait reprendre sitôt rentré. Peut-être, aussi, éprouvait-il le besoin de passer sur cette femme la colère sans bornes qu'elle lui inspirait — histoire de purger l'atmosphère.

Mais dès qu'ils s'arrêtèrent devant la cahute de pierres sèches, dès qu'il sauta à bas de son cheval et tendit la main à Samantha pour l'aider à descendre, dès qu'il vit le regard plein d'appréhension qu'elle posait sur lui, il comprit qu'il l'avait attirée là pour une tout autre raison.

Lorsqu'elle s'abattit contre lui, les mains sur ses épaules, il s'embrasa comme un morceau d'amadou.

Il l'enlaça de toutes ses forces, le visage enfoui dans ses cheveux dénoués qui fleuraient bon le vent, la neige, et ce parfum de rose rouge qui ne la quittait jamais. Puis il s'empara sauvagement de sa bouche, tout en plaquant ses hanches minces contre la brûlure de son désir.

La raison n'était plus de mise. Il fallait qu'il la possède, qu'il éteigne le brasier qu'elle allumait en lui avant que cette passion innommable ne le consume tout entier, ne le conduise à la folie.

Sam se débattit entre ses bras, tenta de lui arracher ses lèvres.

— Je vous en prie..., gémit-elle. Pas ici, pas de cette manière...

Il s'écarta légèrement, hors d'haleine.

— Vous l'avez bien embrassé, lui ! Je vous ai vue vous blottir dans ses bras. Vous étiez parfaitement consentante. A mon tour, maintenant.

— Non ! protesta Samantha dans un souffle. J'étais terrifiée, je ne savais que faire pour lui échapper. Si vous n'étiez pas arrivé... Vous m'avez sauvée, Langston !

Avec un grognement, il la reprit contre lui et la serra à l'écraser.

— Vous êtes à moi. A moi, sapristi ! Le ciel me vienne en aide, je ne peux supporter plus longtemps cette frustration.

Il la souleva dans ses bras. Ses longs cheveux s'écroulèrent en une cascade soyeuse, somptueuse. Les yeux rivés sur sa bouche humide — humide de *ses* baisers, pas de ceux de Huntly — il murmura d'une voix sourde :

— Cette fois, je vais vous faire mienne. Et rien ne m'arrêtera.

— Pourquoi ? chuchota-t-elle, ses yeux immenses pleins d'un trouble qui finit de le perdre. Vous me détestez !

— Vous m'avez ensorcelé. Je ne vois pas d'autre façon de me défaire de ce charme.

Il l'embrassa encore, tel un homme assoiffé se désaltérant enfin à une source d'eau fraîche. Puis il l'emporta à l'intérieur, la déposa sur l'étroite couchette de bois et s'allongea près d'elle. Ses mains, d'elles-mêmes, se glissèrent sous la veste et s'emparèrent de ces seins magnifiques dont la seule vue le rendait fou. Quand Sam, enivrée par ses caresses, noua ses bras minces autour de son cou, il comprit qu'elle s'abandonnait et sa joie explosa, le faisant trembler d'exultation.

Elle était à lui. Il n'y avait plus de retour possible, désormais.

Samantha vibrait sous ses doigts, sous ses lèvres. Elle se sentait couler avec délices dans un océan de sensations qu'elle ne se souvenait pas d'avoir éprouvées. Tout au fond d'elle-même, elle savait qu'ils commettaient une erreur, une erreur fatale qu'ils ne tarderaient pas à regretter tous les deux. Mais en cet instant magnifique, suspendu hors du temps, cela n'avait plus d'importance. Tout ce qui comptait, c'était cet homme allongé près d'elle, sur elle, et dont les caresses la transportaient au paradis.

Langston lui murmurait des mots brûlants, et si doux qu'ils ressemblaient presque à de la tendresse. Elle n'en demandait pas davantage. Lorsqu'il la dévêtit totalement, s'émerveillant de sa peau de satin, lorsqu'elle osa à son tour caresser son corps musclé, lorsqu'ils s'unirent enfin dans un cri de joie, leur extase ne connut plus de bornes. Ils n'étaient plus qu'un. Puis, à peine apaisés, ils découvrirent qu'ils se désiraient encore et s'aimèrent de nouveau, comblés par la sensualité si bien accordée de leurs deux corps.

Jonathan était à peine étonné d'une entente aussi totale, aussi parfaite. Elle ne faisait que confirmer la folle attirance que cette femme exerçait sur lui depuis le premier jour. Il avait toujours su qu'il en serait ainsi.

La réflexion viendrait après ; pour l'heure, il ne s'agissait que de sentir. D'éprouver. De savourer. Et de connaître enfin, au bout de tant d'années, un moment de pure félicité.

[illegible]

[illegible]

[illegible]

[illegible]

[illegible]

12.

Ils passèrent plus d'une heure ensemble. Lorsqu'ils se rhabillèrent, Sam fut déconcertée par l'expression de son compagnon, redevenue glaciale.

— Jon...

Le coup d'œil qu'il lui jeta l'incita à se reprendre aussitôt. Elle avait le cœur lourd, la gorge serrée par l'appréhension. Que lui reprochait-il encore ?

— Qu'avez-vous, milord ? M'en voudriez-vous toujours à cause de Huntly ? demanda-t-elle d'une voix altérée. Il me semble pourtant...

— Vous auriez pu m'informer que vous étiez aussi intime avec lui, maugréa Langston, les dents serrées.

Immédiatement, une vive colère s'empara de la jeune femme. Elle avait pâli sous le choc.

— Je n'ai jamais été intime avec cet homme ! se récria-t-elle, cruellement blessée. Depuis des semaines, je me tue à repousser ses avances. Quand le hasard nous a si perfidement mis en présence, il a voulu se venger, voilà tout !

Elle s'interrompit un instant, livide, puis reprit dans un souffle :

— Mais que vous ai-je donc fait, à vous, pour que

vous gardiez une si piètre opinion de moi... en dépit de ce que nous venons de partager?

Le visage impassible, Langston lui tendit sa redingote pour qu'elle en couvrît ses épaules.

— Vous m'avez forcé à piétiner mon honneur et mes principes pour coucher avec vous, répondit-il d'un ton mordant. Cette raison vous semble-t-elle suffisante?

Un froid intense pénétra Samantha jusqu'à la moelle. Elle se mit à trembler violemment, ébranlée par tant d'injustice et de mauvaise foi.

— Je ne vous ai obligé à rien, répliqua-t-elle d'un ton sourd. C'est vous, qui m'avez conduite ici pour me séduire. Ai-je braqué le canon d'un pistolet sur votre tempe, pour vous forcer à m'aimer? Me suis-je comportée en courtisane? Sûrement pas, et vous le savez.

Son intonation se fit méprisante.

— Il est trop facile, milord, de rejeter sur moi ce que vous vous reprochez à vous-même. Vous ne valez pas mieux que Huntly, en dépit de vos grands airs.

Jonathan, les mâchoires crispées, la foudroya du regard. Sans un mot, il pivota sur ses talons et sortit détacher les chevaux.

Ils rentrèrent au château en silence. L'aigreur des paroles qu'ils avaient échangées se dressait entre eux comme un mur infranchissable. Sam, une pierre sur le cœur, s'efforçait de retenir ses larmes. La cruauté de ce revirement la déchirait d'autant plus qu'elle savait maintenant à quoi s'en tenir sur ses propres sentiments. La passion que lui avait témoignée Langston, en la marquant au fer rouge, avait calciné du même coup le voile de confusion qui lui occultait la vérité.

Elle aimait cet homme, désespérément.

Un soupir douloureux lui échappa. Avec un frisson, elle se blottit plus étroitement dans les plis de sa redingote. Puis, n'y tenant plus, elle tourna la tête vers lui.

— Jon..., commença-t-elle d'une voix enrouée par l'émotion. Quoi que vous puissiez penser de moi, je tiens à vous dire... que ce qui s'est passé entre nous n'a pas été légèreté de ma part. Au contraire.

Pour toute réponse, il lui jeta un regard glacé. De nouveau, Sam frémit sous ce rejet, aussi cuisant qu'incompréhensible pour elle. Langston était impitoyable, et elle s'était encore humiliée en pure perte.

Un moment plus tard, quand le château leur apparut, il arrêta son cheval.

— A présent, ma chère, espérons que nous allons pouvoir rentrer sains et saufs — c'est-à-dire sans que personne ne vous aperçoive dans cet état... négligé.

L'œillade qu'il lui lança était imprégnée du même dégoût que sa voix. Dégoût envers elle, ou envers lui-même ? La jeune femme n'aurait su le dire, mais au point où ils en étaient cela n'avait plus d'importance. Et il était certain que son arrivée dans une telle tenue ne pouvait qu'échauffer les esprits et les langues, ce qu'ils devaient éviter à tout prix.

— Vous avez raison, murmura-t-elle.

Elle le regarda, attendant ses ordres, et eut la surprise de voir ses yeux sombres rivés sur elle avec une passion renouvelée.

— Vous êtes belle à damner un saint, déclara-t-il sourdement.

Sous le choc, Sam tira nerveusement sur ses rênes et sa jument fit un écart.

— Je vous en prie, Langston, cessez ce jeu, implora-t-elle. Haïssez-moi ou désirez-moi, mais ne me soumettez plus à une telle torture. Je ne puis en supporter davantage.

— Moi non plus, maugréa-t-il en mettant pied à terre.

Il la saisit par la taille, la tira de sa selle et la laissa descendre lentement contre son corps musclé. Le cœur de Sam s'emballa. Malgré elle, un désir fou l'envahissait de nouveau, et elle lut le même trouble sur le visage crispé du marquis. Lorsqu'il courba la tête pour s'emparer de ses lèvres, elle s'abandonna, impuissante à lui résister. Elle avait trop besoin de lui. Il représentait tout ce dont elle rêvait, et la passion qui les unissait était l'expérience la plus forte, la plus bouleversante qu'elle ait jamais vécue.

Lorsqu'il s'écarta, le souffle court, ses prunelles étaient assombries par le désir.

— Il suffit. Séparons-nous, sinon nous risquons de regretter amèrement cette imprudence.

Samantha, muette, acquiesça et le suivit. Tenant leur monture par la bride, ils décrivirent un large détour en se glissant successivement derrière des haies, des arbres, des statues. Lorsqu'ils atteignirent enfin l'arrière du château, ils se coulèrent dans un recoin dissimulé aux regards, près d'une entrée dérobée.

— Attendez-moi ici pendant que je rentre les chevaux, déclara Langston à mi-voix. Je vous conduirai à votre chambre par un itinéraire discret.

Dès qu'il eut disparu, la jeune femme appuya son front contre la pierre froide et rugueuse du mur et fondit en larmes. A aucun moment, même lorsque son mari l'avait quittée, elle n'avait connu pareil désespoir.

Elle aimait un homme qui n'était pas pour elle. Elle avait tort et le savait pertinemment, mais qu'y pouvait-elle ? Il lui était tout aussi impossible de commander à son cœur que d'effacer ce qui s'était passé entre eux ce matin-là.

Après quelques sanglots incontrôlés, elle se redressa et inhala une longue goulée d'air froid. Puis elle raidit les épaules. Quoi qu'il dût advenir, elle garderait la tête haute. Et jamais, au grand jamais, elle ne laisserait voir au marquis combien il l'avait blessée.

Un bruit de pas sur le gravillon de l'allée la prévint de son retour. En hâte, elle essuya ses joues.

— Vite, ordonna Langston avec humeur, toute trace de passion disparue de ses traits altérés. Le déjeuner va bientôt être servi, et il paraîtrait étrange que nous soyons absents tous les deux.

Une fois encore, il disait vrai. Sam, à maintes reprises, s'était aperçue que ses invités les observaient avec un petit sourire entendu. Il était inutile d'apporter de l'eau à leur moulin.

Elle le suivit donc dans l'étroit escalier de service qui partait des cuisines, puis à travers un dédale de couloirs. Enfin, arrivé au deuxième étage, il entrouvrit une porte qui donnait sur le palier et s'assura que l'endroit était désert.

— Hâtez-vous, chuchota-t-il en la poussant devant lui. Et ne soyez pas en retard à table, cela ferait jaser.

Sans un mot, la jeune femme s'empressa de se faufiler chez elle. Jonathan demeura un instant où il était, impressionné malgré lui par le sang-froid qu'elle montrait. Puis il traversa le palier à pas de loup, avant de regagner en catimini l'aile qui abritait ses appartements.

Une fois dans sa chambre, il se sentit brusquement épuisé et congédia son valet. Il avait besoin d'être seul. Après avoir marché un moment en long et en large, ulcéré d'être ainsi à la merci du désir que lui inspirait cette femme, il finit par arracher sa chemise pour se laver à l'eau froide.

— Qu'elle aille au diable! maugréa-t-il.

Si son frère, par malheur, apprenait ce qui était arrivé, il ne lui adresserait plus la parole jusqu'à la fin de ses jours. L'ironie de la situation lui arracha un rictus amer, suivi d'un rire plein d'âpreté. Dire qu'il en était arrivé là pour protéger Deverell! Certes, il avait réussi au-delà de ses espérances : il était exclu, désormais, que le bouillant capitaine songeât encore à épouser Samantha Davidson. Mais qui allait le protéger, lui, de la trop séduisante actrice?

Une heure plus tard, ayant constaté que Sam avait désobéi à ses ordres et n'avait pas paru au déjeuner, il demanda discrètement à un valet d'aller s'informer de ses agissements. La jeune femme s'était rendue auprès de sa fille.

Jonathan ne put s'empêcher de monter à la nursery dès le repas terminé; il brûlait de sermonner la belle indocile. Lorsqu'il pénétra dans la pièce, il eut la surprise de découvrir Lottie et Mary, la nourrice de Stephen, confortablement installées devant une tasse de thé. Mary, cramoisie, sauta aussitôt sur ses pieds et plongea dans une révérence.

— Mi... milord, balbutia-t-elle, tandis que Lottie l'imitait avec beaucoup moins d'empressement.

Langston s'obligea à sourire. Ce n'était pas après ces deux-là qu'il en avait.

— Ne vous dérangez pas, je vous en prie, déclara-t-il d'un ton crispé. Je cherchais Mme Davidson et les enfants. Savez-vous où ils se trouvent?

— Madame est venue les prendre il y a une heure environ pour les emmener au théâtre avec elle, répondit calmement Lottie qui l'observait à travers son lorgnon.

— Merci.

Sans un mot de plus, Langston tourna les talons et s'éloigna à grands pas.

Dès qu'il eut poussé la porte du théâtre, il s'arrêta et resta dissimulé dans l'ombre le temps de se ressaisir. Sa fureur était sans objet, il s'en rendait compte à présent. Après tout, aucune règle n'obligeait Samantha à paraître à tous les repas. En dehors de quelques dîners d'apparat, ses hôtes étaient libres de vaquer à leur guise aux occupations qui leur convenaient. Pourquoi pas elle ? Une fois de plus, son intolérance l'avait entraîné trop loin.

Passant une main nerveuse dans ses cheveux, il s'appuya contre un pilier et contempla en silence le spectacle qui s'offrait à lui. Tandis que deux domestiques balayaient la scène et époussetaient les décors, Sam faisait l'inventaire de quelques malles. Amalie dansait, enveloppée dans un domino noir trop long pour elle, et Stephen empilait des caisses de bois les unes sur les autres. L'acoustique de la salle, excellente, permit à Jonathan d'entendre la jeune femme recommander à son fils d'être prudent. Mais le petit garçon continua son manège ; aussi intrépide qu'entêté, il entreprit de gravir l'espèce de pyramide qu'il avait édifiée. Et soudain, alors qu'il arrivait au sommet, la dernière caisse se mit à chanceler dangereusement. L'enfant battit des bras, mais il était clair qu'il allait tomber et qu'il risquait de se blesser.

— Juste ciel ! s'écria Jonathan en s'élançant vers son fils.

— Stephen ! s'exclama Samantha au même instant.

En un éclair, elle lâcha le vase qu'elle tenait et se précipita au-devant de l'enfant, les bras tendus. Il s'affala sur elle de tout son poids, l'entraînant dans sa chute, et ils se retrouvèrent tous deux allongés sur le plancher. Jonathan, arrivé près d'eux, s'empressa de relever son fils.

— Tu n'as rien ? demanda-t-il avec angoisse.

Stephen le repoussa vivement.

— Moi, non, mais comment va Mme Davidson ?

Amalie s'était ruée auprès de sa mère, livide.

— Maman, vous êtes-vous blessée ?

Sam lui adressa un grand sourire.

— Non, mon ange, sois sans crainte. Stephen m'a juste coupé le souffle.

Elle se releva, ignorant la main que le marquis lui tendait, et s'approcha du petit garçon qui la contemplait avec de grands yeux apeurés.

— Etes-vous sûr que tout va bien ? s'enquit-elle d'une voix douce, en repoussant tendrement les boucles qui lui retombaient sur le front.

Il hocha la tête, la bouche tremblante.

— J'ai eu si peur de vous avoir fait mal...

Sam, émue, le serra dans ses bras.

— Je vais tout à fait bien. J'espère seulement que cette petite frayeur vous servira de leçon, et que vous ne recommencerez plus ce genre d'imprudence, ajouta-t-elle, tout en atténuant la réprimande d'un sourire.

Stephen acquiesça. Quand Amalie, jalouse, vint se faufiler entre sa mère et son rival, Jonathan comprit que ces trois-là se passaient fort bien de lui. Il tourna les talons et s'éloigna sans un mot, se sentant brusquement très seul.

Le soir venu, le marquis s'habilla pour le dîner, tracassé par l'idée qu'il n'avait pas remercié Samantha d'avoir amorti la chute de Stephen. Sans sa présence d'esprit, l'enfant aurait pu se blesser grièvement. Par ailleurs, l'effroi qu'il avait ressenti en voyant le petit garçon sur le point de tomber lui avait prouvé à quel point il s'était attaché à son fils, malgré la gêne qu'il éprouvait la plupart du temps lorsqu'ils étaient ensemble.

Il endossa sa jaquette, signala à son valet qu'il n'avait plus besoin de lui et inspira à fond. Quelques minutes plus tard, il frappait à la porte de l'actrice.

Derrière le panneau fermé, Lottie bougonna quelque chose à propos des visiteurs importuns, puis elle ouvrit d'un geste brusque. Lorsqu'elle découvrit le marquis debout sur le seuil, elle haussa les sourcils, surprise.

— Votre Seigneurie ?

— Bonsoir, dame Lottie. J'aimerais parler à votre maîtresse, déclara Jonathan, amusé par l'air réprobateur qui s'était peint sur le visage rond de la gouvernante.

A regret, celle-ci le laissa entrer.

— Merci, Lottie, dit Sam qui venait d'entrer dans la pièce. Vous pouvez disposer. Allez, je n'ai plus besoin de vous ! insista la jeune femme, voyant que son chien de garde ne bougeait pas d'un pouce.

Lottie grogna et décocha une œillade furibonde au marquis, mais celui-ci ne la voyait déjà plus : son regard sombre était rivé sur Samantha, toujours aussi ravissante dans cette longue robe verte qu'elle persistait à orner de boutons de roses. Les roses qu'il lui faisait envoyer chaque matin, fidèlement, et qu'elle acceptait de façon tacite en les arborant chaque soir. Ce geste emplit soudain Jonathan d'une émotion qu'il eut du mal à endiguer.

— Vous êtes sublime, comme toujours, murmura-t-il en esquissant un pas vers elle.

Il s'arrêta aussitôt. Il était là pour la remercier, non pour la séduire.

— Merci, répondit-elle doucement, un sourire hésitant sur les lèvres. Que me vaut cette visite ?

Il se racla la gorge.

— Je... j'aimerais vous escorter jusqu'à la salle à manger.

— Pardonnez-moi, mais je préfère m'y rendre seule.

Langston, contrarié, se sentit rougir. Il ne s'attendait pas à un refus.

— Je souhaite vous parler en particulier. Je pourrais le faire ici, mais il me semblerait plus convenable de vous entretenir en chemin.

Les lèvres de Samantha se pincèrent.

— Cette délicatesse vous honore, milord.

Elle prit son châle d'indienne et le drapa sur ses épaules nues. Comme il tendait la main pour l'aider, elle se raidit et s'écarta, avant d'inspirer profondément. Sa réaction était compréhensible. Jonathan l'admit d'autant plus aisément qu'il était aussi crispé qu'elle, et que le plus léger des effleurements eût suffi à causer sa perte. Il prit donc ses distances, se contentant de lui offrir son bras de la manière la plus formelle possible. Sam posa ses doigts au creux de son coude et ils sortirent.

Ils traversèrent en silence le vaste palier, dont les dimensions imposantes avaient été conçues en fonction des volumineuses robes à paniers d'autrefois. Les appliques fixées au mur, garnies de bougies à la cire d'abeille, dissipaient à peine la pénombre.

Au bout de quelques pas, le marquis s'arrêta et se tourna vers sa cavalière.

— Merci d'avoir protégé Stephen, déclara-t-il

abruptement. Sans vous, il aurait pu se blesser sérieusement.

— N'importe qui en eût fait autant, répondit la jeune femme, aussi solennelle que lui. En outre, Stephen est un enfant délicieux ; je lui porte une grande affection.

— Quoi qu'il en soit, vous avez pensé à lui avant de penser à vous. Je vous suis redevable de ce geste.

Sam inclina la tête sur le côté et le dévisagea un moment, songeuse, avant de répliquer doucement :

— Vous ne m'êtes redevable de rien, milord. Je ne tiens pas le moins du monde à ce que vous vous sentiez obligé envers moi.

Comme il allait protester, elle posa un doigt sur ses lèvres. Même à travers le satin de son gant, ce contact fit à Langston l'effet d'une brûlure.

Sam abaissa sa main.

— En revanche, reprit-elle d'un ton grave, j'aimerais vous demander une faveur pour votre fils.

Il se recula, les sourcils froncés.

— Pour mon fils ? En quel honneur ?

Samantha soupira.

— Je sais pertinemment que j'outrepasse mes droits, mais c'est un petit garçon si triste, si seul... Il brûle d'obtenir votre affection.

Jonathan se raidit.

— Vous l'a-t-il dit ?

— Non, mais je le lis dans ses yeux chaque fois que vous êtes avec lui. Il vous porte une véritable vénération. Et cependant...

Elle s'interrompit, respira, puis lâcha d'un jet, avant d'avoir pu se retenir :

— Que s'est-il passé entre vous ? Pourquoi ne l'aimez-vous pas ?

La colère embrasa aussitôt le marquis.

— Je n'ai pas à m'expliquer devant vous de mes relations avec Stephen, riposta-t-il violemment. Elles ne vous concernent pas.

Il était livide. Sam baissa les paupières, autant pour échapper à sa fureur que pour lui cacher la sienne.

— Vous avez raison, milord. Le bonheur de votre fils ne me regarde nullement, acquiesça-t-elle avec une ironie amère, mêlée de tristesse.

Là-dessus, elle redressa les épaules et se détourna de lui.

— Si nous descendions, maintenant ? Je meurs de faim.

Les mâchoires crispées, Langston lui offrit de nouveau son bras. Ils se dirigèrent vers le grand salon sans échanger un mot de plus, mais la tension et le mépris de la jeune femme étaient perceptibles. Et Jonathan avait beau détester cette idée, il devait bien admettre en son for intérieur qu'elle avait raison. Stephen avait par trop manqué d'amour, dans sa courte vie. Et il en était responsable.

Cette nuit-là, Samantha était allongée dans le vaste lit élisabéthain, les yeux grands ouverts sur le clair de lune. Elle savait qu'elle aurait du mal à dormir et n'avait pas tiré les rideaux. Dehors, il neigeait doucement ; la cime des arbres semblait nimbée de gaze.

Comme la vie était compliquée..., songeait-elle. Avant de rencontrer Langston, elle souhaitait seulement exercer son métier et faire vivre sa fille. Ces buts suffisaient à remplir son existence. Presque. Et voilà qu'au lieu de l'époux tendre et rassurant dont elle rêvait de temps à autre, elle s'était éprise d'un aristocrate qui la désirait sans l'aimer ; d'un haut dignitaire hors d'atteinte pour elle, flanqué de surcroît d'un petit garçon malheureux qu'elle avait pris en affection. Elle n'avait vraiment pas besoin d'ajouter ces tracas à ceux qu'elle avait déjà.

Irritée, elle se leva, enfila son vieux déshabillé et se mit à arpenter la pièce. Cette situation pesait très lourd sur ses épaules, mais elle ne voyait pas comment s'en sortir. Jamais elle n'aurait pu imaginer ce genre de chose un mois plus tôt.

Toute la soirée, elle s'était efforcée d'ignorer Jonathan — mais n'avait cessé malgré elle de suivre ses faits et gestes à la dérobée. Il s'était montré charmant avec tout le monde — sauf elle qu'il évitait de façon manifeste. Néanmoins, chaque fois que son regard l'avait effleuré, elle s'était rendu compte qu'il l'observait. Eût-elle été plus naïve, elle aurait presque pu croire qu'il souffrait autant qu'elle de la tension qui les séparait. Ce qui était ridicule, bien sûr.

Alors qu'elle hésitait à ranimer le feu et à se plonger dans un roman de Jane Austen, pour s'occuper l'esprit, un coup léger fut frappé à sa porte. Son cœur manqua un battement. Il ne pouvait s'agir que d'une seule personne, et elle disposait de deux solutions : ouvrir, ou faire semblant de dormir.

Les doigts tremblants, elle entrouvrit le battant.

Le visage contracté, l'haleine chargée de cognac, Langston déclara sourdement :

— J'ai essayé, mais rester loin de vous était impossible.

Cet aveu d'impuissance, de désir, du besoin qu'il avait d'elle correspondait si fort aux émotions qui ravageaient Sam qu'elle lui ouvrit tout grand. Ils s'étreignirent avec une ferveur désespérée, sachant l'un comme l'autre qu'il était inutile de vouloir résister à cette passion dévorante qui les entraînait vers des abîmes de plus en plus profonds. Une faim insatiable les habitait en dépit de leur volonté, que ni les caresses, ni les baisers, ni les étreintes les plus enflammées ne semblaient à même d'assouvir. La rancœur elle-même n'y faisait rien.

Ils titubèrent vers le lit, enlacés, se dévêtant l'un l'autre dans leur hâte de se retrouver. Lorsqu'ils s'unirent, avec une fièvre qui dépassait tout ce qu'ils avaient déjà pu éprouver ensemble, Jonathan songea une fois de plus qu'il ne comprenait pas ce qui lui arrivait. Mais pour ces quelques instants d'éternité, il était prêt à oublier tout le reste.

Il demeura jusqu'à l'aube avec Samantha, incapable de se rassasier d'elle. Puis il regagna sa chambre en se cachant, tel un voleur sous son propre toit, ce qui lui laissa un goût amer dans la bouche. Mais le diable en était témoin : en dépit des bassesses auxquelles l'obligeait cette femme, il la désirait toujours davantage.

13.

Sam s'éveilla tard, le corps brisé, et constata en repoussant ses cheveux en désordre que Langston était parti. Alors elle se laissa retomber sur ses oreillers, un bras sur les yeux, et retint un gémissement. Qu'allait-il advenir, maintenant ?

Son cœur appartenait au marquis. En voudrait-il ? Elle ne le pensait pas.

— Madame a décidé de se prélasser, ce matin ?

La voix bougonne de Lottie fit sursauter la jeune femme, qui se redressa aussitôt sur son séant et rougit en découvrant l'état de sa chambre. Son déshabillé et sa chemise de nuit traînaient sur le tapis, entre la porte et le lit. Des draps froissés montaient des relents de musc et de sueur qui ne pouvaient tromper personne. Un coup d'œil à la gouvernante, qui gardait obstinément les yeux baissés, lui prouva amplement que celle-ci savait.

— Vous feriez mieux de vous lever, reprit Lottie. Amalie est debout depuis un bon moment et ne cesse de vous réclamer. Je ne serais pas étonnée qu'elle surgisse ici d'une minute à l'autre.

En toute hâte, Samantha fit sa toilette, s'habilla et monta à la nursery. Alors qu'elle atteignait l'étage, elle perçut derrière la porte close des voix enfantines auxquelles se mêlait un rire d'homme, profond et harmonieux. Il lui fallut quelques secondes pour identifier le marquis, car elle ne l'avait encore jamais entendu rire. Lorsqu'elle comprit qu'il se trouvait là, elle se figea, en proie à l'appréhension.

Comment s'adresser à lui si peu de temps après cette nuit d'amour, et sous le regard des enfants ? Elle craignait de trahir quelque chose de cette intimité par un geste involontaire, une expression, une inflexion de voix. Amalie s'en apercevrait à coup sûr, et dans son désir de voir sa mère remariée la petite fille imaginerait aussitôt l'impossible.

Que faire ? Le plus simple serait de ne pas entrer. Mais avait-elle le droit de décevoir sa fille qui l'attendait avec impatience ? Non. Amalie n'avait pas à souffrir des errements sentimentaux de sa mère, pas plus que Stephen.

Comme toujours avant de relever un défi, Sam se redressa, le menton haut. Et celui-ci était de taille, même pour une actrice consommée : elle allait devoir affronter calmement, sans rien montrer de son trouble, l'homme qui avait bouleversé son existence. C'était le rôle le plus difficile qu'elle ait jamais eu à tenir, mais par égard pour les enfants elle réussirait.

Elle frappa un coup bref et pénétra dans l'arène.

— Bonjour ! lança-t-elle d'un ton enjoué.

Jonathan et les enfants prenaient leur petit déjeuner, installés à une table ronde devant la fenêtre. Un sourire forcé sur les lèvres, Samantha s'avança vers eux, les yeux rivés sur le visage épanoui de sa fille ; mais elle ressentait la présence du marquis jusque dans la moindre fibre de son corps.

— Maman ! s'écria Amalie en bondissant sur ses

pieds pour venir l'enlacer. Je pensais que vous n'arriveriez jamais, mais lord Langston m'a dit d'être patiente. Nous vous avons gardé votre part.

— Cette attention me touche, déclara Sam, un bras sur les épaules de la petite fille. Merci, milord.

L'œillade qu'il lui jeta était indéchiffrable, comme son expression. Regrettait-il ce qui s'était passé entre eux ? Avant qu'elle ait pu s'en défendre, une douleur poignante lui serra le ventre. Par bonheur, la voix polie de Stephen l'arracha à ces sombres pensées.

— Madame Davidson, voulez-vous nous accompagner au village ? Amalie aimerait voir le cochon dont je lui ai parlé, et papa a dit qu'il nous y conduirait ce matin.

Samantha, le cœur battant, consulta le marquis du regard. Bien sûr, qu'elle souhaitait les accompagner ! Passer quelques heures en compagnie des trois êtres qu'elle aimait plus que tout serait pour elle un bonheur intense. Même si elle devait en souffrir, elle chérirait longtemps ce souvenir.

Devant l'indifférence apparente de Langston, elle se mordit la lèvre, aussi confuse que déçue. S'il ne voulait pas d'elle, pourquoi ne le disait-il pas clairement ?

— Je ne sais pas, Stephen. Peut-être faudrait-il proposer aux autres invités de se joindre aussi à cette promenade ?

Le petit garçon fronça les sourcils.

— Non. Amalie et moi, nous avons envie d'y aller avec papa et vous. Rien que nous quatre. N'est-ce pas, Amalie ?

— Oui, s'il vous plaît ! acquiesça la petite fille, la bouche pleine.

De nouveau, Sam se tourna vers Jonathan — qui ne manifestait toujours rien.

— Ne vous souciez pas de mes hôtes, répondit-il enfin, plus fraîchement qu'elle ne l'eût souhaité. Ils seront ravis d'être livrés à eux-mêmes une partie de la journée. J'ai surpris quelques grognements concernant une organisation de leurs loisirs un peu trop autoritaire à leur gré.

Décidée, pour les enfants, à faire contre mauvaise fortune bon cœur, Samantha se prépara un toast et déclara gaiement :

— Dans ce cas, je serai ravie d'être des vôtres. Mais il faut qu'Amalie se couvre chaudement. Même si elle est presque guérie, le médecin a insisté sur le fait que sa santé resterait fragile quelque temps encore.

Les deux enfants se dressèrent d'un bond, tout joyeux. Tandis qu'Amalie se jetait au cou de sa mère, Stephen s'autorisa à presser la main de cette dernière pour lui exprimer sa gratitude.

— Merci, madame. Merci beaucoup ! Vous ne pouvez savoir combien je suis las de rester enfermé dans ce château des journées entières.

Devant sa réaction, Sam eut les larmes aux yeux. Le petit garçon était certes moins timide avec elle, maintenant, mais c'était la première fois qu'il lui témoignait une telle confiance et une telle affection.

Une heure plus tard, ils se retrouvèrent confinés dans une voiture fermée qui les ballottait rudement sur la route semée d'ornières. Amalie, cramponnée d'une main à l'une des lanières de cuir qui pendaient du plafond, considérait le marquis d'un œil critique.

— Le château de Langston, le village de Langston ! Pourquoi faut-il que tout porte votre nom, dans ce pays ? Etes-vous important à ce point ? demanda-t-elle d'un ton pointu.

Loin de s'irriter de son impertinence, Jonathan se mit à rire.

— Rassurez-vous, jeune demoiselle, c'est moi qui porte le nom de ce village et non le contraire. Je tiens ce titre de mon arrière-grand-père, qui a été le premier marquis à s'occuper de ces terres.

— Je préfère cela ! rétorqua la petite fille. Je commençais à croire que vous étiez un peu trop gonflé de votre importance.

Samantha faillit s'étrangler.

— Amalie !

— Ce n'est rien, déclara Jonathan d'un air amusé. Je ne suis pas suffisamment imbu de moi-même pour m'offenser d'une remarque enfantine. Amalie est curieuse de savoir qui je suis, voilà tout.

Sa fille n'était pas la seule dans ce cas, songea Sam. Plus les jours passaient, plus elle découvrait de facettes à la personnalité de cet homme fascinant.

— Père, intervint Stephen avec gravité, pensez-vous que nous pourrons nous arrêter un moment au magasin de confiseries ? J'aimerais qu'Amalie goûte les bonbons au gingembre.

Le marquis sourit.

— Cela devrait être possible.

Les deux enfants échangèrent un grand sourire. Puis Amalie se remit à bavarder comme une pie, tandis que Stephen, plus calme, observait son père avec une attention un peu moins réservée.

Soudain, un cahot délogea Samantha de sa place et l'expédia contre Langston assis face à elle. Il referma aussitôt ses bras sur elle. Le cœur en émoi, les sens exacerbés par la chaleur de son corps et les effluves de son eau de toilette, la jeune femme s'empressa de se redresser.

— Pardonnez-moi, murmura-t-elle, la voix altérée.
— Vous êtes toute pardonnée.

Sans cérémonie, Jonathan la réinstalla sur son siège. Elle s'enfonça le plus loin possible dans les coussins de velours vert, les jambes de côté de façon à ne pas toucher les siennes. Un autre incident de ce type serait trop pour elle. Elle avait les nerfs à vif ; avoir à supporter une telle proximité avec Langston et savoir qu'elle ne représentait rien à ses yeux lui était intolérable.

Lorsqu'elle agrippa la poignée, elle constata avec consternation que ses doigts tremblaient. Il fallait absolument qu'elle reprenne le contrôle d'elle-même. Pour rien au monde elle ne deviendrait l'esclave de ses désirs. Elle ne l'avait jamais été, pas même lorsqu'elle s'était enfuie avec Charles Davidson. Ce qu'elle avait cru être un mariage d'amour, à l'époque, lui semblait bien creux à présent ; elle s'était entichée d'un homme plus âgé, qui lui paraissait distingué, bien plus à l'aise qu'elle en société et qui semblait sincèrement tenir à elle.

En réalité, elle avait surtout voulu échapper à la dureté et aux exigences démentielles de son beau-père.

Jamais son mari ne lui avait fait éprouver la passion que Langston éveillait en elle. Jamais elle n'avait ressenti près de lui cette espèce de désir tremblant qui naissait au plus secret de sa personne et grandissait jusqu'à l'envahir, puis la consumer tout entière. Cette chose-là l'enivrait, mais la terrifiait aussi.

La voiture s'arrêta enfin. Les enfants sautèrent dehors sans attendre l'aide du cocher et leur exubérance, contagieuse, dissipa la morosité de Sam.

Tandis qu'elle s'appuyait sur la main du domestique, elle regarda autour d'elle avec curiosité. La confiserie lui apparut tout de suite, flanquée d'une taverne et d'un étal de fruits et légumes. Tout autour s'agglutinaient quantité de boutiques et d'échoppes apparemment fort prospères.

Des gens allaient et venaient, vaquant à leurs affaires. Hommes et femmes, en reconnaissant le marquis, le saluaient avec respect. Il leur répondait aimablement, les appelant par leur nom et les gratifiant d'un sourire. La simplicité et la cordialité de ces relations surprirent la jeune femme. Bien sûr, elle s'attendait que Langston connût chacun des villageois vivant sur son domaine ; il était homme à prendre son métier de châtelain au sérieux. Mais elle l'aurait cru moins proche d'eux, plus distant. Encore une qualité à ajouter à son actif, pensa-t-elle avec un brin d'amertume.

L'expédition commença par le magasin de bonbons, où Sam s'empressa d'aller tempérer les ardeurs d'Amalie, puis se prolongea par une foule de visites et d'activités plus excitantes les unes que les autres. Au bout de deux heures, quand Jonathan donna le signal du départ, la petite fille protesta ; elle voulait s'attarder auprès du fameux cochon, qui se promenait à sa guise entre les maisons. Sa mère la morigéna, l'air sévère.

— Tu n'es pas raisonnable, Amalie. Cette première sortie a duré assez longtemps. Non seulement toutes ces sucreries vont te rendre malade, mais lord Langston nous attend.

— Juste un petit moment, maman !

Stephen intervint avec fermeté.

— Votre mère a raison, Amalie. Nous devons rentrer au château, à présent. Nous reviendrons un autre jour.

Sam lui sourit, reconnaissante, et constata non sans surprise que sa fille obéissait aussitôt à son compagnon de jeux. Ces deux-là s'entendaient comme larrons en foire. Il était clair qu'ils s'étaient liés d'une vive affection, que teintait une admiration mutuelle. Malheureusement, les bons moments qu'ils passaient ensemble ne seraient bientôt qu'un souvenir, qui réchaufferait plus tard les longues et froides soirées d'hiver...

Au moment de remonter en voiture, un dernier incident émailla le voyage : un vieillard en haillons vint implorer la jeune femme de lui donner l'aumône, ce qu'elle fit avec grand cœur. Le marquis eut beau tenter de l'en dissuader, alléguant que le vieux John vivait au presbytère et ne manquait de rien, Samantha tint bon.

— Il a plus besoin de cet argent que moi, trancha-t-elle, inflexible.

Langston pouvait penser ce qu'il voulait, elle n'était pas la femme cupide et intéressée qu'il l'avait accusée d'être. Mais elle ne s'abaisserait pas à le lui répéter. Et tant pis si cet homme l'avait escroquée ; elle préférait aider un malheureux qui n'en avait pas vraiment besoin que de faire preuve de dureté.

Le retour au château s'effectua en silence. Les enfants somnolaient, épuisés. Quant à Sam, elle garda le visage tourné vers la fenêtre pour ne pas risquer d'apercevoir la lueur moqueuse qui brillait, elle le savait, dans les yeux sombres du marquis.

Lorsqu'ils pénétrèrent dans la cour d'honneur, la vue d'un coche lourdement chargé arrêté au bas du perron l'étonna un instant. Des domestiques en descendaient des malles et des coffres, indice que le ou les arrivants prévoyaient un séjour assez long. Tout le monde n'était donc pas arrivé ? Elle avait déjà assigné les rôles de la pièce, pensant que l'on n'attendait plus personne !

Mais cette question attendrait : pour l'heure, elle avait faim, froid, et le manque de sommeil la taraudait. Avant tout autre chose, elle désirait se reposer afin de recouvrer au plus vite son état normal.

La duchesse de Rundell laissa retomber les lourdes tentures de velours écarlate ; elle en avait assez vu. Elle se dirigea vers la cheminée et tira avec force sur le cordon qui permettait de sonner sa femme de chambre. Il fallait qu'elle voie Langston sans tarder.

Dès que son fils aîné parut, elle l'accueillit à bras ouverts.

— Jon ! C'est si bon de se retrouver ici.

Jonathan sourit et embrassa sa mère.

— C'est tout aussi bon de vous recevoir, croyez-moi. Vous n'avez pas idée des tracas que représentent tous ces invités, lorsqu'il n'y a pas d'hôtesse pour s'en occuper.

Alicia lui retourna son sourire, puis lui désigna les deux fauteuils de damas mordoré installés devant l'âtre.

— Puis-je vous tenter avec un thé et des scones, mon fils ? demanda-t-elle coquettement, en prenant place.

— Vous savez fort bien que oui, madame, mais ce n'est certainement pas la raison de cette convocation.

La duchesse eut la grâce de rougir. Elle servit le marquis et ajouta deux pleines cuillerées de sucre dans sa tasse.

— Droit au but, comme toujours. Votre efficacité est aussi redoutable dans la vie privée qu'aux Communes.

— En effet, acquiesça Langston en étalant de la

crème fraîche et de la confiture de fraises sur un scone. Eh bien, qu'est-ce qui vous préoccupe ?

Sa mère se donna le temps d'absorber une gorgée de thé, puis le dévisagea de ses beaux yeux gris.

— L'actrice. Je l'ai vue descendre de voiture avec vous, Stephen et une petite fille. Que fait-elle ici, et en quel honneur vous accompagne-t-elle dans vos sorties avec votre fils ?

Jonathan soutint le regard argenté, tout en réfléchissant à ce qu'il devait ou non révéler. Certainement pas que Samantha était sa maîtresse, en tout cas.

— J'ai engagé Mme Davidson pour distraire mes hôtes et l'ai chargée de monter une pièce avec eux, répondit-il posément. Mais le véritable motif de sa présence — qu'elle ignore — est de permettre à Ravensford de la séduire afin de détourner Dev de ses projets de mariage.

Il mordit délibérément dans son scone, tandis qu'Alicia l'étudiait entre ses paupières plissées. De ses trois fils, il était celui qui lui ressemblait le moins. Alors qu'elle était impulsive et aimait profiter de la vie, Jonathan exerçait un sévère contrôle sur lui-même et préférait se dévouer aux autres. Il serait un excellent duc de Rundell, certes, mais elle n'était pas sûre du tout qu'il soit heureux. Et l'ombre qui planait dans ses yeux ce jour-là semblait indiquer qu'un problème le perturbait.

— Ce cher Andrew a-t-il déjà réussi dans son entreprise ? insista-t-elle, impitoyable.

Jonathan résista à l'envie de détourner son regard. Il n'avait jamais menti à sa mère, et n'allait pas commencer à cause de Samantha Davidson.

— Non, admit-il en avalant une gorgée de thé — qu'il eût souhaité bien plus fort pour l'aider à soutenir cet interrogatoire. Elle a repoussé ses avances. Cela dit, comme Napoléon vient de s'évader de l'île d'Elbe, Deverell n'est pas près de rentrer en Angleterre.

Immédiatement, la duchesse se montra alarmée.

— Dev est-il en danger ?

Le marquis prit une profonde inspiration, puis exhala avec lenteur. Ce sujet lui était douloureux entre tous.

— Sincèrement, je ne le pense pas. Je prie le ciel que non. Napoléon serait fou de croire qu'il peut reprendre le pouvoir. Ses troupes ont été battues, dispersées. Il ne pourra jamais rassembler une armée.

— Espérons-le. Pour en revenir à cette femme, allez-vous néanmoins persister dans votre plan ? Il serait bon, en effet, qu'elle fût officiellement liée à quelqu'un quand votre frère reviendra.

Jonathan haussa une épaule.

— Cela presse moins, maintenant.

Il savait pertinemment qu'Alicia attendait de lui des positions beaucoup plus tranchées, mais il se sentait incapable d'entrer dans le vif du sujet avec elle. Un homme ne discutait pas de ses maîtresses avec sa mère.

Et ce n'était pas tout... Au fond de lui, il se refusait à partager son secret avec quiconque. Sam était devenue pour lui une sorte de vice honteux, une obsession qu'il n'avait nulle envie d'avouer — fût-ce pour soulager la duchesse qui serait sans doute fort aise d'apprendre qu'il avait couché avec elle. Plus déconcertant encore, pour d'obscures raisons qu'il ne souhaitait pas éclaircir, il répugnait à noircir l'image déjà fort désavantageuse que sa mère se faisait de la jeune femme.

— Mme Davidson n'est pas l'intrigante ni la créature intéressée pour qui je l'avais prise au départ, reprit-il non sans difficulté. Ce n'est pas non plus le genre d'actrice qui se double d'une courtisane.

Il inspira à fond.

— Si je dois lui rendre justice, disons qu'il s'agit d'une femme de cœur, généreuse et soucieuse du bien-être d'autrui. Enfin, elle consacre tout son temps et ses efforts à l'éducation de sa fille, qu'elle aime... intensément. La santé d'Amalie est l'unique raison pour laquelle elle a accepté de venir séjourner ici.

— Ah, oui ! La petite fille qui était avec vous tout à l'heure. Pensez-vous qu'il soit judicieux de la laisser jouer avec Stephen ?

Une colère sourde, aussi violente qu'inattendue, envahit soudain le marquis. Il dut contrôler sa voix pour n'en rien laisser paraître.

— Amalie n'est qu'une enfant innocente, délicieuse de surcroît. Je refuse de lui faire porter les péchés de sa mère — si péchés il y a.

Alicia pinça les lèvres. Puis, d'une voix très douce, elle posa *la* question que son fils redoutait depuis le début de leur entretien.

— Cette Mme Davidson compterait-elle davantage pour vous que vous ne le laissez supposer ?

— C'est une femme ravissante et pleine de qualités, en plus de ses talents de comédienne. Un homme ne peut qu'être sensible à ses charmes.

— Est-ce vraiment tout ?

Langston, pour une fois, sentit son flegme légendaire le quitter. La duchesse eut pitié de son embarras manifeste.

— Je suis déjà fixée, Jon. Les domestiques sont souvent plus observateurs que nous ne le souhaiterions, et entre eux les langues se délient facilement. Ma femme de chambre a été mise au courant quelques minutes à peine après notre arrivée.

La colère de Jonathan se ralluma instantanément. Il

aurait dû se douter que son valet allait jaser ; mais ce qui le mettait hors de lui, surtout, c'était la duplicité de sa mère.

— Dans ce cas, madame, pourquoi m'avoir joué cette comédie ? rétorqua-t-il froidement.

Alicia soupira et se pencha vers lui pour saisir ses mains entre les siennes.

— Parce que vous êtes mon fils, et que j'espérais encore que ces rumeurs n'étaient pas fondées. Mais après vous avoir entendu, je n'ai plus le moindre doute.

Elle pressa les doigts du marquis.

— Allez-vous lui proposer le mariage, vous aussi ?

La question désarçonna Jonathan.

— Je n'y ai pas songé, répondit-il avec raideur.

La duchesse hocha la tête.

— Cynthia est avec moi, rappela-t-elle doucement.

Elle scruta le visage figé de son fils, dans l'attente de le voir réagir au nom de sa presque fiancée, mais il n'en fut rien. Il demeurait impassible et fermé, comme toujours lorsqu'il s'agissait de ses sentiments personnels. A deux reprises seulement elle l'avait vu montrer ses émotions, à la mort d'Annabelle... et quelques instants plus tôt, lorsqu'il avait parlé de Samantha Davidson.

Un frisson glacé parcourut l'échine d'Alicia. Elle sentait venir un désastre, et devait à tout prix l'empêcher. Langston avait beau nier tout attachement sérieux vis-à-vis de la belle actrice, elle devinait que les choses ne tarderaient pas à changer. Certes, le futur duc de Rundell pouvait se permettre une mésalliance. Financièrement parlant, il n'était pas tenu comme ses frères cadets d'épouser un beau parti. Mais quel scandale ce serait ! Sa réputation en souffrirait irrémédiablement, ainsi que sa carrière. Un tel faux pas n'était pas envisageable.

Lâchant les mains du marquis, elle se redressa et s'adossa à son fauteuil.

— Cynthia est impatiente de vous parler, ce soir.

Jonathan comprit que sa mère avait pris une décision, même s'il ignorait laquelle. Cela étant, il lui fut reconnaissant de changer de sujet; il n'avait pas la moindre envie de s'appesantir sur les futures étapes de sa relation avec Samantha.

— Dans ce cas, mère, je vais vous laisser. Il me reste une foule de choses à régler avant le dîner.

Il se leva, baisa la main qu'elle lui tendait et sortit.

La duchesse demeura longtemps immobile, l'esprit fourmillant d'hypothèses aussi nombreuses que variées. Toutefois, au fond de son cœur, elle savait bien qu'elle ne disposait que d'une solution : tout comme elle avait prié Langston de détacher son frère de la dangereuse Mme Davidson, elle se devait maintenant de l'arracher, lui, aux griffes de cette séductrice.

Et il n'y avait pas un instant à perdre.

Elle se leva, gagna un petit bureau Louis XIV et prit une épaisse feuille de vélin crème frappée aux armes du duc de Rundell. A l'encre noire, de son écriture distinguée, elle convia Mme Samantha Davidson à venir prendre le thé avec elle le soir même, avant le dîner.

14.

La suite de la duchesse de Rundell... Arrivée devant la porte, Sam marqua une pause et regretta de n'avoir pu refuser l'invitation si gracieusement formulée, qui n'était en vérité qu'un ordre déguisé. Elle se doutait parfaitement de ce que la grande dame lui voulait, et cette perspective n'avait rien pour la rassurer.

Les paumes moites dans ses gants du soir, elle tâta nerveusement la rose parfumée glissée dans ses cheveux. Ce contact familier la réconforta quelque peu.

Au moins, grâce à Lottie qui s'était empressée autour d'elle telle une vraie mère poule, elle était à son avantage. Elle avait grand besoin de se savoir élégante, soignée et dans tout l'éclat de sa beauté. Redressant ses épaules minces, elle frappa.

— Entrez ! commanda une belle voix grave.

Sam obéit, puis referma la porte derrière elle. Elle discerna vaguement une pièce splendide, richement décorée de pourpre et d'or, et dominée par une imposante cheminée de marbre. Mais son regard, tout de suite, fut attiré par la femme assise sur une bergère garnie d'un luxueux damas doré.

Si la duchesse n'était plus toute jeune, elle n'en demeurait pas moins d'une grande beauté. Ses cheveux d'un noir de jais étaient coiffés à la dernière mode, avec d'épaisses torsades retenues à l'arrière par une tiare en diamant, tandis qu'une mousse de boucles sombres cascadait sur son front pur et faisait ressortir l'éclat de ses yeux gris. Son visage, très fin, évoquait davantage celui d'une jeune fille que celui d'une mère de famille dotée de trois grands fils.

Soudain, non sans surprise, Samantha avisa Stephen assis près de la fenêtre. La présence du petit garçon la déconcerta un instant, mais lorsqu'il se tourna vers elle et qu'elle vit son visage souriant, elle comprit qu'il était heureux d'être là. Après tout, la duchesse était sa grand-mère.

— Votre Grâce, dit-elle en plongeant dans une profonde révérence.

— Merci d'avoir répondu à mon invitation, madame Davidson, déclara Alicia de Rundell en désignant à la jeune femme une chaise à haut dossier située en face d'elle.

Stephen s'approcha, rayonnant.

— J'ignorais que vous deviez prendre le thé avec grand-mère, madame Davidson. J'espère vraiment que vous allez vous plaire, toutes les deux.

— Il est temps pour vous de vous retirer, Stephen, décréta la duchesse d'un ton sec. Madame Davidson et moi-même avons à parler.

De toute évidence, les espoirs du jeune vicomte étaient vains, songea Samantha. Il était clair que sa grand-mère ne la tenait pas dans la même estime que lui.

— Comme vous voudrez, madame.

Il les salua d'une courbette, puis quitta la pièce avec toute la gravité dont il était capable.

— Prenez-vous du lait et du sucre? s'enquit la duchesse, sans l'ombre d'un sourire.

— Du lait seulement, répondit Sam en notant que le thé fumant était servi dans de délicates tasses de porcelaine gravées au chiffre du marquis de Langston.

L'allusion était nette, et destinée à bien marquer la différence des positions sociales en jeu. Mais la jeune femme était déterminée à ne pas se laisser intimider.

— Un canapé ?

— Non, merci.

Alicia but une gorgée de thé, puis reposa sèchement sa tasse et sa soucoupe sur la table basse.

— Il serait ridicule de poursuivre plus longtemps cette comédie, madame Davidson. Nous sommes toutes deux des femmes d'expérience et des mères. Aussi vous ferai-je le plus grand honneur que je connaisse en allant droit au but.

Sam sentit ses paumes redevenir moites. Ce thé était brûlant. A son tour, elle posa sa tasse et soutint sans fléchir le regard solennel de la duchesse. Ses yeux gris étaient aussi glacés qu'un lac en hiver.

— Je sais que mon plus jeune fils, Deverell, vous a demandé de l'épouser. Il semble que vous ayez refusé. Mais voilà que j'arrive au château de Langston pour découvrir que vous y êtes aussi, sous le couvert d'un prétendu contrat passé avec mon fils aîné.

Comme Samantha restait silencieuse, la bouche de son interlocutrice se crispa.

— Je vois que vous vous gardez de tout commentaire. Vous êtes aussi sage qu'intelligente, madame Davidson, mais vous n'êtes pas le genre de femme qui convient à mes fils.

Alicia de Rundell s'était inclinée en avant, et clouait son invitée de son regard perçant.

« Elle sait », se dit Sam, cherchant désespérément à ne rien trahir de ses émotions. De toute manière, tout ce qu'elle pourrait dire ne changerait rien à la situation.

— Vous ne répondez toujours pas ? poursuivit froidement la duchesse. Peu importe. Sachez seulement que je veux vous voir quitter ce château sur-le-champ. Je vous paierai le double de ce que Langston vous a offert.

Cette fois, Samantha décida de prendre la parole. Elle le fit d'un ton posé, en pesant ses mots.

— Le marquis m'a déjà payée pour monter cette pièce, madame. Cette somme couvre largement le travail prévu. Je partirai dès que la représentation aura eu lieu, c'est-à-dire le dernier soir de ce séjour.

Lentement, la duchesse se leva. Elle alla jusqu'à la cheminée, puis se retourna vers Sam.

— Mon fils doit annoncer ses fiançailles ce soir, lâcha-t-elle.

La jeune femme eut la sensation de sombrer dans un trou noir. Langston fiancé ! Elle humecta ses lèvres, devenues subitement sèches, et se cramponna des deux mains aux côtés de sa chaise. Puis elle déglutit plusieurs fois avant d'afficher un sourire poli.

— C'est une excellente nouvelle. Je gage qu'il doit en être très heureux.

— Ma proposition tient toujours, insista Alicia d'une voix presque douce.

Sam s'efforça de se concentrer sur son visage impassible. Il lui sembla déceler une lueur compatissante dans les yeux gris. Mais ce n'était sans doute qu'une illusion.

Le plus calmement possible, elle se leva et lissa sa jupe.

— Pourquoi tant de hâte ? demanda-t-elle enfin. Je ne constitue certainement pas une menace pour votre famille.

La bouche de la duchesse se marqua d'un pli amer.

— Je crains bien que si, madame Davidson. Le premier mariage de Langston a été un fiasco. Il mérite que celui-ci réussisse. Et cela ne se produira pas si vous restez ici.

Brusquement, les nerfs de Sam lâchèrent. Malgré toute sa science d'actrice consommée, elle ne put retenir un rire âpre. L'annonce de ces fiançailles lui avait porté un coup trop dur. Elle n'était qu'une idiote.

— Je ne vois pas en quoi je gênerais cette union, madame. Je n'ai même pas l'heur de plaire au marquis ; il ne me porte aucune estime.

Avec un petit sourire triste, elle ajouta :

— Sincèrement, Votre Grâce, je pense que vous m'accordez plus d'importance que je n'en ai.

La duchesse la dévisagea longuement, l'air pensif.

— Peut-être avez-vous raison. Sans doute est-ce pour cela que Langston m'a tout dit à votre sujet.

Un instant, les yeux de Sam s'élargirent sous l'effet du choc. Mais sa colère eut tôt fait de reprendre le dessus, et elle rétorqua avec un brin de sarcasme :

— La nouvelle n'a pas dû vous être agréable.

Elle rassemblait toute sa volonté pour ne pas défaillir. Il fallait qu'elle tienne bon quelques minutes encore, juste quelques minutes, le temps d'achever cet entretien. Ensuite elle regagnerait sa chambre, ferait ses bagages et demanderait à Lottie de préparer ceux d'Amalie. Elle quitterait le château de Langston dans la nuit et n'y reviendrait jamais.

Mais il lui fallait tenir quelques minutes encore.

— Dans ce genre d'affaire, mieux vaut être informée, déclara Alicia avec un sourire glacé. Acceptez-vous mon offre, maintenant ?

Samantha se redressa et fixa la duchesse dans les yeux.

— Non, madame. Je ne prendrai pas davantage votre argent pour m'éloigner de lord Langston que je n'ai accepté le sien pour m'éloigner de sir Deverell. Je ne suis pas une femme que l'on paie pour se débarrasser d'elle, pour la bonne raison que je n'ai jamais rien fait qui justifiât un tel traitement. Quoi que vous puissiez penser, Votre Grâce, je ne suis pas une femme de petite vertu et ne l'ai jamais été.

Voilà. Elle avait dit ce qu'elle avait à dire. Elle s'était dressée face à la duchesse la plus puissante d'Angleterre. Mais elle se sentait aussi faible et démunie qu'un chaton venant de naître, à présent, et lorsqu'elle exécuta sa révérence elle eut toutes les peines du monde à se relever.

— Si vous voulez bien m'excuser, madame...

Demander la première à partir était d'une rare impertinence. La duchesse ne put cacher sa surprise devant une telle témérité, mais elle se contenta de tourner le dos.

— Allez, je ne vous retiens pas.

Quand Sam eut refermé la porte derrière elle, elle faillit s'effondrer sur le parquet du couloir. Au prix d'un ultime effort, elle s'obligea à mettre un pied devant l'autre pour rentrer chez elle. Une fois dans le sanctuaire de sa chambre, et là seulement, elle s'abandonna à sa douleur.

Grâce au ciel, Lottie était avec Amalie. Elle s'allongea sur son lit, les yeux pleins de larmes, et contempla fixement les faunes et les chérubins qui folâtraient au plafond. Ce chagrin n'avait aucun sens. Que Langston fût fiancé ou pas ne changeait rien entre eux. Qu'avait-elle imaginé ? Sans doute n'avait-il même pas l'intention de la revoir, de retour à Londres. Cette brève rencontre avait été le fait du hasard. Rien de plus.

Le bruit de la porte qui s'ouvrait la fit sursauter. Elle sauta à bas du lit et s'empressa d'essuyer ses yeux. Il ne fallait pas que Lottie la vît dans cet état.

— Juste ciel ! Que faites-vous donc ici, madame ? s'exclama la gouvernante en allumant les bougies d'un chandelier pour y voir plus clair. Tout le monde est en bas, à cette heure !

— Je ne me sens pas le cœur de dîner, répondit la jeune femme. Je dois avoir une indigestion.

Lottie remonta ses lunettes sur son nez rond et la scruta avec attention.

— Vous avez pleuré ! dit-elle d'un ton sévère. Qu'est-ce que le marquis vous a encore fait ?

Sam lui tourna le dos et se pencha vers une commode pour y prendre un mouchoir.

— Lord Langston n'y est pour rien, Lottie. Je souffre d'une légère indisposition, c'est tout.

— Taratata ! Avouez plutôt que vous avez entendu les rumeurs qui courent !

Sam se figea.

— Quelles rumeurs ?

— Ne me prenez pas pour plus bête que je ne suis, ma petite. On vous a parlé de lady Cynthia, avec qui il doit se fiancer incessamment ! Si j'en crois James, son valet de chambre, il a pris son temps, d'ailleurs.

— Son premier mariage a été un échec, marmonna Sam, le nez dans son mouchoir.

— C'est ce qu'on dit, en effet.

En bougonnant, Lottie ramassa le châle que sa maîtresse avait laissé tomber en entrant.

— Moi, ce que je pense, c'est que vous devriez descendre, ma belle. Il vous en faut plus pour vous abattre, non ? Voulez-vous donc laisser voir au marquis que la présence de sa fiancée vous importune ?

Samantha se redressa, piquée au vif. Elle pouvait toujours compter sur sa fidèle gouvernante pour avoir le mot juste. Lottie avait raison. Parfaitement raison. Si Langston ne la voyait pas paraître au dîner, il en conclurait qu'elle était dépitée. Et pour rien au monde elle ne voulait lui faire ce plaisir.

Elle haussa le menton.

— Merci, Lottie. Nul ne pourra me traiter de lâche, car je ne le serai pas.

— A la bonne heure, je vous retrouve ! approuva chaudement sa compagne en drapant le châle sur ses épaules. Sapristi... Vous n'avez jamais laissé votre beau-père vous marcher sur les pieds, et votre bon à rien de mari encore moins. Vous n'allez pas commencer avec celui-ci, tout de même ? Les hommes, il faut les mener à la baguette, croyez-moi !

Non sans anxiété, Sam se contempla dans le grand miroir biseauté. En dehors de ses pommettes un peu trop roses et de ses yeux un peu trop brillants, nul n'aurait pu dire qu'elle avait pleuré. Elle était toujours très présentable. Mieux que présentable, même. Rassurée, elle se répéta tout le long du trajet qu'elle n'avait rien à perdre, bien au contraire, et poussa même l'audace jusqu'à se faire annoncer par le chambellan. Immédiatement, toutes les têtes se tournèrent vers elle et plusieurs paires de sourcils se haussèrent.

Samantha s'en moquait. Elle ne voyait que Jonathan debout près de la haute cheminée, au milieu d'un petit groupe qui riait gaiement. La duchesse y figurait aussi, mais elle était éclipsée par la sublime créature, drapée dans une robe de mousseline à la blancheur diaphane, qui s'appuyait gracieusement au bras du marquis.

Grande, mince, distinguée, les cheveux couleur de blé mûr, les yeux d'un vert intense et les lèvres du rouge sombre des cerises, lady Cynthia était l'image même de la perfection. Elle avait tout pour elle. Elle était belle, élégante, bien élevée, à l'aise en société, dotée de la fortune et des relations qui convenaient. Langston ne pouvait rêver meilleure épouse, c'était certain.

Tandis que Sam contemplait ce tableau, le cœur contracté, une voix chaude et agréablement réconfortante s'éleva près d'elle.

— Madame Davidson... Je commençais à croire que vous étiez souffrante.

La jeune femme s'obligea à sourire et se tourna vers Ravensford, qui la dévisageait avec amitié et compréhension.

— L'excursion de la journée m'avait un peu fatiguée, je l'avoue, mais je me sens tout à fait remise. Et l'attention que vous me portez me touche grandement, milord.

Ils se comprenaient à mots couverts. Le comte offrit son bras à Samantha, qui le prit avec soulagement. Le soutien de ce gentilhomme lui parut plus précieux encore au cours des minutes qui suivirent, lorsqu'elle se rendit compte de l'accueil glacial qui lui était réservé. Pourquoi ces gens avaient-ils changé si brusquement à son égard ? Etaient-ils au courant de sa liaison avec le marquis ? Lui en voulaient-ils de s'afficher aussi ouvertement en présence de la délicieuse Cynthia, qui appartenait à leur camp ?

— Permettez-moi de vous présenter aux dernières personnes arrivées, lui murmura Andrew.

Bien qu'elle mourût d'envie de s'enfuir en courant, Sam garda son sourire bien en place. Il n'était pas question qu'elle capitule devant ces deux femmes qui tenaient son cœur — et sa vie — entre leurs mains.

Arrivée près du petit groupe, elle adressa à la duchesse une révérence moins profonde que la précédente. Elle se sentait d'humeur rebelle.

— Votre Grâce, dit Ravensford, laissez-moi vous présenter Mme Davidson, dont le talent et la beauté ont les faveurs méritées de la haute société londonienne.

Alicia de Rundell inclina la tête d'un geste amène, comme si elles se voyaient pour la première fois.

— Je suis enchantée de vous rencontrer, madame Davidson. A ce que l'on m'a dit, vous êtes ici pour initier les invités de mon fils aux arcanes de la tragédie.

Samantha eut toutes les peines du monde à prendre un air aussi détaché que la duchesse et Langston, qui se révélaient des acteurs cent fois plus habiles qu'elle. Comme un certain silence planait, Andrew intervint de nouveau :

— Et voici lady Cynthia Clyde, arrivée aujourd'hui avec la duchesse.

Sam, très digne, se tourna alors vers la future épouse de l'homme qu'elle aimait. Lady Cynthia était encore plus ravissante de près, mais son teint de rose et son regard émeraude n'étaient rien à côté de sa grâce et de sa simplicité. Avec un charmant sourire, elle tendit sa main à Sam qui parvint plus aisément qu'elle ne l'aurait cru à lui faire bonne figure.

Cette épreuve passée, la jeune femme survécut sans trop savoir comment au dîner et aux premières mondanités qui suivirent. Pourtant, malgré la gentillesse de Ravensford qui s'efforçait constamment de la distraire, elle décida de se retirer de bonne heure, ne pouvant supporter davantage de voir Jonathan aux petits soins pour sa délicieuse cavalière.

Une fois dans sa chambre, elle se mit à faire les cent pas, les nerfs à vif. Comment pouvait-elle se sortir au mieux de cette situation intenable ? Un instant, elle envisagea de commander une voiture et de disparaître au petit matin. Puis elle se laissa choir dans un fauteuil et soupira, désespérée. Non, c'était impossible. Rembourser au marquis l'argent qu'il lui avait donné n'était pas envisageable ; après les ponctions opérées dans ses économies pour la maladie d'Amalie, elle ne pouvait se priver de cette somme, qui l'aiderait grandement lors de l'année à venir. Si par malheur sa fille rechutait, que deviendraient-elles ?

Les choses étaient claires et nettes, elle devait faire fi de ses sentiments personnels et rester. Ses responsabilités de mère l'exigeaient.

Comme la température tombait, elle se leva et alla ranimer le feu qui couvait dans la cheminée. L'avenir lui semblait bien sombre, mais après tout Langston ne lui avait rien promis. Si elle avait eu le mauvais goût de tomber amoureuse d'un haut dignitaire du royaume, elle ne pouvait s'en prendre qu'à elle-même.

Un coup léger, frappé à sa porte, lui fit lever les yeux. Ce ne pouvait être que le marquis.

Sans attendre sa réponse, Jonathan entra et se dirigea d'emblée vers elle. Le regard sinistre, les cheveux en bataille et le col de sa chemise dégrafé, il semblait plus tourmenté que jamais.

— Pourquoi vous être retirée si tôt ? demanda-t-il d'un ton accusateur.

Sam haussa les épaules et détourna les yeux, continuant d'un geste machinal à remuer le feu avec le tisonnier.

— Répondez-moi ! exigea Langston, la saisissant par les deux bras.

Elle se résolut alors à le dévisager, et ne sut que penser du mélange de passion et d'exaspération qui altérait ses traits. Que lui voulait-il encore ? Ses doigts sans force lâchèrent le tisonnier, qui heurta bruyamment le sol. Aucun d'eux n'y prit garde.

— Je ne suis pas à votre disposition, milord, rétorqua-t-elle dans un souffle.

— Vous me rendez fou..., maugréa sourdement Jonathan.

Sans la lâcher, il se pencha vers elle et s'empara sauvagement de sa bouche. En dépit de toutes ses rancœurs, Sam s'abandonna, aussi incapable de résister au désir qu'il lui inspirait qu'à cet amour impossible qui la dévorait.

Les caresses de cet homme l'enflammaient, la mettaient en transe, étouffaient jusqu'à sa souffrance. Pour un moment de plus dans ses bras, elle était prête à tout renier.

Au bout de quelques minutes, Langston la souleva pour la porter jusqu'au lit. Il l'allongea doucement, puis s'écarta pour se débarrasser de sa chemise.

— Vous agissez sur moi comme une drogue. Je ne puis me passer de vous, murmura-t-il d'une voix altérée.

Libérée de son étreinte, privée de sa chaleur, Sam frissonna. L'air glacé de la pièce acheva de la ramener à la raison. Prestement, elle quitta le lit et se dressa face au marquis, retenant d'une main les pans défaits de son bustier.

— Que faites-vous ici, Langston ? lança-t-elle d'une voix tendue par la colère et la douleur. Comment osez-vous vous introduire chez moi alors que votre mère et votre fiancée dorment sous ce toit ?

Elle s'interrompit, le souffle court, avant de reprendre d'un ton coupant :

— Quand je pense que vous vous êtes permis de

révéler notre liaison à la duchesse ! Est-ce vous qui l'avez persuadée de me convoquer chez elle pour me faire savoir à votre place que je n'étais que quantité négligeable ? Qu'une femme de mauvaise vie, qu'il suffit de payer pour qu'elle disparaisse ? Une telle bassesse vous déshonore, milord.

Jonathan la contemplait fixement, très pâle. Pour son malheur, elle lui semblait plus désirable que jamais.

— Je me suis déshonoré bien avant en trahissant mon frère pour vos beaux yeux, rétorqua-t-il, les mâchoires serrées. Par votre faute, j'ai abusé de sa confiance — et de celle d'une dame qui se considère déjà comme ma fiancée.

Cette mauvaise foi mit Samantha hors d'elle.

— C'est trop fort ! s'exclama-t-elle en avançant vers lui. De quel droit me rendez-vous responsable de vos propres faiblesses ?

Le rire amer du marquis retentit comme un coup de cravache dans le silence de la chambre.

— N'êtes-vous pas aussi faible que moi, madame ? Vous êtes tout aussi incapable de résister au désir qui nous lie.

Samantha courba la tête, vaincue.

— En effet, murmura-t-elle. Je n'y puis rien non plus. Mais je n'accepterai jamais que vous me traitiez comme une courtisane. J'ignorais que vous deviez vous marier, Langston. Et je ne tolérerai pas les regards méprisants de votre mère, qui a appris de votre bouche que je vous avais cédé.

— Nous n'avons pas d'autre solution, vous le savez aussi bien que moi.

Il reconnaissait donc sans le moindre égard qu'il comptait faire d'elle sa maîtresse. Qu'il n'était pas décidé à lui épargner la honte et les humiliations d'une telle situation. Brusquement, c'en fut trop pour elle.

— Sortez, ordonna-t-elle d'une voix blanche. Sortez et ne m'approchez plus.

Langston lui décocha un regard furibond, puis il quitta la pièce.

La porte refermée, Sam se laissa tomber à terre, le cœur brisé, son amour et ses rêves en lambeaux. Ce qui lui arrivait était pire que tout ce qu'elle aurait pu imaginer, mais elle ne regrettait rien. Elle ne pouvait agir autrement.

15.

Main dans la main, Samantha et ses partenaires saluèrent une fois encore le public de choix qui avait assisté à la représentation dans le petit théâtre du château de Langston. La jeune femme était satisfaite du spectacle, ainsi que de la part qu'elle avait prise dans sa réussite.

Le matin qui avait suivi la dernière visite du marquis dans sa chambre, elle avait offert à lady Cynthia le rôle de Kate, qu'elle-même avait prévu de tenir au côté de Langston-Petrucchio. La jeune aristocrate avait accepté avec joie et travaillé dur pour apprendre ses répliques en un délai aussi court. Sous la direction experte de Samantha, la troupe d'amateurs était vraiment parvenue à un excellent résultat.

— Mes compliments pour votre premier grand rôle, déclara Sam, souriante, à Cynthia qui se trouvait sur sa droite. Si un jour vous deviez gagner votre vie, je suis sûre qu'une carrière au théâtre vous serait ouverte.

La remarque pouvait paraître impertinente de la part d'une roturière, mais les deux jeunes femmes s'entendaient suffisamment bien pour se permettre de plaisanter ensemble. Cynthia se mit à rire.

— Merci, madame Davidson. Je saurai m'en souvenir.

Samantha décida d'ignorer le froncement de sourcils du marquis, qui tenait l'autre main de Cynthia. Depuis une semaine, il ne cessait de lui jeter des regards courroucés. Chaque fois qu'elle se rendait à la nursery et qu'il s'y trouvait, il sortait immédiatement ; les enfants commençaient à s'étonner de cette attitude. Stephen semblait se renfermer de nouveau dans sa tristesse, ce qui crevait le cœur de Sam, mais elle ne pouvait rien y faire, sinon se montrer tendre avec lui tant qu'elle était encore là. Il n'était pas son fils, après tout.

— Il serait temps de baisser le rideau, maintenant, grommela Langston d'un ton irrité.

Il passa entre ses deux partenaires, très sec, et le pouls de Samantha s'emballa. La chaleur qui se dégageait de son corps, les effluves musqués et citronnés qu'il laissait dans son sillage la troublaient toujours autant.

Elle l'aimait toujours autant.

Tandis que les comédiens regagnaient leur chambre pour se changer, avant le grand bal qui devait clôturer le séjour au château, Sam s'empressa de regagner la sienne pour terminer ses bagages. Elle n'assisterait pas à la soirée, leur départ pour Londres étant prévu à l'aube.

Ses préparatifs achevés, elle demeura un moment immobile face au grand lit à baldaquin où Jonathan avait dormi avec elle et l'avait aimée. Elle le revoyait encore allongé près d'elle, son visage tout près du sien, son souffle chaud caressant sa peau. C'était là qu'elle avait connu les instants les plus beaux et les plus douloureux de toute son existence.

Refusant de s'apitoyer sur son sort, elle pivota sur

ses talons. Il fallait qu'elle monte voir si Amalie était prête — et qu'elle prenne congé de Stephen.

Lottie l'accueillit sur le seuil de la chambre.

— Votre fille dort déjà, chuchota la gouvernante, mais le jeune vicomte vous attend dans la nursery. Il tenait à vous dire au revoir, madame.

Les yeux de Sam s'embuèrent. Le petit garçon allait beaucoup lui manquer. Il lui en coûtait de l'abandonner à ce monde d'adultes où il n'avait pas sa place, et où l'affection de son père lui manquait cruellement. Les relations de Langston avec son fils étaient le seul domaine où elle trouvait l'attitude du marquis critiquable, et cela lui serrait le cœur. Stephen avait un tel besoin de tendresse !

Doucement, elle ouvrit la porte de la nursery et entra. Stephen l'attendait assis dans l'embrasure de la fenêtre, les yeux rivés sur la nuit noire.

— Stephen ? appela-t-elle à mi-voix.

Il se retourna vivement et bondit sur ses pieds.

— Madame Davidson !

Devant la joie qui illuminait son visage, la gorge de Sam se noua. Elle espérait que Cynthia saurait l'aimer, et deviendrait pour lui la mère qui lui manquait tant.

— Je suis venue vous embrasser avant mon départ, dit-elle en lui ouvrant les bras.

L'enfant se jeta contre elle et l'enlaça farouchement.

— Ne partez pas, je vous en prie ! implora-t-il d'une voix entrecoupée de sanglots.

Samantha le berça un moment sur son cœur, sachant qu'il se retenait de pleurer. Si seulement elle pouvait l'emmener avec elle... Mais cette idée était ridicule. Un jour, il serait duc à son tour et ne se souviendrait même plus d'elle.

Elle caressa ses boucles noires, tendrement, jusqu'à

ce qu'il s'écarte enfin de son propre chef. Alors elle s'obligea à garder ses distances et à lui sourire.

— Vous savez bien que je dois rentrer à Londres, Stephen. Mon séjour ici n'était que temporaire. Mais je veux que vous sachiez que je ne vous oublierai jamais. Vous êtes un garçon merveilleux, plein de courage et de gentillesse. Plus tard, vous serez un duc remarquable.

Elle déglutit pour ravaler son émotion.

— Vous allez beaucoup manquer à Amalie.

Stephen hocha gravement la tête.

— Elle aussi, va me manquer. C'est une bonne camarade.

Le sourire de Sam s'élargit.

— Elle en pense autant de vous.

— Je sais. Elle me l'a dit.

Un instant, l'enfant détourna les yeux. Puis ses prunelles d'un bleu vif se fixèrent de nouveau sur Samantha.

— Allez-vous revenir ?

La poitrine oppressée, Sam faillit lui donner la réponse qu'il attendait. Elle se ressaisit à temps. Elle n'avait pas le droit de le laisser espérer en vain, ce serait aussi lâche que cruel. Lentement, elle secoua la tête.

— Non, Stephen. J'étais ici pour monter cette pièce, rien d'autre. Bientôt, je devrai reprendre mon travail au théâtre de Drury Lane. Ces vacances ont été magnifiques, mais tout a une fin.

Le petit garçon lui tourna le dos. D'un pas raide, il retourna s'asseoir sous la fenêtre.

— Je ne veux pas que vous partiez, déclara-t-il, retrouvant l'air boudeur et le ton autoritaire qu'il avait presque totalement perdus durant leur séjour.

Samantha le rejoignit et tira une chaise près de lui.

— Je sais, mon ange, et j'aimerais beaucoup rester aussi. Mais ce n'est pas possible.

Elle prit sa main et la serra tendrement.

— Nous nous écrirons.

Stephen s'essuya furtivement les yeux.

— Amalie sait écrire ?

— Oui, je lui ai appris.

Il détourna son visage, cachant ses larmes. Une nouvelle fois, Sam se retint de le prendre dans ses bras pour le consoler. Ce ne serait pas un service à lui rendre. Il devait apprendre à puiser sa force en lui-même.

— Mon père ne m'aime pas.

Les paroles, murmurées, échappèrent presque à la jeune femme. Mais lorsqu'elle en saisit le sens, elle en fut atterrée.

— Stephen ! Pourquoi dites-vous une chose pareille ? Je suis certaine que c'est faux, affirma-t-elle en dépit des doutes qui la tenaillaient.

Le petit garçon lui fit face de nouveau.

— Non. Il ne m'aime pas. Il ne s'était jamais autant occupé de moi, avant. Mais c'était à cause de vous, et d'Amalie. Quand vous ne serez plus là, ce sera fini. Il ne tardera pas à rentrer à Londres, lui aussi, et je resterai seul avec mon précepteur. Je sais ce que je dis : mon père ne m'aime pas du tout.

C'était une constatation si définitive, si dénuée d'espérance, que Samantha, cette fois, ne put s'empêcher de l'attirer contre elle. Tant pis pour son amour-propre de petit homme ; il lui faisait trop de peine.

De nouveau, Stephen s'accrocha à son cou avec la ferveur du désespoir. Il pleura longtemps contre son épaule, tandis que Sam contenait de son mieux ses propres larmes. Lorsqu'il fut calmé, elle alla le mettre au lit et s'attarda encore un moment à son chevet. De tout son cœur, elle souhaitait que ce petit garçon malheureux trouvât un jour l'apaisement.

Plus tard, quand elle fut couchée à son tour, elle pria pour lui et pour elle ; car c'était le même homme qui leur brisait le cœur. Et si Stephen avait l'avenir devant lui, elle savait que son bonheur à elle était bien fini. Ses souvenirs devraient lui suffire jusqu'à la fin de ses jours. La seule chose qu'elle pouvait espérer, c'était que son chagrin ne durerait pas autant.

Une heure avant l'aube, Sam, Lottie et Amalie montèrent à bord du coche qui les avait amenées quinze jours plus tôt. Jetant un coup d'œil par la vitre, la jeune femme aperçut une haute silhouette qui se dressait derrière la fenêtre de la bibliothèque, immobile entre les rideaux tirés.

Le cœur lourd, elle se pencha vers Amalie blottie contre elle et déposa un baiser sur ses cheveux emmêlés. Elle laissait derrière elle l'amour de sa vie, un amour impossible, mais elle avait son enfant. Sa fille était le plus précieux des biens, un trésor qui lui prodiguerait joie et douceur jusqu'à son dernier jour.

Cela lui suffirait. Il le faudrait bien.

Jonathan suivit des yeux la voiture qui s'éloignait dans l'allée.

Quelques heures plus tôt, après le bal, il était allé embrasser son fils endormi. Stephen avait pleuré, et il comprenait son chagrin. Avec un soupir, il laissa retomber les rideaux et se dirigea vers la cheminée pour ranimer les derniers tisons.

Pas un instant il n'avait voulu s'attacher à cette femme. Mais elle l'avait envoûté malgré lui. Pour elle, il avait piétiné tous ses principes, accepté de renoncer à son frère. Et le pire, c'était qu'il se sentait prêt à recommencer.

Affalé dans son grand fauteuil de cuir à oreillettes, il tenta de voir clair en lui-même. La chose la plus évidente, c'était que le bref passage de Samantha Davidson dans son existence l'avait changé à jamais. De cela, il était sûr et certain. L'espèce de chaleur rayonnante qui émanait d'elle, surtout lorsqu'elle s'occupait de sa fille, lui avait montré l'importance capitale de l'amour maternel pour un enfant. Il ne pourrait plus oublier cette leçon, même s'il s'était rebiffé lorsqu'elle avait voulu prendre la défense de Stephen. Que cela lui plaise ou non, elle l'avait rapproché de son fils ; pour la première fois en dix ans, il acceptait enfin de ne plus reporter sur le petit garçon la rancœur qu'il vouait à sa mère.

Oui, Samantha Davidson lui avait révélé le pouvoir de l'amour.

Le pouvoir du désir, aussi. Le besoin qu'il avait d'elle surpassait tout le reste, balayait tous les obstacles. Lorsqu'il était dans ses bras, il oubliait tout : le métier qu'elle exerçait, la rivalité qui l'opposait à son frère, ses propres rêves d'avenir... Plus rien ne comptait que son corps et le plaisir qu'elle lui prodiguait.

Du coup, il commençait à comprendre sa mère, lorsqu'elle avait tout quitté par passion pour un homme au mépris du pire scandale. Même la trahison d'Annabelle ne lui semblait plus aussi vile. Quand le désir était fort à ce point, rien ne pouvait l'entraver. Il était bien placé pour le savoir.

En cet instant, la femme qui lui avait révélé tout cela roulait vers Londres. Il aurait pu la retenir en lui disant qu'il l'aimait, mais il ne l'aimait pas. La passion qu'elle lui inspirait avait beau être brûlante et l'obséder à le rendre fou, elle ne pouvait suffire à fonder un mariage qui le couperait de ses amis, de ses relations et de sa famille. Ce serait trop cher payer.

Les sourcils froncés, il se leva et retourna à la fenêtre, où il écarta de nouveau les rideaux. L'allée était vide. La voiture avait disparu, le bruit des roues sur le gravier n'était plus qu'un souvenir.

Sam était sortie de sa vie.

Il jeta un coup d'œil au message qu'il avait reçu la veille de son informateur. Winkly lui annonçait qu'il poursuivait son enquête, et que la mort de Charles Davidson semblait suspecte.

Jonathan s'empara du feuillet, le froissa et le jeta dans le feu. Ces renseignements ne signifiaient plus rien pour lui, désormais.

16.

Désœuvrée, Sam regarda un moment par la fenêtre qui donnait sur la rue. Une fine couche neigeuse poudrait les pavés, le mois de mars apportant encore ses bourrasques tardives alors que les arbres commençaient déjà à bourgeonner.

Quand cesserait-elle de penser à Langston ? Quand parviendrait-elle à ne plus l'imaginer avec une autre femme, ce qui la mettait chaque fois à la torture ? Quand oublierait-elle les moments d'extase qu'elle avait connus dans ses bras, et sa gentillesse avec Amalie ? Quand, enfin, pourrait-elle apercevoir un homme de haute taille, aux cheveux blond cendré, sans que son cœur s'emballe aussitôt dans sa poitrine ?

Au cours des dernières semaines, elle avait guetté en vain dans les gazettes l'annonce de ses fiançailles. Sans doute avait-elle manqué le carnet mondain de ce jour-là. Et s'il lui restait un faible espoir, cela ne la consolait pas de son chagrin. Un jour ou l'autre, de toute manière, il en épouserait une autre.

— Madame ! cria Lottie en pénétrant en coup de vent dans la pièce. J'avais oublié de vous dire... On a apporté un message pour vous, ce matin de bonne heure. Vous n'étiez pas encore levée, et ensuite... cela m'est sorti de l'idée.

Le pouls de Samantha s'accéléra.

— Merci, Lottie. Ce n'est pas grave, dit-elle en prenant la missive cachetée.

Elle ne venait pas de Langston.

Distraitement, la jeune femme fit sauter le cachet de cire et déplia la feuille. Lorsqu'elle aperçut la signature, son sang se figea dans ses veines. Huntly ? Que lui voulait-il ?

Le message était bref : le politicien lui demandait de la rejoindre à midi devant l'entrée principale de Hyde Park. Il avait des informations susceptibles de l'intéresser au sujet de son mari.

Des informations au sujet de Charles ? Les mains de Sam se mirent à trembler. Qu'est-ce que Huntly pouvait avoir à lui dire à propos de son mari ? Sa mort remontait à neuf ans !

Elle inspira à fond, froissa le message en boule et le jeta dans les flammes qui le consumèrent aussitôt. Il n'était pas question qu'elle aille à ce rendez-vous, surtout après ce qui s'était passé avec Huntly à la campagne. Et pourtant... s'il avait vraiment découvert quelque chose ?

Elle consulta sa montre. Il n'était que dix heures et demie. Qu'avait-elle à craindre ? Après tout, Huntly ne pouvait guère la brutaliser en public. Et elle prendrait son pistolet pour se donner du courage. Maintenant que cette crapule avait semé le doute dans son esprit, elle savait qu'elle ne connaîtrait plus un moment de répit tant qu'elle ne serait pas fixée.

Elle alla chercher son réticule, enfila un spencer de drap gris et annonça à Lottie qu'elle rentrerait avant la répétition.

⁂

A cette heure, les membres de la haute société ne hantaient pas encore les allées du parc. Il était trop tôt pour eux. Mais leurs domestiques et leurs nourrices y promenaient leurs enfants, et Sam choisit d'entrer par le côté.

Dès qu'elle aperçut les grilles de l'entrée principale, elle s'arrêta et tira le pistolet de son sac. Elle le tiendrait à la main, dissimulé dans les plis de sa jupe — prêt à servir si c'était nécessaire. Puis elle se remit en marche et gagna lentement l'endroit du rendez-vous.

Tout à coup, la voix suave de Huntly la fit sursauter.

— Samantha ! Je savais que vous viendriez.

Elle se retourna, piquée au vif, les doigts crispés sur son arme. Cette familiarité déplacée avait ravivé une colère salutaire, qui lui rendait son courage.

— Je ne vous ai pas autorisé à m'appeler par mon prénom, que je sache.

Les yeux bleu pâle se durcirent.

— Je n'ai nul besoin de votre permission, ma jolie. Je peux même vous traiter de traînée, si le cœur m'en dit.

Le sang se retira du visage de Sam. L'homme était prêt à mordre.

— Je ne suis pas obligée non plus de vous écouter, monsieur Huntly. Mais si vous m'avez fait venir jusqu'ici, je suppose que vous y avez quelque intérêt.

Un muscle tressaillit près de la bouche crispée du député. Il avança d'un pas.

— Il s'agit de *votre* intérêt, ma belle.

Sceptique, Samantha haussa un sourcil.

— Vraiment ? Vous me surprenez.

Comme Huntly approchait encore, elle recula

d'autant. La main qui tenait le pistolet commençait à transpirer. Elle devait modérer sa colère, si elle ne voulait pas le pousser à la violence.

Il eut un rictus sarcastique.

— Si je vous disais que votre mari n'est pas mort?

C'était la dernière chose à laquelle Sam s'attendait. Une foule de pensées contradictoires assaillit brusquement son esprit. Dans les premiers temps, elle avait espéré cette nouvelle. Mais plus maintenant. Charles était un homme cupide, toujours avide d'argent à dépenser au jeu ou ailleurs. S'il revenait, il lui prendrait tout ce qu'elle avait eu tant de peine à gagner. Elle n'aurait plus rien pour élever décemment Amalie.

— Je ne vous croirais pas, répondit-elle. Son décès a été attesté.

— A-t-on retrouvé son corps?

Sam déglutit, la gorge nouée par une anxiété grandissante.

— Bien sûr que non. Il a péri en pleine mer.

Le rictus de Huntly s'élargit.

— Donc, vous n'avez aucune certitude.

Samantha était si tendue que ses muscles lui faisaient mal.

— A quoi rime ce jeu, Huntly? Qu'espérez-vous y gagner?

— Vous. Je veux que vous soyez ma maîtresse.

Telle était donc la clé de cette folie. Mais par quel biais pensait-il parvenir à ses fins?

— Comment pourrais-je être votre maîtresse si mon mari est encore en vie?

— Un mari n'a jamais été un obstacle. *A fortiori* s'il n'habite pas le pays.

Sam retint son souffle.

— Que voulez-vous dire?

— J'ai retrouvé Charles Davidson, Samantha. Il vit en Amérique, à La Nouvelle-Orléans. Si vous n'acceptez pas mes conditions, je m'arrangerai pour lui faire savoir que vous êtes devenue une actrice renommée, la gloire de Londres, à la tête d'une fortune...

— C'est faux, vous le savez parfaitement ! coupa la jeune femme horrifiée.

Huntly haussa les épaules.

— Peu importe. Votre époux est un débauché qui aime à dépenser pour ses plaisirs, à ce que j'ai cru comprendre. Votre célébrité le fera rentrer dare-dare dans ses foyers, croyez-moi. Et je doute que vous ayez envie de le revoir. Devenez ma maîtresse, ma charmante, et j'oublierai son existence.

Sam fixait intensément cet homme ignoble. Il fallait à tout prix qu'elle échappe à ce piège. Langston n'arriverait pas à point nommé pour la sauver, cette fois. Elle s'efforça de maîtriser sa panique.

— Vous avez tout inventé. Charles est mort, décréta-t-elle fermement. Et je ne serai jamais votre maîtresse. Jamais.

Huntly ricana.

— Vous êtes déjà celle de Langston. Vous pouvez bien prendre un deuxième amant, non ?

Il décochait flèche sur flèche. Et celle-ci était beaucoup plus meurtrière que les précédentes. Le poids qui oppressait la poitrine de Sam devint intolérable. Non, elle n'était pas la maîtresse de Langston. Elle s'était donnée à lui par amour, ce qui était fort différent. Mais la blessure demeurait.

— Aucun homme ne m'a jamais entretenue, Huntly. Ce n'est pas avec vous que je vais commencer.

Sans attendre sa réponse, elle pivota sur ses talons et retraversa le parc à l'aveuglette, le pistolet serré entre ses doigts tremblants.

⁂

Jonathan lut le bref message de Deverell, les mâchoires crispées, et en conclut que l'instant fatidique était arrivé : il allait devoir dire la vérité à son frère.

Dev lui annonçait qu'il venait passer deux jours à Londres pour porter un pli du duc de Wellington au ministère de l'Intérieur. Il avait la ferme intention de voir Samantha durant son séjour et n'accepterait aucune intervention de son aîné.

Le marquis enfouit les doigts dans ses cheveux, détruisant la coiffure à la Brutus que son valet avait réalisée à grand-peine.

— Bonté divine..., maugréa-t-il en arpentant sa bibliothèque à longues enjambées.

Allait-elle accepter l'offre de Deverell, cette fois ? Vu la situation, cela ne le surprendrait pas. Il savait à présent que Samantha Davidson était une femme droite et fière, qui songeait avant tout au bien-être et à l'avenir de sa fille. Ebranlée par l'expérience désastreuse qu'elle venait de vivre avec lui, saurait-elle résister à la sécurité que lui ferait miroiter son frère ?

Il redressa la tête et fixa la fenêtre sans la voir. Après tout, ce mariage ne serait peut-être pas si mauvais pour Dev. Samantha possédait de nombreuses qualités, et ferait sans nul doute une meilleure épouse que bien des jeunes écervelées de leur monde. Seulement voilà... Il ne pouvait accepter cette idée. Il avait beau chercher à se leurrer, il avait toujours envie d'elle.

Envers et contre tout, Samantha Davidson continuait à l'obséder.

C'était à cause d'elle qu'il n'avait toujours pas

demandé Cynthia en mariage. A cause d'elle encore qu'il passait au crible toutes les réceptions auxquelles il était convié, ne parvenant à se détendre qu'une fois certain qu'elle ne s'y trouvait pas. A cause d'elle, toujours, qu'il ne dormait plus et perdait du poids, au point que son valet insistait pour qu'il se commandât une nouvelle garde-robe.

Comment se sortir de cette impasse ? Et comment épargner Dev ?

Sam, il le savait, était trop généreuse pour vouloir briser le cœur de Deverell en lui révélant leur aventure. Mais elle était trop honnête aussi pour lui cacher qu'elle tenait à un autre homme. Et le vrai danger venait de leur mère. La duchesse n'hésiterait pas à tout dire à Dev pour le détourner d'un mariage qu'elle jugeait désastreux. La conclusion demeurait donc toujours la même : il faudrait qu'il parle à son frère, et qu'il lui parle le premier.

Fatigué de retourner toutes ces élucubrations dans sa tête, il ordonna à son valet de lui faire seller son cheval sur-le-champ. Il avait besoin de prendre l'air.

Quelques minutes plus tard, le marquis de Langston galopait dans une allée déserte de Hyde Park.

Soudain, surgie de nulle part, une femme fit irruption sur son passage. Jonathan tira de toutes ses forces sur la bride. L'étalon se cabra, battant l'air de ses sabots. La femme demeurait clouée sur place, bouche bée, les yeux agrandis par l'épouvante.

— Samantha !

Langston parvint à calmer sa monture, puis sauta à terre pour se ruer sur la jeune femme. Dès qu'il l'approcha, son cœur se contracta. Malgré sa frayeur, elle était toujours aussi belle. Et plus désirable que jamais. Il mourait d'envie de la serrer contre lui, mais il se contenta de la saisir par les épaules et de la secouer comme un prunier, tant il avait craint pour sa vie.

— Qu'est-ce qui vous a pris, bonté divine? Vous cherchiez à vous faire tuer?

A cet instant, le chignon de Sam se défit, ses longs cheveux se répandirent sur ses épaules. Jonathan réprima un grognement furieux. Il dut rassembler toute sa volonté pour ne pas enfouir les doigts dans ces mèches soyeuses, qui lui rappelaient de si doux moments de volupté. Quelques secondes face à cette femme, et c'était comme si ces semaines de séparation n'avaient pas existé. Comment avait-il pu se priver d'elle si longtemps?

Samantha battit des paupières. Elle parut émerger d'une profonde torpeur, puis ses beaux yeux mordorés se fixèrent sur les siens.

— Vous... vous avez failli me renverser, milord.

Sa voix chaude, un peu râpeuse, lui donna le frisson.

— C'est vous qui vous êtes précipitée sous les sabots de mon cheval!

— Pardonnez-moi. J'étais distraite.

Elle courba la tête, se mordit la lèvre, puis se redressa et le dévisagea avec une sorte de défi.

— Je suppose que je dois vous féliciter pour vos fiançailles avec lady Cynthia.

Jonathan la contemplait fixement. Ces compliments semblaient étrangement incongrus, en cet instant.

— Nous ne sommes pas fiancés, déclara-t-il avec calme, sans la quitter des yeux.

Une vive émotion se peignit sur les traits de Sam.

— Mais... votre mère m'avait assuré...

— Ma mère a fait ce qu'elle a cru devoir faire. Comme moi. Et je ne me suis pas engagé envers Cynthia.

Samantha détourna les yeux.
— Oh...
— Pourquoi êtes-vous partie sans un mot ?
De nouveau, elle le regarda.
— Vous étiez au courant de mon départ. Vous n'avez rien fait pour l'empêcher, ni pour me parler.
Le marquis inspira profondément.
— Vous m'aviez demandé de ne plus vous importuner.
— C'est exact. Et vous avez respecté ma demande, ce qui valait mieux pour tout le monde. Après la représentation, je n'avais aucune raison de m'attarder chez vous. Ma présence n'aurait pu vous être qu'une gêne.
Pire qu'une gêne : une torture de tous les instants, surtout lorsqu'elle lui avait interdit de la rejoindre. Plutôt que de réveiller ces souvenirs pénibles, il préféra changer de sujet.
— Stephen a été chagriné de votre départ.
— Je sais, répondit Sam qui jouait distraitement avec les plis de sa jupe. J'ai passé un long moment avec lui, la veille. Je lui ai parlé... C'était tout ce que je pouvais faire.
Langston dissimula sa surprise. Il ignorait ce fait, que son fils lui avait caché.
— L'intérêt que vous portez à cet enfant m'intrigue toujours autant, je l'avoue.
Les prunelles de la jeune femme étincelèrent.
— Il vous est donc si difficile de comprendre que l'on puisse s'attacher à un petit garçon solitaire, sans mère... ni père, à proprement parler ?
L'observation fit l'effet d'un soufflet à Jonathan, mais il la savait méritée.
— Vous avez raison. Toutefois, qui vous dit que son père ne se sent pas aussi seul que lui ?

Les sourcils froncés, Sam scruta son visage.

— Je ne comprends pas.

Il ne comprenait pas non plus. Ni ce qui l'avait poussé à prononcer ces mots, ni ce qu'il attendait d'elle. Tout ce qu'il savait, c'était que son absence avait provoqué un vide. Un vide douloureux.

— Vous m'avez manqué, Samantha.

La jeune femme frissonna et il dut se retenir pour ne pas la prendre dans ses bras, poser ses lèvres sur sa gorge contractée. Comment oublier la douceur satinée de son cou, sa peau fine et délicate ?

— Et lady Cynthia ?

— Cynthia n'a rien à voir avec vous et moi.

— Vous finirez par l'épouser, je le sais.

Il haussa les épaules.

— Peut-être, mais cela ne changera rien entre nous. Les aristocrates se marient pour avoir des héritiers, non par... désir.

Les yeux de Samantha s'assombrirent, sa bouche se durcit.

— Je vois. Vous voulez faire de moi votre maîtresse, vous aussi.

Langston haussa les sourcils.

— Moi aussi ?

— Huntly vient de me renouveler sa proposition, milord. La vôtre ne vaut pas mieux. Tenez-vous-le pour dit : je ne serai jamais une femme entretenue. Même aux abois, je ne m'abaisserai jamais à ce genre d'humiliation, autant pour moi que pour ma fille.

Le marquis avait serré les poings. S'il avait pu briser quelque chose, n'importe quoi, il l'eût fait volontiers.

— Huntly vous a donné rendez-vous ici ? Ce gredin continue à vous importuner ?

— Pas plus que vous, Langston.

Sans lui laisser le temps de répondre, Sam tourna les talons et s'éloigna d'un pas vif. Jonathan faillit s'élancer après elle, puis y renonça. A quoi bon ? Il était clair qu'elle ne voulait pas de lui comme amant, et il était hors de question qu'il lui proposât de devenir son mari.

Reprenant la bride de son cheval, il sauta en selle. Cette folie n'avait que trop duré. Il allait demander à Cynthia de l'épouser, ce qu'elle accepterait sans nul doute. Il était temps pour lui de reprendre le cours normal de son existence.

Une semaine plus tard, le jeune lieutenant Deverell St Simon eut la surprise de trouver son frère aîné affalé dans un fauteuil de sa bibliothèque, un verre de whisky entre les mains et une carafe à moitié vide près de lui. Quelque chose n'allait pas. Le problème semblait même très sérieux.

— Jon ? Ma mission est terminée, et mère m'a demandé de venir te trouver. Que se passe-t-il ?

Le visage lugubre, Langston ne daigna pas lever les yeux.

— Elle ne t'a donc rien dit ? Cela m'étonne d'elle, marmonna-t-il en vidant son verre.

Debout face à lui, Deverell se crispa.

— Je sais seulement que tu as invité Mme Davidson au château de Langston, et je veux en connaître la raison véritable. Vu les circonstances, cette histoire de pièce de théâtre m'a paru absurde. J'attends tes explications.

Le marquis tourna vers lui un regard las. Il se sentait amorti par l'alcool.

— Tu veux vraiment ce duel, Dev ? Décidons-le, qu'on en finisse.

Le jeune homme, choqué, fronça les sourcils.

— Que veux-tu dire ?

— Tu ne t'en doutes pas ?

Les yeux de Deverell s'élargirent, puis il blêmit et serra les poings.

— Jon ! Tu n'as pas fait ça ? Tu... tu as couché avec elle ? balbutia-t-il, hagard.

Langston partit d'un rire amer qui résonna désagréablement entre les murs lambrissés.

— Pouvais-je faire autrement ?

Dev explosa.

— Que le diable t'emporte ! C'est le seul moyen que tu aies trouvé pour m'empêcher de l'épouser ? Je suppose que tu y as pris grand plaisir ! Ta perversité me dépasse, Jonathan. Je ne te reconnais plus.

— Moi non plus, je ne me reconnais plus..., admit le marquis, plus las qu'il ne l'avait jamais été. Cette femme m'a ensorcelé. Pour elle, j'ai bafoué mon honneur et ce que j'avais de plus cher. Et le pire, c'est que je serais prêt à recommencer.

Deverell le dévisageait, ahuri. Ces traits contractés, ce regard sombre et cerné, ces plis cyniques qui bordaient ses lèvres... Brusquement, la lumière se fit dans son esprit.

— Bonté divine ! Tu l'aimes !

Langston reposa son verre. Il se leva et se dirigea vers son bureau.

— J'ai besoin d'elle. Je la désire comme un fou. Elle m'inspire une passion qui m'obsède. Mais de là à l'aimer...

Il haussa les épaules.

— ... sincèrement, je n'en sais rien.

La fureur qui habitait Deverell était retombée comme un soufflé. Les tourments de son frère paraissaient si intenses qu'il ne pouvait s'empêcher de le plaindre, à présent. Juste ciel... Lui aussi avait brûlé de passion pour Samantha Davidson. Mais jamais à ce point. C'était la première fois qu'il voyait Langston se détruire ainsi, et il avait peine à le croire.

Tandis qu'il observait d'un air sombre son rival, il se remémorait ces deux mois passés à Bruxelles. Certes, il avait continué à chérir Sam de loin. Et il tenait encore fortement à elle. Mais son amour n'avait pas toujours été constant. Il s'était laissé aller à l'oublier de loin en loin, pris par les préparatifs de guerre... ou par les demoiselles de petite vertu qui agrémentaient ses nuits. La jeune femme lui paraissait toujours aussi belle, tentante, admirable, mais il devait reconnaître qu'il n'aurait jamais souffert pour elle ce que Jon semblait endurer.

Il soupira. La question qu'il s'apprêtait à poser n'était pas facile, et il redoutait la réponse, mais il fallait qu'il en ait le cœur net. Ne fût-ce que pour sa tranquillité d'esprit.

— S'est-elle donnée à toi... de son plein gré ?

— Oui.

Le jeune homme avait beau s'être préparé à cette éventualité, elle lui causa un choc. Il eut besoin de toute sa force de caractère pour ne pas laisser éclater son amertume.

— Alors, tu peux être certain qu'elle t'aime, Jon. Sam n'est pas le type de femme à coucher avec un homme par intérêt, ou même par simple attirance. Je suis le premier à le savoir.

Jonathan eut un rictus sarcastique.

— Dans ce cas, pourquoi refuse-t-elle de devenir ma maîtresse ?

Dev en eut le souffle coupé.

— Les choses sont donc allées aussi loin ?

Puis il secoua la tête, stupéfait de la soudaine stupidité de son frère.

— Tu devrais le savoir, Jon. Elle n'acceptera jamais de se vendre, ni à toi ni à un autre. Si tu la veux vraiment, il faudra que tu engages ton cœur — et pour Sam cela signifie le mariage.

— Je sais.

— Eh bien ? Si tu es fou d'elle à ce point, qu'est-ce qui t'empêche de l'épouser ?

— Tout ! explosa Langston, hors de lui. Toi, Cynthia, mon rang !

— Il me semble que je ne t'ai guère gêné, jusqu'à présent.

Dev n'avait pu retenir cette pique. Il s'en voulut aussitôt. Après tout, Sam avait toujours été très claire avec lui. Elle ne lui avait jamais caché qu'elle ne l'aimait pas, et il ne pouvait lui tenir rigueur de s'être éprise d'un autre — fût-il son propre frère. D'un ton plus calme, il ajouta :

— Je ne te dirai pas que je suis enchanté de ce qui arrive, car je désirais vraiment épouser Sam. Ma déception est vive, mais je ne puis la contraindre à m'aimer. Si c'est toi qu'elle a choisi, je l'estime assez pour lui souhaiter d'être heureuse. Elle le mérite. A dater d'aujourd'hui, Jon, je ne constituerai plus un obstacle à votre bonheur.

Ce serment coûtait au jeune homme, mais il était sincère. Il n'était pas dans sa nature de contrarier les autres pour le simple plaisir de se venger.

— Pour ce qui est de Cynthia, je crois que tu n'as pas à t'inquiéter non plus. Si tu veux mon avis, je ne pense pas qu'elle t'en veuille. Bien au contraire..., ajouta-t-il avec un sourire amusé. Et en ce qui concerne ton rang, tu ne seras certainement pas le premier duc à épouser une actrice. Ni le dernier, d'ailleurs.

Jonathan, bouleversé, prit son frère par les épaules et le serra très fort. Un geste d'affection qui leur avait cruellement manqué, ces derniers mois.

— Merci, Dev. Ta bénédiction ne répare sûrement pas tout ce que j'ai pu faire de travers, mais elle m'ôte un grand poids. Je suis soulagé de savoir que tu ne me hais pas.

Deverell couvrit la main du marquis et la pressa avec tendresse.

— Alors, vas-tu la demander en mariage ?

— Si c'est le seul moyen qu'elle m'accepte, il le faudra bien, répondit Langston, le regard fixe. Le ciel m'est témoin que je ne peux plus me passer d'elle.

17.

Sam frissonna. Sa loge était glacée, certes, mais il n'y avait pas que le froid qui la faisait trembler : Langston avait assisté à la représentation, et elle était certaine qu'il essaierait de lui parler lorsqu'elle se rendrait au foyer.

Rapidement, elle ôta sa tunique de scène et passa sa robe du soir — celle qu'elle avait étrennée au château. C'était sa tenue favorite. Elle se changeait rarement pour aller rencontrer ses admirateurs, mais ce soir-là elle éprouvait un besoin impérieux de se sentir à son avantage.

Alors qu'elle pestait contre les crochets qu'elle ne parvenait pas à fermer seule, on frappa à sa porte. Elle sursauta et son bustier ouvert retomba sur sa taille.

— Qui est-ce ? s'enquit-elle d'une voix altérée.

Elle connaissait déja la réponse ; même à distance, la présence du marquis lui mettait les nerfs à fleur de peau.

— Langston. Laissez-moi entrer, Samantha. Il faut que je vous parle.

Le seul fait de l'entendre lui donnait la chair de poule.

— Nous n'avons plus rien à nous dire, répondit-elle

tout en bataillant désespérément avec son corsage, car elle se doutait qu'il ne capitulerait pas.

Elle parvint à renfiler ses manches, mais elle devait garder une main dans son dos pour rassembler les deux pans de la robe.

— Allez-vous-en, je vous en prie, insista-t-elle encore.

Peine perdue. La poignée de la porte tourna, et Sam se maudit de ne pas avoir fait fixer de loquet intérieur. Alors qu'elle rabattait ses cheveux en arrière, Langston entra et referma derrière lui.

La jeune femme se sentit tour à tour brûlante et glacée. Il semblait occuper tout l'espace.

— Que voulez-vous? demanda-t-elle dans un souffle.

— Vous.

C'était clair, net et sans discussion. Un nouveau frisson parcourut l'échine de Samantha, tandis qu'un fol espoir se levait dans son cœur.

— Moi?

Il s'avança jusqu'à elle, sans la toucher. Amaigri, les traits tirés et les paupières battues, il avait une mine épouvantable — mais son charme agissait toujours aussi puissamment sur Sam. Elle percevait la chaleur qui émanait de lui, la tension qui l'habitait, et cela lui donnait le vertige.

— Ayez pitié de moi, Samantha. Je ne supporte plus d'être séparé de vous. Depuis que vous avez quitté le château, votre absence me ronge. J'ai tenté de le nier, mais notre rencontre fortuite dans Hyde Park m'a prouvé que je ne pouvais vous oublier.

Le tourment qui assombrissait son regard disait assez qu'il était sincère. A son insu, Sam penchait déjà vers lui. L'envie de se blottir dans ses bras la dominait tout entière. Il était l'homme de ses rêves, jamais elle n'en aimerait un autre après lui. Mais elle ne pouvait pas céder ; elle n'en avait pas le droit.

A la dernière extrémité, elle se ressaisit et s'écarta pour échapper à la spirale infernale du désir qui les liait. Aussi difficile cela lui fût-il, elle était obligée de lui refuser ce qu'elle souhaitait aussi ardemment que lui.

— Je vous l'ai déjà dit, je ne serai pas votre maîtresse, déclara-t-elle d'une voix enrouée par l'effort qu'elle s'imposait.

Si seulement elle avait pu être sa femme !

Brusquement, Jonathan la saisit par les épaules et l'attira à lui.

— Epousez-moi.

— Quoi ?

Ce mot lui avait échappé dans un cri de stupeur. Abasourdie, elle lâcha les pans de son corsage et scruta ses yeux sombres avec une incrédulité douloureuse.

— Ne plaisantez pas avec moi, milord. Ce serait trop cruel, protesta-t-elle d'une voix sourde.

La bouche dure se crispa davantage encore.

— Il ne s'agit pas d'une plaisanterie. Malheureusement. Je vous demande de m'épouser, Samantha.

Malgré le choc que lui causait cette annonce, Sam comprit ce qu'il entendait par là. Il n'avait aucune envie de se marier avec elle ; il s'y sentait contraint.

— Vous ne souhaitez pas ce mariage.

— Non. Je ne le souhaite pas, mais c'est le seul moyen qui me reste de vous avoir. Même si vous acceptiez d'être ma maîtresse, je sais que cette liaison vous rendrait malheureuse et que vous finiriez par me haïr. C'est une perspective que je supporte encore moins.

Samantha était au supplice. Il avait raison. Elle avait beau l'aimer à la folie, elle tenait trop à donner une vraie famille à sa fille pour céder à sa passion. Mais elle ne pouvait l'épouser non plus. Pas dans ces conditions. Pour lui, ce mariage forcé revenait à l'acheter pour la mettre dans son lit ; cette idée lui était intolérable.

— Je ne peux accepter, déclara-t-elle enfin. Je vous en prie, laissez-moi seule.

La réponse de Jonathan fut explosive.

— Vous laisser ? Jamais !

Il la pressa contre lui et s'empara furieusement de sa bouche. Sam se sentit perdue. Elle avait si souvent rêvé qu'il l'embrasse de nouveau... Leur dernier baiser lui semblait remonter à une éternité. Rien n'était plus beau, plus fort que ce qu'ils partageaient dans les bras l'un de l'autre. Les genoux flageolants, elle se raccrocha aux revers de sa jaquette et s'abandonna à sa félicité. Mais lorsqu'il plaqua ses hanches contre son ventre, lui prouvant sans ambages à quel point il la désirait, elle revint à la réalité et s'arracha à son étreinte.

— Non, Jon. Tout ceci ne servira à rien, gémit-elle. Quoi que vous tentiez pour me séduire, je ne vous épouserai pas.

Il la ramena à lui, promena sa bouche le long de son cou. Une plainte échappa à Samantha.

— Comment pouvez-vous résister au plaisir que nous nous donnons ? murmura-t-il, ses mains caressantes jouant le long de son dos nu.

Elle le repoussa de nouveau.

— Je le peux parce que je le dois.

Incorrigible, il courba la tête vers sa chemise et taquina de ses lèvres la pointe de ses seins. En dépit de toute sa détermination, Sam commençait à faiblir dangereusement quand on frappa à la porte. Ils se séparèrent en un éclair.

— Qui est là ? s'enquit Sam, la voix tremblante.

— Sam, c'est moi. Deverell.

Horrifiée, Samantha regarda Langston. Il avait pâli.

— Un... un instant, sir Deverell. Je... je ne suis pas habillée, balbutia-t-elle, tandis qu'elle attrapait précipitamment son peignoir pour en couvrir sa poitrine dénudée. Voulez-vous revenir plus tard ? Non, attendez... Le mieux serait que je vous retrouve au foyer dans un moment.

— Est-ce que tout va bien, Sam ? insista le jeune homme d'un ton inquiet. Vous semblez bizarre.

— Je vais bien, mais j'ai pris un peu de retard. Ne m'en veuillez pas.

Dès que les pas de Dev se furent éloignés, Samantha poussa Langston vers la porte.

— Sortez vite, ordonna-t-elle. Je n'ai aucune envie que votre frère vous trouve ici.

Jonathan passa ses doigts dans ses cheveux. Il semblait embarrassé.

— Dev est au courant, avoua-t-il.

Sam sursauta, incrédule.

— Quoi ? Vous lui avez tout dit, à lui aussi ? Votre mère ne vous suffisait pas ? Vous... vous êtes odieux, milord. Sortez, tout de suite.

Il la contempla un instant, les paupières plissées, comme s'il s'apprêtait à dire quelque chose. Un nerf frémissait le long de sa mâchoire. Puis il se ravisa et sortit sans un mot. Samantha, les yeux pleins de larmes, se traita d'oie blanche et d'indécrottable naïve. Mais elle n'avait pas le loisir de s'apitoyer sur elle-même. Elle avait promis de rejoindre Deverell, elle le ferait. Fût-ce la honte au front.

Finalement, elle alla demander à une de ses partenaires de l'aider à fermer sa robe. Puis elle cueillit une rose dans le bouquet qui lui avait été apporté en début de soirée, la piqua dans ses cheveux et s'apprêta à livrer son dernier combat.

Deverell était adossé à un pilier dans un coin de la pièce, les yeux rivés sur sa flûte de champagne. Un sourire régalien sur les lèvres, Sam fit en sorte de le rejoindre sans être harponnée au passage par des indésirables.

— Sir Deverell, déclara-t-elle en arrivant près de lui. J'ignorais que vous étiez rentré de Bruxelles.

Il releva la tête et lui sourit largement, mais son regard était empreint de tristesse.

— Bonsoir, Sam. Vous êtes magnifique, comme toujours.

— Merci. Vous n'êtes pas mal non plus, lieutenant.

Il eut un petit rire sans joie.

— Ce séjour à Bruxelles me réussit assez. On y a le sentiment de faire l'Histoire, c'est très excitant.

Son visage redevint grave.

— Je dois repartir demain, c'est pourquoi je tenais à vous parler ce soir.

Sam hocha la tête et détourna les yeux, gênée. Elle redoutait grandement cette conversation, mais sa sympathie pour son ancien soupirant la retint de s'esquiver. Elle se devait de l'écouter.

— Je sais que vous ne donnerez pas suite à mes espoirs, reprit Dev d'une voix tendue. Je le savais déjà quand je vous ai adressé cette bague, mais... j'avais besoin de tenter le tout pour le tout. Sachez que je respecte votre position et que j'admire votre droiture, Sam. Je ne vous en veux pas et je vous aime telle que vous êtes, dussé-je en souffrir.

Sam le dévisagea avec émotion. Posant une main sur son bras, elle lui chuchota :

— Si vous me raccompagniez jusque chez moi ? Nous pourrions converser en chemin, à l'abri des curieux.

Il acquiesça, car il avait remarqué comme elle les regards indiscrets dont ils étaient l'objet. Nul doute qu'ils constituaient l'attraction de la soirée.

Ils sortirent ensemble. Dehors, la nuit était fraîche et la lune étincelante. Le printemps n'était encore sensible qu'aux heures les plus chaudes de la journée.

— Allez-vous épouser Jon ? demanda Dev dès qu'ils eurent fait quelques pas dans la rue.

Saisie, Samantha faillit trébucher. Il la retint de son bras ferme.

— Pourquoi épouserais-je votre frère ?

— Inutile de feindre, Sam. Il m'a tout expliqué, et je sais qu'il vous aime.

Cette fois, la jeune femme en perdit le souffle.

— Il vous a dit qu'il m'aimait ? s'écria-t-elle, stupéfaite.

— Pas clairement, non, répondit Dev avec douceur. Et sans doute se refuse-t-il encore à l'admettre. Mais je le connais assez pour avoir compris les sentiments qu'il vous porte. Jon a beaucoup souffert, Sam. L'amour le terrifie. Sa première femme l'a trompé avec un autre homme, dont elle a eu un enfant. Stephen n'est pas le fils de Jonathan. Il ne s'est jamais remis de cette trahison.

Le choc glaça Samantha jusqu'à la moelle. Elle se figea, tournée vers son compagnon.

— Stephen n'est pas son fils ? Oh, mon Dieu... Cela explique beaucoup de choses, en effet, mais comment a-t-on pu le blesser de la sorte ?

Dev haussa les épaules.

— Les mystères de la passion sont insondables. Quoi qu'il en soit, Jon n'a plus jamais été le même, depuis.

— Ce que vous m'apprenez est désolant, Dev. Pauvre cher Stephen. Pauvre Jon. J'en ai le cœur déchiré pour eux. Cette situation est si cruelle... Ils auraient tant besoin de pouvoir s'aimer, tous les deux !

— Ce drame a été très lourd à porter pour nous tous.

Soudain, Deverell prit la jeune femme par les épaules et la dévisagea avec gravité.

— Il fallait que je vous dise tout cela, Sam. Pour que vous compreniez mon frère. Lorsqu'il vous fera sa demande, acceptez, je vous en prie.

Samantha blêmit.

— Je... Il me l'a déjà faite, Dev, articula-t-elle péniblement. Et je... j'ai refusé.

— Quoi ?

Elle baissa les yeux, incapable de supporter son regard.

— Je sais que Jon a besoin d'une épouse, et Stephen d'une mère qui le chérisse, murmura-t-elle, le cœur en déroute. Mais je ne puis endosser ce rôle. Quoi que vous en disiez, je ne pense pas que Langston éprouve de l'amour pour moi. Ce mariage n'apporterait qu'amertume et désillusion, pour nous comme pour nos enfants. Je ne peux prendre ce risque.

Deverell la secoua doucement.

— Vous vous trompez, Sam. Si Jonathan ne vous aimait pas follement, il ne m'aurait jamais trahi pour vous. Je vous en donne ma parole.

Ses paroles commençaient à porter. Pour s'en défendre, Samantha réagit par la colère.

— Il ne m'aime pas, il me désire. Or le désir charnel finit par s'user, vous le savez comme moi. Que deviendrons-nous, quand il n'y aura plus rien entre nous ?

Elle s'arracha aux mains du jeune homme, et poursuivit :

— Non. Mieux vaut souffrir maintenant que payer cette erreur une vie entière, croyez-moi.

— Donnez-lui au moins une chance !

Sam se contraignit à sourire.

— Votre loyauté vous honore, sir Deverell, mais ne revenons pas là-dessus. Ma décision est prise. Une seule chose m'intrigue... Qu'est-ce qui a causé un tel revirement de votre part ?

Dev haussa les épaules.

— Il a bien fallu que je me rende à l'évidence. J'aime mon frère, qui vous aime et que vous aimez aussi, à ce que j'ai cru comprendre, alors que vous ne m'aimez pas. C'est clair, non ?

— En effet.

Il avait beaucoup mûri, en quelques semaines. Le jeune fanfaron capricieux qui la poursuivait assidûment de ses avances avait laissé la place à un homme responsable, enfin capable de prendre en compte les sentiments d'autrui.

Lorsqu'ils arrivèrent devant sa porte, il lui prit la main.

— Réfléchissez à ce que je vous ai dit, je vous en prie.

Comme elle voulait protester, il posa un doigt sur ses lèvres.

— Chut... Je crois que j'ai découvert la vie et ses travers, ces derniers temps. J'ai vu des gens jouer à s'aimer et à se détruire. Un spectacle affligeant. Mais j'ai vu aussi le pouvoir du véritable amour, qui a permis à mes parents de former enfin un vrai couple. Ne tournez pas le dos à Jon.

Touchée par cette supplique, Sam ne dit rien. Tristement, elle le regarda s'éloigner, ses bottes cloutées résonnant sur les pavés.

Un coup frappé à la porte de la bibliothèque tira Jonathan de son travail. Il révisait encore son projet de loi, incertain de l'accueil que lui réserverait la Chambre des lords.

— Oui ? répondit-il sèchement.

Le panneau s'entrouvrit lentement.

— C'est moi, papa, annonça Stephen d'une voix hésitante. Puis-je vous parler ?

Le marquis posa sa plume et passa ses doigts dans ses cheveux. Depuis une semaine, il avait les nerfs à vif et se sentait de fort méchante humeur ; mais il n'eut pas le cœur de repousser son fils, qui lui réclamait si peu de chose. Cet enfant avait le don d'éveiller sa tendresse, et il avait décidé de se montrer meilleur père.

— Entre, Stephen. Je t'écoute.

Le petit garçon s'installa face à lui, dans un grand fauteuil. Il était très raide, mais se tordait nerveusement les mains.

— Papa, je sais que vous êtes très occupé, mais... j'aimerais revoir Mme Davidson et Amalie. Elles me manquent beaucoup.

Langston eut l'impression de recevoir un coup sur la tête. Cachant son émotion, il formula sa réponse avec soin.

— Je te comprends, Stephen. Amalie était une bonne camarade de jeux et Mme Davidson passait beaucoup de temps avec vous à la nursery. Néanmoins, tu ne les as fréquentées que quinze jours...

Son fils le dévisagea gravement, avec une expression très mûre pour son âge.

— Oui, mais vous étiez plus gentil avec moi, quand elles étaient là. Maintenant, vous travaillez toute la journée.

Le marquis soupira.

— Ne t'ai-je pas ramené à Londres avec moi ?

— C'est vrai, mais je ne vous vois pas davantage que si j'étais resté au château de Langston.

Stephen marqua une pause, puis jeta de but en blanc, comme si cette question l'étouffait :

— Pourquoi ne m'aimez-vous pas ?

Pris de court, Jonathan se gourmanda. Il aurait dû se douter que cette demande d'entretien avait une raison grave. Jusque-là, l'enfant n'avait fait que préparer le terrain en le mettant face à ses insuffisances.

Devant le regard poignant du petit garçon et sa tristesse sans fond, il se dit que l'heure était venue de lui avouer la vérité. Ce qui n'allait pas être facile.

Il se leva, contourna son bureau et tira une chaise près du fauteuil de Stephen. Lorsqu'il lui prit la main, ce dernier le considéra avec méfiance, comme s'il s'attendait au pire, mais ne dit rien.

— Voilà... J'ai quelque chose à te dire, une chose que tu ne pouvais pas comprendre jusqu'à présent parce que tu étais trop jeune. Mais maintenant je crois que tu le peux.

Stephen ne le laissa pas poursuivre.

— Je ne suis pas votre fils, n'est-ce pas ?

Dieu du ciel... Quelle angoisse dans sa voix, quelle douleur dans ses yeux trop sérieux ! Jonathan n'aurait jamais pu imaginer une détresse pareille dans ce cœur d'enfant.

Lentement, il secoua la tête.

— Non, tu n'es pas mon fils par le sang. Mais comme ta mère était mon épouse au moment de ta naissance, tu l'es aux yeux de la loi et de la société. C'est pour cela que tu portes mon nom et que tu seras mon héritier.

Les épaules du petit garçon se mirent à tressauter, son visage étroit parut se décomposer. Langston ne put en supporter davantage. Maugréant un juron, il attira l'enfant sur ses genoux et l'entoura de ses bras.

Un long moment plus tard, quand les sanglots de Stephen s'espacèrent, il tira un mouchoir de sa poche et l'aida à se moucher.

— Qui t'en a parlé ? demanda-t-il gentiment.

— Per... personne, répondit l'enfant. Mais j'ai entendu parler les domestiques. Ils... ils disaient que je n'avais rien de vous. Et puis quand Mme Davidson est arrivée au château avec Amalie, j'ai vu co... comment elle aimait sa fille, elle. Vous n'étiez jamais ainsi avec moi.

Le marquis eut la sensation qu'on lui plantait un poignard dans le cœur. Les remords l'assaillirent. Stephen disait vrai. Lui qui passait pour un humaniste, soucieux d'aider les défavorisés de la terre, avait laissé la rancœur l'aveugler au point de ne pas voir cet enfant qui quémandait son amour. Qui avait besoin de lui plus que personne d'autre au monde.

De crainte d'être trahi une seconde fois par le fils de son rival, s'il s'autorisait à l'aimer, il avait commis le plus grand des crimes : blesser le cœur d'un enfant, le condamner au désespoir. Stephen n'avait rien fait pour mériter d'être traité de la sorte. Une fois de plus, Samantha avait su voir clair avant lui.

Soulevé par un élan de tendresse et de regret, il étreignit le petit garçon et posa un baiser sur ses cheveux.

— Les circonstances de ta naissance ne nous sépareront plus jamais, Stephen. Je te le promets. Je t'aime plus fort encore que si j'étais ton vrai père, parce que je t'ai fait souffrir sans le vouloir. Pardonne-moi... mon fils.

18.

La duchesse de Rundell soupesait, songeuse, ce que son petit-fils venait de lui raconter. Stephen était venu dormir chez elle, et comme toujours depuis qu'il était tout petit, il lui avait ouvert son cœur. Le rôle de confidente que l'enfant lui avait attribué d'instinct avait tissé entre eux des liens très forts, et Alicia l'aimait aussi farouchement que s'il était de sa chair et de son sang.

— Je vous en prie, grand-mère, aidez-moi à la retrouver ! insista le jeune garçon, ses grands yeux bleus pleins d'espoir et de nostalgie. Maintenant que papa a décidé de m'aimer vraiment, comme si j'étais son vrai fils, j'aimerais tant que nous formions une vraie famille !

La duchesse tapota le sofa sur lequel elle avait pris place.

— Viens t'asseoir près de moi, Stephen. Nous allons réfléchir ensemble à la situation que tu me décris. Mme Davidson te manque donc tellement ?

— Oh, oui ! Et Amalie aussi. Papa était différent, quand elles étaient au château. Plus gentil. Il riait, quelquefois, et il passait plus de temps avec moi. Vous savez, c'est aussi pour lui, que je voudrais revoir

Mme Davidson, ajouta-t-il avec le plus grand sérieux. Il m'a dit qu'il l'avait demandée en mariage et qu'elle avait refusé.

Son regard candide se fixa sur le visage d'Alicia, qui déguisait de son mieux le choc que venait de lui causer cette incroyable révélation.

— Franchement, grand-mère, je n'aurais jamais pensé que quelqu'un ose lui refuser quelque chose.

Quand la duchesse eut repris son souffle, elle s'enquit le plus posément possible :

— Quand lui a-t-il fait sa demande ?

— Je l'ignore, mais il m'en a parlé hier. Et il avait l'air très malheureux, vous savez. Même s'il essayait de ne pas le montrer.

Lentement, il secoua ses boucles brunes.

— Ce serait tellement merveilleux, si Mme Davidson venait vivre avec nous ! J'aurais l'impression d'avoir une vraie maman, et papa ne serait plus seul.

En dépit de ses sentiments profonds, la duchesse ne put s'empêcher d'être émue par l'énorme besoin d'amour de ce petit garçon, qui n'avait jamais eu le bonheur de connaître un foyer. Apparemment, malgré toute l'affection qu'elle s'était efforcée de lui donner, elle n'avait pas réussi à combler le vide laissé par de vrais parents.

Serrant l'enfant contre elle, elle lui caressa tendrement les cheveux.

— Je vais voir ce que je peux faire, trésor. Tu peux compter sur moi.

Pour commencer, elle allait parler à Langston. Elle l'aimait passionnément, comme ses autres fils, et ne supportait pas de le voir souffrir encore. Il avait eu sa part. S'il était allé jusqu'à demander à l'actrice de l'épouser, nonobstant les complications que cela impliquait avec son frère, il devait sérieusement tenir à elle. Mais elle, l'aimait-elle ? Certainement pas, si elle l'avait repoussé.

Elle soupira. Son merveilleux petit-fils avait raison. Il fallait qu'elle intervienne. Si cette Samantha Davidson possédait la faculté de rendre le bonheur à ces deux cœurs trop souvent blessés, cela passait sans nul doute avant son métier, son passé et le scandale que ce mariage ne manquerait pas de provoquer.

Après tout, les Rundell avaient survécu à d'autres tempêtes.

Jonathan grava dans sa mémoire les derniers éléments fournis par Winkly, puis jeta sa missive dans les flammes.

Ainsi, un mystère entourait le mariage de Samantha... Aux dires de son informateur, on ne retrouvait nulle trace de la cérémonie dans les registres de la paroisse où l'actrice affirmait s'être mariée. Le vicaire actuel ne se souvenait pas d'avoir uni M. et Mme Davidson, et le Josiah Thomas qui avait signé le certificat de mariage en possession de Sam était inconnu de tous les gens du quartier. Winkly déclarait rechercher cet homme.

Par retour, le marquis avait demandé à l'ancien sergent de ville d'essayer de retrouver également la troupe de théâtre à laquelle Charles Davidson appartenait à l'époque, et d'identifier la ou les personnes qui semblaient mener la même enquête qu'eux sur l'ancien époux de Sam.

Les sourcils froncés, Langston alla jusqu'à la fenêtre et se plongea dans la contemplation du jardin qui sortait de son long sommeil d'hiver. Qui d'autre pouvait bien s'intéresser au sort de feu Charles Davidson, et pourquoi ? Au terme de ses premières recherches, Winkly avait eu la confirmation officielle de son décès.

L'entrée du majordome interrompit ses rêveries.

— Pardonnez-moi, milord, mais on vient d'apporter un message de la duchesse de Rundell. Sa Grâce souhaite une réponse immédiate.

La note était brève et sans ambages : sa mère souhaitait le voir sur-le-champ, sans lui en préciser la raison.

— Dites au messager que je me rends chez elle dans moins d'une heure et faites amener le phaéton.

Le marquis, conducteur expert, menait lui-même le petit attelage découvert. Il décida de goûter le court trajet qui le séparait de l'hôtel des Rundell. L'air était léger, le soleil brillant et il n'avait nulle envie de se tourmenter à l'avance au sujet de cette convocation impromptue.

Lorsqu'il se présenta chez sa mère, celle-ci l'attendait dans son boudoir du matin, orienté à l'est. La pièce était claire et gaie, et la duchesse aimait à s'y tenir en début de journée pour s'occuper des comptes de la maison ou rédiger sa correspondance personnelle.

Elle accueillit son fils aîné avec un grand sourire et lui proposa aussitôt une tasse de thé, comme si elle ne l'avait appelé que pour passer un moment agréable en sa compagnie. Jonathan ne fut pas dupe de ce manège. Il se carra dans un fauteuil recouvert de chintz, allongea ses longues jambes devant lui et tira la première cartouche.

— N'essayez pas de me distraire, mère. Ce n'est pas tous les jours que vous m'envoyez un message aussi urgent.

Comprenant qu'elle n'aurait pas le dessus, Alicia changea de tactique.

— Je n'apprends pas tous les jours non plus que le futur duc de Rundell a demandé une actrice en mariage.

Le marquis plissa les paupières.

— Je vois... Stephen vous a parlé, n'est-ce pas ?

— En effet, confirma la duchesse avec un petit sourire affectueux. Et je tenais à avoir votre version de la chose, mon chéri. N'est-ce pas normal de la part d'une mère ?

Langston se leva, alla jusqu'à la fenêtre et revint, les mains croisées dans le dos.

— Ce sera très court. Je la veux, et ne pourrai l'avoir qu'en l'épousant. Voilà.

La déclaration était crue, faite d'un débit rapide et hâché. Mais elle en disait long. Alicia avait rarement vu son fils dans un tel état de tension. La dernière fois, c'était au château de Langston, et déjà à propos de cette femme.

— Et elle a refusé.

— Oui.

Jonathan soutint le regard perçant de la duchesse.

— Je sais combien Stephen voudrait l'avoir pour mère, mais je ne peux la forcer à m'épouser.

— Je suppose que Deverell est au courant ? s'enquit Alicia, que la passion ravageuse de ses fils pour cette actrice commençait à intriguer sérieusement.

— Naturellement, répondit le marquis, les mâchoires serrées.

— Et quelle a été sa réaction ?

— Il comprend. Après tout, il a été épris d'elle, lui aussi.

L'explication parut assez obscure à la duchesse, mais elle n'en montra rien.

— Pourquoi n'en faites-vous pas votre maîtresse, ainsi que vous l'aviez suggéré à Dev ?

— Pour les mêmes raisons que lui. Elle ne veut pas entendre parler de ce genre de vie à cause de sa fille. Ce qui peut s'admettre, ajouta-t-il en inspirant profondément.

De plus en plus déconcertée, Alicia n'était certaine que d'une chose : Langston avait changé. Lui qui était toujours si sensé, si pragmatique, devenait aussi nerveux et émotif que son frère. Ce qui n'était pas peu dire.

— Qu'allez-vous faire ? demanda-t-elle doucement.

Il passa les doigts dans ses cheveux.

— Je l'ignore. Insister, je suppose.

— Et Cynthia ? Elle espère votre proposition, vous le savez. Et scs parents l'attendent.

Jonathan eut un sourire crispé.

— Je sais, mais je gage que Cynthia ne sera pas dévastée par ma reculade. Malgré l'estime et l'affection que je lui porte, ainsi qu'à sa famille, il est clair que ce mariage n'eût été qu'une union de convenance. Cynthia est jeune, romanesque, et j'ai pu me rendre compte à de multiples reprises que son cœur papillonnait vers d'autres que moi. Elle n'aurait accepté que par pure obéissance filiale.

Il haussa les épaules.

— Et j'avoue que cela ne m'aurait guère dérangé, cette fois. N'étant pas amoureux d'elle et ayant déjà un héritier, je l'aurais laissée libre de badiner à sa guise.

La duchesse hocha la tête, songeuse.

— Il se peut que vous ayez raison, en effet.

Souvent, elle avait surpris les œillades que la jeune fille jetait à la dérobée vers le comte de Ravensford. Andrew n'avait pas paru les remarquer, mais les choses pouvaient changer.

Langston sombra de nouveau dans son fauteuil.

— Vous êtes fixée, à présent. Cela n'explique rien, mais les choses sont ainsi.

Sa mère lui sourit avec tendresse.

— Je ne mentirai pas en vous disant que ces nouvelles m'enchantent, mais je comprends, Jon.

Il lui rendit son sourire.

— J'en suis certain, mère. Après tout, votre vie sentimentale n'a pas été simple non plus.

— Non, mais ce que j'ai le bonheur de partager maintenant avec le duc me comble totalement. Peu de gens peuvent en dire autant. Aussi, si vous aimez sincèrement Mme Davidson, je ne m'opposerai pas à vos projets... et ferai en sorte que votre père ne s'y oppose pas non plus.

Langston s'était brusquement rembruni.

— Merci, madame. Mais je n'ai jamais dit que j'aimais Samantha. Il me la faut, c'est tout, et le mariage est la seule solution.

Deux jours plus tard, Alicia de Rundell était assise dans sa calèche armoriée, face à un Stephen impeccablement coiffé. Le petit garçon triturait le bord de son manteau de ses mains gantées ; il était presque aussi nerveux qu'elle.

— Pensez-vous qu'elle va nous recevoir, grand-mère ? Elle a encore refusé de parler à papa.

Devant son visage inquiet, la duchesse afficha une confiance qu'elle était loin d'éprouver.

— Oui, mon chéri, j'en suis certaine. Comme je suis certaine qu'elle se rendra à nos arguments et qu'elle acceptera d'épouser ton père.

Stephen poussa un soupir soulagé.

— Merci, grand-mère. Je savais que vous pourriez tout arranger, déclara-t-il avec un espoir qui serra le cœur de sa compagne.

Elle redoutait terriblement de le décevoir.

Au lieu de se faire annoncer par sa dame de compagnie, comme le voulait l'usage, Alicia de Rundell demanda à celle-ci de l'attendre dans la calèche avec le jeune vicomte. Elle pressentait qu'écraser Samantha Davidson de son pouvoir et de sa magnificence ne l'aiderait guère, et qu'elle avait tout intérêt à venir en mère soucieuse du bonheur de son fils.

Quand Lottie ouvrit la porte et se trouva face à une *très* grande dame, comme cela ressortait de sa toilette et de son maintien, tout bonnement royal, elle faillit en perdre son lorgnon. Puis la duchesse se présenta, et la stupeur de la gouvernante ne connut plus de bornes.

— Je vous demande bien pardon, Votre Grâce, mais je crains que vous ne vous soyez trompée d'adresse.

Alicia sourit.

— Ne suis-je pas chez Mme Davidson ?

Lottie acquiesça, muette.

— Dans ce cas, je ne me suis pas trompée. Voulez-vous avertir votre maîtresse que j'aimerais lui parler ?

— Bien sûr. Donnez-vous la peine d'entrer, madame.

La duchesse installée dans le salon, Lottie se rua dans la cuisine où Sam était en train de préparer du pain. Amalie la regardait faire, assise sur un tabouret.

— Vite, vite, madame ! Otez-moi ce tablier et essuyez-vous les mains. Vous êtes pleine de farine ! La duchesse de Rundell est ici ; elle vous attend dans le salon.

L'affolement de sa fidèle compagne faillit faire sourire Samantha, mais cette visite inattendue lui ôtait toute envie de plaisanter. Manifestement, madame mère venait encore lui demander de laisser son fils tranquille.

— Maman, puis-je venir avec vous ? demanda Amalie, surexcitée.

— Non, mon ange. Sa Grâce souhaite certainement me parler en tête à tête.

La jeune femme, crispée, s'empressa d'arranger sa tenue et de lisser sa robe de drap sombre. Puis, comme elle tentait en vain de discipliner quelques mèches rebelles, elle haussa les épaules et abandonna. Après tout, la duchesse arrivait à l'improviste ; elle la prendrait comme elle était.

Lorsqu'elle franchit le seuil du salon, la tête haute et le dos bien droit, elle éprouva le même trac qu'en entrant en scène. Mais elle n'en montra rien. Elle n'avait rien à se reprocher et ne se laisserait pas piétiner une nouvelle fois par Mme de Rundell.

— Madame Davidson..., déclara aimablement la duchesse en quittant la fenêtre qui donnait sur la rue. Je vous remercie de me recevoir.

Sam inclina la tête avec une grâce mêlée d'ironie. Aurait-elle pu faire autrement ?

— Que me vaut l'honneur de votre visite, madame ?

— Puis-je m'asseoir ?

Aussitôt, Samantha fut sur la défensive.

— Bien sûr. Pardonnez-moi de ne pas vous l'avoir offert tout de suite, je ne pensais pas que vous souhaitiez vous attarder.

— Nous avons beaucoup de choses à nous dire, ma chère, déclara Alicia en se posant sur l'une des chaises fanées. Mais vous ne pouviez le savoir.

Sam s'assit à son tour, enviant le calme impérial de sa visiteuse.

— Je serai franche avec vous, attaqua aussitôt cette dernière. Cette visite ne me ravit pas le moins du monde, mais le bonheur de mon fils aîné dépend de vous.

La jeune femme en eut le souffle coupé.

— Je... je ne comprends pas, balbutia-t-elle. Que voulez-vous dire ?

— Bien que Langston n'en ait pas conscience, il vous aime.

Sam ne put retenir un cri étouffé. L'affirmation de la duchesse ranimait des espoirs et des rêves qu'elle s'était acharnée à détruire. Elle se mit à trembler. Ce n'était pas possible ; cet amour qu'elle appelait de tous ses vœux ne pouvait lui être donné. Ce serait un cadeau bien trop grand.

— Pardonnez-moi, Votre Grâce, mais j'ai du mal à le croire.

— Si je n'étais pas sûre de ce que j'avance, ma chère, je ne serais pas ici, à vous demander de revenir sur votre refus et d'accepter de l'épouser.

Littéralement assommée, Sam lissait d'une main machinale les plis de sa jupe. Elle ne pouvait articuler une parole. Alicia, très terre à terre, poursuivit :

— En qualité de marquise de Langston, vous seriez riche et n'auriez plus aucun souci matériel, ni pour vous, ni pour votre fille. L'avenir d'Amalie serait assuré. Et vous occuperiez une position enviable dans la haute société. Certes, quelques salons particulièrement guindés vous resteraient peut-être fermés en raison de votre ancienne carrière, mais quelle importance ?

Elle balaya ce détail de sa main gantée.

— Vous seriez de toute manière la future duchesse de Rundell, épouse du dignitaire le plus puissant d'Angleterre.

L'incrédulité de Samantha se changeait peu à peu en une colère glacée. Comment cette femme espérait-elle la convaincre par ce genre d'arguments ?

— Je suis navrée, Votre Grâce, mais je crois que vous comprenez mal mon point de vue, opposa-t-elle d'une voix nerveuse. Je n'accepterai jamais de renier mes principes pour des avantages matériels. J'ai refusé l'offre de lord Langston pour les mêmes raisons que j'ai repoussé celle de sir Deverell : parce qu'un mariage, pour moi, doit reposer sur un amour partagé. Contrairement à vous, je suis convaincue que le marquis ne m'aime pas. Et s'il éprouve à mon égard une passion que je ne songerai pas à nier, il regrettera cette union dès qu'il se lassera de moi. Que deviendrons-nous, alors ?

La duchesse lui tapota la main d'un geste compatissant.

— Détrompez-vous, ma chère, je vous comprends fort bien. Mon mariage n'a pas été facile non plus. Durant vingt-sept ans, j'ai pensé que le duc ne m'avait épousée que par intérêt et qu'il ne m'aimait pas. Et puis un jour, enfin, nous nous sommes rejoints et nous vivons maintenant un amour merveilleux.

Son beau regard gris prit une expression lointaine.

— Cela n'a pas été facile, il y a eu beaucoup de souffrance de part et d'autre, mais aujourd'hui la joie domine. Si c'était à refaire, je recommencerai.

Samantha refusa de se laisser émouvoir. Fermement, elle se leva et mit fin à l'entretien.

— Merci de vous être dérangée, Votre Grâce, mais je ne pense pas que vous puissiez me convaincre.

Alicia se leva à son tour, fixant avec attention cette jeune personne aussi têtue qu'elle.

— Si mes paroles n'ont pas eu l'heur de vous toucher, madame Davidson, peut-être serez-vous plus sensible au discours de quelqu'un d'autre.

Sans donner davantage d'explications, elle quitta la

pièce sous le regard ahuri de Sam. Quelques minutes plus tard, elle revint avec son petit-fils.

— Stephen !

Le petit garçon baissait les yeux.

— Bonjour, madame Davidson, murmura-t-il timidement.

La stupeur de la jeune femme allait croissant. Considérant tour à tour l'adulte et l'enfant, elle finit par articuler :

— Que fait Stephen ici ?

— Il va vous l'expliquer lui-même, répondit la duchesse avec un sourire contraint. Pour tout vous dire, c'est à sa demande que nous sommes venus vous trouver.

Stephen leva vers Sam un regard implorant.

— Je vous en prie, madame Davidson, épousez mon père ! supplia-t-il d'une voix altérée.

Bouleversée, Samantha se pencha vers lui et lui prit les mains.

— Juste ciel... Pourquoi ce mariage vous paraît-il si important, Stephen ? On croirait que votre vie en dépend !

Le petit garçon laissa échapper un gros soupir, puis baissa de nouveau les paupières — comme s'il avait honte de l'aveu qu'il allait faire.

— Mon père a besoin de vous, madame Davidson. Je le sais. Il était beaucoup plus aimable et souriant avec moi quand vous étiez là. Maintenant, je sais qu'il m'aime. Il me l'a dit et je le crois. Mais sans vous... il n'est pas heureux. Si vous ne revenez pas, je crains qu'il ne redevienne comme avant et m'oublie de nouveau.

Sa voix frêle se brisa, trahissant une angoisse si grande que Sam en eut le cœur chaviré. Comme il avait souffert !

D'instinct, elle s'agenouilla pour le serrer dans ses bras ; il s'abandonna contre son épaule en sanglotant. Au bout d'un moment, quand ses larmes cessèrent, la duchesse tendit un mouchoir à Samantha, qui en essuya son visage crispé. Alors Stephen s'écarta et déclara avec un petit sourire tremblant :

— Je suis désolé, madame Davidson. Je me suis comporté comme un bébé. Pardonnez-moi de vous avoir gênée de la sorte.

Sam plongea les yeux dans les siens.

— Stephen..., murmura-t-elle avec tendresse. Vous ne m'avez jamais gênée et ne me gênerez jamais.

Alicia toussota.

— Etes-vous convaincue, à présent ? Vous pourriez faire le bonheur de beaucoup de monde, madame Davidson. Et le vôtre avec.

La jeune femme se releva, en proie au plus vif désarroi. Elle ne voulait rien dire qui pût décevoir Stephen — ni lui donner de faux espoirs. Tandis que la duchesse renvoyait le petit garçon, elle inspira à fond.

— Je dois réfléchir, Votre Grâce. Pour ce qui est de Stephen, je ne me doutais pas qu'il attendait tellement de moi. Je pensais... que lady Cynthia lui apporterait toute l'affection dont il a besoin. Tout ceci est très déroutant.

— Jonathan n'épousera pas lady Cynthia, rétorqua la duchesse avec une pointe d'amertume. Il l'avait choisie pour un mariage de convenance, et puis vous êtes intervenue.

— Je vois, déclara posément Samantha. Il n'empêche que je ne puis vous donner ma réponse tout de suite, madame. Je dois mettre un peu d'ordre dans mes pensées.

⁂

Longtemps après le départ d'Alicia de Rundell, Sam resta prostrée dans son vieux fauteuil avachi, les yeux rivés sur la cheminée éteinte.

Jamais elle n'aurait pensé qu'une duchesse d'un rang aussi élevé l'accepterait un jour pour belle-fille. Pourtant, c'est ce qui semblait s'être passé. Il fallait vraiment que l'enjeu fût important à ses yeux.

Langston l'aimait-il, en fin de compte ? Tous ses proches s'accordaient à le dire : sa mère, son frère, son fils... Ils ne pouvaient tous se tromper à ce point. Mais le principal intéressé ne paraissait guère disposé à l'admettre.

Des doutes l'assaillaient encore. Le marquis répugnait tellement à ce mariage ! Qu'arriverait-il s'il se lassait d'elle, si sa passion se changeait en rancœur ?

D'un autre côté, s'il tenait à elle sans le savoir, comme tout le monde semblait le penser, alors le plus grand des bonheurs serait — était — à sa portée. Comment refuser de saisir une chance pareille ? Et que pesaient ses craintes, face au bonheur *certain* que cette union apporterait à sa fille et à l'adorable petit Stephen ?

Si elle manquait ce rendez-vous du destin, elle risquait de ne jamais se le pardonner.

Elle se leva enfin, les yeux brûlants et les épaules douloureuses. Sa décision était prise : entre tout perdre d'un côté et tout gagner de l'autre, elle se devait de choisir le parti de l'espoir.

Elle accepterait la proposition de Langston.

19.

Avec un sentiment aigu de déjà-vu, Langston s'arrêta devant la petite maison de Covent Garden et frappa à la porte de Samantha Davidson. Mais cette fois il venait sur la demande de la jeune femme, en réponse au message qu'elle lui avait fait porter le matin même sans la moindre explication.

Que lui voulait-elle ? Depuis leur dernière entrevue au théâtre, elle ne s'était plus manifestée — malgré les roses qu'il lui adressait chaque jour avec constance. Sans doute allait-elle exiger qu'il cessât de la poursuivre de ses avances. Il n'osait imaginer qu'elle ait pu changer d'avis et acceptât enfin de se rendre à ses arguments.

L'angoisse lui noua le ventre.

Derrière lui, dans la rue animée, son palefrenier tenait son étalon par la bride. Il évitait avec soin les charrettes débordantes de légumes et autres victuailles qui se dirigeaient cahin-caha vers le marché. Sur le pas de leur porte, des femmes secouaient des tapis ou échangeaient les dernières nouvelles. Ces scènes de la vie quotidienne avaient beau évoquer la routine tranquille du village de Langston, elles ne parvenaient pas à dissiper la nervosité du marquis.

Comme il commençait à se demander si cette note n'avait pas été qu'une farce cruelle, destinée à l'écarter une fois pour toutes, le battant s'ouvrit enfin. Lottie le considéra sans aménité.

— Monsieur le marquis. Madame vous attend dans le salon.

Langston entra, lui remit son chapeau de castor et sa canne à pommeau d'or. Puis il pénétra dans la petite pièce où Sam l'attendait devant la fenêtre, de profil, très pâle et les mains crispées.

— Samantha, déclara-t-il en s'avançant vers elle. J'ai répondu à votre demande.

La jeune femme se tourna dans sa direction.

— Merci, milord.

Son intonation altérée, l'expression tendue de son magnifique regard vert mousse agirent comme un philtre entêtant sur les sens du marquis. Elle lui était à la fois bonheur et douleur, objet de désir et d'irritation.

— J'ignore pourquoi vous souhaitez me voir, et j'ai hâte que vous m'éclairiez.

Un instant, les prunelles de Sam étincelèrent; elle les voila de ses longs cils, avant de répondre d'une voix tendue :

— Vous l'ignorez? Vous ne savez donc pas que votre mère et votre fils sont venus me trouver hier?

Jonathan accusa le choc. Il plissa les paupières, sur ses gardes.

— Non, je n'en savais rien. Mais je présume que cette démarche a dû vous déplaire, et que vous souhaitez que nous vous laissions en paix.

Avec un soupir, Sam détourna son visage.

— Non, murmura-t-elle. Il ne s'agit pas de cela.

— De quoi, alors? insista le marquis en la prenant par les épaules et en l'obligeant à lui faire face.

Sa tension était telle que son sang battait violemment à ses tempes. Les secondes à venir menaçaient d'être décisives pour lui — en bien ou en mal.

— Je... j'ai décidé d'accepter votre demande en mariage.

D'abord stupéfait, Jonathan ressentit une joie si intense qu'il aurait voulu enlacer Samantha et l'embrasser à en perdre le souffle. Mais il était clair qu'elle n'avait pas pris cette décision dans l'enthousiasme, et il voulut en avoir le cœur net.

— Est-ce à la suite de cette visite ? demanda-t-il, soupçonneux.

— En partie, répondit la jeune femme, baissant les yeux pour échapper à son regard scrutateur.

— Que vous ont-ils dit ?

— Ils... ont plaidé votre cause avec une vive ferveur. Manifestement, Stephen attend beaucoup de ce mariage.

— Mais encore ? insista Langston d'un ton crispé.

Ses doigts s'enfoncèrent dans les épaules de Sam. Elle releva la tête, la gorge nouée, décidée quoi qu'il lui en coûtât à ne rien lui cacher.

— La duchesse est persuadée que vous tenez à moi plus que vous ne le pensez.

Le marquis la lâcha, furibond.

— Quoi ? De quel droit se fait-elle l'interprète de mes sentiments ? Ma vie privée ne la regarde pas. Pour commencer, elle n'aurait jamais dû commettre l'indiscrétion de venir vous parler.

— Elle a cru bien faire, ainsi que Stephen, rétorqua Samantha en haussant le menton d'un air de défi. Vous ne pouvez leur en vouloir de se préoccuper de votre sort. Mais rassurez-vous, milord : je n'ai pas suivi votre exemple, et c'est à vous seul que j'ai réservé ma réponse.

Ulcéré, Langston faillit lui répliquer qu'il n'avait jamais rien confié à sa mère, contrairement à ce qu'elle croyait, et que la duchesse s'était chargée sans son aide de tirer les ficelles qui lui convenaient. Mais l'heure n'était plus à ce genre de détail.

— Si je comprends bien, vous acceptez de m'épouser par pure bonté d'âme, déclara-t-il d'un ton aigre. Et avant tout pour mon fils.

— Pour quelle autre raison devrais-je le faire ? riposta Sam, caustique. Par amour ?

Il n'était pas dupe. La connaissant, il savait qu'elle le provoquait, qu'elle espérait un aveu de sa part. Mais il ne pouvait pas, ne pourrait jamais lui dire qu'il l'aimait. Il ne l'épousait que pour l'avoir dans son lit ; rien d'autre.

— Vous savez parfaitement que non. Ce mariage a pour seul objectif de nous fournir des avantages mutuels que je ne vous décrirai pas. Et si je pouvais m'en passer, je m'en passerais volontiers, croyez-moi.

Là-dessus, il tourna les talons et sortit d'un pas raide — avant de pouvoir lire dans les yeux de Samantha le coup qu'il venait de lui porter. Une fois dans la rue, il sauta sur son cheval et détala à vive allure dans les rues encombrées, au mépris de tout danger.

Samantha Davidson avait accepté de l'épouser. Enfin, elle allait être à lui jour et nuit. Elle serait la marquise de Langston, et peu lui importaient circonstances et conséquences.

Le mariage fut célébré en matinée, dans la somptueuse salle de bal de l'hôtel particulier du duc de Rundell.

Les plafonds, hauts de deux étages, étaient décorés

de peintures et de moulures baroques. Entre d'immenses miroirs, les murs étaient recouverts d'un épais papier crème rehaussé de roses dorées. Et sur le splendide parquet d'acajou, les bougies des trois énormes lustres de cristal se reflétaient tel le clair de lune miroitant sur un lac immobile.

Quand le vicaire prit la parole, le son de sa voix se répercuta étrangement dans la pièce presque vide. Les seuls personnes présentes étaient le duc et la duchesse, Deverell, Stephen, Amalie et Lottie. Le frère cadet de Jonathan, Alaistair, n'avait pu quitter Bruxelles à temps avec sa femme Lizza.

La réception qui suivit ne fut guère plus étoffée. Les jeunes époux n'avaient invité que leurs intimes, Ravensford et quelques amis des Communes pour le marquis, la troupe de Drury Lane pour Sam. Tandis que les invités se pressaient autour du lunch, Andrew s'approcha de la jeune femme.

— Toutes mes félicitations, murmura-t-il. Et si jamais vous vous lassez de Langston, ne m'oubliez pas...

— Merci, milord, répondit Sam en souriant.

Aussitôt, elle chercha le marquis des yeux. Son mari.

— Pardon, intervint Deverell. Si cela ne vous ennuie pas, Ravensford, j'aimerais rester seul un instant avec la jeune mariée. Après tout, c'est moi qui l'ai découverte.

Andrew s'inclina, amusé, et s'éloigna.

— Au revoir, lady Langston.

Une seconde, Sam se demanda à qui il s'adressait. Puis elle s'avisa soudain, stupéfaite, qu'elle n'était pas seulement l'épouse de Jonathan St Simon ; elle était aussi marquise !

Lui offrant son bras, Deverell la conduisit dans un petit salon voisin.

— Est-ce ce débauché de Ravensford qui vous trouble à ce point, Sam ? demanda-t-il en souriant.

La jeune femme nia d'un signe de tête et s'empressa de mettre entre eux une distance convenable. Quelque chose lui disait que le marquis n'apprécierait peut-être pas cet aparté, qu'il risquait de juger trop intime.

— Qu'aviez-vous à me dire, sir Deverell ?

Le jeune homme la contempla avec un mélange de vénération et d'embarras.

— Eh bien... Tout d'abord, Sam, sachez que je n'aurais manqué ce mariage pour rien au monde. Je me suis arrangé pour obtenir une permission spéciale, parce que...

Il se racla la gorge.

— Diantre ! C'est moins facile que je ne le pensais.

Samantha lui sourit avec gentillesse, complètement rassurée sur ses intentions.

— Poursuivez, sir Deverell. Je ne vous mangerai pas.

Il lui rendit son sourire.

— Appelez-moi Dev. Vous faites partie de la famille, à présent. C'était justement ce que je voulais vous dire : je suis heureux d'être votre beau-frère. Enfin... j'aurais préféré que vous me choisissiez, mais je sais que vous ferez le bonheur de Jon, ce qui est le plus important. Et je souhaite vivement qu'il n'y ait plus de gêne entre nous. Voilà.

— Merci, Dev. Je vous sais gré de votre générosité.

Le sourire du jeune militaire s'altéra un peu.

— Il s'agit plus de résignation que de générosité. Il faut bien que je m'incline, et puis vous l'aimez.

— Qu'est-ce qui vous fait dire cela ? demanda Sam, un peu choquée.

Deverell prit ses deux mains dans les siennes et les porta à ses lèvres.

— Je vous connais, Sam. Vous ne pouviez vous marier que par amour.

La jeune femme, émue par sa sincérité, pressa ses doigts avec tendresse. Puis, spontanément, elle se hissa sur la pointe des pieds pour l'embrasser sur la joue.

— Vous avez mûri, Dev.

— Les épreuves ont du bon, parfois, répondit gravement le jeune homme.

— A qui le dis-tu, mon cher !

La voix posée de Langston, venue du seuil, les fit sursauter et se séparer en hâte. Un frisson d'anxiété parcourut Samantha. Comment son mari allait-il réagir ?

— Je suis heureux que tu nous rejoignes, grand frère, déclara Deverell avec un sourire affectueux qui la rassura. J'étais en train de féliciter Sam, et de lui dire qu'elle était l'épouse rêvée pour toi.

Le marquis s'approcha de sa femme et la prit par la taille, l'attirant à lui.

— Merci, Dev, dit-il doucement. Ta bénédiction est mon plus beau cadeau de mariage.

— Elle vous est acquise, Jon, renchérit Deverell avec chaleur. Maintenant, si vous le permettez, je vais vous laisser. Vous avez une doublure fort séduisante, Sam, et il est temps que j'aille m'occuper de cette Mlle Julie.

Il s'éclipsa avec un clin d'œil malicieux, tandis que Jonathan riait sous cape.

— Je me demande si Dev a mûri, en fin de compte. Il me semble être complètement redevenu lui-même.

« Et vous ? » faillit questionner Samantha. Elle réprima sa question, sachant que son mari était aussi mal à l'aise qu'elle dans cette nouvelle situation. Il leur avait fallu du temps pour en arriver là. Le chemin n'avait pas été facile, et la suite ne le serait pas non plus.

Si seulement il lui parlait d'amour, au moins un peu..., songea-t-elle avec une nostalgie douloureuse. Mais elle ne devait pas s'attendre à un miracle. Poussant un soupir, elle décida de changer de sujet.

— Avez-vous d'autres éléments, concernant ce que Huntly prétend au sujet de Charles ? s'enquit-elle d'une voix tendue.

Elle avait beau s'en défendre, les allégations du député la tourmentaient. Et, bien sûr, ellc avait tenu à s'en ouvrir à Langston avant leur mariage. De son côté, malgré son irritation, le marquis avait été soulagé de savoir à qui il avait affaire. Ce genre de chantage était bien du style de Huntly.

Il s'écarta et alla s'asseoir dans l'ombre.

— Pas encore. Je suis persuadé qu'il a inventé cette histoire de toutes pièces, mais mon informateur poursuit son enquête.

Sam s'approcha afin de distinguer son visage.

— Ne pensez-vous pas que nous devrions attendre la fin de ses investigations, avant de rendre notre mariage public ?

Jonathan fronça les sourcils.

— Si j'avais cru bon d'attendre, nous ne serions pas déjà mariés, Samantha. Pour moi, cette histoire ne tardera pas à être enterrée.

Puis son expression se fit soupçonneuse.

— Auriez-vous des regrets, par hasard ? Craindriez-vous de paraître sur scène en étant mon épouse ?

Sam fit la moue.

— Certainement pas, et vous le savez fort bien.

D'ailleurs, si la réputation de quelqu'un doit souffrir de cette union, ce sera surtout la vôtre, milord.

Elle eut un petit sourire mélancolique.

— De toute manière, je ne jouerai plus très longtemps. D'ici à la fin du mois prochain, j'aurai terminé mon engagement.

Langston l'étudiait avec une attention ombrageuse.

— Ne vous faites pas d'illusions, Samantha. Même devenue marquise, vous resterez une actrice aux yeux de l'aristocratie. Ce mariage ne suffira pas à vous donner la respectabilité à laquelle vous aspirez, bien qu'à la longue cela puisse changer un peu.

Sam le dévisagea, aussi choquée que blessée.

— Pensez-vous que ce soit la vraie raison qui m'a poussée à vous épouser ?

Il soupira.

— Non. Je crois qu'Amalie et Stephen ont compté bien davantage dans votre décision. Je ne me leurre pas sur notre relation.

— Certes, marmonna Sam en se détournant de lui. A vos yeux, il ne peut s'agir que d'un mariage de convenance, dont l'amour est exclus.

S'approchant d'une console, elle y prit une petite bergère en porcelaine de Dresde et l'examina distraitement à la lueur d'un chandelier. Une fine craquelure, à peine visible, témoignait qu'elle avait été brisée, et réparée par un expert.

— Ne me parlez pas d'amour, murmura Langston qui l'avait rejointe.

Avec douceur, il lui prit la statuette des mains et la reposa.

— Mon père a jeté ce bibelot contre le mur, quand il a appris que ma mère s'était enfuie avec son amant.

— Quoi ?

Interdite, Sam pivota et se retrouva tout contre lui, nimbée de sa chaleur.

— Oui, confirma Jonathan avec un rictus ironique. Ma mère voulait de l'amour. Dès qu'un autre homme lui en a offert, elle est partie avec lui.

Samantha pâlit, comprenant ce que cela signifiait.

— Juste ciel ! lâcha-t-elle dans un souffle. Votre épouse *et* votre mère ?

Il hocha la tête.

— Menées par l'amour, toutes les deux.

La jeune femme s'était ressaisie. De toute évidence, Langston avait besoin de se libérer de ce poids avant de pouvoir venir à elle comme son époux.

— Comment cela s'est-il terminé ? demanda-t-elle doucement.

— Mon frère Alaistair a réussi à rejoindre ma mère. Il a frappé son amant à coups de cravache et l'a laissé pour mort. Quant à mon père, ajouta le marquis avec un petit sourire, les frasques de sa femme l'ont tellement secoué qu'il a reconsidéré ses sentiments pour elle. Après vingt-sept ans de mariage et trois enfants, il s'est rendu compte qu'il l'aimait.

— Tout est bien qui finit bien, murmura Sam.

— C'est ce qu'il semble, en effet.

Encouragée par son attitude, Samantha risqua alors la question qui lui tenait si fort à cœur.

— Et nous, milord ? Pensez-vous que nous connaîtrons aussi une fin heureuse ?

Il la couvrit d'un regard brûlant et la serra dans ses bras. Cette faim-là, au moins, était toujours là.

— Je l'ignore. Mais je le souhaite, Samantha. Je le souhaite sincèrement.

Ce n'était qu'un début, mais c'était mieux que rien. Sam décida de s'en satisfaire et s'offrit à son baiser.

20.

Sam s'éveilla dans les bras de son mari, comblée et le corps engourdi d'une tendre félicité. Comme souvent ces dernières semaines, ils s'étaient aimés fougueusement au petit jour avant de ressombrer une heure ou deux dans une douce torpeur. La passion que lui témoignait Jonathan ne pâlissait pas. Et si elle désespérait parfois de l'amener à lui exprimer d'autres sentiments, elle appréciait trop ces échanges pour s'en plaindre. Pour le reste, elle comptait sur le temps et l'intimité de plus en plus étroite qui les liait. Un jour, elle finirait bien par avoir raison des anciennes blessures de son époux.

— Quels sont vos plans pour la journée ? demanda le marquis en promenant un index langoureux le long de sa jambe nue.

Un frisson de plaisir courut sur la peau de Sam. Contrairement à Charles, qui la quittait aussitôt ses désirs assouvis, Langston était un amant délicat et attentionné. Dans un élan de gratitude, elle s'empara de sa main et la porta à ses lèvres.

— J'ai promis aux enfants de les conduire à la Tour, une fois de plus. Ils ne se lassent pas de contempler les bêtes sauvages.

— J'essaierai de vous y rejoindre vers quatre heures, après mon intervention aux Communes.

Le cœur de la jeune femme se gonfla de bonheur.

— Nous en serons ravis, mais ne négligez pas vos tâches pour nous, Jon. Elles sont trop importantes.

Avec un soupir, Langston s'écarta d'elle et se leva — lui offrant un spectacle dont elle ne se lassait pas. Il avait un corps magnifique, dont la vue faisait toujours à Sam l'effet d'un miracle.

— Je sais, mais en ce moment les choses patinent. L'opposition se déchaîne tous azimuts : Huntly et ses acolytes luttent pied à pied contre moi, tandis que Stoneway ne cesse de contester Ravensford à la Chambre des lords.

— J'aimerais pouvoir vous aider, murmura Samantha.

Il se tourna vers elle avec un sourire malicieux.

— Il ne tient qu'à vous d'imiter la duchesse du Devonshire, et d'accorder un baiser à tous les membres du Parlement...

Sam se mit à rire, heureuse de le voir détendu en dépit de ses soucis.

— Si je me souviens bien, la duchesse a embrassé les électeurs potentiels de James Fox, pas ses opposants.

— En effet, acquiesça Jonathan en nouant la ceinture de sa robe d'intérieur. Mais, à mon avis, ce serait tout aussi efficace.

— J'y songerai, milord, répondit Sam avec humour.

Elle quitta à son tour le grand lit de bois de citronnier, havre de leurs amours, et enfila son peignoir.

— Pour l'heure, il est temps que je regagne ma chambre. James serait scandalisé de me trouver encore ici lorsqu'il viendra vous habiller.

Le sourire de Langston disparut aussitôt.

— Inutile de vous presser. Mon valet commence à

s'accoutumer à l'outrance de nos mœurs conjugales, déclara-t-il d'un ton sec.

La joie de Sam s'évanouit. Sans le vouloir, elle avait mis le doigt sur le point douloureux de leur union : cette passion que le marquis considérait comme une faiblesse de sa part, et qui l'avait conduit à l'épouser. Elle s'esquiva avec un petit sourire crispé.

Resté seul, Jonathan se gourmanda de sa rudesse. Bonté divine, pourquoi avait-il fallu qu'il la blessât encore, en lui rappelant l'embarras que lui causait la force de son désir pour elle ? A dire vrai, même s'il en condamnait la raison, il ne regrettait aucunement sa décision. Le mariage avec Samantha se révélait chaque jour plus agréable, grâce aux nombreuses qualités de sa femme et à l'affection qu'elle prodiguait à Stephen. Il n'avait pas le droit de la traiter comme si elle n'était que sa maîtresse. Cela dit, il n'était pas sûr de pouvoir lui offrir un jour l'amour auquel elle aspirait — et qu'elle méritait. Aimer une femme, s'attacher à elle, lui donner son cœur demeurait à ses yeux un risque bien trop grand.

Comme chaque après-midi, la Tour de Londres bourdonnait d'animation. Nourrices, gouvernantes et mères de famille suivaient non sans mal les enfants dont elles avaient la garde, et qui couraient de cage en cage avec des cris de joie.

Samantha souriait, amusée par le plaisir d'Amalie et de Stephen. Toutefois, depuis le début de leur visite, elle éprouvait la sensation désagréable d'être épiée et ne pouvait se défaire d'un malaise grandissant, même si les œillades qu'elle jetait autour d'elle ne lui révélaient rien d'anormal.

— Maman, s'écria Amalie, est-ce que lord Langston va bientôt arriver ?

— Il serait temps, ajouta Stephen. Nous arrivons à la fin de notre promenade.

— Je vous l'ai dit, les enfants, il n'est pas certain que le marquis puisse nous rejoindre.

Le petit garçon se rembrunit. Il avait beau voir son père beaucoup plus souvent, maintenant, il était toujours aussi avide de sa présence ; le manque de ces dix années de solitude était encore loin d'être comblé, songea Sam, mais au moins le père et le fils étaient-ils en bon chemin.

Tout s'arrangea quelques minutes plus tard, quand Langston les rejoignit à la grille et leur proposa d'aller déguster une glace chez Gunter's, un glacier renommé de Berkeley Square. Des cris de joie accueillirent sa suggestion, et Sam oublia ses inquiétudes.

Le trajet en cabriolet fut très rapide. Dès que le marquis eut passé les commandes tant convoitées, il choisit une table.

— Peut-être devrions-nous retourner à la calèche et nous faire apporter nos glaces, comme ces dames ? murmura Sam en désignant à son mari trois aristocrates qui répugnaient visiblement à partager la proximité des autres clients.

— Je vous recommanderais de les imiter si vous étiez seule avec les enfants ou une amie, répondit Jonathan. Mais en ma compagnie, vous n'avez rien à craindre.

Comme pour le contredire, une femme assise non loin d'eux se mit à leur jeter des œillades fort indiscrètes. Au bout d'un moment, n'y tenant plus, elle demanda haut et fort à son compagnon :

— Il s'agit d'*elle*, n'est-ce pas ?

L'homme rougit et opina du chef.

— Et avec des enfants !

Samantha se raidit, froissée par tant d'incorrection et de curiosité mal intentionnée.

— Qui est-ce ? s'enquit-elle à mi-voix.

Langston tourna un regard impavide vers le couple.

— Aucune importance, ma chère, répondit-il très distinctement, de manière à être entendu. Ces personnes ne sont pas de notre monde.

Cette fois, ce fut la femme qui s'empourpra tandis que son cavalier pâlissait. Sam remercia le marquis d'un sourire plein de gratitude pour le soutien qu'il lui avait témoigné, et l'incident fut clos.

De retour chez eux, ils se séparèrent. Langston voulait travailler un moment, mais il annonça à sa femme qu'il la rejoindrait pour dîner. Samantha regagna sa chambre le cœur léger, heureuse qu'il manifestât si souvent l'envie d'être avec elle. Elle souriait encore quand Hampton, le majordome, vint lui apporter un billet sur un plateau d'argent.

— Ce message est arrivé en votre absence, madame.

— Merci, Hampton.

Avant qu'elle ait pu décacheter le pli scellé, rédigé d'une écriture vaguement familière, le domestique toussota.

— Que madame la marquise veuille bien me pardonner cet aparté, déclara-t-il d'un ton solennel, mais si je puis me permettre, mes collègues et moi-même tenons à la remercier pour le vicomte Taunton. Depuis que vous êtes ici, milady, l'existence de notre jeune maître a changé du tout au tout.

Ce compliment inattendu réchauffa Sam, dont l'inquiétude s'était brusquement ranimée.

— Je vous sais gré de votre gentillesse, Hampton, répondit-elle avec émotion. Elle me va droit au cœur.

Le majordome rougit jusqu'à la racine de ses cheveux blancs, puis il s'inclina avec respect et sortit.

Les mains tremblantes, la jeune femme fit sauter le

cachet de cire et déplia la lettre. Dès qu'elle aperçut l'entête et la signature, son sang se figea dans ses veines. Livide, elle déchiffra les quelques lignes tracées à l'encre noire :

« Ma très chère épouse,

» Je sais combien vous avez impatiemment espéré mon retour, toutes ces années. Me voici enfin revenu d'entre les morts. Si vous tenez à votre nouveau mariage, venez me retrouver ce soir à 22 heures dans Green Park.

Charles. »

Effondrée, Samantha se laissa choir sur une chaise recouverte de velours vert mousse, près de son secrétaire. Etait-ce bien son mari qui avait rédigé cette note ? Elle avait tout lieu de le croire, même si elle ne parvenait pas à imaginer qu'il pût être vivant. Huntly ne serait pas allé jusque-là...

Que devait-elle, que pouvait-elle faire ?

Montrer cette lettre à Langston, décida-t-elle. S'en abstenir ruinerait la confiance qu'il avait en elle, et ignorer cette mise en garde leur créerait à coup sûr des problèmes épouvantables.

Quand le marquis vint la rejoindre une heure plus tard, avant le dîner, il la trouva prostrée dans un fauteuil, aussi immobile que si elle s'était endormie.

— Etes-vous souffrante ? s'enquit-il d'un ton inquiet.

Sam tourna la tête, la bougie posée près d'elle allumant des reflets de bronze dans ses cheveux. Lentement, elle se leva et vint à sa rencontre, une feuille dépliée à la main.

— Non, milord. Mais j'ai quelque chose à vous montrer.

Impressionné par sa pâleur, Jonathan se saisit de la lettre. Il la lut avec attention, les mâchoires serrées, l'examina, puis sonna Hampton pour savoir qui l'avait apportée. Un gamin des rues, répondit le majordome. Dès qu'il fut ressorti, le marquis jeta le feuillet dans les flammes.

— Je gage que ce billet vient de Huntly, déclara-t-il durement. Cette ordure est prête à tout pour vous avoir. Même aux pires manœuvres, nous en avons la preuve.

— Peut-être est-il là-derrière, en effet, mais qu'arrivera-t-il si Charles est réellement vivant? demanda Sam, les yeux pleins d'effroi. Nous... Notre mariage ne vaudra plus rien!

Le marquis se raidit.

— Quoi qu'il en soit, je ne pense pas que nous ayons à nous tourmenter à ce sujet. J'ai reçu un nouveau rapport de mon informateur, qui dit n'avoir retrouvé aucune trace de votre union ni du vicaire qui vous a mariée.

Samantha le dévisagea, bouche bée.

— Que dites-vous? C'est impossible! Ce mariage a eu lieu, voyons! Je le sais, et vous en avez vu le certificat!

Langston la considéra un moment, les sourcils froncés. La sincérité de la jeune femme ne faisait aucun doute, mais il avait sa propre hypothèse : à son avis, ce mariage n'avait été qu'une parodie montée à son insu par Charles Davidson, avec l'aide d'un comparse. Et il souhaitait ardemment ne pas se tromper, car maintenant que Sam partageait sa vie il ne pouvait envisager de renoncer à elle.

— Soit, dit-il enfin. Au pire des cas, si Davidson refaisait surface *et* pouvait prouver qu'il a bien été votre époux, ce dont je doute fortement, vous divorceriez, voilà tout.

Sam recula avec un haut-le-corps.

— Jamais je ne ferais une chose pareille. Pour cela, il faudrait un décret du Parlement; cela ruinerait votre carrière.

— Et quand bien même? rétorqua Jonathan.

Ces mots lui avaient échappé. Lorsqu'il mesura ce qu'il venait de dire, il en resta aussi pantois que Samantha. Juste ciel ! Que lui arrivait-il ? Même s'il s'était attaché à Sam, ce qu'il ne pouvait nier, depuis quand était-elle devenue plus importante qu'une tâche à laquelle il avait voué toute sa vie d'adulte ?

— Jon ! s'exclama la jeune femme. Vous ne pouvez le penser ! Ce travail est toute votre existence. Et cette loi est si importante, pour tant de monde !

Agacé, Jonathan grommela et se mit à faire les cent pas, préférant s'éloigner d'elle. Décidément, sa présence le perturbait beaucoup trop. Au bout d'un moment, il s'arrêta devant la cheminée. Les restes calcinés de la lettre semblaient le narguer ; ils lui rappelaient qu'il était prêt à tout, apparemment, pour les beaux yeux d'une femme.

— Allons dîner, dit-il. Ensuite, nous nous rendrons ensemble à ce rendez-vous.

A 21 h 45, une voiture fermée s'arrêta sous les frondaisons de Green Park, désert et noyé d'ombre. La lanterne placée près du cocher était le seul point lumineux visible de loin.

Drapée dans sa cape, Sam resta blottie contre Langston. Elle tremblait comme une feuille.

— Ne vous tourmentez pas, murmura-t-il. Tout ira bien.

Sans le lui dire, il avait pris dans le coffre de sa chambre ses deux armes de duel. C'étaient des pistolets à un coup, mais ils lui suffiraient si les choses devaient mal tourner.

Elle hocha la tête.

— Il le faut. Nous devons mettre un terme à cette affaire avant qu'elle ne vous coûte votre réputation.

— Chuut..., répondit le marquis en la serrant avec force. Je demeure convaincu que ce chantage est monté de toutes pièces par Huntly. Vous verrez. Et nous n'aurons aucun mal à lui faire lâcher prise.

Sam eût aimé en être aussi sûre que lui. Elle détourna son visage pour dissimuler l'angoisse qui la nouait. Si ses intuitions à elle se vérifiaient, ce serait terrible. Malgré sa position et son influence, le marquis de Langston lui-même ne pourrait résister au scandale de la bigamie.

Elle occupa leurs dernières minutes d'attente à implorer le ciel de leur épargner cette épreuve.

Un peu avant 22 heures, un bruit de sabots attira leur attention. Un cheval approchait.

— C'est lui, murmura Jonathan en écartant légèrement le rideau afin de scruter l'obscurité. Il se dirige vers la voiture, ainsi que je l'espérais. Vous allez sortir le rejoindre et faire comme si vous étiez seule. A la moindre alerte, j'interviendrai.

La gorge contractée par l'appréhension, Samantha opina. Le ciel fasse que l'arrivant ne soit pas Charles ! Elle n'était pas certaine de pouvoir supporter l'idée que son premier mari fût revenu les hanter, tel un esprit maléfique.

Conformément à leur plan, elle ouvrit la portière et descendit dans l'allée. A cet instant, les nuages s'écartèrent et la pleine lune éclaira la silhouette du cavalier.

— Samantha ! la salua une voix narquoise qui lui fit froid dans le dos. Vous n'avez pas changé : toujours exacte.

L'estomac de la jeune femme se souleva. Il lui sembla que le sol s'ouvrait sous ses pieds et qu'un abîme sans fond allait l'engloutir avec tous ses espoirs. Ses prières n'avaient pas été exaucées.

Elle dut rassembler tout son courage et toute son énergie pour ne pas laisser voir à Charles Davidson à quel point elle se sentait anéantie et horrifiée. La fureur l'y aida.

— Ainsi, Charles, vous étiez en vie durant toutes ces années, dit-elle d'un ton glacial. Je ne devrais pas m'en étonner. Le sens des responsabilités n'a jamais été votre fort.

L'ancien acteur fit claquer sa langue.

— Voyons, Sam, un peu de calme. L'amertume risquerait de ternir votre beauté.

Il mit pied à terre et s'approcha d'elle, tenant son cheval par la bride.

— Où étiez-vous donc, pendant ces dix ans ? reprit Samantha avec la même vigueur. Votre navire a bien fait naufrage ?

Toutes les épreuves qu'elle avait traversées à cause de cet homme, toutes ses souffrances, tout son désespoir de femme abandonnée avec un bébé, lui revenaient en force et la soutenaient.

Il haussa les épaules. Le vent souleva sa cape et Sam nota avec aigreur qu'il était chaudement et richement vêtu. Ses bottes neuves étincelaient, ses cheveux bruns étaient coiffés d'un haut-de-forme en castor. D'ailleurs, eût-elle douté de sa prospérité, sa monture l'en eût convaincue ; entretenir un cheval à Londres coûtait une fortune.

— Quelques passagers, dont j'étais, ont pu se réfugier à bord d'un canot de sauvetage. Nous avons fini par aborder sur une île des Caraïbes, où nous avons été recueillis. Ne voyant aucune raison de claironner ma survie, j'ai gagné La Nouvelle-Orléans où je me suis installé. L'aventure s'est révélée prospère.

— Pourquoi revenir maintenant ? demanda Sam, bien qu'elle devinât déjà la réponse.

Huntly avait mis ses menaces à exécution, et averti Charles non seulement de son succès, mais aussi de son mariage. Un mariage qui était condamné.

— Ne jouez pas les naïves, Sam. C'est un rôle qui ne vous a jamais convenu, ricana-t-il. Cela dit, vous êtes plus ravissante que jamais. Je ne suis pas surpris que vous soyez devenue la coqueluche de Londres.

Sam plissa les lèvres de dégoût. Comment avait-elle pu s'enticher d'un individu aussi infâme ? Contrairement à ce qu'il affirmait, sa candeur et sa bêtise avaient été sans bornes.

— Vous ne m'avez pas sommée de vous retrouver ici pour me complimenter, je suppose.

Une lueur sarcastique s'alluma dans les yeux clairs de Davidson. Il n'avait pas vieilli non plus, mais la lune jouant sur son visage émacié accentuait son air de rapace. Un rictus s'afficha sur sa bouche ferme.

— Non, ma chère petite femme. Je suis venu vous offrir une respectabilité de vraie veuve. Quelque chose qui vaut son pesant d'or, quand on occupe une position aussi en vue que la vôtre.

C'était bien ce que Sam redoutait. Il voulait la faire chanter, sous peine de révéler qu'elle était bigame. Elle choisit d'ironiser.

— Comment pensez-vous vous y prendre, Charles ? En mourant une seconde fois ?

— Quelle animosité, très chère ! Non. Ce serait trop délicat à négocier. Disons que je pourrais me laisser convaincre de retourner d'où je viens... et permettre à Langston de rester votre mari sans provoquer de scandale.

La félicité que Sam goûtait le matin encore dans les bras de Jonathan lui semblait remonter à une éternité. En quelques heures, son existence avait cruellement basculé.

— Combien voulez-vous ? s'enquit-elle froidement.

— Cinquante mille livres.

Elle laissa échapper un cri.

— Quoi ? Vous avez perdu l'esprit ! C'est une fortune !

— En effet. Mais l'homme qui vous tient lieu d'époux est aussi riche que Crésus. Je suis certain qu'il paiera sans sourciller, pour éviter qu'un tel scandale n'éclabousse le grand nom de sa famille.

Un instant, Samantha cligna des paupières, accablée. Que devait penser Jonathan, qui écoutait cette conversation ?

— Je... je ne sais que vous répondre, murmura-t-elle, la gorge sèche. Il faut que je réfléchisse... et que j'en parle à Langston.

Charles ricana.

— Je n'en doute pas, ma chère. Surtout, insistez bien sur le fait que je ne plaisante pas. Et que je vous attaquerai tous les deux sans le moindre scrupule si ma requête n'est pas exaucée.

Sam se sentait sur le point de défaillir.

— Comment vous préviendrai-je ? parvint-elle à demander.

— C'est moi qui reprendrai contact avec vous, ma mie.

Naturellement... Il pouvait se permettre de mener le jeu, puisqu'il avait toutes les cartes en main. Muette, anéantie, Sam le regarda se mettre en selle et s'éloigner dans la nuit.

Ce triste sire était le seul mari qu'elle ait jamais eu.

Elle resta figée sur place, prostrée, jusqu'à ce que les bras de Langston se refermassent sur elle. Alors elle s'effondra contre l'homme qu'elle aimait éperdument, secouée de tremblements.

— C'était lui..., gémit-elle dans les plis de son manteau. C'était bien lui...

— Je sais. J'ai tout entendu. Le maître chanteur surgi d'outre-tombe pour se rappeler à votre bon souvenir.

L'humour noir qui teintait sa remarque stupéfia Samantha, qui se redressa pour le dévisager.

— Comment avez-vous le cœur de plaisanter? s'exclama-t-elle. Charles a le pouvoir de vous détruire, d'anéantir votre action politique par un scandale sans précédent. Et nous ne sommes plus mariés..., acheva-t-elle dans un souffle.

— C'est exactement ce qu'il espère vous faire croire.

Outrée, Sam s'arracha à son étreinte.

— C'est la vérité ! Je ne suis pas folle, je sais parfaitement que j'ai été mariée ! Et quoi que votre informateur en dise, il y a eu une cérémonie, dans une église, avec un vicaire !

— Vous étiez jeune et naïve, déclara posément Jonathan. Ce sinistre individu est assez pervers pour avoir organisé une telle mise en scène et vous faire croire qu'il vous épousait.

Les yeux élargis par un mélange de stupeur et d'incrédulité, la jeune femme tremblait de tous ses membres. Il la reprit dans ses bras et la berça contre lui.

— Je n'aurais donc jamais été mariée? murmura-t-elle. Amalie n'aurait jamais eu de père? Grands dieux... Si j'avais pu me douter que je vivais quelque chose d'aussi sordide...

Langston soupira et caressa tendrement la ligne douce de son cou.

— Ne vaut-il pas mieux qu'il en soit ainsi, mon cœur?

Ce mot tendre réchauffa Samantha d'un espoir merveilleux. Peut-être que tout pourrait s'arranger, en fin de compte. Peut-être que ce cauchemar allait se dissiper de lui-même... Mais elle n'osait pas encore y croire.

— Si seulement Charles pouvait disparaître de la surface de la terre..., se lamenta-t-elle, sachant qu'elle ne pourrait vivre en paix tant qu'il les menacerait.

Langston embrassa ses cheveux et la ramena jusqu'à la voiture. Blottie contre lui, Sam contemplait tristement le ciel étoilé. Une seule chose lui paraissait certaine, dans l'immédiat : mariée ou non, elle devait quitter Jonathan. Charles se manifesterait de nouveau, cela ne faisait aucun doute, et pour rien au monde elle ne voulait qu'Amalie entendît parler de lui. En même temps, son départ couperait court aux rumeurs de bigamie qui risquaient d'atteindre l'homme qu'elle aimait. C'était le seul moyen pour elle de le protéger et d'empêcher qu'un travail de plusieurs années fût détruit.

Elle lui ferait connaître sa décision le lendemain, se dit-elle. D'ici là, elle voulait savourer chaque seconde qui leur restait à passer ensemble.

Dans un élan de désespoir, elle se tourna vers Langston et attira sa bouche sur la sienne.

21.

Le lendemain en fin de matinée, Langston pénétra dans la chambre de sa femme par leur porte de communication intérieure et s'arrêta net.

— Au nom du ciel, que faites-vous ? s'écria-t-il.

Surprise, Sam sursauta et lâcha la chemise qu'elle était en train de plier pour la ranger dans une malle.

— Jon ! Je vous croyais aux Communes !

— Désolé de vous décevoir, ma chère. Mon intervention finale est prévue pour demain.

— Oh..., murmura Samantha. Pardonnez-moi, j'ai dû mal comprendre.

Le marquis dardait sur elle un regard furibond. Ses lèvres crispées formaient une ligne dure.

— Vous pensiez vous enfuir pendant mon absence, n'est-ce pas ?

Rassemblant son courage, la jeune femme fit un pas vers lui. La colère qui irradiait de son corps tendu la dissuada de continuer.

— J'avais l'intention de vous en parler ce matin, déclara-t-elle d'une voix sourde. Je vous le jure. Et puis... les choses ont tourné autrement.

Avec un soupir, elle se laissa tomber dans un fauteuil et se massa les tempes. Une migraine menaçait, la première depuis des mois.

— Je dois quitter cette maison, Jon. Je ne puis rester ici sans être sûre que nous soyons vraiment mariés.

— Nous le sommes. Davidson vous a menti, je suis prêt à le parier.

— Peut-être. Mais tant qu'il rôdera dans les parages, il fera peser une menace trop lourde sur nous tous.

Un frisson de révulsion la parcourut.

— Je me demande encore comment j'ai pu épouser un homme aussi vil.

Apitoyé par sa détresse, Langston posa le coffret de velours qu'il tenait à la main et s'agenouilla à son côté. Il prit ses doigts glacés entre les siens.

— Vous étiez à peine plus qu'une enfant, Samantha. Vous ne pouviez deviner de quoi il était capable. Oubliez tout cela, c'est le passé.

Il s'empara de son visage et l'obligea à lui faire face.

— Je ne veux pas vous laisser partir. J'ai accepté ce mariage à contrecœur, c'est vrai, mais à présent je refuse d'y renoncer. Pour rien au monde je ne me résoudrais à perdre ce que vous m'apportez, ainsi qu'à Stephen.

Réprimant un sanglot, Sam scruta son regard, craignant de mettre trop de choses sous ses mots. Sa résolution ne faisait aucun doute, il était décidé à la garder. Par orgueil ? Par amour-propre ? Quoi qu'il en soit, l'espoir auquel elle se raccrochait depuis des semaines lui dilata le cœur.

— Qu'essayez-vous de me dire, Jon ?

Il fronça les sourcils.

— C'est clair, il me semble. Je ne laisserai pas de

vulgaires maîtres chanteurs détruire la famille que nous avons commencé à construire.

La jeune femme soupira. Il n'était toujours pas prêt à reconnaître qu'il tenait à elle. Mais son refus formel de toute séparation constituait tout de même un aveu, qu'il l'admît ou non. Elle s'en contenterait pour le moment.

— Comment pensez-vous procéder? demanda-t-elle.

— Réduire Huntly et Davidson à l'impuissance. C'est le seul moyen. Je suis certain qu'ils sont complices, ou du moins que leurs intérêts sont liés.

— Quelque chose m'échappe, observa Sam. Si Huntly a remué ciel et terre pour retrouver Charles, ce qui semble être le cas, pourquoi ne se contente-t-il pas de rendre l'affaire publique? Il aurait sa vengeance et détruirait du même coup l'adversaire politique que vous êtes pour lui...

Langston haussa les épaules.

— Peut-être n'est-il pas encore aussi sûr de sa botte secrète qu'il le souhaiterait.

Soudain, Samantha poussa un cri étouffé. Posant une main sur le bras du marquis, elle le fixa avec horreur.

— Se pourrait-il que Charles ait essayé de le doubler, en prenant directement contact avec moi?

Jonathan plissa les paupières.

— C'est fort possible, en effet. Connaissant la cupidité de Davidson, je gagerais qu'il n'a pu résister à l'envie de jouer sur les deux tableaux — en se disant qu'il avait certainement plus à gagner de votre côté.

Il scruta d'un œil sombre les flammes qui dansaient dans l'âtre.

— Si seulement nous pouvions retrouver ce Josiah

Thomas et le forcer à avouer l'escroquerie de votre mariage, tout serait réglé. En attendant, j'ai prévenu Winkly que Davidson avait reparu.

Sam appuya son front contre son bras, au désespoir de lui infliger tous ces tracas.

— Oh, Jon... Ne le prenez pas mal, mais je reste convaincue que je devrais me réinstaller chez moi en attendant que tout cela soit éclairci.

Il se tourna vivement vers elle, les yeux flamboyants.

— Jamais, vous m'entendez ? Je vous ai, je vous garde. Et même si ce mariage s'avérait réel, en fin de compte, je mettrais tout en œuvre pour le dissoudre. Vous êtes à moi, Samantha !

Comme pour sceller sa possession, il l'attira à lui d'un geste farouche et l'embrassa avec une passion destinée à balayer tous les obstacles. Le résultat fut immédiat : incapable de lui résister, Sam s'abandonna contre lui, liquéfiée par le désir et l'envie de tout oublier entre ses bras — ne fût-ce que quelques instants.

La parenthèse se prolongea tant et si bien qu'ils échouèrent dans le lit de la jeune femme, en dépit d'une heure aussi indécente. Beaucoup plus tard, alors qu'ils sommeillaient l'un contre l'autre, un coup frappé à la porte les fit sursauter. Lottie ! Horrifiée, Sam remonta le drap jusqu'à son menton. Tandis que Jonathan riait doucement, elle glapit :

— Je vous sonnerai quand j'aurai besoin de vous, Lottie !

Un grognement réprobateur résonna derrière l'huisserie. Puis, pour bien montrer qu'elle n'approuvait pas ces manières, la gouvernante secoua le loquet. Sam ne se détendit que lorsqu'elle entendit ses pas s'éloigner dans le couloir.

— Elle est insupportable, quelquefois, maugréa-t-elle avec dépit.

Sans faire de commentaire, Langston quitta le lit pour aller chercher le coffret qu'il avait apporté deux bonnes heures plus tôt. Puis il revint s'asseoir près de Sam, le dos tourné, et souleva le couvercle. Intriguée, la jeune femme jeta un coup d'œil curieux par-dessus son épaule ; ce qu'elle vit lui coupa le souffle : des diamants ! Un monceau de diamants magnifiques, qui étincelaient de mille feux !

Tandis qu'elle restait figée, muette de stupeur, Jon plongea les mains dans ce ruissellement de lumière et en tira une rivière de pierres enchanteresses. Sans un mot, il se tourna vers Sam et l'attacha autour de son cou, les diamants scintillant sur sa gorge nue. Puis, toujours sans rien dire, il saisit un solitaire jaune serti au creux d'une spirale d'or fin et le glissa à l'annulaire gauche de la jeune femme, tout contre son alliance.

— Cette bague est la bague de fiançailles des Rundell, dit-il doucement. Ma mère vient de me la remettre, avec la parure complète de mariage.

— La parure de mariage ? répéta Sam, abasourdie.

Le marquis hocha la tête, puis porta la bague à ses lèvres pour sceller ce don d'un baiser.

— J'aurais voulu avoir ces bijoux plus tôt, mais ils étaient en sécurité dans un coffre.

Samantha fit jouer le diamant dans la lumière.

— Cette pierre est une vraie merveille, murmura-t-elle.

Mais Jonathan n'avait pas terminé. Tirant une paire de pendants d'oreilles, il entreprit de les lui mettre.

— Mère tenait tout spécialement à ce que je vous remette la bague, Sam. Il est clair qu'elle approuve tout à fait notre union, à présent. Le bonheur que vous donnez à Stephen fait d'elle votre plus fervente partisane.

La jeune femme sourit avec émotion.

— J'en suis heureuse, Jon. Mais Amalie bénéficie grandement de notre nouvelle vie, elle aussi.

— Comme nous tous..., chuchota Langston en lui taquinant le cou de ses lèvres.

Lorsqu'il eut achevé son œuvre, il se leva pour l'admirer. Sam, couverte de joyaux, ne put s'empêcher de rire.

— Quelle décadence, milord ! Je gage que la duchesse n'a jamais porté tous ces bijoux à la fois, ni dans pareille tenue !

Une lueur malicieuse s'alluma dans les prunelles du marquis.

— Si elle l'a fait, je comprendrais que mon père n'ait pu lui résister.

Joignant le geste à la parole, il prouva derechef à sa femme à quel point elle lui plaisait. Un long moment plus tard, il l'aida à ôter les diamants ainsi baptisés et à les remettre dans le coffret. Mais lorsqu'elle voulut ôter le solitaire, il l'en empêcha et posa sa bouche sur ses doigts.

— Non, Sam. Je ne veux plus que cette bague vous quitte. Jamais.

Le cœur de Samantha manqua un battement, tandis que ses beaux yeux mordorés s'embuaient de bonheur et d'émotion. Ce geste ressemblait presque à une déclaration.

— Je la chérirai jusqu'à la fin de mes jours, Jon, dit-elle dans un souffle.

Langston lâcha sa main et se redressa. Après s'être éclairci la voix, il annonça qu'il devait se rendre au Parlement.

— Je pensais que vous n'y alliez pas aujourd'hui, remarqua Sam, étonnée.

— J'ai changé d'avis. Je vais essayer de voir Ravensford et lui demander de se renseigner discrètement sur une éventuelle procédure de divorce. S'il s'avère que vous êtes réellement mariée à Davidson, nous serons prêts à agir sur-le-champ. Mais d'ici là, cette démarche devra rester secrète, ajouta-t-il, la bouche dure et les mâchoires crispées.

Malgré sa gêne, Samantha ne protesta pas. Lorsqu'il était de cette humeur, mieux valait ne pas le contrarier. En outre, même si elle priait le ciel de leur éviter un tel scandale, elle était aussi déterminée que lui à défendre leur bonheur.

Le lendemain après-midi, Charles ne s'était toujours pas manifesté. Bouder cinquante mille livres ne lui ressemblait guère, et Sam commença à s'inquiéter. Quelle mauvaise surprise leur préparait-il encore ?

Comme elle ne pouvait rien faire, ne sachant où le joindre, elle décida de se rendre aux Communes afin de tromper son anxiété. La veille, Jonathan lui avait lu son discours, qui était superbe. Elle serait heureuse de l'entendre — et peut-être d'assister à son succès. Il fallait absolument qu'il fasse accepter son projet de loi avant les prochaines élections. Sinon, et si par malheur il n'était pas réélu député, cette réforme capitale risquait de ne jamais voir le jour.

Arrivée dans la salle des délibérations, elle se glissa à l'arrière de la galerie et prit soin de dissimuler ses traits dans l'ombre de sa capuche. Inutile de révéler sa présence. Son mariage avec Langston demeurait si controversé qu'elle ne voulait pas courir le risque de lui porter préjudice.

Dès que le Président de la Chambre annonça l'intervention attendue du marquis, un membre des *tories* se leva et lança avec véhémence :

— Avant que lord Langston n'essaie une fois de plus de nous brader son infâme projet de loi, j'ai une communication capitale à faire aux membres des Communes !

Un silence stupéfait tomba sur l'assemblée. Sam s'avança, cherchant à voir ce qui se passait.

— Nous vous écoutons, monsieur Hobson.

Le député s'inclina, puis marqua une pause théâtrale.

— Messieurs, je déclare que Sa Seigneurie le marquis de Langston est complice du crime de bigamie. Son épouse, Mme Samantha Davidson, est toujours mariée à un autre homme. Son précédent époux passait pour disparu en mer, mais j'ai l'honneur de vous annoncer qu'il est bien vivant... et même qu'il se trouve parmi nous !

Le cœur battant à se rompre, Sam se pencha en avant, les mains crispées sur la balustrade. Ce n'était pas possible !

Sur un signe de Hobson, Charles se dressa. Samantha manqua défaillir.

— Je vous présente M. Charles Davidson, seul époux légal de la célèbre actrice Samantha Davidson.

Un véritable tohu-bohu éclata dans la salle.

Epouvantée, les yeux brouillés de larmes d'effroi, Sam prit la fuite. Comment une horreur pareille avait-elle pu se produire ? Qu'est-ce qui avait poussé Charles à jouer d'une telle audace, au mépris de la fortune qu'il espérait leur soutirer ?

Elle ne comprenait plus.

⁂

Bouillant de rage, Langston était partagé entre l'indignation et la consternation. Hobson était l'homme de paille de Huntly. Avec la complicité de Davidson, qu'ils avaient dû payer fort cher, cette paire de brigands avait conspiré pour faire échouer son projet de loi. Et ils avaient réussi, se dit-il, les mâchoires serrées, en parcourant d'un regard noir la salle à feu et à sang.

Aucun vote ne pourrait avoir lieu dans ces conditions. Et il ne pouvait même pas réfuter les allégations de Davidson, puisqu'il n'avait pas la preuve de son imposture.

Il quitta le Parlement, livide et amer. La seule action qui restait en son pouvoir, pour l'instant, c'était d'aller retrouver Samantha le plus vite possible — avant que le scandale ne parvienne à ses oreilles et qu'elle décide de partir sur-le-champ.

Arrivé chez lui, il grimpa quatre à quatre les marches qui menaient au premier et pénétra en trombe dans la chambre de sa femme. Comme de juste, elle emballait ses effets.

— Cela devient une très mauvaise habitude ! fulmina-t-il en claquant la porte derrière lui.

Avant que Sam ait pu dire un mot, il se rua sur elle et l'écrasa contre lui, l'embrassant avec sauvagerie. Lorsqu'il s'écarta enfin et contempla son visage tendu, ses beaux yeux tourmentés, ses longs cheveux soyeux qui cascadaient sur ses épaules, il comprit qu'il tenait à elle plus qu'à sa propre vie.

— N'essayez plus jamais de me fuir, vous m'entendez ? S'il le faut, je vous enfermerai dans votre chambre et jetterai la clé !

Des larmes jaillirent des paupières de Samantha et

ruisselèrent sur ses joues blêmes. Tout l'amour et toute l'inquiétude qu'elle éprouvait pour lui se lisaient dans son regard implorant.

— Je sais tout, Jon. J'étais aux Communes. Jamais je ne vous laisserai tout perdre à cause de moi, fût-ce pour Stephen et Amalie. Laissez-moi partir, je vous en supplie.

— Non ! décréta-t-il, s'emparant de nouveau de ses lèvres.

Il la plaqua contre son ventre, lui prouvant le désir qui l'enflammait. Sam le repoussa en sanglotant.

— Cessez, je vous en prie... Vous ne pouvez ruiner votre vie entière pour de la passion.

Jonathan la reprit dans ses bras.

— C'est plus que de la passion, murmura-t-il contre sa bouche. Ce que j'éprouve pour vous dépasse la raison. Vous êtes mienne. Je vous garderai quoi qu'il pût m'en coûter.

Ce même soir, Samantha devait donner sa dernière représentation au théâtre. Dans la calèche couverte qui la conduisait à Drury Lane en compagnie de Langston, elle déplia une gazette à scandales fraîchement imprimée et lut le gros titre d'une voix tremblante :

— Le marquis de Langston, membre éminent du Parlement, convaincu d'avoir épousé une actrice bigame.

Jonathan lui arracha la feuille des mains, la froissa et la jeta par la vitre ouverte.

— Je ne vais pas me laisser intimider par ce genre de torchon, maugréa-t-il. Il suffit d'ignorer cette presse sordide.

Sam soupira.

— Le mal est fait, et le pire est que nous ne pouvons rien prouver.

— Cela viendra, croyez-moi.

— Si seulement vous pouviez dire vrai...

Langston l'attira au creux de son épaule et la serra contre lui, la pénétrant de sa chaleur en dépit des vêtements qui les séparaient. Elle avait grand besoin de ce réconfort avant d'affronter l'épreuve qui l'attendait. Tout Londres serait au courant du scandale. Mais Sam avait décidé de ne pas fléchir. La tête haute, elle se montrerait meilleure que jamais avant de quitter le théâtre pour toujours.

Ce fut pire que tout ce qu'elle aurait pu imaginer.

Dès que le rideau se leva, une houle souleva la salle et un concert de huées obscènes retentit à son adresse.

— Dehors !

— Honte à la putain !

— Ce n'est pas un lieu pour les traînées !

Plaf ! Une tomate bien mûre s'écrasa à ses pieds, éclaboussant sa tunique immaculée. Une autre l'atteignit à l'épaule. Une orange pourrie toucha Edmund Kean, son partenaire, qui courut se réfugier dans les coulisses. Les autres comédiens l'imitèrent. Samantha, les pommettes brûlantes, resta figée sur place. Elle était mortifiée, mais refusait de fuir avant d'avoir crié son dégoût à ces gens.

Avant qu'elle ait pu ouvrir la bouche, une haute silhouette vêtue de noir bondit sur la scène et se précipita vers elle. Jonathan. Il avait quitté sa loge pour venir à son secours.

Tout de suite, il ôta sa jaquette et la drapa autour d'elle pour la protéger. Puis il saisit Sam dans ses bras, déterminé à l'emmener loin de cette foule déchaînée.

La jeune femme résista. Il n'y avait plus moyen de la raisonner, maintenant que Langston avait tout risqué pour elle.

— Ecartez-vous, lui ordonna-t-elle, les dents serrées.

Comme il refusait de la lâcher, elle se libéra d'un coup de hanche et gagna l'avant de la scène, les yeux rivés sur cette foule infâme.

— Ecoutez-moi ! commanda-t-elle, provoquant un effet de surprise. Qui êtes-vous donc, pour vous permettre de me condamner sans rien savoir de moi ?

Il y eut des rires moqueurs, des persiflages. Quelques femmes se levèrent et quittèrent la salle, images de la dignité offensée. Mais la plupart des spectateurs se figèrent et se turent avec curiosité.

La veste de Jonathan sur les épaules, sa belle robe blanche souillée de taches et ses cheveux dénoués, Sam serra ses poings que la fureur faisait trembler. En dépit de tout, elle gardait une allure de reine ; ses détracteurs se plièrent instinctivement à sa volonté, comme s'ils étaient ses sujets.

— Chacun d'entre vous, j'en suis sûre, a commis comme moi des actions qu'il regrette, et qu'il voudrait effacer. Celui qui soutiendrait le contraire ne serait qu'un menteur. Vous n'avez aucun droit, *aucun*, de me juger. J'ai le grand bonheur d'avoir épousé l'homme que j'aime, et auquel je pensais pouvoir m'unir en toute liberté. Mon premier mari, Charles Davidson, m'a laissé croire pendant dix ans que j'étais veuve. Il resurgit aujourd'hui pour semer le désastre autour de lui. Et c'est moi que vous fustigez, après m'avoir adulée ? Me reprochez-vous d'avoir élevé seule l'enfant qu'il avait lâchement abandonnée ?

Elle s'interrompit un instant pour reprendre son souffle. Ses yeux verts flamboyaient.

— Mais surtout, reprit-elle d'une voix vibrante, je ne permettrai jamais à quiconque d'offenser lord Langston, un homme d'honneur qui depuis des années consacre tous ses efforts au bien de ce pays. En m'attaquant, c'est à lui que vous portez atteinte et vous devriez en avoir le rouge au front !

Dans le silence médusé qui suivit ses paroles, Sam tourna les talons et rejoignit Jonathan. Très digne, elle prit son bras et disparut dans les coulisses sans un regard en arrière. Mais dès qu'ils furent à l'abri des rideaux, elle s'effondra contre lui, à bout de nerfs.

— Mon Dieu, Jon... Je ne me pardonnerai jamais ce qui vient de se passer, gémit-elle dans les plis de son élégant foulard blanc.

— Bonté divine, Sam ! Vous n'allez tout de même pas endosser l'ignominie de ces lâches ? rétorqua-t-il avec une intensité qui la fit frémir. Ce n'est pas moi, qui ai eu à en souffrir, c'est vous !

Samantha se blottit dans ses bras, cherchant à s'envelopper de sa chaleur.

— Ce qu'ils m'ont fait m'est bien égal. Mais pour le reste...

— Chut ! ordonna Langston en caressant ses cheveux. N'en parlons plus. Je vais très bien et vous avez été magnifique.

La jeune femme ravala les larmes qui lui nouaient la gorge.

— Le public est inconstant, tous les acteurs le savent. Et c'est bien ainsi. De la sorte, je regretterai beaucoup moins le théâtre.

Son courage et sa force de caractère emplirent le marquis d'une admiration émue.

— Ma courageuse petite femme, lui chuchota-t-il à l'oreille.

Pourtant, en dépit de ses déclarations, Samantha se sentait sombrer dans un puits sans fond. En l'espace de deux jours, tous ses espoirs de bonheur, tous ses projets, tous ses rêves avaient été balayés. Quand Jonathan sentit ses épaules trembler, secouées par les sanglots, il lâcha un juron et la souleva dans ses bras, la portant jusqu'à leur voiture sans se soucier des commentaires et des regards curieux provoqués par leur passage.

Une fois chez eux, il déposa Samantha sur un sofa et convoqua Lottie et les enfants dans le salon, sans égard pour l'heure tardive. Amalie et Stephen ne tardèrent pas à apparaître en chemise de nuit, suivis de leur gouvernante perplexe.

— Papa ! Maman ! crièrent les enfants en chœur.

Lottie, elle, vit tout de suite que quelque chose n'allait pas.

— Juste ciel, que se passe-t-il ? s'exclama-t-elle en découvrant le visage défait de sa maîtresse.

Sans lui répondre, le marquis posa un bras sur les épaules des deux enfants et les dévisagea tour à tour.

— J'ai deux questions à vous poser, déclara-t-il d'un ton grave. Une à chacun. Et je veux que vous me répondiez avec la plus grande sincérité.

Ils acquiescèrent, solennels.

— Stephen, qu'éprouverais-tu si Samantha nous quittait ?

— Si elle nous quittait ? répéta le petit garçon dont les traits s'étaient immédiatement décomposés. Non, je ne veux pas ! Et elle ne le fera pas, je le sais. Je... l'aime trop fort, papa. Et je me moque de ce que vous pouvez penser.

Langston lui dédia un sourire contraint.

— Je m'en doutais, mon fils.

Il se tourna vers Amalie.

— Et toi, Amalie, que ressentirais-tu si ta mère et toi deviez quitter cette maison ?

Le visage ensommeillé de la petite fille se contracta. Elle se suspendit au bras du marquis.

— Je ne veux pas partir, milord. Je suis très heureuse, ici. Et avec vous, je... j'ai l'impression d'avoir trouvé un papa, avoua-t-elle dans un murmure, ses yeux bleus pleins de larmes.

Jonathan la serra contre lui. Par-dessus sa tête, il interrogea du regard Sam qui n'avait pas bougé.

— Qu'essayez-vous de faire, Jon ? demanda-t-elle d'une voix blanche.

Il lâcha Amalie pour aller jusqu'à elle. Lottie, que ces débordements rendaient sourcilleuse, se hâta de rapatrier les enfants dans leur chambre.

— De vous retenir. Parce que je suis certain que vous vouliez partir, après ce qui s'est passé ce soir.

— En effet, et j'en ai toujours l'intention. Cette mise en scène ne changera rien.

— Je crois que si. Qu'est-ce qui vous pousse à vouloir blesser ces enfants, Samantha, en dépit de l'affection que vous leur portez ?

Sam serra les poings pour empêcher ses doigts de trembler.

— Je le dois. Pour rien au monde je ne tolérerais de gâcher votre vie et votre carrière — si ce n'est déjà fait.

Langston s'approcha plus près encore, à la toucher.

— Pourquoi, Samantha ? insista-t-il d'un ton crispé, la fixant de son regard implacable.

La jeune femme n'en pouvait plus. Pourquoi lui imposait-il cette nouvelle torture, après ce qu'elle avait enduré ce soir ? L'irritation agit sur elle comme un aiguillon, l'obligeant à sortir de sa réserve.

— Parce que je vous aime, vous le savez parfaitement ! C'est ce que vous vouliez entendre ? Je l'ai avoué devant une salle pleine, il y a moins d'une heure. Etes-vous satisfait, à présent ?

Jonathan la força à se lever. Il l'entoura de ses bras, mais la tint à une certaine distance afin de plonger ses yeux bruns dans les siens.

— Oui. Parce que je vous aime aussi, Samantha. Je vous aime à en mourir, murmura-t-il en se penchant vers sa bouche.

22.

Sam inspira à fond avant de pousser la porte de la bibliothèque. Elle savait qu'une nouvelle épreuve l'attendait.

Deux hommes se trouvaient avec Jonathan dans la pièce faiblement éclairée. L'un d'eux pétrissait une casquette de drap noir entre ses mains ; l'autre se tenait dans l'ombre, invisible.

Dès qu'elle entra, le marquis se tourna vers elle et lui sourit.

— Venez, Sam.

A son ton enjoué, elle devina que les nouvelles étaient bonnes et sa nervosité s'estompa.

— Madame la marquise, déclara le petit homme en s'inclinant avec respect devant elle.

— Je vous présente Winkly, mon informateur.

Samantha le salua d'un signe de tête et lui tendit sa main, amusée par l'admiration qui brillait dans ses petits yeux noirs. Il ressemblait à une fouine, mais n'avait pas l'air malhonnête pour un sou.

— Vous êtes encore plus belle qu'on le dit, milady, déclara l'ancien sergent de ville avec cœur.

— Merci, monsieur Winkly.

— Elle a toujours été ravissante, déclara alors le second personnage en sortant de l'ombre.

Sam écarquilla les yeux, stupéfaite.

— Josiah Thomas !

Il la salua d'une profonde courbette.

— Pour vous servir, madame.

— Oui, ce cher Winkly a enfin réussi à retrouver la trace de M. Thomas, expliqua Jonathan en enlaçant la taille de sa femme. Il faisait partie de la troupe de théâtre à laquelle Davidson appartenait avant de vous rencontrer.

Un espoir fou souleva le cœur de Sam.

— Vous voulez dire... que M. Thomas n'a jamais été vicaire ?

— Exactement, confirma Winkly avec un sourire triomphal.

— Je suis au regret de vous avoir joué ce vilain tour, milady, mais Charles m'avait offert une jolie somme — et je n'étais pas en situation de la refuser.

Langston lui jeta une œillade glacée.

— Votre situation n'a pas dû s'améliorer, si j'en juge par celle que vous m'avez demandée en échange de votre témoignage.

L'acteur haussa les épaules, plus théâtral que jamais.

— Le théâtre nourrit rarement son homme, milord.

Winkly s'interposa, impatient d'exposer la suite de son plan.

— Davidson ne devrait pas tarder à arriver, patron. Je lui ai fait savoir qu'il avait intérêt à se montrer, sans quoi je le ferais arrêter pour falsification d'état civil.

A cet instant précis, un bruit de voix résonna dans le vestibule. Le marquis sourit, visiblement satisfait.

— Ce doit être lui.

La porte s'ouvrit et Hampton annonça, le nez en l'air et la mine dédaigneuse :

— Un certain M. Charles Davidson.

Cela fait, il s'écarta de façon flagrante pour ne pas avoir à frôler ce visiteur indésirable.

Davidson entra, et son expression se défit dès qu'il eut fait le tour des personnes présentes. Il s'arrêta net, prêt à tourner les talons.

— Vous n'appréciez pas notre petite surprise? lança Langston, narquois. Et n'essayez pas de vous défiler, toutes les issues sont verrouillées. Hampton a reçu l'ordre de n'ouvrir qu'à ma voix.

— Charles, vieux frère! s'exclama Thomas d'un ton jovial — bien qu'il essuyât en douce ses paumes moites sur sa culotte de drap jaune. Il y a belle lurette que nous ne nous sommes vus. Je vous croyais au fond de l'Atlantique.

Davidson le foudroya du regard.

— La ferme, Josiah.

— Beau nid de malfaiteurs, en tout cas! glousssa Winkly, aux anges.

Jonathan fixa le maître chanteur.

— Il nous manque ce cher Huntly. N'est-ce pas, Davidson? Quel est le proverbe, déjà? A escroc, escroc et demi?

Tandis que Sam prenait un siège à l'écart, celui qu'elle avait toujours tenu pour son mari haussa les épaules d'un air fataliste.

— Quand une fortune comme la vôtre vous passe sous le nez, marquis, il faudrait être un saint pour ne pas tenter sa chance.

— J'attends toujours votre demande de rançon, me semble-t-il. Huntly aurait-il eu vent de votre trahison?

— Non, mais il s'est montré très pressé, tout à coup. Une histoire de loi qu'il fallait empêcher de passer, si j'ai bien saisi. Ce gredin m'a coupé l'herbe sous le pied. Et si vous tenez absolument à me payer, milord, je ne serai pas contre un petit dédommagement... en échange de mes aveux concernant mon faux mariage avec Samantha, ajouta Davidson avec un sourire mielleux.

Le marquis partit d'un grand éclat de rire.

— C'est la meilleure ! Navré de vous décevoir, mon cher, mais votre complice est passé aux aveux avant vous. Par écrit. En fait, nous n'avons nullement besoin de vous. Si je vous ai convoqué ici, c'est pour vous proposer une autre sorte de marché : cinq mille livres et votre billet de retour pour La Nouvelle-Orléans, à condition que vous embarquiez dès cct après-midi. Tout a été prévu. Si jamais vous remettez les pieds en Angleterre, je vous ferai poursuivre pour faux, usage de faux, escroquerie et abandon d'enfant. Est-ce clair ?

Davidson avait blêmi. Un muscle tressaillit le long de sa mâchoire.

— Cinq mille livres, cela me semble un peu juste pour disparaître de la surface de la terre, milord.

— Préférez-vous que je mette Huntly sur vos traces ? rétorqua Langston, glacial. M'est avis qu'il n'apprécierait guère vos petites volte-face et qu'il vous les ferait payer très cher.

Le comédien déglutit, puis hocha la tête.

— Affaire conclue.

— Bien. Winkly va vous accompagner jusqu'au port. Je ne vous retiens pas.

— En route ! déclara l'ex-sergent de ville. Et vous avez intérêt à bien vous tenir, Davidson : j'ai un pistolet et je sais m'en servir.

Brandissant son arme, il poussa les deux complices devant lui. Dès que la porte se fut refermée sur le trio, Sam bondit sur ses pieds et courut vers son mari. Il l'enlaça avec passion.

— Vous êtes libre, mon amour.

— Quel soulagement de savoir que je n'ai jamais été mariée à Charles ! murmura-t-elle. Mais d'un autre côté...

Elle se mordit la lèvre, trahissant son désarroi.

— ... Amalie est une enfant illégitime. Que vais-je lui dire ? demanda-t-elle en interrogeant Langston d'un regard anxieux.

Il secoua la tête, amusé.

— Personne ne vous oblige à lui avouer la vérité, mon cœur. Pour elle, ce mariage doit continuer à exister. Et pour ce qui est du père, je suis là. De toute manière, j'avais d'ores et déjà décidé de l'adopter. Nous précipiterons un peu les choses, voilà tout.

Devant la tendresse qui brillait dans les yeux sombres de son époux, Samantha eut envie d'adresser au ciel une prière de gratitude.

— Je vous aime, Jonathan St Simon, marquis de Langston.

— Je vous aime, Samantha, marquise de Langston.

Quelques jours plus tard, les gazettes à sensation reprirent l'histoire sous un autre titre :

« Du nouveau dans l'affaire Langston ! Samantha Davidson n'avait pas épousé le père de son enfant. Le marquis est légalement marié à l'ancienne actrice. »

Sam reposa le journal avec un soupir. Cette mise au point ne la ravissait pas vraiment, mais c'était un moindre mal comparé aux attaques virulentes de la semaine précédente. Il fallait seulement éviter qu'Amalie ne tombât sur cette littérature de bas étage.

— Jetez-moi ce torchon dans le feu, déclara la voix chaude de Langston, derrière elle.

La jeune femme pirouetta sur elle-même pour aller l'accueillir.

— Jon ! Je vous croyais aux Communes !

— Encore ? Cela devient une manie ! rétorqua-t-il en la serrant dans ses bras.

Elle lui sourit tendrement, puis se rembrunit.

— Comment vont les choses ?

— Elles pourraient aller mieux, mais j'ai connu pire, répondit le marquis avec une grimace. Grâce à la rétractation de Davidson, j'ai une chance de faire voter ma loi. Ce qui ne veut pas dire que nous sommes tirés d'affaire...

Sam hocha tristement la tête.

— Je sais. Où en êtes-vous avec Huntly ?

Langston fronça les sourcils, le regard fixe.

— Je crains de n'avoir qu'une solution pour laver mon honneur : un duel, répondit-il d'un ton crispé.

Samantha s'écarta avec un cri indigné.

— Voilà bien les hommes ! Etes-vous donc incapables de régler vos différends autrement que par les armes ?

Un sourire en coin détendit la bouche sensuelle de Jonathan.

— La critique est aisée, madame. Je ne puis attaquer Huntly en justice, puisque légalement il ne s'est rendu coupable d'aucun délit. D'autres ont agi en son nom ; le chantage serait bien délicat à prouver. Cela dit, si je ne mets pas un terme définitif à ses façons de faire, il recommencera tôt ou tard.

Devant l'air outré de sa femme, il hocha la tête en signe d'impuissance.

— Je suis navré, Sam, mais c'est le seul moyen.

La jeune femme tourna le dos pour lui cacher ses larmes.

— Et s'il vous tue ?

— Ah ! La question de fond. Il fallait me dire que vous vous inquiétiez pour moi, mon ange, plaisanta Jonathan en l'obligeant à lui faire face de nouveau. Ne vous tourmentez pas : je suis assez sûr de moi. Et dans de nombreux domaines, ajouta-t-il avec un sourire aguicheur.

Samantha se dégagea, refusant de céder.

— Vous êtes un monstre d'orgueil et de suffisance, maugréa-t-elle.

Le marquis redevint grave.

— Faites-moi confiance, Sam.

Il ne changerait pas d'avis. Avec un soupir résigné, elle s'abandonna à son étreinte.

— Si vous devez absolument en passer par là, Jon, alors je serai présente.

Il recula d'un pas, choqué.

— Jamais !

Sam soutint son regard, le menton levé.

— Si vous n'acceptez pas, je trouverai un moyen d'être là sans votre permission.

Il la dévisagea un long moment.

— Vous feriez cela ?

— Oui, je le ferais.

Jonathan grommela, contrarié.

— Je préfère encore vous savoir en sécurité. Vous viendrez donc, si vous y tenez ; mais vous resterez dans la voiture, à la limite du pré.

— Merci, murmura-t-elle dans un souffle.

Elle se hissa sur la pointe des pieds pour l'embrasser, mettant tout son cœur et toutes ses craintes dans ce baiser.

⁂

Une semaine plus tard, le décor était en place. Au petit jour, Langston et Huntly prenaient leurs marques dans l'herbe trempée de Hampstead Heath, le pré le plus populaire de Londres pour les duels clandestins.

Quand Jonathan découvrit que son adversaire portait une chemise noire, cible moins facile à toucher, il échangea un sourire attristé avec Ravensford, son second. La couardise et la duplicité de Huntly ne lui procuraient nul plaisir.

— Il n'en mène pas large ! lança le comte d'une voix de stentor, de manière à être entendu à l'autre bout du terrain.

Huntly tourna vivement la tête, provoquant l'hilarité du marquis.

— Vous useriez les nerfs d'un saint, Ravensford.

Andrew haussa les épaules d'un faux air détaché.

— N'est-ce pas mon rôle de second ? Déstabiliser l'adversaire ?

— C'est la seule raison pour laquelle je vous ai choisi, ironisa son ami.

Sur ce, le comte s'éloigna pour aller conférer avec le second de Huntly, tandis que les duellistes essayaient leur arme. Huntly avait choisi le fleuret, ce qui convenait parfaitement à son rival. Puis le signal fut donné, et le combat s'engagea.

Les deux hommes étaient de force égale. Durant une demi-heure, chacun esquiva non sans mal les attaques de l'autre. Puis Huntly porta un coup meurtrier, que Langston para de justesse. Mais la lame affûtée comme un rasoir s'était prise dans la largeur de sa manche, et il sentit le métal lui entailler la chair. Il recula d'un bond, le bras en sang. Par bonheur, la blessure n'était que superficielle. Il repartit à l'assaut.

Enfermée dans la voiture, Sam ne quittait pas le pré des yeux. Elle fixait les deux hommes qui semblaient danser sur le gazon, en chaussettes pour ne pas glisser dans l'herbe mouillée. A un moment donné, Jonathan n'en dérapa pas moins et elle retint un cri d'effroi. Mais son mari se releva à la dernière seconde pour éviter la lame de Huntly et elle eut un soupir de soulagement.

Ce duel était imprégné d'une telle tension, d'une telle rage de vaincre qu'elle regrettait presque d'être venue. Mais elle voulait être là si par malheur Langston était grièvement touché. Sa seule consolation dans cette épreuve était qu'il avait choisi le meilleur médecin, sir Reginald, prêt à intervenir à tout moment.

Soudain, le choc des fleurets la fit sursauter. Les lames grincèrent l'une contre l'autre, des étincelles jaillirent. Puis l'une des armes voltigea dans les airs, et Sam plaqua ses deux mains sur sa bouche pour contenir sa joie : Huntly était désarmé.

La pointe de son fleuret sur la pomme d'Adam de Huntly, le marquis dardait sur son adversaire un regard plein de haine. Il lui suffisait d'appuyer juste un peu, et cette vipère cesserait de vivre. La tentation était grande.

— Eh bien, Langston, qu'attendez-vous ? demanda Huntly, suant de peur. Allez-y ! Enfoncez !

A mi-voix, sans quitter son rival des yeux, il ajouta :

— Tuez le vrai père de votre fils.

Une douleur sans nom traversa la poitrine de Jonathan.

— Oui, j'ai été l'amant d'Annabelle, insista Huntly avec une étrange douceur.

La lame entailla sa peau, pénétra dans la chair. Du sang jaillit et macula le col de Huntly.

De sa main libre, Langston s'essuya le front. Les duels étaient interdits. Un pouce de plus, et ce serait le déshonneur pour sa famille. Samantha et lui devraient partir pour le continent avec les enfants, en attendant que le scandale s'apaise et que son père fasse en sorte de laver son nom de cet opprobre.

Pourtant, le ciel lui en était témoin, il brûlait de mettre un terme à l'existence de cet être infâme.

— J'ai toujours su que Stephen était de votre sang, grommela-t-il d'une voix sourde. Je l'ai su dans l'heure qui a suivi sa naissance. Mais cela ne m'a pas empêché d'apprendre à l'aimer comme mon propre fils.

Les yeux de Huntly s'élargirent. Il venait de perdre son dernier espoir de garder la vie sauve. Pourtant, à son insu, il avait gagné son pari : Jonathan ne pouvait condescendre à tuer un homme aussi pitoyable.

Il recula et abaissa son fleuret.

— J'ai eu votre vie entre mes mains, déclara-t-il d'un ton ferme. Tâchez de vous en souvenir, Huntly. Car si jamais vous soufflez un mot de ce que vous venez de me dire, ou si vous vous en prenez de nouveau à ma femme, cette fois je ne ferai pas de quartier.

Sur ces mots, il tourna les talons et s'éloigna.

— Jon !

Le hurlement de terreur poussé par Samantha se répercuta dans le brouillard, sinistre. Par pur instinct, Jonathan se rabattit sur la droite. Il sentit la lame lui effleurer l'épaule. Huntly avait essayé de le frapper dans le dos.

Tournoyant sur lui-même, il brandit son fleuret pour se défendre. Huntly vint s'embrocher sur la lame et s'effondra, la poitrine transpercée.

— Sapristi.

Langston retira aussitôt son fleuret, puis s'agenouilla pour presser la blessure de ses deux mains et tenter d'endiguer le flot de sang.

— Enfin... je vais... la rejoindre, murmura Huntly d'une voix à peine audible.

Ce furent ses derniers mots.

Le marquis resta figé, les yeux rivés sur lui. Sir Reginald dut le bousculer pour s'approcher du blessé — et constater le décès. La lame lui avait perforé le cœur.

Par-dessus son épaule, le médecin jeta un coup d'œil à Jonathan, vidé de toute énergie par le duel et les chocs émotionnels qui l'avaient accompagné.

— Je déclarerai que vous étiez en état de légitime défense, dit-il. Avec un peu de chance et en exerçant quelque pression sur le régent, vous ne devriez pas être obligé de fuir le pays.

Langston hocha la tête d'un geste mécanique, puis se dirigea vers la voiture pour y retrouver Sam — et sa raison.

Sa femme sauta à terre et fondit sur lui avec la force d'un boulet de canon. Il referma les bras sur elle, vacillant sous l'impact de son corps.

— Vous êtes sain et sauf ! s'exclama-t-elle dans un souffle, en prenant le visage de son mari entre ses mains. Oh, Jon, j'ai eu si peur pour vous...

Elle l'embrassa, puis tout de suite après se recula pour déchirer le bas de son jupon et panser la blessure de son bras.

— Je vous aime, Samantha. Je vous aime si fort que j'en ai mal, murmura-t-il en la reprenant contre lui.

Elle posa la tête sur son épaule et l'enlaça avec tout l'amour dont elle était capable.

— Moi aussi. Mais c'est une souffrance dont je ne saurais plus me passer.

Jonathan acquiesça, pensif. Il songeait à Huntly. Depuis la naissance de Stephen, il n'avait cessé d'attendre et de redouter le jour où son rival révélerait leur secret — ou menacerait de le faire. Curieusement, ce jour n'était jamais arrivé. Comment expliquer que cet homme sans scrupule, capable des pires lâchetés et des pires infâmies dans d'autres domaines, ait toujours tacitement protégé l'enfant ? Il ne voyait qu'une réponse possible, confirmée par les dernières paroles de son adversaire : Huntly avait vraiment aimé Annabelle. Jusqu'à sa mort, il avait respecté son souvenir.

Ce qu'il avait toujours pris pour une liaison sordide était l'amour d'une vie. Cette découverte effaçait toutes les trahisons, toutes les rancœurs, tous les regrets. Stephen, un jour, saurait que ses vrais parents s'étaient aimés.

Avec bonheur, il enfouit son visage dans les cheveux de sa femme et s'enivra de ce parfum de rose qui faisait si intimement partie d'elle. Plus rien, désormais, ne pouvait les séparer.

Épilogue

Quand Samantha pénétra dans la bibliothèque, elle inhala avec bonheur la fraîche odeur de pin qui montait des guirlandes ornant la cheminée. Une grande couronne de houx et de gui était suspendue au lustre monumental, et la bûche de Noël flambait joyeusement dans l'âtre.

Elle avait toujours aimé cette période de l'année, et ce Noël-ci promettait d'être le plus beau de sa vie.

Mais lorsqu'elle découvrit à quoi son mari était occupé, elle s'arrêta net, stupéfaite.

— Que faites vous donc ?

Il se tourna vers elle avec un grand sourire. Son regard pétillant le faisait ressembler à un petit garçon.

— Je me défais de mon passé.

Sam baissa les yeux vers le portrait d'Annabelle posé sur le tapis et son cœur se serra de pitié. La jeune femme était passée à côté d'un tel bonheur, sans le savoir... Il était terrible de penser qu'elle n'avait pas eu la joie de voir grandir son fils — ni de connaître réellement l'homme merveilleux qu'elle avait pour époux.

— En quel honneur ? demanda-t-elle en rejoignant le marquis.

Il l'enlaça et la pressa sur son cœur.

— Le vôtre, mon ange. Parce que vous m'avez réappris l'amour et la confiance. Et aidé à pardonner.

Les larmes aux yeux, Samantha se haussa vers lui pour l'embrasser.

— Je vous aime tellement, Jon.

— Moi aussi. Je ne veux plus passer un seul jour sans vous, dussé-je vous garder sous ce gui jusqu'à ce que vous ayez quatre-vingt-dix ans.

— Pourquoi pas cent ? riposta sa femme, taquine.

Puis elle se mordit la lèvre et lui jeta un regard en dessous.

— J'ai quelque chose à vous dire, monsieur mon mari.

— Quoi ? s'enquit Jonathan, aussitôt sur le qui-vive.

— Rien de grave, au contraire. Enfin... je le crois.

— Allez-vous parler, à la fin ? insista-t-il en la secouant par les épaules.

Sam se mit à rire.

— Doucement, Jon. Dorénavant, j'aurai droit à beaucoup d'égards.

Elle inspira à fond et lâcha la grande nouvelle :

— J'attends un enfant.

Langston la dévisagea un instant avec stupeur, puis il poussa un cri de joie et l'étreignit de toutes ses forces.

— C'est merveilleux, Sam. Le plus beau cadeau que vous pouviez me faire pour Noël. Nous l'appellerons Deverell.

— Et si c'est une fille ? riposta Samantha, malicieuse.

— Nous verrons bien.

Il embrassa sa femme sur le front, le nez, les lèvres.

— Moi aussi, j'ai une excellente nouvelle à vous annoncer, déclara-t-il en souriant jusqu'aux oreilles.

Ma loi a été adoptée aujourd'hui par les deux Chambres.

— Oh, Jon ! s'écria Sam en se jetant à son cou. Je suis si heureuse pour vous ! Cet horrible cauchemar est derrière nous, à présent. Nous allons passer le plus beau des Noël. Un Noël qui durera le reste de nos jours, ajouta-t-elle à mi-voix, le cœur gonflé d'une merveilleuse allégresse.

PAULA MARSHALL

Pour l'amour d'un lord

éditions Harlequin

Cet ouvrage a été publié en langue anglaise
sous le titre :
EMMA AND THE EARL

Traduction française de
THIERRY MARTINON

Ce roman a déjà été publié dans la collection
ROYALE N° 268
sous le titre
LES COULEURS DE L'AMOUR
en mars 1998

83-85, boulevard Vincent-Auriol, 75013 PARIS — Tél. : 01 42 16 63 63
Service Lectrices — Tél.: 01 45 82 47 47

1.

— Sacrebleu, comment avez-vous osé me gifler? s'offusqua Henry Gardiner en se frottant la joue. Je vous promets que vous vous repentirez de votre impertinence, ma petite !

Emma Lawrence, la gouvernante des deux filles de Gardiner, le dévisagea sans se départir de son calme. Cinq minutes plus tôt, alors qu'elle se promenait sur la terrasse de l'élégante résidence londonienne de ses employeurs, l'impudent avait brusquement surgi à ses côtés et l'avait attirée à lui pour l'embrasser avec fougue...

Toutes les servantes de la maison avaient conseillé à Emma de se méfier de ce butor qui poursuivait de ses assiduités les plus jeunes et les plus jolies de ses domestiques. Mais c'était cependant la première fois qu'elle devait subir ses privautés ! Jusqu'ici, M. Gardiner s'était contenté de la détailler avec insistance tandis qu'elle vaquait à ses occupations dans la salle d'étude.

Emma avait certes essayé de le repousser en l'implorant de ne plus la tourmenter. Las ! Ses protestations semblaient avoir attisé le désir de son maître, qui avait commencé à dégrafer le col de sa robe en sussurant d'audacieuses galanteries à son oreille... Outrée, et effrayée à l'idée qu'on ne les aperçoive, Emma n'avait eu d'autre choix que de souffleter l'entreprenant goujat pour le rappeler aux convenances. Et peu importait qu'elle eût suscité son courroux !

songea-t-elle en descendant les degrés de la terrasse. Elle préférait encore ses menaces à ses odieux baisers !

— Vous ne perdez rien pour attendre ! tonna Henry Gardiner, raide comme un piquet. Je verrai à ce que vous soyez congédiée au plus vite !

Emma fit volte-face et releva le menton d'un air de défi.

— Vous avez tout à fait le droit de me renvoyer, riposta-t-elle. Je ne vous cacherai d'ailleurs pas que je serai soulagée de quitter cette demeure, où l'on s'octroie pareilles familiarités avec le personnel. Peut-être ne suis-je qu'une simple domestique, mais cela ne vous autorise pas à vous croire tout permis. J'entends que l'on me respecte et me traite avec plus d'égards !

M. Gardiner décocha un coup d'œil furieux à Emma, puis tourna les talons en jurant tout bas. Il n'ignorait pas que ses filles étaient très attachées à Mlle Lawrence ; néanmoins, cette petite cruche devrait quitter la maison — et vite. Il était en effet hors de question qu'elle reste à son service ! décida l'incorrigible libertin. Chaque fois qu'il la verrait, il se rappelerait qu'il avait tenté d'obtenir ses faveurs et essuyé un cuisant échec... Jamais il ne pourrait supporter le souvenir d'une telle humiliation !

Emma, de son côté, ne fut guère surprise quand un valet vint lui annoncer deux heures plus tard que Mme Gardiner l'attendait dans son boudoir. Elle savait, avant même d'entrer dans la ravissante pièce, de quel sujet sa maîtresse se proposait de l'entretenir.

— Je suis navrée de devoir me séparer de vous, commença Camilla Gardiner avec toute la douceur de son excellente nature. Mais ainsi que je vous l'ai signalé la semaine dernière, mon époux a été nommé à l'ambassade britannique de Paris, où nous sommes attendus à la fin du mois. Bien sûr, j'aurais aimé que vous soyez du voyage pour que vous continuiez à prendre soin de Caroline et de Sélina. Mais Henry... hum ! s'oppose formellement à votre venue... Il tient à ce que nous engagions une de ses cousines qui s'est installée en France. Cette jeune personne est sans sou ni maille, et mon bon Henry estime qu'il est de son devoir de lui offrir une situation.

— C'est si charitable de la part de Monsieur.

Sur cette remarque ironique, Emma prit place dans la bergère que Mme Gardiner désignait du regard. Il était à croire que sa maîtresse avait une fois de plus décidé de se soumettre aux exigences de son diable d'époux ! Jamais Emma ne comprendrait pourquoi cette femme charmante, bien qu'un peu sotte, acceptait de faire les quatre volontés d'un rustre veule et cynique qui avait une conception pour le moins singulière de la fidélité !

— Par bonheur, j'ai tout lieu de croire que vous trouverez très vite une autre place, déclara Mme Gardiner. Mon amie Louisa Hampton m'a confié qu'elle cherchait une gouvernante pour la fille de son frère, dont la malheureuse épouse n'est plus de ce monde. Puisque nous n'avons plus, euh, besoin de vos services, j'ai fait porter un pli à Louisa pour lui suggérer de vous prendre à l'essai. Après tout, je n'ai eu qu'à me louer de vous et j'ai toujours pensé que vous étiez d'une compétence des plus remarquables !

Emma s'autorisa un léger sourire.

— Pourrais-je savoir qui est le père de cette enfant, madame ?

Visiblement nerveuse — elle vivait dans une constante agitation depuis qu'elle avait uni sa destinée à l'imprévisible Henry —, Camilla fronça les sourcils en balbutiant :

— Oh, ne vous l'ai-je pas encore dit ? Le frère de lady Hampton est le cinquième comte Chard et il réside à Loudwater, dans le Northumberland. Voilà neuf ans, il a épousé Isabella Beaumains, une roturière dont les parents étaient riches comme Midas. A moins que ce soit Crésus ? Je les confonds toujours ! Quoi qu'il en soit, ajouta Mme Gardiner avec un rire perlé, ce mariage fut une providence pour Chard qui avait besoin de redorer son blason. Son prédécesseur était en butte à de graves difficultés financières car il menait la vie à grandes guides et dépensait le revenu du domaine aux tables de jeu du White's. Dès lors, il valait mieux que Chard soit nanti d'une coquette fortune quand il a hérité de Loudwater !

Pétrifiée, Emma ne prêtait plus attentions aux bavardages de Mme Gardiner. Grands dieux, Chard ! Lorsqu'elle l'avait rencontré, dix ans plus tôt, il était encore Dominic Hastings, un dandy frivole et cupide qui maniait la flagornerie avec un art consommé... Non, le sort ne pouvait être cruel au point d'exiger qu'elle entrât en fonctions chez ce méprisable intrigant ! Pour rien au monde elle ne se rendrait à Loudwater !

Toutefois, que deviendrait-elle si elle déclinait la proposition de Mme Gardiner ? Elle n'avait point de pécule et tous les membres de sa famille l'avaient mise au ban par peur du scandale. Dût-elle refuser ce poste qu'elle se retrouverait à la rue !

— Que se passe-t-il, mademoiselle Lawrence ? s'inquiéta Camilla Gardiner. Je ne vous ai jamais vue si pâle !

— Tout va pour le mieux, assura Emma avec un sourire forcé. Vous disiez donc que le comte Chard vit seul à Loudwater ?

— Oui, il n'a jamais voulu se remarier, expliqua Mme Gardiner. Lady Hampton l'aide de son mieux en le conseillant dans le choix de ses gens de maison. Et c'est une de leurs parentes démunies, Mme Morton, qui s'occupe de l'intendance.

Perplexe, Emma baissa les yeux et fixa ses mains tremblantes. Elle avait conscience que c'eût été pure folie de rejoindre les rangs du personnel de Loudwater. Cependant, il lui semblait tout aussi déraisonnable de ne pas saisir cette occasion de retrouver une place ! Et puis, dix ans s'étaient écoulés, se rappela Emma. Elle avait changé de nom, d'apparence, et il était peu probable que Dominic la reconnaisse... Du reste, il avait sûrement oublié Mlle Lincoln, cette jeune fille dodue et sans grâce, qui redoutait de prendre la parole de crainte que l'on ne raillât ses bégaiements.

— Je suppose que lady Hampton souhaite me rencontrer, murmura Emma. Vous pouvez lui indiquer que je suis prête à agréer son offre et que je me tiens à son entière disposition.

— Quelle excellente nouvelle ! s'exclama Mme Gardiner.

Elle avait naturellement remarqué que la charmante Emma ne déplaisait pas à son volage époux. Quand ce dernier lui avait intimé un peu plus tôt de congédier la gouvernante, Camilla avait tout de suite compris qu'il entendait se débarrasser d'elle car il s'était heurté à quelque refus... Ce n'était pas la première fois, au demeurant, qu'un tel incident se produisait !

A dire le vrai, Mme Gardiner se reprochait de ne pas avoir osé tenir tête à Henry. Rares étaient les domestiques aussi dévouées et consciencieuses qu'Emma Lawrence ! Mais, redoutant de s'attirer les foudres de son irascible mari, elle avait préféré obtempérer, sans donner carrière à l'indignation que lui inspirait cet injuste renvoi. Et, quoi qu'elle fût un peu honteuse de sa propre faiblesse, Mme Gardiner était profondément soulagée d'avoir procuré un nouvel emploi à cette demoiselle exemplaire dont ses deux filles pleureraient sans nul doute le départ...

Le lendemain soir, après s'être demandé toute la journée si elle ne commettait pas une grave erreur, Emma se rendit à Hampton House.

A son arrivée, le majordome l'introduisit dans un salon meublé à la chinoise et lui fit signe de prendre place.

Emma le remercia, puis s'assit sur un sofa bleu Nattier, flanqué de deux dragons de porcelaine. Elle, d'ordinaire si calme, était sur des charbons ardents depuis la veille et avait toutes les peines du monde à rester maîtresse de ses émotions.

Quelque dix minutes plus tard, une petite dame aux joues roses vint ouvrir les portes de la bibliothèque adjacente, et prévint Emma que lady Hampton allait la recevoir.

La sœur aînée de Chard était assise à une table marquetée, près d'une fenêtre ouvrant sur un grand patio. Agée d'une quarantaine d'années, cette aristocrate aux yeux d'un bleu glacé était vêtue d'une robe de taffetas vert, couleur peu flatteuse pour la plupart des femmes mais qui lui seyait à merveille.

Si Emma la reconnut dès qu'elle entra, il apparut très vite évident que lady Hampton, elle, ne fit pas la relation entre sa visiteuse et l'insignifiante Mlle Lincoln. Cela n'avait d'ailleurs rien d'étonnant : elles ne s'étaient rencontrées qu'une seule fois, lors d'une soirée musicale.

Tandis que sa dame de compagnie refermait les portes de la bibliothèque, lady Hampton salua la préceptrice et l'examina d'un œil critique. Sa modeste robe de cotonnade grise, garnie d'une collerette au crochet, lui donnait un air de petite provinciale endimanchée. Aucun bijou ne rehaussait sa toilette, excepté une discrète broche en argent inscrutée d'une simple perle. Ses cheveux bruns étaient rassemblés en chignon, et ses grands yeux mordorés pétillaient d'intelligence.

Cette demoiselle à la mise soignée fit tout de suite bonne impression à lady Hampton, qui conçut la certitude que son amie Camilla lui avait envoyé la candidate idéale...

— Asseyez-vous, suggéra-t-elle de sa voix aigre.

Et, sans plus attendre, l'énergique Louisa entra dans le vif du sujet.

— Lady Letitia Hastings est la fille unique de mon cadet, Chard. Il s'agit d'une enfant charmante et très éveillée, dont la mère mourut en couches voici huit ans. Chard aime tendrement sa fille et souhaite lui offrir la meilleure éducation. Cependant, toutes les gouvernantes que nous avons engagées jusqu'ici se sont révélées décevantes. Aucune de ces jeunes femmes n'avait les compétences nécessaires pour mener à bien la tâche qui leur était confiée... Il me semble que vous, en revanche, serez en mesure de satisfaire à nos exigences, ajouta lady Hampton en rivant ses yeux perçants sur Emma. Mme Gardiner et votre ancienne maîtresse Suzanne Dumaurier, de l'ambassade de France, m'ont indiqué que vous étiez fiable et remarquablement cultivée. Autant de qualités que moult préceptrices ne peuvent se targuer de posséder !

Louisa exhala un soupir, puis reprit avec hauteur :

— Avant de pousser cet entretien plus avant, je tiens à ce que vous m'apportiez une précision. La personne que vous remplacerez nous avait assurés qu'elle n'envisageait pas de contracter une union. Or, cette péronnelle s'est fiancée avec le vicaire du village trois mois après son arrivée à Loudwater ! Si vous aussi avez l'intention de fonder un foyer, je vous prie de me le signaler car je devrai alors engager une autre postulante. Voyez-vous, notre chère Letitia a besoin de stabilité et nous souhaitons qu'elle garde la même gouvernante jusqu'à ce qu'elle soit en âge d'effectuer sa première saison. Me suis-je bien fait comprendre ?

Emma soutint le regard sévère de son interlocutrice.

— Je puis vous assurer que je n'ai pas le dessein de prendre époux, milady. J'ai résolu de vivre dans le plus strict célibat et rien ne pourra infléchir ma décision.

Non sans une certaine amertume, Emma se demanda comment lady Hampton réagirait si elle lui révélait que c'était à cause de Chard qu'elle avait choisi de ne pas se marier. Depuis qu'elle avait eu la malchance de rencontrer cet impudent gandin dénué de sens moral, elle éprouvait une vive défiance à l'égard de la gent masculine. Pire, la seule idée de convoler la révulsait !

— J'espère que vous tiendrez parole, marmonna lady Hampton d'un ton acide. Mme Dumaurier m'a informée que vous parliez un excellent français. Et Camilla écrit que, outre les compétences habituelles d'une gouvernante, vous dessinez, brodez et jouez du pianoforte. Tout porte donc à croire que ma nièce trouvera en vous une précieuse conseillère et que vous saurez lui donner l'éducation raffinée d'une jeune lady accomplie.

— Je m'efforcerai de ne pas décevoir votre attente, murmura Emma en baissant modestement les yeux.

— Nous vous jugerons à l'œuvre, ma petite !

Et, pour la première fois depuis le début de leur entretien, lady Hampton esquissa un bref sourire.

— Puisque vous acceptez nos conditions, mademoiselle Lawrence, je vais préparer votre voyage au plus vite. Quand vous sera-t-il possible de l'entreprendre ?

— A la fin de la semaine, lorsque M. et Mme Gardiner partiront pour Paris.

— C'est parfait ! s'exclama lady Hampton. Je pense que vous vous plairez à Loudwater, car l'endroit est superbe. Et je ne doute pas que vous parviendrez à corriger Letitia de ses défauts. C'est une enfant espiègle, qui a de déplorables façons de garçon manqué... Son père la gâte trop, à mon sens, mais elle est sa seule joie !

Ayant dit, Louisa Hampton saisit la clochette en argent qui était posée sur la table et l'agita pour signifier la fin de l'entretien. Elle avait accompli sa mission : lady Letitia aurait bientôt une nouvelle gouvernante ! Mieux, cette jeune femme s'était engagée à demeurer au domaine jusqu'à ce que son élève soit présentée à Londres ! La fille de Chard serait alors une belle débutante à marier qui recevrait les hommages de ses premiers soupirants et devrait s'accoutumer au cynisme de la haute société, aussi avare de compliments qu'elle était prodigue de railleries cinglantes.

2.

La lueur cendrée du crépuscule baignait le quartier de Mayfair quand Emma, stupéfaite d'avoir retrouvé aussi aisément une situation, regagna en fiacre le domicile des Gardiner.

Après le dîner, elle monta à la nursery pour souhaiter bonne nuit à Caroline et Sélina. Puis elle se glissa dans sa chambre, attenante à celles des deux fillettes, et alluma sa lampe à huile tout en s'efforçant de chasser les douloureux souvenirs qu'avait ravivés son entrevue avec lady Hampton.

Mais ce fut en pure perte : le comte Chard occupait toutes ses pensées. Elle croyait avoir oublié à jamais le camouflet que ce gredin de la pire espèce lui avait infligé dix ans plus tôt. Or, elle s'aperçut avec stupeur qu'il n'en était rien... Sa cruelle mésaventure resurgissait avec précision et netteté dans son esprit, comme si elle l'avait vécue la veille.

Nul doute qu'il était vain de s'opposer au passé ! songea Emma en s'asseyant au bord de son lit. Mieux valait qu'elle le revive, si pénible fût-il, pour qu'il cesse enfin de la tourmenter et s'évanouisse une fois pour toutes...

Cette décision arrêtée, elle fixa son regard sur le feu qui crépitait dans la petite cheminée prussienne et se remémora non sans appréhension l'époque où son père était encore en vie...

⁂

Lorsqu'elle fit ses débuts dans le monde, Emma venait de célébrer son dix-huitième anniversaire et s'appelait encore Emilia Rosamond Lincoln. Elle était la fille unique d'un négociant de la *gentry* qui avait fait fortune dans le commerce des soieries et cotonnades indiennes. Sa défunte mère, Judith Hartfield, était pour sa part issue d'une vieille famille du nord de l'Angleterre. Blonde comme les blés, gracieuse et rayonnante, cette femme de constitution délicate avait été dans sa jeunesse l'une des demoiselles les plus courtisées de la ville.

Mais Emilia n'était pas aussi ravissante que Mme Lincoln... Elle ressemblait de façon frappante à son père dont elle avait le nez légèrement busqué, la bouche au pli sévère et les boucles indisciplinées. Pis, elle s'était mise à grossir à l'âge de quinze ans et ne parvenait pas, malgré les efforts qu'elle déployait, à se débarrasser de son embonpoint.

Sa gouvernante, Rebecca Dacre, lui assurait qu'il s'agissait d'un désagrément passager et qu'elle serait bientôt aussi mince que sa mère. Las ! Ces prédictions ne se réalisèrent pas. Quand elle accomplit sa première saison, Emilia n'avait pas perdu la moindre livre ! La malheureuse enfant se repliait sur elle-même et enviait les fluettes ingénues à la chevelure d'or qui rencontraient un immense succès aux soirées de l'aristocratie londonienne.

Pour couronner le tout, elle avait commencé à bégayer peu après que sa silhouette se fut arrondie. Sitôt qu'elle devait s'adresser à un inconnu, elle s'affolait et balbutiait d'incompréhensibles propos en rougissant jusqu'à la racine des cheveux. Ses interlocuteurs la dévisageaient généralement d'un air navré, quand ils ne la gratifiaient pas de petits sourires narquois...

Son père, Wilhem Lincoln, l'aimait plus que tout, et espérait comme Mlle Dacre que la corpulence et la prononciation défectueuse d'Emilia n'étaient qu'une étape dans l'évolution de sa personne. Même s'il déplorait qu'elle fût sans charme, cet excellent homme n'en était pas moins fier de sa fille, car elle possédait un atout non négligeable : son étonnante vivacité d'esprit. Les judicieux arguments qu'elle présentait, quand elle osait se joindre à une conversation, dénotaient une profonde sensibilité et une intelligence prometteuse quoiqu'encore imparfaite.

Mais s'agissait-il réellement d'un avantage ? D'aucuns jugeaient importun qu'une femme fût brillante et réfléchie. Trop de finesse faisait fuir les hommes, c'était bien connu ! Non pas que ce soit un inconvénient pour Emilia... Lorsqu'elle paraissait à un raout, une pléthore d'admirateurs l'entourait aussitôt, qui faisait assaut de galanterie pour gagner ses bonnes grâces. Wilhem Lincoln n'ignorait pas que les mobiles de la plupart de ces messieurs étaient intéressés. Mais il ne cherchait cependant pas à influencer le choix de sa fille, et s'était promis de n'intervenir que si elle jetait son dévolu sur quelque licencieux vaurien.

— Tu peux épouser qui te plaît, lui disait-il souvent. Peu importe que la famille de ton époux soit financièrement déchue. L'essentiel est qu'il soit honorable et te rende heureuse.

Avant d'être introduite dans les salles de bal bondées d'Audley Square, Emilia pensait naïvement qu'aucun gentleman ne voudrait demander sa main, attendu qu'elle était bègue et potelée. Or, elle ne fut pas longue à s'aviser que quantité d'hommes eussent été prêts à convoler avec une repoussante quinquagénaire au nez crochu pour empocher une fortune aussi immense que celle dont elle hériterait ! Partant, la difficulté consistait à discerner lequel de ses chevaliers servants ne tentait pas de l'abuser en feignant de nourrir un tendre penchant à son endroit. Dotée d'une intelligence suffisamment souple pour s'adapter à toutes les circonstances, Emilia apprit bientôt à déceler la duplicité. Et elle bredouilla son refus aux coureurs de dot qui s'ingéniaient à grand renfort de sourires onctueux et de compliments sucrés à la persuader de la sincérité de leurs sentiments.

Puis, au milieu de la saison 1804, la jeune fille rencontra Dominic Hastings au bal des Melbourne... Elle bavardait à bâtons rompus avec Mlle Dacre, qui lui servait maintenant de dame d'honneur, quand son hôtesse surgit à ses côtés, un adonis blond dans son sillage.

— Chère mademoiselle Lincoln, dit lady Melbourne avec l'assurance des femmes dont le temps n'a pas flétri l'éclat. Permettez-moi de vous présenter l'un de mes lointains cousins, M. Dominic Hastings. Il est à Londres depuis peu et n'a pas encore eu l'heur de faire votre connaissance.

Emilia conçut immédiatement un violent trouble. Un peu plus tôt, elle avait vu Dominic entrer dans la salle de réception, et l'avait observé en songeant qu'il ressemblait en tout point aux héros des romans de chevalerie qui faisaient fureur à l'époque. Grand et large d'épaules, ce séducteur aux longs cheveux avait un visage aussi noble que celui de la statue de l'*Apollon du Belvédère* dont une copie ornait le hall de la demeure d'Emilia, à Picadilly. De plus, il était d'une rare élégance ! Il portait une culotte et une jaquette de soie noire sous laquelle on devinait un gilet de nankin. Sa cravate blanche nouée à la florentine mettait en valeur son teint hâlé et ses yeux d'un bleu limpide. Des souliers de danse à larges bouffettes complétaient sa tenue, que Brummel, le roi des dandys, eût sans nul doute approuvée.

Eblouie par tant de prestance, Emilia sentit le feu lui monter au visage lorsque M. Hastings s'inclina pour baiser sa main.

— Je suis ravi de vous rencontrer, mademoiselle Lincoln, murmura-t-il d'un ton suave. On m'a beaucoup parlé de vous.

D'évidence, il avait deviné qu'Emilia était en proie à une profonde agitation, car il lui posa peu après une série d'aimables questions destinées à la mettre en confiance. Appréciait-elle sa première saison ? Assisterait-elle au récital d'épinette qui aurait lieu le lendemain chez lady Fibbelmere ?

Emilia parvint un peu à se détendre, bien qu'elle fût encore plus embarrassée que de coutume par ses bégaiements. Toutefois, Dominic ne parut pas les remarquer. Il avait incliné la tête et écoutait d'un air grave les réponses qu'elle balbutiait.

Lorsque l'orchestre joua les premières mesures d'un quadrille, un moment plus tard, M. Hastings offrit son bras à Emilia et la guida galamment vers la piste.

Un sourire incurvant ses lèvres au modelé sensuel, il se mit alors en ligne sur le paquet ciré, puis commença à exécuter les figures avec aisance et légèreté. Sa cavalière, pour sa part, eut l'impression de se couvrir de ridicule ! Elle faillit trébucher plusieurs fois et esquissa si gauchement ses pas de danse que nombre d'invités la cinglèrent de regards ironiques.

Mais, par bonheur, Dominic ne se gaussa pas de sa maladresse... A la fin du quadrille, il reconduisit Emilia dans le coin des chaperons, et déclara avec cette exquise gravité qui semblait être sa marque distinctive :

— Il fait une chaleur telle, ici, que vous désirez sûrement vous désaltérer. Je vais de suite vous chercher une citronnade.

Et il fit volte-face pour se frayer un chemin jusqu'au buffet.

— Quelle chance avez-vous, Emilia ! s'exclama Mlle Dacre avec entrain. M. Hastings est l'un des hommes les plus séduisants du beau monde ! Et bien qu'il soit sans le sou, l'on dit qu'il héritera bientôt du comté de Loudwater dans le nord-est du pays !

Dominic reparut à cet instant, et tendit sa citronnade à

Emilia avant de prendre place auprès d'elle. Les joues en flamme, la jeune fille lui demanda s'il ne préférait pas aller rejoindre ses amis. Mais il rétorqua que rien ne lui souriait davantage que de demeurer à ses côtés pour bavarder avec elle et la divertir. Ce qu'il fit en lui relatant d'amusantes anecdotes sur certaines des personnes conviées. Telle lady Hedgewood, un bas-bleu à l'allure masculine qui était réputée pour la brillante férocité de ses épigrammes. Ou encore le marquis Winchelsea, dandy matois et joueur invétéré dont les frasques alimentaient les ragots de Belgravia Square...

Cette soirée fut de loin la plus délicieuse qu'Emilia passa depuis qu'elle avait fait ses débuts dans la meilleure société. Durant le trajet de retour, elle donna libre cours à son enthousiasme et confia à Rebecca Dacre que les galantes intentions de Dominic Hastings l'avaient charmée.

Sa dame d'honneur — loin de se douter qu'elles avaient affaire à un habile chasseur de fortune — était elle aussi aux anges. Elle se réjouissait que sa protégée ait enfin rencontré un gentleman aussi bien tourné, qui semblait n'attacher aucune importance à son peu d'allure et à ses fâcheux bégaiements.

Le reste de la saison passa comme dans un songe. Emilia était vue partout en compagnie de M. Hastings et elle déclina sans hésiter une dizaine de demandes en mariage. Jamais elle n'avait ressenti semblable félicité ! Son quotidien se parait de plénitude et elle découvrait ses premiers émois amoureux avec la candeur des demoiselles élevées dans l'ignorance de la vie.

Bien aise de voir sa fille aussi heureuse, M. Lincoln la fit venir un jour dans son bureau pour l'entretenir de son sigisbée.

— Je sais que tu as éconduit plusieurs messieurs fort respectables ces derniers temps, déclara-t-il. Agis-tu de la sorte parce que tu espères te fiancer avec le jeune Hastings ?

— O-o-o-ui, père. Voyez-vous un inconvénient à l'agréer pour g-g-g-endre ?

— Aucun. Ce garçon est un nigaud, à mon sens, mais il a l'air brave et honorable. S'il souhaite t'épouser, sache que je lui donnerai mon consentement.

Emilia roula des yeux indignés et s'empressa de prendre la défense de Dominic. Comment son père pouvait-il traîter de sot ce brillant jeune homme aux reparties si spirituelles ?

— Vous vous m-m-m-m-éprenez, père ! s'insurgea-t-elle. Je puis vous assurer que M. Hastings n'est pas stupide !

Après coup, Emilia réalisa que c'était peut-être le seul point sur lequel elle avait vu juste. Non, Dominic n'était pas idiot — loin s'en fallait ! Cet aventurier versé dans l'art de séduire avait attendu plus de deux mois avant de faire sa demande pour qu'on ne le soupçonne pas d'être impatient de s'enrichir... Et il avait manœuvré avec une telle intelligence que nul dans l'entourage d'Emilia ne subodora qu'il jouait une odieuse comédie.

Ce fut lors des derniers jours de la saison que la cruelle vérité s'imposa enfin à la jeune fille.

Par un bel après-midi, elle commanda la calèche et se rendit à Hyde Park avec sa dame d'honneur dans l'espoir de rencontrer Dominic... Et il était là, se dirigeant vers elles sur son pur-sang noir ! Une intense fébrilité s'empara de la jeune fille quand elle l'aperçut, et son cœur cogna soudain si violemment qu'elle crut défaillir. Jamais elle ne remercierait assez lady Melbourne de lui avoir présenté ce gentleman à qui elle s'unirait bientôt. Car M. Hastings allait la mener à l'autel. De cela, elle avait la certitude !

Eperdue, Emilia observa le séduisant mondain arrêter son cheval près de la calèche. Il salua Rebecca Dacre d'une inclination, puis se pencha vers son élue en soufflant d'une voix caressante :

— Quelle heureuse surprise, mademoiselle Lincoln ! Vous ne m'aviez pas indiqué que vous seriez au parc cet après-midi.

— Pour tout dire, c-c-c-cette sortie n'était pas prévue, expliqua Emilia. Mais comme nous n'avions pas d'o-b-b-bligations, tantôt, nous avons décidé de venir f-f-f-lâner sur le Ring.

M. Hastings hocha la tête d'un air songeur, et parut hésiter un instant avant de murmurer :

— Il faut absolument que je vous parle en privé, mon ange. Pas ici, bien sûr, car l'endroit se prête peu aux déclarations... Puis-je espérer que vous me permettrez de vous rendre visite demain matin ? Et que je pourrai ensuite m'entretenir avec M. Lincoln ?

Le moment tant attendu était arrivé : Dominic s'était décidé à la demander en mariage ! Le cœur en joie, Emilia leva timidement les yeux vers lui et fit tous ses efforts pour ne pas bégayer.

— Bien sûr ! Je préviendrai père dès mon retour.

— Je suis ravi de l'apprendre, sussura Dominic en considérant l'héritière avec tendresse. Dites-moi, ma douce amie, aurai-je le plaisir de vous escorter ce soir au bal de lady Corbridge ?

— Oh, je crains que ce ne soit impossible ! Mon père m'a prié d'a-a-a-assister au dîner qu'il donne en l'honneur d'une de ses relations d'affaires. Mais ce n'est que p-p-p-artie remise, monsieur Hastings. Nous nous v-v-v-verrons un autre soir.

— A ma plus grande satisfaction ! Votre société m'enchante et je me félicite chaque jour d'avoir eu la chance de croiser votre chemin. A vous revoir, mademoiselle Lincoln !

Sitôt rentrée, Emilia s'engouffra dans le bureau de son père et lui relata sa conversation avec Dominic. Lorsqu'elle eut achevé son récit, l'indulgent Wilhem annonça d'un ton enjoué :

— Dans ces conditions, tu dois te rendre chez lady Corbridge !

— Mais vos invités vont...

— Ton bonheur passe avant tout, coupa M. Lincoln. Je vais faire quérir le cocher pour lui ordonner de te mener à Corbridge House dès que tu auras fini de t'apprêter. Amuse-toi bien, ma chérie !

Le cœur battant d'une folle impatience, Emilia courut informer son chaperon qu'elle honorerait finalement l'invitation de lady Corbridge. Puis elle se précipita dans sa chambre et intima à sa camériste de préparer sa robe de taffetas bleu de Perse, son collier d'améthystes et son éventail à manche d'ivoire. Elle tenait à se parer de ses plus beaux effets pour plaire à son apollon au visage d'ange !

Certes, il eût été exagéré de dire qu'Emilia fut ravissante, ce soir-là. Mais ceux qui se donnèrent la peine de la détailler ne manquèrent pas de percevoir qu'elle semblait moins terne qu'à l'accoutumée. Ses yeux pétillaient de joie et son teint d'ordinaire cireux avait la fraîcheur veloutée d'une rose de Damas.

Cet éclat inhabituel n'échappa point à lady Corbridge, qui salua Emilia avec chaleur lorsqu'elle arriva et la conduisit à la salle de bal. Nul doute, estima l'aimable hôtesse, que cette brunette aux hanches trop épaisses embellirait avec le temps ! Dans quelques années, quand elle aurait minci et appris à s'habiller, elle serait certainement aussi séduisante que sa défunte mère.

Tandis que lady Corbridge s'éloignait pour accueillir la comtesse Portborough, Emilia étudia les invités qui riaient et s'amusaient dans l'immense pièce aux murs tendus de brocatelle. Mais à sa déconvenue, elle n'avisa pas son futur époux.

— Je vais tâcher de t-t-t-trouver Dominic, dit-elle à Mlle Dacre. Il n'est sûrement pas loin.

Et sans plus attendre, Emilia commença à fendre la

foule. M. Hastings n'était pas sur la piste de danse, ni dans aucune des pièces adjacentes. Peut-être n'était-il pas venu, songea la jeune fille, puisqu'elle lui avait indiqué qu'elle dînerait avec les amis de son père ! A tout hasard, elle inspecta le fumoir et les balcons de la salle de réception. Mais de Dominic, toujours point !

Vivement déçue, Emilia se fraya un passage parmi les invités pour rejoindre Mlle Dacre. Elle avait presque atteint le coin des chaperons quand des voix masculines fort enjouées lui firent dresser l'oreille... Elles semblaient provenir d'un salon, situé au bout d'un étroit corridor au plafond voûté.

Emilia le suivit après un moment d'hésitation, et retint soudain son souffle lorsqu'elle crut entendre M. Hastings. Oui, c'était bien lui, qui devisait avec d'autres gentlemen !

Soulagée de l'avoir enfin trouvé, elle courut vers le salon en lissant ses cheveux coiffés en bandeaux plats. Au même instant, de l'autre côté de la porte, Dominic marmonna d'un ton acerbe :

— Bien sûr que j'irai avec vous chez Laura Knight ! Il s'agit de ma dernière nuit de liberté, après tout !

Emilia ouvrit tout grand les yeux. Laura Knight ? Nul n'était sans savoir que cette scandaleuse Messaline était la tenancière d'une des plus célèbres « maisons » de Londres...

Un autre gentleman renifla alors avec dédain, et s'écria :

— Cesse de te plaindre, Hastings ! Tu perds peut-être ta liberté, mais songe à ce que tu gagnes en contrepartie : une fortune qui te permettra de rouler carrosse !

— Tu oublies que je dois épouser la fille du vieux Lincoln pour empocher ce pécune, répliqua Dominic. Et avoue qu'il est difficile de trouver créature plus disgracieuse ! Elle est bègue, grasse comme une oie et s'affuble toujours de robes grotesques ! Faut-il que j'aie besoin d'argent pour unir mon sort à ce laideron !

La gorge d'Emilia se serra tout à coup, et un violent frisson la traversa de part en part. Etait-il possible que ce soit *son* Dominic qui parle d'elle avec une semblable cruauté ?

Elle s'avança vers la porte entrebâillée et jeta un coup d'œil dans le salon que lady Corbridge avait mis à la disposition de son fils Jack et de ses compagnons. Hélas ! C'était bien Dominic. Mais un Dominic très différent du dandy raffiné qui suscitait l'admiration de tous... Les cheveux en bataille, il s'était affalé dans un fauteuil, près d'une table basse où étaient disposées quantité de bouteilles vides. Il avait dénoué sa cravate et sa chemise de soie levantine était déboutonnée jusqu'à la taille. Emilia n'avait jamais vu d'homme ivre auparavant, mais elle comprit tout de suite que M. Hastings avait bu avec excès ce soir-là.

In vino veritas, affirmait fort justement la maxime... Ceux qui abusent de l'alcool finissent toujours par dévoiler ce qu'ils dissimulent. Et la jeune fille était persuadée que, pour la première fois depuis qu'ils se connaissaient, Dominic ne déguisait pas ses sentiments. Il n'avait jamais éprouvé d'affection vis-à-vis d'elle. Pis, il la méprisait !

Comment avait-elle pu être à ce point naïve ? se gourmanda Emilia en cachant son visage dans ses mains. Pourquoi n'avait-elle pas lu plus tôt dans le jeu de son « bel apollon » ? Ce suborneur avait usé de son charme pour gagner sa faveur et la circonvenir !

Mais le hasard avait voulu qu'elle le démasque... Lorsque M. Hastings viendrait la demander en mariage, le lendemain matin, il ne trouverait pas la crédule enfant prête à lui confier sa destinée et la fortune de son père. Non, il aurait affaire à une demoiselle qui avait décelé sa fourberie et contrecarrerait ses desseins en l'envoyant au diable. Le pactole tant convoité lui ayant échappé, ce fieffé coquin devrait — avec quel dépit ! — recommencer son détestable manège pour séduire une autre héritière !

Tandis que M. Hastings continuait à la brocarder, Emilia fit volte-face et revint sur ses pas en frissonnant de tout son être. Sa tête bourdonnait, son cœur martelait sa poitrine, et elle avait l'impression d'avoir été rouée de coups. Dieu ! Que cet homme qu'elle avait mis sur un piédestal la désapppointait !

Avant de quitter le corridor où résonnaient les rires gras de Dominic, Emilia se dirigea vers une porte-fenêtre qui donnait sur un petit balcon. Elle l'ouvrit et s'approcha de la balustrade en tentant de recouvrer son calme. Nul ne devait jamais savoir qu'elle avait été dupe des manigances d'un coureur de dot, décida-t-elle. Sa fierté lui interdisait de l'apprendre à qui que ce fût !

Les yeux embués de larmes, Emilia inspira à fond et s'absorba dans la contemplation des rues animées de Mayfair. La fraîcheur du soir lui procura un soulagement bienvenu, et son cœur cessa peu à peu de battre à se rompre. Lorsque, enfin, elle se sentit assez forte pour se composer une contenance, elle se glissa dans le couloir, puis regagna la salle de bal bondée.

— Je commençais à m'inquiéter ! s'exclama Mlle Dacre quand Emilia s'avança vers elle. Avez-vous trouvé M. Hastings ?

— L'on m'a dit qu'il était sorti avec Jack Corbridge, expliqua la jeune fille d'une voix posée. Après tout, il n'était pas censé savoir que je parviendrais finalement à me libérer !

Elle luttait de toute son âme pour dissimuler sa détresse. Mais celle-ci avait cependant dû paraître, car Mlle Dacre leva soudain un sourcil inquiet.

— Que se passe-t-il, mon enfant ? Vous êtes pâle comme un linge !

— Oh, sans doute est-ce la chaleur qui m'incommode... Attendu que Dominic n'est pas là, nous ferions aussi bien de rentrer, non ?

— J'allais justement vous le proposer, répondit

Mlle Dacre à demi voix. L'on étouffe, ici, et j'avoue que j'ai moi aussi peine à supporter cette chaleur !

Ce fut donc plus tôt que prévu que toutes deux repartirent. Le cœur chaviré, Emilia fit mine de s'intéresser aux bavardages de son chaperon durant le trajet en calèche. En vérité, son attention était concentrée tout entière sur l'épreuve qui l'attendait le lendemain : la visite de M. Hastings... Elle savait qu'il lui faudrait s'armer de tout son courage pour ne pas flancher lors de son entrevue avec l'enjôleur qui l'avait prise dans ses rêts.

Emilia dormit peu cette nuit-là et se leva dès la pointe du jour. Après le petit déjeuner, elle s'installa dans le salon, où sa dame d'honneur vint lui tenir compagnie. Rebecca Dacre trouva la jeune fille encore plus blême que la veille, et fut étonnée de ne la voir manifester aucun enthousiasme quand le majordome annonça Dominic, une heure plus tard. Mettant ce peu d'entrain sur le compte de la nervosité, la bonne demoiselle laissa les futurs époux en tête à tête et referma doucement la porte derrière elle.

Sitôt qu'ils furent seuls, M. Hastings s'inclina sur la main d'Emilia et déclara d'une voix sensuelle :

— Je suis convaincu que vous savez pourquoi je vous ai prié de me recevoir, mon cœur...

— Du tout, rétorqua Emilia, déterminée à ne pas lui faciliter la tâche. Mais vous allez sûrement éclairer ma lanterne.

Si ces paroles provoquèrent la stupeur de l'arrogant dandy, il n'en montra rien.

— Sans doute vous êtes-vous avisée du respect et de l'admiration que je vous porte depuis que nous nous connaissons, déclara-t-il. Ce que je m'apprête à vous demander ne devrait donc pas vous surprendre... Chère mademoiselle Lincoln, me ferez-vous l'insigne honneur de m'épouser ?

Emilia décocha un regard sévère à son prétendant. A en juger par les ombres mauves qu'elle distinguait sous ses yeux, il avait dû rentrer fort tard des salons de plaisir de Laura Knight !

— Je suis très flattée que vous demandiez ma main, rétorqua-t-elle. Mais à mon grand regret, je dois décliner votre offre.

Aucune émotion ne se peignit sur les traits de Dominic.

— Cessons ce jeu, mon aimée, et exprimons-nous en toute franchise... Je connais vos sentiments à mon égard et je sais que vous aussi souhaitez que nous nous unissions.

— Oh, il ne s'agit pas d'un jeu ! D'évidence, vous vous êtes leurré sur mes intentions. Jamais je n'ai envisagé de me marier avec vous... Je vous tiens simplement pour un excellent ami grâce auquel j'ai passé une saison que je n'oublierai pas de sitôt.

Le visage de Dominic trahit enfin son inquiétude.

— C... c'est inconcevable ! Si, comme vous le prétendez, vous n'avez jamais voulu que je vous mène à l'autel, pourquoi avoir accepté que je vous rende visite ? Hier, au parc, vous avez très bien compris que je désirais vous parler en particulier afin de présenter ma demande, n'est-ce pas ? Cependant, vous ne m'avez nullement dissuadé d'accomplir cette démarche. Au contraire !

Emilia était trop accablée depuis la veille pour se réjouir de l'ébahissement qui avait saisi M. Hastings. Tout en s'appliquant à garder un masque impénétrable, elle exhala un profond soupir et s'adossa à sa bergère capitonnée de soie brodée.

— Je suis sincèrement navrée de cette fâcheuse méprise qui doit être imputable à ma méconnaissance du beau monde. Eussé-je deviné que c'était de mariage dont vous souhaitiez m'entretenir, j'aurais mis les choses au point sans tarder pour vous éviter d'essuyer un refus des plus embarrassants... Mais n'en parlons plus, je vous prie, conclut Emilia d'une voix à peine audible. Oublions ce malentendu et restons bons amis, voulez-vous ?

Les mâchoires crispées, Dominic fixa le bout de ses bottines de cuir hollandais. C'était à n'y rien comprendre ! Il était pourtant persuadé d'avoir conquis le cœur de Mlle Lincoln ! Et voilà qu'elle l'éconduisait au dernier moment, sans qu'il parvienne à s'expliquer ce qui avait induit ce revirement inattendu. Et tout portait à croire qu'elle ne changerait point d'avis ! Cette petite idiote semblait résolue à camper sur ses positions... En somme, il pouvait dire adieu à la fortune des Lincoln !

— Eh bien, il ne me reste plus qu'à me retirer, murmura-t-il, au comble de la perplexité. Peut-être nous reverrons-nous lors de la prochaine saison — en amis, puisque mon amour n'est, semble-t-il, pas réciproque. A vous revoir, mademoiselle Lincoln.

Et Dominic tourna les talons sans un regard en arrière. Tandis qu'il s'engageait dans le hall brillamment éclairé, des larmes de regret commencèrent à ruisseler sur les joues d'Emilia.

C'est seulement lorsque la porte d'entrée se referma qu'elle s'aperçut qu'elle n'avait pas bégayé une seule fois depuis qu'elle avait entendu les railleries de M. Hastings, la veille au soir. A dire le vrai, elle était stupéfaite d'avoir réussi à faire preuve d'un tel sang-froid jusqu'ici. Comment avait-elle pu rassembler l'énergie farouche qui lui permettait de tenir ferme malgré le chagrin qui l'étreignait ? Emilia n'en avait pas la moindre idée. Et elle ne savait pas davantage, à l'époque, que cette force continuerait à l'habiter longtemps après qu'elle eut chassé Dominic Hastings de sa vie.

A peine avait-elle séché le flot de ses pleurs que M. Lincoln pénétra dans le salon, l'air soucieux.

— Ton bien-aimé s'en est déjà retourné ? questionna-t-il en s'asseyant près d'Emilia. Je l'attendais dans mon bureau. N'était-il pas supposé demander ta main aujourd'hui ?

— Il m'a en effet proposé de l'épouser, père. Mais j'ai jugé bon de refuser.

Wilhem Lincoln en demeura coi.

— Bougre, voilà qui est étonnant ! s'exclama-t-il enfin. Il me semblait que la société de ce gentleman te ravissait et que ton plus cher désir était de convoler avec lui !

— Oh ! Dominic et moi sommes seulement amis, mentit Emilia. Il n'a jamais été question de mariage entre nous...

Peu convaincu par cette explication, M. Lincoln jeta un regard scrutateur à sa fille. Il la connaissait assez pour savoir qu'il eût été vain de l'interroger... Elle n'était visiblement pas désireuse de l'instruire des motifs qui l'avaient amenée à prendre cette bien étrange décision. Mais peut-être se confierait-elle à lui plus tard, songea-t-il sans la quitter des yeux.

Or, tel ne fut pas le cas. Ainsi qu'elle se l'était juré, Emilia ne révéla jamais à quiconque pourquoi elle n'avait pas agréé le séduisant dandy dont toutes les demoiselles étaient éprises.

Lorsque la saison s'acheva, une semaine plus tard, les Lincoln regagnèrent leur paisible propriété de Kingston, dans le Surrey. La jeune fille fut soulagée de retrouver la quiétude de la vie campagnarde, qu'elle préférait de loin au tumulte artificiel des réceptions londoniennes. En outre, elle était persuadée qu'elle panserait plus vite ses peines dans le cadre familier et réconfortant de la demeure de son enfance.

Plusieurs mois s'écoulèrent sans qu'aucun événement marquant se produise. A la fin décembre, M. Lincoln dut rentrer en ville pour régler une affaire urgente avec son associé, George Swain. Le jour de son départ, tandis qu'il prenait le petit déjeuner en compagnie de sa fille, il s'enquit aimablement de ses projets pour l'année suivante. Souhaitait-elle accomplir une deuxième saison ?

— Cette idée ne me sourit guère, répondit Emilia avec un entrain affecté. J'aimerais attendre quelque temps, si vous n'y voyez pas d'objection. Pour tout avouer, le beau monde m'a bien déçue...

M. Lincoln n'insista pas et porta sa tasse de thé à ses lèvres tout en examinant Emilia avec intérêt. Elle avait changé de façon surprenante depuis qu'ils avaient quitté Londres ! Sa silhouette commençait à s'affiner et l'on décelait sur son visage moins empâté les premiers signes d'une beauté prometteuse. Mieux, ses bégaiements avaient définitivement disparu. Lorsqu'elle déciderait d'effectuer une nouvelle saison, d'ici à deux ou trois ans, il y avait fort à songer qu'elle ferait sensation !

Mais il n'y eut pas d'autre saison. Au printemps 1806 — un mois après l'annonce du mariage de M. Hastings et d'Isabella Beaumains —, survint un grand malheur : M. Lincoln, ruiné, se donna la mort.

Sans ressources, et abandonnée par son entourage qui coupa les ponts avec elle, Emilia fut contrainte de travailler pour subvenir à ses besoins. Elle, qui était accoutumée à ce qu'on la serve, avait dû dès lors se résigner à servir les autres...

Ce fut sur ces amères pensées qu'Emma referma la trappe de ses souvenirs.

Elle se leva pour tisonner le feu dans la petite cheminée de sa chambre et décida en retournant s'asseoir de ne plus jamais exhumer le passé. Il avait été trop pénible de se remémorer sa première déception sentimentale ! Et elle avait conscience qu'il serait encore plus douloureux de revoir, dans quelques jours, le faquin qui avait impudemment abusé de son inexpérience.

Mais elle n'avait cependant pas le choix ! Elle ne pouvait pas se permettre de décliner une offre aussi splendide à cause d'une désillusion qu'elle avait éprouvée lors de sa « première vie »...

Certes, elle n'ignorait pas que bon nombre de difficultés l'attendaient à Loudwater. Néanmoins, elle était prête à relever le défi. Les vicissitudes de la fortune l'avaient endurcie, et transformé la craintive adolescente qu'elle était en femme de tête au caractère bien trempé. Forte d'une détermination sans faille, Emma était résolue à affronter les obstacles que le destin ne manquerait pas, une fois de plus, de lui imposer...

3.

Trois jours plus tard, après un nouvel entretien avec lady Hampton qui lui fournit des instructions précises sur son voyage, Emma boucla ses malles et fit ses adieux à la famille Gardiner.

Quittant sans regret la demeure où elle avait vécu six mois durant, elle se rendit d'abord chez sa meilleure amie, Antonia Moore. Cette femme au cœur d'or avait été l'intendante des Lincoln et la seule personne qui ait soutenu Emma lorsque le monde s'était écroulé autour d'elle. Bien qu'elle fût impécunieuse, Antonia avait spontanément proposé à la jeune fille de lui offrir le gîte et le couvert, le temps qu'elle trouve une situation.

— Acceptez mon aide, mademoiselle, avait-elle suggéré quand la résidence londonienne des Lincoln avait été mise en vente. Je ne puis supporter de vous savoir à la rue, accablée et démunie.

Parvenue chez Mme Moore, qui s'était maintenant retirée dans un tranquille faubourg de Londres, Emma descendit de son fiacre et frappa à la porte de l'humble demeure en brique rouge.

La vieille dame fut enchantée de sa visite imprévue. Mais elle ne put dissimuler sa tristesse lorsqu'elle apprit que sa protégée partait pour le Northumberland.

— Je suis heureuse que vous ayez retrouvé une place, déclara-t-elle, les yeux brillants de larmes contenues.

Cependant, je vais regretter de ne plus vous voir, ma chère enfant !

Emma était très pressée ce matin-là ; aussi ne put-elle consacrer que dix minutes à la plus fidèle de ses amies. Celle-ci lui souhaita bonne chance et, après moult effusions, la raccompagna jusqu'à son *cab* qui stationnait devant le petit portail.

— N'oubliez pas de m'écrire, suggéra Mme Moore tandis que la fille de son ancien maître remontait en voiture. J'espère que vous serez bien traitée à Loudwater et que votre petite élève ne se montrera pas trop turbulente !

Plaquant un sourire sur ses lèvres, Emma lui promit non sans malaise de lui donner bientôt de ses nouvelles.

Le fiacre s'ébranla un instant plus tard, et prit la direction du Strand — le plus grand axe routier londonien —, où la jeune femme devait prendre la diligence de Nottingham. Pour dire le vrai, elle était un peu honteuse d'avoir menti à sa confidente : elle lui avait en effet caché que son nouvel employeur n'était autre que Dominic Hastings... Si elle avait apporté cette précision, nul doute que Mme Moore se serait inquiétée et lui aurait vivement déconseillé de rejoindre le personnel du comte Chard !

Le souvenir de ce séducteur patenté ne quitta pas Emma un seul instant tandis que la diligence l'emmenait vers les collines verdoyantes du Northumberland. Comment réagirait-elle lorsqu'elle retrouverait Dominic ? Qu'adviendrait-il si son ex-prétendant perçait son secret et découvrait sa véritable identité ? Assise seule dans l'impériale — peu de gens empruntaient la grande route du Nord ce jour-là —, Emma commençait à regretter d'avoir réouvert un chapitre de sa vie qu'elle tenait pour définitivement clos.

Mais il était trop tard pour revenir en arrière... La jeune femme franchissait son propre Rubicon et devait accepter les conséquences, si graves fussent-elles, de sa décision...

Elle parvint à Notthingham vers 22 heures, passa la

nuit dans une auberge locale, et se leva dès potron-jacquet pour prendre le *Northumbrian Flyer*. Lady Hampton lui avait indiqué que cette diligence des plus rapides passait par la ville côtière d'Alnwick où John, le cocher de Loudwater, était censé l'attendre.

C'est en fin d'après-midi qu'Emma arriva dans la paisible bougarde dont le domaine était distant d'environ dix miles. Alors qu'elle descendait de la diligence, qui avait fait halte dans la cour de la taverne du Lion Rouge, un grand gaillard aux boucles brunes se porta à sa rencontre.

— Bonjour, mademoiselle ! s'écria-t-il. Je suppose que vous êtes la nouvelle gouvernante ?

Emma acquiesça d'un signe de tête et glissa ses mains gantées dans son manchon de fourrure. Dieu ! Qu'il faisait froid ici !

— Je suis ravi de faire votre connaissance, affirma John. Ne reste pas planté là, Caleb, ajouta-t-il à l'adresse du valet d'écurie qui s'était aussi avancé. Qu'attends-tu pour charger les bagages de Mlle Lawrence dans le cabriolet ?

Dès que Caleb eut attaché les sacs de voyage sur le strapontin, tous trois montèrent en voiture et firent route vers le domaine. Emma était si occupée à admirer les closeaux et les collines boisées que son inquiétude s'atténua quelque peu. Elle se dissipa même tout à fait, une heure plus tard, lorsque la voiture atteignit les grilles en fer forgé de Loudwater.

Stupéfaite, Emma ouvrit tout grand les yeux. La résidence de Chard, édifiée au sommet d'une pente douce, était la copie d'un temple grec. Le portique majestueux était soutenu par six colonnes doriques aux chapiteaux cannelés. De chaque côté de la demeure, l'on apercevait d'étroites galeries que supportaient des caryatides dont les imposantes proportions ne déparaient pas la beauté et l'harmonieuse rigueur de l'ensemble. Cette fantaisie hellénique avait dû coûter une fortune ! songea Emma, qui mesurait l'immense distance sociale qui la séparait maintenant de Dominic.

John remonta l'avenue du parc à toute bride, puis se dirigea vers la cour des écuries. Là, il stoppa l'attelage devant un petit porche flanqué d'atlantes, à l'arrière de la demeure. Le jeune valet, lui, bondit aussitôt à terre, déplia le marchepied et aida la passagère à descendre.

— Si vous voulez bien me suivre, mademoiselle, dit John en la rejoignant.

Il gravit les marches du porche et précéda Emma dans un vestibule carré qu'éclairaient des lustres à pendeloques de cristal. Une dame âgée s'y tenait, qui portait une coiffe de veuve et une robe de soie noire au col rebrodé de dentelle.

— Voici Mme Eleanor Morton, déclara John. La tante de Sa Seigneurie et son intendante.

La vieille tendit la main à Emma.

— Bienvenue à Loudwater, mademoiselle Lawrence. J'espère que votre voyage n'a pas été trop exténuant.

Tandis que le cocher se retirait, Mme Morton prit le bras d'Emma et ajouta de sa voix chevrotante :

— Je vais tout de suite vous conduire à votre chambre. J'ai donné ordre qu'une collation y soit servie, car j'ai pensé que vous seriez affamée après un tel trajet !

— C'est très aimable de votre part, murmura Emma.

— C'est la moindre des choses ! Je suis sûre que lord Chard, s'il avait été présent, aurait lui-même exigé que l'on vous prépare un repas froid. Il a dû se rendre à Newcastle pour ses affaires et n'a pas précisé la date de son retour.

A ces mots, un intense soulagement envahit Emma. Quelle chance que Dominic se soit absenté ! Elle était à ce point exténuée qu'elle aurait eu toutes les peines à garder son calme si elle avait dû rencontrer son ancien soupirant dès son arrivée... Ces quelques jours de répit étaient une véritable bénédiction !

Mme Morton ne lui fit pas emprunter l'escalier de service pour gagner le deuxième étage, mais celui à double circonvolution du hall d'entrée. Au bout du long corridor, l'intendante déverrouilla une porte, puis pénétra dans une chambre claire et meublée avec goût. Les lambrequins en velours, le plafond à caisson de couleur ivoire, de même que les cloisons en lambris de chêne, faisaient de cette pièce un lieu douillet et accueillant.

Ebahie, Emma s'arrêta net pour contempler son nouvel appartement. Il lui semblait plus digne d'une invitée de la haute société que d'une humble gouvernante habituée aux mansardes dépourvues de confort !

Mme Morton, quant à elle, se dirigea vers une petite table, sur laquelle on avait disposé le plateau du thé et des plats contenant du faisan froid et des légumes confits.

— Asseyez-vous, dit l'intendante en tirant une chaise. Je vais rester auprès de vous et boire une tasse de thé pendant que vous vous restaurerez. Ensuite, je vous mènerai à la nursery pour vous présenter Lettie, qui est impatiente de vous rencontrer !

Emma prit place et commença à déguster son repas en devisant avec Mme Morton. Le charmant accueil de cette dernière la mettait en confiance et lui réchauffait le cœur... Après dix années de coups de tabac et de violentes tempêtes, elle avait l'impression d'avoir enfin amarré sa barque dans un port hospitalier.

Toutefois, Emma pressentait que ce calme serait de courte durée. Il y avait fort à songer qu'elle devrait de nouveau affronter une mer houleuse lorsque le maître de céans regagnerait ses pénates !

— Mademoiselle Lawrence, j'aimerais que vous m'appeliez Tish, comme ma première gouvernante. C'est la troisième qui m'a surnommé Lettie, et tout le monde l'a copiée. Mais, pour ma part, je trouve Tish plus plaisant !

Lady Letitia était assise à son pupitre, dans la salle d'étude attenante à la nursery. « Le petit ange brun », ainsi que Mme Morton l'avait dépeinte à Emma quand elle était arrivée, deux semaines plus tôt, effectuait avec application des exercices d'écriture.

— Croyez-vous qu'une telle familiarité serait du goût de votre père ? s'inquiéta la jeune femme.

— Oh, je n'en ai pas la moindre idée ! Papa est si rarement à la maison qu'il ne sait même pas que nos gens me donnent des surnoms. Voyez-vous, il est souvent amené à voyager pour ses affaires.

Emma fit la moue. Elle connaissait assez Dominic pour savoir en quoi consistaient ses « affaires »... Ce vaurien devait fréquenter assidûment les tripots clandestins et les maisons de tolérance les plus mal famées ! La pauvre Letitia méritait mieux que ce père peu recommandable, qui devait la négliger pour boire et s'acoquiner avec des créatures de mauvaise vie ! Mais, bien que Chard semblât peu se soucier d'elle, la facétieuse enfant l'adorait et n'avait que son nom à la bouche. Emma avait noté que « papa » revenait très souvent dans ses conversations.

Elle se pencha vers son élève, et lui fournit une réponse susceptible de satisfaire tout le monde.

— Peut-être pourrais-je vous appeler lady Letitia en public et Tish lorsque nous sommes seules. Qu'en pensez-vous ?

— Quelle excellente idée ! s'écria la fillette. Comme dit papa quand on lui souffle la réponse à un problème difficile : « Bonté divine, que n'y ai-je pas songé plus tôt ? »

Son imitation de la voix grave et guindée d'un adulte était si parfaite qu'Emma ne put s'empêcher de sourire. Cependant, Letitia ne le remarqua pas. Elle avait déjà pris une autre feuille pour inscrire la maxime que sa gouvernante avait inscrite sur la première ligne : « Tout ce qui brille n'est pas d'or ».

Son exercice terminé, Tish leva sur sa nouvelle amie ses yeux pleins d'intelligence ingénue.

— Je me demande quel présent papa va m'offrir lorsqu'il rentrera ! Le mois dernier, il m'a rapporté Mirabelle, la poupée que vous avez tant admirée. Elle est splendide, n'est-ce pas ?

Emma acquiesça et écrivit un nouvel aphorisme sur une feuille blanche : « A cœur vaillant, rien d'impossible ».

— J'ai cru comprendre que votre père vous gâte beaucoup.

— Oh, il m'achète toujours quantité de jouets et de robes quand il part en voyage ! La prochaine fois qu'il s'en ira, ajouta Letitia d'un ton solennel, je le prierai de ne pas vous oublier. Vous aussi recevrez un cadeau, mademoiselle Lawrence !

— Un cadeau, Tish ? Pourquoi cela ?

— Parce que je vous préfère à mon ancienne préceptrice. Mes leçons n'étaient pas aussi intéressantes avec elle !

Emma considéra sa jeune interlocutrice avec bienveillance.

— Il serait très inconvenant qu'un maître offre un présent à l'une de ses employées, répliqua-t-elle. De plus, vous réviserez peut-être votre opinion dans les semaines à venir. Voilà très peu de temps que nous nous connaissons, après tout !

— C'est exact, convint Letitia avec un malicieux sourire. Mais nous savons déjà tous que vous n'êtes pas une paresseuse qui se donne des grands airs comme Mlle Sandeman !

Elle avait proféré cette remarque en singeant la cuisinière de façon fort amusante. Au dire de Mme Morton, la petite fille avait commencé à reproduire les voix et les mimiques des serviteurs quand Mlle Sandeman était encore en fonctions à Loudwater. Souvent livrée à elle-même, Tish avait passé plus de temps qu'elle n'aurait dû à l'office, où elle avait surpris nombre de commérages et cultivé ses talents pour le moins inattendus d'imitatrice.

— Marjorie Sandeman était peu consciencieuse, avait expliqué l'intendante, le premier jour qu'Emma avait fait la classe à lady Letitia. J'ai découvert que cette mijaurée avait l'habitude de laisser ma petite-nièce aux cuisines lorsqu'elle s'éclipsait pour rendre visite à son clergyman. J'ose espérer que vous ne vous conduirez pas de manière aussi inconvenante !

— N'ayez crainte, madame. Je puis vous promettre que je ne ferai jamais preuve d'une semblable incurie. J'aime mon métier et m'efforce de l'exercer avec le plus grand sérieux.

— Je souhaite de tout cœur que vous disiez vrai, ma chère !

La vieille dame savait d'expérience qu'il fallait se garder de se réjouir trop vite — surtout en ce qui concernait les gouvernantes... Mais Mlle Lawrence semblait être une vraie dame du monde à laquelle on pouvait s'en remettre. Il était évident qu'elle possédait toutes les qualités nécessaires pour façonner l'esprit de son élève et lui apprendre les usages du monde.

L'intendante n'était pas la seule à porter un jugement favorable sur Emma. Celle-ci avait également trouvé grâce aux yeux de Kettie, la nurse, qui sc glissa dans la salle d'étude avec le plateau du thé tandis que Tish finissait de copier ses proverbes. En vérité, tous les domestiques s'accordaient pour reconnaître que Mlle Lawrence était une personne des plus estimables. Courtoise envers chacun, elle paraissait avoir conquis son élève qu'elle traitait avec gentillesse mais fermeté.

Lorsque sa nurse s'en retourna, une fois le thé servi, Letitia prit un scone dans la corbeille qui était posée devant elle.

— Je suppose que papa voudra vous parler à son retour, dit-elle en dégustant son gâteau. Je suis sûre qu'il vous appréciera et que tante Eleanor lui dira le plus grand bien de vous !

Sur ce, Tish se mit à dodeliner de la tête et prit la voix chevrotante de Mme Morton.

— Nul doute qu'elle lui confiera que « nous avons enfin déniché une gouvernante de premier ordre ! »

Emma décocha un regard réprobateur à lady Letitia.

— Je vous ai déjà signalé qu'il est incorrect d'imiter les gens de votre entourage. Une enfant de votre rang ne doit pas attirer l'attention des adultes en se livrant à de telles pitreries. Je vous rappelle par ailleurs que l'on ne parle pas la bouche pleine. La vue de miettes volant en tous sens n'est guère élégante !

Tish éclata de rire et prit un autre sconc.

— Papa n'est pas de votre avis car mes imitations l'amusent beaucoup ! Il dit que je suis un vrai petit perroquet !

Emma leva les yeux au ciel en souhaitant que Chard sorte enfin de la conversation. Elle avait assez entendu parler de lui pour aujourd'hui et espérait, contrairement à Letitia, qu'il ne reviendrait pas à Loudwater avant longtemps.

La vie au domaine était si plaisante sans lui ! La jeune femme trouvait de plus en plus d'agrément à la compagnie de la placide Mme Morton. Quant à Tish, elle se révélait aussi intelligente que lady Hampton le lui avait indiqué. C'était un véritable plaisir que d'enseigner l'écriture, l'histoire et la lecture à une enfant avide d'apprendre, qui avait toujours quantité de questions à poser.

Par bonheur pour la sérénité d'Emma, Letitia ne ressemblait pas à Dominic Hastings. Ni à sa mère, du reste, dont le portrait signé du fameaux Raeburn était accroché dans la salle de réception. La défunte Isabella était blonde, osseuse et d'une beauté quelque peu vulgaire... Le tableau la représentait parée de bijoux étincelants et de la robe de satin trop voyante qu'elle portait quand on l'avait introduite auprès du prince de Galles.

Un soir, alors qu'elles cousaient près du feu, Emma avait demandé à Mme Morton si Tish tenait de sa mère. L'intendante avait écarquillé les yeux, et rétorqué d'une voix indignée :

— Letitia a, Dieu merci, le caractère des Hastings. Elle est très différente de lady Chard, ce dont il faut se féliciter !

Emma avait continué à pousser l'aiguille sans ajouter quoi que ce fût. Mais la réponse de Mme Morton n'avait pas manqué d'éveiller sa curiosité... Pourquoi la vieille dame semblait-elle soulagée que sa petite-nièce n'eût rien de commun avec lady Chard ?

Sitôt après le thé, la jeune femme emmena Tish se promener dans le parc que baignaient les ors du printemps. Toutes deux montèrent ensuite à la nursery, où la fillette lut et joua avec ses poupées jusqu'à ce que Kettie apporte le dîner.

Tandis que la nurse couchait sa petite maîtresse, deux heures plus tard, Emma rejoignit Mme Morton dans le salon égyptien. Là, elle s'assit à côté de la tante de Chard et commença à bavarder avec elle tout en préparant ses aiguilles et son fil de soie.

La vieille dame, dont l'avenant visage accusait la fatigue, annonça qu'elle avait eu une dure journée et se retira plus tôt que de coutume. Restée seule, Emma travailla encore quelque vingt minutes à sa broderie au petit point. Puis elle rangea ses affaires dans sa corbeille en osier, et donna ordre que l'on éteigne les lampes du salon avant de gagner sa chambre.

Le sommeil fut long à venir, ce soir-là. L'horloge du couloir sonnait minuit, quand enfin, la jeune femme réussit à s'endormir. Mais elle fut presque aussitôt éveillée par un vacarme de tous les diables. Des éclats de voix se faisaient entendre dans la cour où plusieurs attelages semblaient s'être arrêtés... Intriguée, Emma glissa au bas de son lit et courut vers les fenêtres ogivales.

Une calèche et une berline noire stationnaient près du porche, à l'arrière de la demeure. Eclairés par des valets de pied tenant des lanternes, les garçons d'écurie dételaient les chevaux épuisés et les menaient dans leurs stalles pour les abreuver.

Cependant que deux messieurs descendaient du landau, le chef-palefrenier se rua vers la berline, ouvrit la portière et salua le passager d'une respectueuse inclination.

Le souffle d'Emma se bloqua tout à coup dans sa gorge quand elle aperçut l'homme de haute stature qui sauta du marchepied. Dominic Hastings, comte Chard cinquième du nom, était de retour !

A cet instant, le majordome muni d'un candélabre s'empressa à la rencontre de son maître, et l'escorta jusqu'au porche. L'obscurité était trop profonde pour que la jeune femme puisse discerner les traits de Dominic ; elle ne vit donc pas si le temps avait commencé à flétrir son insolente séduction...

Soudain, comme s'il avait senti qu'on l'observait, Chard s'immobilisa et leva les yeux vers les fenêtres d'Emma. Le cœur battant la chamade, celle-ci recula aussitôt d'un pas, sans cesser d'épier son ancien promis. Elle le vit hausser les épaules, puis gravir les degrés qu'elle-même avait montés quinze jours plus tôt.

Dès que Dominic eut disparu dans le vestibule, Emma retourna se coucher en s'efforçant d'apaiser le tourbillon d'émotions contradictoires qui l'assaillaient. Elle savait qu'il lui serait très difficile de se rendormir à présent. Et tel fut le cas... Ce fut seulement au matin, quand l'éclat argenté de l'aube illumina l'orient, qu'elle put enfin trouver l'oubli.

Chard passa une meilleure nuit que la gouvernante de Letitia.

Il avait quitté Newcastle vers 10 heures, refusant

d'assister au dîner qu'avait organisé l'une de ses relations d'affaires. En vérité, il abhorrait ces soirées qui dégénéraient toujours en beuveries et ne prisait pas davantage la compagnie des femmes légères dont ses amis se plaisaient à s'entourer. Il avait donc regagné l'auberge où il était descendu pour informer son secrétaire et son fidèle valet qu'il entendait rentrer au plus vite.

Le comte avait éprouvé une certaine amertume lorsque sa berline avait franchi les grilles du domaine. L'entretien du monumental sanctuaire où il avait établi sa résidence l'engageait dans des dépenses considérables. Même si le patrimoine de sa défunte épouse lui assurait un bon revenu, Chard devait ménager ses écus et les administrer avec prudence pour ne pas se retrouver sur la paille.

Harassé par deux semaines de labeur et d'âpres négociations, il avait été pris d'un léger vertige quand il était descendu de voiture. Il avait eu tout à coup le sentiment qu'une présence mystérieuse l'attendait à Loudwater... Pour une raison inconnue de lui, il avait dirigé son regard vers les fenêtres du deuxième étage. Et, un instant, il avait cru distinguer une frêle apparition dont le visage marmoréen était encadré de longs cheveux noirs.

Ebcrlué, Chard avait cligné les yeux et « l'esprit » s'était volatilisé. Dieu bon ! Voilà qu'il apercevait des fantômes dans sa propre demeure ! Mieux valait qu'il monte s'étendre sans tarder ! avait décidé le comte en rejoignant ses appartements.

Le lendemain, il se leva plus tard qu'à l'habitude et sonna son valet pour que ce dernier vienne l'habiller. Rasé, coiffé et vêtu de ses effets préférés — sa vieille tenue de cavalier —, il quitta peu après sa chambre, puis dévala le grand escalier.

Parvenu au rez-de-chaussée, le comte s'immobilisa quand il s'aperçut qu'il n'était pas seul. Devant le buste de *l'Apollon du Belvédère* qui ornait le milieu du hall, se tenait une jeune femme en robe de lainage bleu foncé.

Elle était penchée sur le visage du dieu de la Beauté et des Arts dont elle effleurait la joue du bout des doigts. Tout à sa contemplation, elle n'entendit pas Chard approcher, lequel eut ainsi le loisir d'étudier son profil.

La brune demoiselle avait le front noble et haut, un nez délicat bien que légèrement busqué et une bouche aussi charnue qu'un fruit sauvage. Cette combinaison originale suscita immédiatement l'intérêt du comte. Il était à un âge où l'on préférait à la beauté froide et parfaite le charme piquant de la différence...

Mais qui, au juste, était cette mystérieuse brunette ? s'interrogea Chard. Une parente de Mme Morton ? Il s'éclaircit la voix pour attirer son attention et l'examina avec curiosité lorsqu'elle pivota dans un froufrou de jupons.

Le teint de la jeune personne avait la fraîcheur éclatante d'un magnolia. Son visage d'une grande pureté aurait pu quant à lui inspirer le sculpteur d'une prêtresse ou d'une hamadryade de la Grèce antique. Chard était persuadé de ne pas connaître cette demoiselle au regard empreint de gravité. Et pourtant, il avait l'impression de l'avoir déjà vue...

L'étrange « apparition » ! songea-t-il soudain. C'était elle qui s'était mise à sa fenêtre pour l'observer, la veille au soir ! Elle avait sûrement entendu les attelages dans la cour des écuries et s'était levée pour voir qui arrivait à cette heure indue...

Ebauchant un sourire forcé, le comte s'avança vers la jeune femme aux boucles de jais. Nul doute, lui souffla son intuition, qu'il s'agissait de la nouvelle gouvernante, installée dans la chambre qu'occupait naguère Marjorie Sandeman.

— Nous n'avons pas été présentés, ce me semble, annonça-t-il d'une voix glaciale. Je suis Chard, bien sûr. Et vous devez être Mlle Lawrence, l'employée que ma sœur nous a recommandée ?

— En effet, chuchota Emma en exécutant une révérence.

Elle avait été éberluée de découvrir le père de Letitia à côté d'elle. Et son saisissement s'était encore accru quand elle avait réalisé à quel point il avait changé. Certes, Dominic avait toujours la carrure d'un sportif rompu à la pratique de la boxe et de l'escrime. Mais son visage aux méplats nets ne ressemblait plus à celui du poseur infatué qu'Emma avait aimé. Le temps avait durci ses traits, marquant son front et le coin de ses yeux de petits sillons qui accentuaient la sévérité de son expression. Ses cheveux étaient coupés très courts, à la Brutus, et l'on déchiffrait une profonde méfiance dans son regard jadis rieur et chaleureux.

Ce n'était manifestement plus au sybarite frivole qu'Emma avait affaire, mais à un homme qui avait éprouvé les affres de la trahison et les tourments de l'amour... Un solitaire intransigeant habitué à donner des ordres et à livrer d'âpres combats sans jamais fléchir. De toute évidence, le jeune paon adulé de tous s'était mué en aigle. L'apollon falot et narcissique était devenu Zeus, le maître tout-puissant des dieux.

Chard la détaillait avec insistance, nota Emma, mais rien dans son attitude ne laissait supposer qu'il l'avait reconnue. Le contraire l'eût d'ailleurs étonnée : elle aussi avait changé en dix ans ! Et il n'était guère probable que Dominic se souvienne encore de la fragile débutante qu'il avait failli prendre au piège...

Plissant ses yeux bleus, le comte relança bientôt la conversation.

— J'espère que ma fille ne vous donne pas trop de fil à retordre, mademoiselle Lawrence.

— Du tout, milord. Lady Hastings est une enfant intelligente et appliquée, qui a le goût de l'étude.

— C'est la première fois que l'on me parle de ma fille en des termes aussi élogieux ! assura Chard. Nos précédentes gouvernantes se plaignaient souvent de son refus de se plier à toute discipline.

— Pour ma part, je n'ai aucune difficulté à me faire obéir de lady Hastings. Elle m'a vite admise dans son amitié et se montre moins turbulente que certaines de mes anciennes élèves.

— Je suis bien aise de l'apprendre. Ma sœur m'a écrit que vous seriez peut-être à même de nous délivrer de la malédiction qui semble peser sur nos gouvernantes. Je commence à croire qu'elle a vu juste !

Et, pensif, Chard étrécit les paupières. Accaparé par la gestion de ses biens fonciers, il avait rencontré très peu de femmes depuis la mort d'Isabella. Et aucune — courtisanes aux amples décolletés ou élégantes du beau monde — ne l'avait jamais autant intriguée que Mlle Lawrence... Pourquoi diable avait-il été tout de suite attiré par cette demoiselle distante que sa tenue des plus strictes n'avantageait guère ? Peut-être était-ce sa beauté singulièrement subtile qui provoquait en lui cet émoi inattendu...

Perplexe, Chard dévisagea la préceptrice et s'aperçut qu'elle avait un petit grain de beauté sur la joue gauche. Un visage surgi du passé s'imposa tout à coup à son esprit. Mais il se volatilisa si vite que le comte ne put l'identifier.

— Eh bien, je vais vous laisser rejoindre votre élève, déclara-t-il d'un ton sec. Mais, avant de vous quitter, je tiens à apporter une précision : Letitia et moi prenons parfois nos repas ensemble quand je suis à Loudwater. Et je serais enchanté qu'elle dîne avec moi ce soir. Vous devrez naturellement vous joindre à nous pour assister ma fille de vos recommandations. Mon secrétaire, Mme Morton et le bon M. Cross, mon bibliothécaire, seront des nôtres. Je vous attendrai dans la salle à manger à 17 heures précises, conclut Chard en s'inclinant. A vous revoir, mademoiselle Lawrence.

Ayant dit, il se dirigea vers la porte du hall.

Emma le contempla jusqu'à ce qu'il disparaisse à sa vue. Dieu du ciel, n'avait-elle pas rêvé ? Etait-il possible que Dominic ait à ce point changé ? Tout en lui semblait différent — son visage, son regard et même ses façons qui n'étaient plus celles d'un insipide gommeux, mais d'un gentleman circonspect et réfléchi.

En outre, il apparaissait clair qu'Emma s'était méprise sur les sentiments du comte vis-à-vis de sa fille ! Il ne se désintéressait nullement d'elle. La preuve : il acceptait qu'ils fassent table commune. C'était une attention inhabituelle de la part d'un homme de son rang. Rares étaient les aristocrates qui ne traitaient pas leurs enfants comme quantité négligeable !

Mais il lui fallait absolument détacher ses pensées de Chard, résolut Emma en s'engageant dans l'escalier. Lady Hampton l'avait envoyée à Loudwater pour qu'elle donne une éducation raffinée à Letitia, et non pour qu'elle compare l'ancien Dominic au nouveau ! Elle devait se ressaisir et fixer toute son attention sur Tish — même si ses retrouvailles avec son premier et unique amour l'avaient plongée dans un état de trouble intense...

4.

Peu de temps après le déjeuner, Chard reçut la visite de Ben Blackburn, un riche propriétaire foncier des environs. Ce grand gaillard au teint violacé ne jouissait pas d'une bonne réputation dans la société locale. On le dépeignait comme un incorrigible débauché et d'aucuns se plaisaient à fustiger son inclination pour la dive bouteille. Mais, si peu fréquentable fût-il, Blackburn passait pour une sommité en matière d'exploitation minière. Ses conseils avaient permis à Chard d'effectuer de fructueux investissements et de rentabiliser certaines des houillères dont il avait hérité.

Pique-assiette notoire, l'ami du comte prit part au dîner et se servit trois fois de chaque plat avec un sans-gêne qu'Emma jugea indigne d'un gentleman. Fut également convié M. Jemson, le régisseur, qui revenait d'une tournée d'inspection dans le Bedfordshire où son maître possédait plusieurs propriétés. Toutes allaient apparemment à vau-l'eau depuis la fin des hostilités avec la France. Pénalisés par la baisse du prix du blé, les métayers se débattaient dans de graves problèmes pécuniaires et commençaient à congédier leurs ouvriers qu'ils ne pouvaient plus rétribuer.

Emma apprit durant le repas que Chard gérait lui-même les terrains cultivés de Loudwater. Et, à en juger par les explications qu'il fournit à Ben Blackburn, il était parfaitement informé de l'économie rurale et des techniques agricoles les plus novatrices. Ses remarquables connaissances suscitèrent de nouveau la surprise de la jeune femme. Le Dominic Hastings d'antan eût sans nul doute été incapable de différencier un navet d'un épi de maïs !

Letitia, de son côté, fut d'une sagesse exemplaire. Vêtue de sa plus belle toilette, elle garda poliment le silence et dégusta son saumon aux câpres d'un air solennel. Chard parut très sensible aux efforts de sa fille, qu'il gratifia de maints sourires approbateurs.

Après le dessert — une succulente meringue suisse — Emma, Letitia et Mme Morton se retirèrent dans le salon égyptien pour laisser les messieurs siroter leur porto.

S'adossant à sa chaise capitonnée de brocart, Chard accompagna du regard la silhouette fine et racée de Mlle Lawrence. Il l'avait discrètement étudiée lors du repas et s'était aperçu que ses superbes yeux avaient des reflets changeants, tels ceux d'un chat. D'autre part, ses manières étaient des plus élégantes et tout laissait à penser qu'elle exerçait une influence de bon aloi sur Letitia. Celle-ci ne s'était jamais aussi bien tenue à table ! Louisa avait décidément fait le bon choix ! songea le comte, amusé par son intérêt pour l'austère gouvernante de sa fille.

Tandis qu'un des valets de pied servait le porto, Ben Blackburn fixa ses yeux globuleux sur le maître de Loudwater.

— J'ai l'impression que Mlle Lawrence ne vous déplaît pas, marmonna-t-il, narquois. Il faut avouer que cette brunette ne manque pas d'attrait ! Prenez toutefois garde, mon bon Chard... Sans doute n'ignorez-vous pas que frayer avec une domestique induit plus de contrariétés que d'agréments !

— Point n'est besoin de me le rappeler, riposta le comte.

Blackburn but une gorgée de son vin de liqueur, puis considéra son ami d'un air entendu.

— Pour tout dire, je serais moi aussi ravi de conter fleurette à cette mignonne, déclara-t-il en posant son verre. Je suis persuadé qu'elle gagne à être connue. Ne dit-on pas que les femmes froides et distantes sont les maîtresses les plus ardentes ?

M. Bassett, le secrétaire de Chard, décocha un regard offusqué à Blackburn.

— Apprenez que l'on ne parle pas ainsi d'une dame respectable ! s'insurgea-t-il. Mlle Lawrence n'est pas une de ces gourgandines dont vous aimez à cultiver la société. Il s'agit d'une personne douce et digne d'éloge dont chacun ici apprécie le dévouement !

John Bassett s'était exprimé avec une telle virulence que tous les regards convergèrent vers lui.

— Si je comprends bien, Mlle Lawrence vous a également charmé, ironisa Blackburn. Bougre ! Que de têtes fait-elle tourner. Cette petite sainte-nitouche s'y entend pour séduire les hommes !

Le comte jugea bon d'intervenir avant que Bassett n'ait pu formuler de nouvelles protestations.

— Il suffit, messieurs ! Cette conversation prend un tour que je n'aime guère et je vous prie d'y mettre un terme ! Dites-moi, Blackburn, ajouta-t-il comme l'intempérant paillard se servait un deuxième verre de porto, vous serait-il possible de m'accompagner quand je rendrai visite à George Stephenson ? Si sa motrice à vapeur est aussi rapide que la rumeur le prétend, je pourrais peut-être l'acquérir pour mes mines de charbon. Qu'en pensez-vous ?

— Je préfère attendre d'avoir vu sa locomotive pour vous faire part de mon opinion. Néanmoins, Stephenson jouit d'une excellente réputation et je sais de source certaine que ses travaux intéressent au plus haut point d'éminentes personnalités du monde scientifique.

Et les messieurs de se lancer dans une discussion fort animée sur l'ambitieux ingénieur — fantaisiste pour les uns, technicien surdoué et artisan du progrès pour les autres.

Lassé par les vociférations de ses convives, Chard décida au bout d'un moment d'aller rejoindre Mlle Lawrence dans le salon égyptien. Mais, lorsqu'il poussa la porte à double battant, il s'avisa que seule sa tante était présente. Visiblement étonnée de le voir, la vieille dame lui apprit que Letitia et sa gouvernante étaient montées à la nursery dix minutes plus tôt.

Etrangement désappointé, Chard salua Mme Morton, puis regagna la salle à manger où se faisait entendre la voix avinée de Blackburn. Tout en s'asseyant à l'extrémité de la longue table, le comte se surprit à espérer que, le lendemain, il aurait l'heur de passer plus de temps en compagnie de l'étonnante Mlle Lawrence...

Durant les jours qui suivirent, Emma eut maintes fois l'occasion de s'apercevoir que Chard tenait réellement à Tish. Il la couvrait de cadeaux, l'emmenait souvent se promener en phaéton et prenait son éducation très à cœur. Presque tous les soirs, il venait trouver la jeune femme à la fin de ses leçons pour l'interroger sur Letitia et lui recommander de ne pas hésiter à placer haut la barre. « Je tiens à ce que ma fille acquière de solides connaissances, répétait l'exigeant pair. C'est, à mon avis, le meilleur service que je puisse lui rendre ! »

Environ une semaine après son retour, Chard se glissa dans la salle d'étude cependant qu'Emma montrait à Tish comment se servir du globe terrestre. Son entrée fut si discrète que ni l'élève ni la gouvernante ne l'entendirent.

— Les Hellènes vivaient donc ici ? s'enquit la petite fille en pointant son doigt sur la Grèce. Papa m'a dit qu'ils honoraient leurs dieux dans des édifices semblables à Loudwater.

— C'est exact. L'architecture de votre résidence est inspirée de celle d'un célèbre temple d'Egine.

— Le temple d'Athéna Aphaia, précisa Chard. Il se trouve sur une île située au large du Pirée.

A ces mots, Emma se tourna, et sentit son cœur s'affoler lorsqu'elle découvrit son maître appuyé au manteau de la cheminée.

— Ainsi que tu l'as sans doute appris, ajouta ce dernier, c'est le troisième comte Chard qui fit détruire le château de ses ancêtres pour que soit bâtie la demeure telle que nous la connaissons aujourd'hui. Il s'agissait d'un esthète, grand voyageur et amateur d'art éclairé. Ses prédécesseurs, en revanche, n'étaient pas aussi raffinés ! Ces foudres de guerre n'aimaient rien tant que festoyer et croiser le fer. L'on dit même que l'un d'entre eux chevauchait son destrier dans les couloirs du château !

— Vous voulez parler de Simon Hastings, n'est-ce pas ? interrogea Emma. J'ai lu qu'on le surnommait le Loup Noir et qu'il était l'un des rares intimes du fameux cardinal Wolsey.

— Je vois que vous vous êtes penchée sur l'histoire de notre famille ! approuva Chard. M. Cross m'a d'ailleurs confié que vous passiez de longues heures à la bibliothèque pendant votre demi-journée de congé.

Emma baissa les yeux, intensément troublée par le magnétisme et la virilité de son ancien fiancé.

— En effet, répondit-elle. Je compulse souvent les biographies de vos aïeux, car Letitia me pose nombre de questions à leur sujet. De plus, je souhaite me documenter sur le nord-est du pays que je connais fort peu. Avant d'étudier des cartes de la région, j'ignorais même que Loudwater fût aussi proche du mur d'Hadrien !

— Avez-vous déjà visité ces fortifications ? s'enquit Chard.

— Pas encore, milord.

— En ce cas, Letitia et moi devons vous emmener les voir !

— Ce serait très amusant ! s'exclama Tish. Et puis, nous pourrions organiser un pique-nique !

Un sourire flottant sur ses lèvres, Chard s'approcha du pupitre de sa fille et prit son cahier d'écriture.

— Il s'agit d'une excellente idée ! Nous en discuterons lorsque je reviendrai d'Alnwick, veux-tu ?

Cette nouvelle parut susciter le désappointement de Letitia.

— Est-ce à dire que vous nous quittez déjà, papa ?

— Oui. Je dois consulter un ami à propos d'un investissement que j'entends réaliser, expliqua Chard en feuilletant le cahier. Comme le dit l'une des sages maximes que Mlle Lawrence t'a données à copier : « Il faut mûrement réfléchir avant d'agir ! »

Et le comte leva un regard doux et songeur sur sa fille.

— Tu as de la chance d'avoir une gouvernante qui t'inculque de sains principes en t'apprenant ces aphorismes. J'eusse aimé que mon précepteur en fît autant ! Ce m'aurait peut-être évité de commettre certaines erreurs dont je ne peux me souvenir sans me mépriser...

Emma retint soudain son souffle quand elle décela l'amertume qui perçait dans les propos de Chard. Devait-elle comprendre qu'il se repentait de l'égoïsme du jeune Dominic Hastings ? Bien plus, qu'il déplorait son odieuse conduite envers Emilia Lincoln ?

Le comte reposa alors le cahier de Letitia, et se pencha pour lui baiser le front.

— Au revoir, ma chérie, murmura-t-il en se redressant. Je pense revenir dans deux semaines. D'ici là, tâche d'être sage !

Sur cette recommandation, Chard s'inclina devant la gouvernante puis quitta la salle d'étude. Il serait volontiers resté au domaine avec sa fille. Mais il avait prévu de retrouver Ben Blackburn et le baron Lufton au Lion Rouge, l'auberge d'Alnwick, afin de s'entretenir avec eux des recherches de George Stephenson.

Lord Augustus Lufton refusait catégoriquement de venir à Loudwater. Non qu'il détestât Chard ou sa résidence. En fait, il ne rendait jamais visite à qui que ce fût, ni ne conviait ses amis à son domicile. Lorsqu'il souhaitait les voir et leur parler affaires, il les recevait toujours dans quelque taverne, ou dans l'étude de son notaire à Newcastle-upon-Tyne.

A dire vrai, le comte avait peu d'estime pour cet homme ladre et sans esprit, qui passait pour un coureur de jupons notoire. Cependant, Lufton était l'une des personnalités les plus fortunées de la région, et Chard désirait l'associer à l'ambitieux projet qu'il mûrissait depuis quelque temps...

Après avoir ordonné que l'on attelle sa berline, il fit charger ses malles et monta en voiture. Tout en refermant la portière, il leva les yeux vers les fenêtres à meneaux de la salle d'étude. « Curieuse jeune femme que Mlle Lawrence ! » songea-t-il. Très aimée des gens de maison, elle l'était aussi des amis et collaborateurs du comte... De toute évidence, John Bassett nourissait un tendre penchant à son égard. Blackburn et Jemson, quant à eux, n'étaient pas non plus insensibles à son charme !

L'énigmatique gouvernante ne cherchait pourtant pas à séduire, loin s'en fallait ! Elle n'était pas coquette, ne souriait jamais et paraissait s'appliquer à ne pas attirer l'attention. Qu'avait-elle donc de si particulier pour que tous les hommes — à commencer par lui, admit Chard — éprouvent un tel désir de gagner sa faveur ?

Mlle Lawrence occupait encore toutes les pensées du comte quand il rentra à Loudwater, une semaine plus tard. A peine arrivé, il gagna son cabinet de travail et fit quérir M. Bassett afin de lui dicter une lettre destinée à George Stephenson.

Chard, Lufton et Blackburn s'étaient enfin décidés à

rencontrer le jeune ingénieur chez lui, à Killingsworth. Ils étaient aussi convenus de visiter sir Thomas Liddell pour entendre son point de vue sur la voiture à vapeur et le système de voies ferrées que Stephenson avait conçus. Propriétaire des mines les plus productives du Nord-Est, sir Thomas s'intéressait vivement aux inventions du technicien tant décrié. Et il connaissait plusieurs notables des environs qui étaient prêts à risquer eux aussi quelque argent dans l'aventure... Les messieurs disposaient du capital; George Stephenson possédait le savoir et la méthode. Nul doute qu'ils effectueraient de l'excellent travail en s'associant !

Lorsqu'il eut achevé de dicter sa missive, Chard s'avança vers les fenêtres et vit Letitia courir dans la grande allée du jardin. Suivaient Mlle Lawrence, Kettie et Jack le valet de pied qui les escortait toujours durant leurs promenades.

La préceptrice de Letitia était aussi gracieuse qu'une lady de la haute société, nota Chard. Sa personne rayonnait de distinction et d'élégance, bien qu'elle n'eût pas fait d'efforts de toilette... Elle portait une robe noire peu seyante et un de ces chapeaux orné d'un chou de dentelle espagnole, très en vogue voilà dix ans. Toute autre qu'elle eût été du dernier ridicule dans ces habits démodés. Mais Mlle Lawrence, elle, ne l'était nullement — au contraire !

Plongé dans ses réflexions, Chard observa la gouvernante déplier son ombrelle et prendre place sur un banc de fer forgé. A peine s'était-elle assise qu'une petite procession parut au détour de l'allée. Mme Morton ouvrait la marche, qui s'était aussi munie d'une ombrelle pour se protéger du soleil de cette fin de matinée. Derrière elle venait une escouade de valets en gilets rayés portant la table, le plateau du thé, les mets et l'argenterie nécessaires à une collation froide.

— Eh bien, je vais vous laisser rédiger mon courrier,

déclara Chard en pivotant vers son secrétaire. Je... hum ! me disposais à sonner pour que l'on prépare une tasse de thé, mais je la prendrai finalement au jardin puisque c'est semble-t-il là que le déjeuner sera servi. Venez donc nous rejoindre quand vous aurez fini !

Et Chard sortit de son bureau aussi vite que s'il avait été convoqué par le prince régent lui-même.

Lorsqu'il atteignit les pelouses soigneusement ratissées, quelques minutes tard, il remarqua que les valets avaient apporté des chaises et commencé à dresser le couvert. Il alla d'abord saluer Mme Morton, puis fit le tour de la table pour présenter ses hommages à Emma. Installée à l'ombre d'un cèdre rouge, la jeune femme avait ôté son chapeau de paille et replié son ombrelle.

Avant que Chard n'ait pu engager la conversation, Letitia courut vers lui en poussant des cris de joie.

— Oh, vous êtes déjà de retour, papa ? Vous nous aviez pourtant indiqué que vous vous absenteriez deux semaines !

— Je pensais en effet qu'il me faudrait séjourner à Alnwick jusqu'à la fin du mois. Cependant, mes relations d'affaires et moi avons rapidement conclu une entente et j'ai pu regagner le domaine plus tôt que prévu.

Puis Chard tira une chaise et s'assit près de Mlle Lawrence.

— Au fait, mesdames, qui a eu l'idée de ce repas en plein air ? Est-ce vous, ma tante ?

L'intendante lui servit une tasse de thé en s'efforçant de dissimuler sa stupeur. Il n'était pas inhabituel que Tish et elle prennent une collation dans le jardin à la belle saison. Mais c'était la première fois que Chard se joignait à elles !

— J'ai arrêté cette décision après m'être assurée que Mlle Lawrence n'y voyait pas d'inconvénient, répondit-elle enfin. Nous jouissons d'un temps si clément aujourd'hui que c'eût été dommage de ne point en profiter. N'êtes-vous pas de mon avis ?

Chard acquiesça et tourna un regard inquisiteur vers la gouvernante. Elles les observait sans dire mot, aussi mystérieuse et impassible qu'un sphinx égyptien.

— Je n'ai pas encore eu le plaisir de vous entendre, mademoiselle Lawrence. Appréciez-vous les repas *al fresco* ?

— Je reconnais que ce déjeuner est plutôt agréable.

— Pourtant, je crois détecter une certaine désapprobation dans votre voix. Me trompé-je ?

L'attention de Chard était concentrée tout entière sur la préceptrice ; aussi ne remarqua-t-il pas que Mme Morton les étudiait en fronçant les sourcils. Et il ne s'avisa pas davantage de l'arrivée de Bassett, qui conçut une soudaine inquiétude quand il aperçut son maître assis à côté de la demoiselle qu'il désirait courtiser.

— Vous avez deviné juste, milord, soupira Emma. Ce repas froid, si charmant soit-il, a donné tant de peine à vos serviteurs que je me demande s'il était réellement nécessaire de l'organiser.

— Oh, je sais que mes employés sont surchargés de tâches. Cela dit, ils sont bien traités et touchent des gages confortables. Admettez qu'ils sont mieux lotis que certains autres domestiques !

— C'est exact, admit Emma d'un ton mesuré. Que de fois ai-je vu des membres éminents de la haute société se conduire de façon inqualifiable avec leurs gens de maison ! Par bonheur, tous ne sont pas grossiers et méprisants. Ainsi vous, milord, faites preuve de plus de respect envers votre personnel qu'aucun de mes précédents maîtres.

Et, pour la première fois depuis qu'elle était en fonctions à Loudwater, Emma adressa un sourire à Chard.

Ce dernier cligna des yeux, le cœur soudain agité par un curieux émoi. Il avait de nouveau l'impression, en cet instant, d'avoir déjà rencontré cette femme pleine de finesse et d'étranges contrastes. Mais il eut beau fouiller sa mémoire, il fut incapable de se rappeler où on avait pu la lui présenter...

Songeur, Chard but une gorgée de thé sans quitter Emma des yeux. Il avait conscience que sa tante et M. Bassett prêtaient l'oreille à leur discussion ; néanmoins, il ne put s'empêcher de déclarer :

— Vous devriez sourire plus souvent, mademoiselle Lawrence. Vous êtes ravissante quand votre visage s'illumine.

Emma sentit ses joues s'embraser et jeta discrètement un coup d'œil à ses voisins de table. A l'évidence, le secrétaire et l'intendante de Chard étaient eux aussi éberlués que leur employeur se soit autorisé cette remarque pour le moins incongrue.

Ne sachant que rétorquer, la jeune femme avala sa salive avec effort et fixa son regard sur Letitia.

— Hâtez-vous de terminer votre dessert, Tish. Nous devons remonter à la salle d'étude.

— Tish ? répéta le comte d'un ton ironique.

— Je vous prie de m'excuser, milord, balbutia Emma en baissant les yeux. Je voulais dire, hum ! lady Letitia.

— Vous pouvez appeler ma fille Tish si tel est votre souhait ! Ce surnom lui va fort bien. Dites-moi, mademoiselle Lawrence, « Tish » a-t-elle été sage cette semaine ?

— Je n'ai jamais eu d'élève aussi studieuse, milord. Elle aime à apprendre et se passionne pour les disciplines artistiques, tels le dessin ou le solfège que nous avons commencé à étudier avant-hier.

— Il est vrai qu'une lady bien née se doit de savoir jouer de la harpe ou du pianoforte... Aussi est-ce une bonne idée, à mon avis, de vouloir initier Letitia à la musique. Mais il faut reconnaître que vous prenez toujours d'excellentes initiatives.

Chard regretta aussitôt d'avoir susurré ce nouveau compliment. Par tous les dieux, quelle mouche le piquait donc ? Il devait veiller à ne pas se montrer trop familier envers la gouvernante, ou ses domestiques allaient jaser !

Quelque peu embarrassé, il détourna les yeux et poussa sa tasse vide vers un coin de la table.

— Nous nous reverrons ce soir, mesdames, annonça-t-il en se levant. John, rejoignez-moi dans mon bureau quand vous aurez fini de déjeuner. J'ai d'autres missives à vous dicter.

Sur cet ordre, Chard fit volte-face et s'engagea dans la grande allée bordée d'arabesques de buis. Mieux valait qu'il regagne sans tarder la solitude de son cabinet de travail. S'il demeurait auprès de sa fille et ses employés, il risquait de trahir ses émotions qu'il tenait à garder secrètes. Et de révéler plus encore cette part intime de sa personne qui prenait un immense plaisir à la société pleine d'agrément de Mlle Lawrence...

Chard n'était pas le seul dont Emma avait piqué l'intérêt.

Installés dans la salle de l'auberge du Lion Rouge, à Alnwick, Ben Blackburn et lord Lufton dégustaient un excellent brandy tout en parlant avec excitation de la préceptrice de Letitia.

— Vous dites que Chard s'est entiché de sa nouvelle employée ? questionna le baron. Diable ! Voilà qui est surprenant ! L'on prétend qu'il n'a pas regardé une seule femme depuis le décès d'Isabella !

— Je le sais, rétorqua Blackburn. Mais toujours est-il que notre chaste ami semble avoir du penchant pour Mlle Lawrence. Il faut avouer que cette brunette est diantrement jolie. Pour parler franc, je la mènerais volontiers dans ma chambre !

Une lueur amusée s'alluma dans les yeux de Lufton.

— Je vous prédis que Mlle Lawrence ne cédera pas aux avances de Chard. Ni aux vôtres, du reste !

— Vous me sous-estimez, mon cher, répliqua Ben avec dédain. Je vous parie vingt-cinq guinées que je la séduirai !

— Seulement vingt-cinq ? Non, soyons sérieux ! Je suggère que nous doublions la mise !

Blackburn riva son regard sur le visage rougeaud du baron.

— Cinquante guinées ? Pardieu, il s'agit d'une petite fortune ! Mais j'aurais cependant tort de refuser, car je suis sûr que Mlle Lawrence ne me résistera pas !

— En ce qui me concerne, grommela Lufton, je mettrais ma main au feu que Chard et vous essuierez un échec !

— Nous verrons, mon ami. Que le meilleur gagne !

Jetant la bienséance aux orties, les deux coquins burent toute la nuit, taquinèrent peu finement la fille de salle et rirent à gorge déployée des salaces brocards qu'ils proférèrent sur la gent féminine... C'est seulement à la pointe du jour qu'ils montèrent s'étendre, les jambes flageolantes et la bouche pâteuse.

Blackburn était encore à demi ivre en début d'après-midi, quand le baron et lui se séparèrent pour regagner leurs logis respectifs. Il avait ingurgité tant de brandy qu'il se rappelait à peine ce qui s'était passé la veille. Toutefois, il était une chose dont il se souvenait nettement : le défi que Lufton lui avait lancé. Déterminé à arracher la victoire, Ben se promit d'élaborer un plan d'action sitôt qu'il aurait les idées plus claires.

Le baron avait lui aussi le ferme propos de remporter son pari. A l'instar de nombreux aristocrates nantis, il se montrait fort ménager de ses écus. Et la seule idée de débourser cinquante guinées lui répugnait à tel point qu'il avait décidé de mettre à exécution le projet qui l'habitait depuis plusieurs mois : le mariage de son héritière, lady Clara, et du comte Chard.

Le moment était venu de rompre avec l'une de ses plus

anciennes habitudes ! résolut Lufton en grimpant dans son phaéton. Il allait accompagner sa sœur à Loudwater, où tous deux effectueraient un long séjour. Clara lierait ainsi connaissance avec le maître de céans, lequel comprendrait sans doute qu'il avait plus intérêt à courtiser une riche femme du monde qu'une simple domestique...

Quand il écrirait à Chard pour l'informer de son arrivée, Lufton préciserait en outre qu'il avait jugé bon d'inviter Blackburn. De fait, il était indispensable que son fidèle ami soit présent ! Le baron verrait alors de lui-même si ce fanfaron trouvait réellement grâce aux yeux de Mlle Lawrence. Et, à supposer que tel soit le cas, il aurait la possibilité, étant sur place, de tout mettre en œuvre pour que Ben perde son pari !

Parvenu chez lui deux heures plus tard, Lufton gagna son bureau et rédigea son pli sans attendre. Au vrai, il était très impatient de se rendre à Loudwater et de rencontrer la fameuse gouvernante qui complaisait tant à Chard... Si cette jeune personne était aussi désirable que Blackburn l'affirmait, le baron — grand amateur de jolies femmes — tenterait peut-être également de l'attirer dans ses filets. Il serait fort divertissant, songea-t-il en cachetant sa missive, de souffler à ses deux amis l'objet de leur convoitise !

5.

Trois jours plus tard, Emma descendit à la bibliothèque après le déjeuner pour rapporter l'ouvrage sur les Indes dont elle avait montré les gravures à Tish durant leurs leçons du matin.

Lorsqu'elle pénétra dans l'immense pièce au plafond à moulures, elle s'aperçut que M. Bassett était assis à la table d'étude, non loin des fenêtres ogivales. D'épais registres étaient posés devant lui, qu'il consultait d'un air préoccupé.

Le secrétaire exhala un soupir à fendre l'âme tandis qu'Emma replaçait le livre sur le rayonnage où elle l'avait pris ce matin même. Il paraissait à ce point découragé que la jeune femme le rejoignit en souriant avec commisération.

— Vous avez bien raison de prendre pitié de moi ! dit John en retirant ses lunettes. De tous les travaux qui m'incombent, la comptabilité est celui dont j'ai le plus de peine à m'acquitter !

Emma se pencha pour examiner les colonnes de chiffres que M. Bassett tentait d'additionner. Elle ne fut pas longue à comprendre qu'il s'agissait des bénéfices réalisés lors du précédent semestre par les mines de charbon dont le comte était propriétaire.

— Il semble que la deuxième colonne vous pose problème, n'est-ce pas ? s'enquit-elle. Si vous le souhaitez, je puis effectuer moi-même son total. Cela vous facilitera peut-être la tâche.

Bien sûr, Emma avait remarqué qu'elle ne laissait point John Bassett indifférent. Celui-ci avait pris la fâcheuse habitude de l'attendre à la fin de ses leçons de l'après-midi pour l'accompagner au parc ou à la bibliothèque. Trop polie pour l'envoyer au diable, Emma avait décidé que le meilleur moyen de le décourager était de faire exagérément étalage de son savoir. En général, les hommes n'aimaient point les demoiselles pédantes et plus érudites qu'eux !

M. Bassett jeta un coup d'œil méfiant à la gouvernante. Une femme qui connaissait les mathématiques ? Diable ! Voilà qui n'était pas commun ! Mais il résolut cependant de mettre la belle Emma à l'épreuve. Après tout, il ne prenait aucun risque, car il pourrait vérifier plus tard si elle n'avait pas commis d'erreur...

Il poussa le volumineux registre vers la jeune femme et lui tendit son porte-plume.

— J'accepte volontiers votre aide. A vous de jouer !

Emma se mit aussitôt à l'œuvre. Elle additionna rapidement les chiffres, refit le calcul pour s'assurer qu'elle ne s'était pas trompée, puis inscrivit le total au bas de la colonne.

— J'ai terminé. Vous voyez que ce n'était guère difficile !

John chaussa ses bésicles et s'empara impatiemment du registre.

— J'ai abouti au même résultat que vous, murmura-t-il. Mais vous avez effectué cette opération en deux minutes alors qu'il m'a fallu plus d'un quart-d'heure... Toutes mes félicitations, mademoiselle Lawrence. C'est vous qui devriez tenir les livres de Sa Seigneurie !

Et le secrétaire fixa un regard admiratif sur Emma.

Celle-ci fut vivement désappointée que sa tactique n'ait pas porté ses fruits. Car il était évident que ses connaissances en matière de comptabilité n'avaient nullement diminué l'ardeur de M. Bassett... Au contraire : il semblait encore plus épris d'elle ! Ce jeune homme était certes d'un commerce charmant, songea Emma en lui remettant son porte-plume, mais elle ne voulait pas de lui — ni d'aucun autre gentleman, du reste — pour soupirant ou pour mari !

Elle en était là de ses réflexions lorsque Chard entra en coup de vent dans la bibliothèque. Il salua M. Cross, assis à son bureau, puis s'avança vers ses deux autres employés.

— J'ai reçu ce matin une missive m'indiquant que lord Lufton et Ben Blackburn ont l'intention de séjourner à Loudwater, marmonna-t-il d'un ton glacial. Ils seront accompagnés de la sœur du baron, lady Clara, dont la dame de compagnie sera également des nôtres. Mes visiteurs devraient arriver dans une demi-heure, ajouta Chard en consultant son oignon. Bien entendu, il me faudra leur offrir le thé et des rafraîchissements. Puisque ma tante s'est rendue au village, je vous saurais gré de la remplacer, mademoiselle Lawrence, et de faire office d'hôtesse jusqu'à son retour. J'ai déjà ordonné à Kettie de s'occuper de Tish cet après-midi.

— Très bien, rétorqua Emma, quelque peu stupéfaite.

— Je recevrai Lufton et ses compagnons dans le grand salon où vous, John et M. Cross devrez me rejoindre dès que possible, reprit le comte. Je tiens par ailleurs à ce que vous assistiez tous au dîner qui aura lieu à 18 heures précises.

Emma, à ces mots, leva un regard embarrassé sur Chard.

— Je me demande s'il est réellement nécessaire que je prenne part à ce repas, milord. En toute franchise, je crains que lady Clara et sa dame de compagnie n'approuvent pas ma présence.

— Sachez que je n'approuve pas non plus la leur ! Les

Lufton se sont invités chez moi sans se soucier de savoir si j'étais désireux de les accueillir. En outre, je suis persuadé que nul ne s'étonnera de vous voir à ma table puisque vous ne serez pas la seule de mes domestiques à dîner avec nous. Veuillez vous hâter à présent ! intima Chard. Le baron et sa sœur seront bientôt là, et vous devez encore vous apprêter. Il ne saurait en effet être question que vous paraissiez devant eux vêtue de la robe grise et du tablier en toile de Hollande que vous portez présentement. Tâchez pour une fois de vous parer d'atours qui vous mettent en valeur !

Avant qu'Emma ait pu rétorquer quoi que ce fût, Chard pivota sur ses talons et quitta la bibliothèque.

— Que d'animation depuis votre arrivée, mademoiselle Lawrence ! dit John quand ils furent seuls. Voilà cinq ans que je travaille à Loudwater et c'est la première fois que nous recevons des invités aussi importants qu'Augustus Lufton et sa cadette ! Mais assez bavardé, conclut le secrétaire avec entrain. Nous ferions mieux d'aller nous habiller, car Sa Seigneurie nous attend.

Emma acquiesça, puis s'empressa vers la porte en s'interrogeant sur les visiteurs du comte. Celui-ci avait précisé que M. Blackburn figurerait parmi eux. Pourvu, songea la jeune femme, que les Lufton soient plus recommandables que ce butor à l'esprit vulgaire, qui avait moins d'usage du monde qu'un valet de ferme !

Sitôt après s'être changée, Emma se dirigea à la hâte vers le rez-de-chaussée. Elle avait finalement choisi de revêtir sa plus belle toilette d'été — une robe de mousseline ivoire, garnie d'une large ceinture et d'une collerette de satin jaune pâle.

Chard marqua son approbation d'un hochement de tête lorsque Emma pénétra dans le grand salon et M. Bassett, lui, demeura bouche bée de la voir ainsi transformée. La même pensée vint à cet instant aux deux messieurs : ils avaient rarement vu demoiselle plus exquise et plus désirable que la préceptrice de Letitia !

Tel était aussi l'avis de lord Lufton, qui fut annoncé vingt minutes plus tard et détailla Emma avec intérêt sitôt qu'il fut introduit dans le salon. Ainsi, Ben Blackburn ne lui avait pas menti. Cette jeune personne était assurément une beauté !

— Lufton, je vous présente Mlle Lawrence, la gouvernante de ma fille, déclara Chard d'une voix polaire. Elle a eu la bonté de remplacer Mme Morton, qui s'est absentée pour rendre visite à l'épouse de notre nouveau vicaire.

— Je suis enchanté de vous rencontrer, mademoiselle, susurra le baron. Certain gentleman de ma connaissance m'a vanté votre charme, mais sa description était en deçà de la vérité !

Emma fit la révérence en esquissant un sourire contraint. Lord Lufton, quadragénaire ventripotent au teint fleuri, lui rappelait M. Gardiner dont elle ne gardait pas le meilleur souvenir. Il y avait fort à parier que cet homme aux yeux luisant d'une cynique effronterie était de ces libertins toujours en quête d'aventures galantes. Mieux valait qu'elle se méfie de lui ! se promit la jeune femme en se dirigeant vers lady Clara.

L'héritière de Lufton ne lui fit pas non plus bonne impression — c'était le moins que l'on puisse dire ! Etincelante de satin et de bijoux, la rousse demoiselle salua son hôtesse avec mépris, sans même lui consentir un regard. Puis elle s'éloigna fièrement pour rejoindre Chard qui bavardait avec M. Cross et Ben Blackburn.

Calypso Straight, la dame de compagnie, ne semblait pas mieux disposée à l'égard d'Emma... Issue d'une famille honorable mais financièrement déchue, cette petite dame au visage chevalin avait, comme lady Clara, jugé très inconvenant d'être accueillie par une simple gouvernante. Mais sans doute Chard n'avait-il eu d'autre choix, se dit-elle, puisque Mme Morton n'était pas dans les murs !

Naturellement, si le comte acceptait d'unir son sort à Clara, il ne serait plus besoin que sa tante joue les hôtesses... En réalité, Mlle Straight souhaitait de tout cœur que ce mariage se fasse. A supposer que sa cadette prenne époux, Lufton se retrouverait seul dans son immense manoir des environs de South Shields. Et il se déciderait peut-être enfin à demander la main de l'ambitieuse Calypso... Celle-ci caressait cet espoir depuis des mois, et s'évertuait avec une patiente détermination à s'insinuer dans les bonnes grâces du richissime baron.

Attendu que personne ne daignait lui parler, Mlle Straight s'installa sur le sofa et fit signe à Emma d'approcher.

— Asseyez-vous près de moi, suggéra la dame de compagnie. Je crois me rappeler que votre nom est Lawrence, n'est-ce pas ? Avez-vous un lien de parenté avec vos homonymes du Derbyshire ?

— Pas à ma connaissance, rétorqua Emma en prenant place.

— Lord Lawrence et sa femme sont des gens absolument délicieux ! La saison passée, j'ai rencontré leur fille Persephone au bal de lady Cowper. Il s'agit d'une demoiselle très en vue, qui se plaît à taquiner la muse. Mais ses quatrains sont moins charmants que ceux de lady Clara ! précisa Calypso en dépliant son éventail. La chère enfant a un tel talent pour la poésie ! Voilà deux mois, elle a composé une ode des plus poignantes à son cher canari Oscar.

Emma fit tous ses efforts pour garder son sérieux.

— Quelle charmante idée, ironisa-t-elle. Je déplore de ne pas connaître cette œuvre dont la lecture doit être très édifiante.

Au même instant, elle vit Chard s'avancer dans leur direction. Des valets en livrée s'affairaient derrière lui, disposant les plateaux du thé sur la table à marqueterie de malachite.

— Nous parlions de Clara, expliqua Mlle Straight quand Chard s'assit à ses côtés. Vous la connaissez encore peu, milord, mais je suis sûre que vous ne tarderez pas à découvrir qu'elle est dotée d'une merveilleuse nature. Celui qui l'épousera sera le plus heureux des hommes ! Aussi bien je m'étonne qu'elle n'ait pas encore convolé... Mais cela changera peut-être bientôt, n'est-ce pas ?

Tandis que Mlle Straight continuait de préparer le terrain pour sa protégée, Emma se leva afin d'inviter Clara et les gentlemen à déguster les pâtisseries que les valets avaient apportées.

La cadette de Lufton la toisa par-dessus son éventail à manche de nacre, fit la moue, puis lança de sa voix aigre :

— Je vous prie de m'excuser, messieurs, mais il me faut retourner auprès de notre hôte.

Et, reniflant avec mépris, la pimbêche aux boucles enrubannées dirigea crânement ses pas vers le canapé.

« Bon débarras ! » songea Emma, trop accoutumée aux marques de mépris pour se formaliser de celles-ci.

Peut-être cette demoiselle possédait-elle de nombreuses qualités, ainsi que l'avait signalé la volubile Calypso. Mais il en était cependant deux qui semblaient lui manquer : l'affabilité et la modestie.

A peine sa cadette s'était-elle éloignée que Lufton surgit aux côtés d'Emma. Il planta ses yeux chafouins dans le regard de la jeune femme et la gratifia d'un sourire charmeur.

— J'ai cru comprendre que vous étiez depuis peu dans le Northumberland, mademoiselle Lawrence. Que pensez-vous de notre belle contrée ?

— Je n'ai pas eu encore l'heur de la visiter, milord. Mais j'espère avoir bientôt l'occasion d'admirer l'Upper Tyne et le mur d'Hadrien, bien sûr.

Lufton opina du chef et se tourna pour interpeller le comte.

— Dites-moi, Chard, Mlle Lawrence m'apprend qu'elle n'a pas vu notre fameux Mur. Puisque vous avez l'amabilité de nous recevoir, nous pourrions peut-être nous rendre sur place et déjeuner *al fresco* ? Une telle sortie serait sûrement très divertissante !

Le comte saisit avec soulagement cette occasion de se tirer des griffes de Clara et de Mlle Straight, qui potinaient à demi voix sur les derniers couturiers en vogue et les mœurs singulières de lord Byron... Il s'excusa poliment auprès des dames, puis s'avança vers Lufton en le félicitant pour son excellente idée.

— J'ai déjà promis à Tish et à Mlle Lawrence de les emmener au Mur, ajouta-t-il, mais je n'en ai pas encore eu le loisir. Quoi qu'il en soit, je vous promets d'organiser cette excursion au plus vite. Gageons que ma fille sera ravie d'y prendre part !

— Et vous ferez du même coup la joie de sa gouvernante qui découvrira enfin la région. Mais c'est un tel plaisir d'être agréable à une aussi jolie femme, conclut Lufton avec chaleur.

Les messieurs réagirent chacun à leur façon à cette galanterie déplacée. Chard songea qu'il devrait aviser Emma que le baron était un incorrigible coureur de jupons... Blackburn blêmit de colère en comprenant que Lufton tentait de séduire lui-même la gouvernante pour gagner le pari qu'ils avaient fait. John Bassett, lui, éprouvait les âpres tourments de la jalousie et M. Cross décida, à l'instar de son maître, qu'il ne serait pas superflu de conseiller à Mlle Lawrence de se tenir sur ses gardes...

Assises, seules, sur le canapé trilobé, lady Clara et Mlle Straight échangèrent un coup d'œil ébahi.

— Juste ciel, avez-vous entendu Lufton ? s'étonna la fielleuse rouquine. J'ai l'impression que la préceptrice est à son goût... De vous à moi, je me demande bien ce qu'il lui trouve ! Elle ressemble à une petite campagnarde qui sort de son couvent !

— Reconnaissez, ma chère, que Mlle Lawrence est ravissante. Je crois que vous auriez tort de la mésestimer. Monsieur votre frère m'a confié que Chard s'était amouraché d'elle.

Lady Clara partit d'un rire retentissant.

— Sachez que la compétition ne m'a jamais effrayée, Calypso. Et je n'ai de toute façon rien à craindre d'une vulgaire domestique qui n'est manifestement pas de taille à rivaliser avec moi !

— En effet, rétorqua Mlle Straight d'un ton faussement confiant. Cela dit, vous pouvez compter sur mon appui... Si Mlle Lawrence vous met des bâtons dans les roues, je puis vous assurer qu'elle s'en repentira. Je n'hésiterai pas, le cas échéant, à la rappeler aux convenances et à lui montrer de quel bois se chauffe Calypso Straight !

6.

Sitôt après le thé, lord Lufton et Ben Blackburn se rendirent aux écuries avec Chard, qui souhaitait leur montrer le splendide bai rubican dont il avait fait récemment l'acquisition. Les dames annoncèrent pour leur part qu'elles sortaient effectuer quelques pas dans la roseraie du domaine, non sans avoir spécifié qu'il était inutile que leur hôtesse les accompagne.

Peu décontenancée par ce coup d'épingle, Emma décida de monter voir Kettie et Letitia à la nursery. Sa petite élève avait quantité de questions à lui poser au sujet des invités de son père; aussi la jeune femme s'efforça-t-elle de satisfaire sa curiosité en se gardant toutefois de faire état de sa désapprobation quant aux manières de lady Clara. Puis, l'heure du dîner approchant, elle promit à Tish de l'emmener jouer au jardin, le lendemain matin, et lui souhaita bonne nuit avant de se retirer dans sa chambre.

Là, Emma ouvrit la porte de son armoire et prit sur une étagère la robe de soie nacarat qu'elle avait soigneusement enveloppée dans du papier. Cette toilette d'une indémodable élégance constituait son dernier lien avec l'existence privilégiée qu'elle menait jadis. Son père la lui avait offerte pour son dix-neuvième anniversaire en ces temps bénis où il n'avait pas encore éprouvé de revers de fortune. Emma était plus replète à l'époque mais, quelques années auparavant, son amie Mme Moore l'avait aidée à retoucher sa robe trop ample, pour l'ajuster à sa nouvelle silhouette.

La jeune femme n'avait jamais eu l'occasion de revêtir cette splendide création d'un maître couturier de Bond Street. Mais ce soir, elle pourrait enfin l'arborer attendu qu'elle dînerait en compagnie de membres influents de la haute société !

Non sans une certaine impatience, Emma sortit le châle rebrodé de dentelle de Bruges, les longs gants blancs et les escarpins de satin qui complétaient sa tenue. Puis elle posa ses effets sur son lit, se dévêtit en un clin d'œil et commença à s'apprêter.

Resplendissante de fraîcheur et d'allure, Emma quitta sa chambre une demi-heure plus tard. Elle avait exceptionnellement décidé de ne pas porter sa coiffe de gouvernante et de réunir ses boucles en un joli chignon souple. A son cou scintillait le petit médaillon d'or qu'elle tenait de sa mère — le seul de ses bijoux qu'elle n'avait jamais pu se résoudre à vendre.

Parvenue dans le hall brillamment éclairé, elle rencontra Mme Morton qui s'était parée de sa plus belle robe de soie noire. Un sourire se dessina sur les lèvres de l'intendante tandis qu'elle examinait Emma d'un regard approbateur.

— Je craignais que vous ne possédiez pas de toilette assez raffinée pour vous joindre à nos éminents invités, avoua la vieille dame. Mais je constate que j'avais tort de m'inquiéter. Vous êtes comme toujours parfaite, mademoiselle Lawrence !

Emma la remercia de son compliment, et toutes deux gagnèrent la grande salle à manger aux colonnes à chapiteaux corinthiens. Elles s'aperçurent en entrant que Chard et Lufton étaient déjà arrivés. Ils écoutaient patiemment lady Clara pérorer sur son unique sujet de préoccupation — sa personne.

La cadette du baron salua froidement Mme Morton lorsque le comte la lui présenta. Après quoi, elle attacha son arrogant regard sur Emma, la détailla des pieds à la tête et lui tourna le dos en agitant son éventail à clochette d'ivoire.

— Eh bien, quel charmant accueil ! murmura la tante de Chard. A en juger par ses déplorables façons, cette jeune personne n'a pas eu la chance d'être éduquée par une gouvernante aussi consciencieuse que vous, mademoiselle Lawrence !

Les autres invités parurent au même instant, et le comte suggéra que l'on passe aussitôt à table.

Tout le long du succulent dîner, lady Clara refusa d'adresser la parole à Emma et à Mme Morton. Une demoiselle de son rang ne s'abaissait pas à bavarder avec de vulgaires subalternes qui, selon elle, n'avaient pas leur place parmi une société choisie !

L'intendante ne prit point ombrage d'une telle discourtoisie, et savoura sa galantine de chapon et sa selle d'agneau grillée sans prêter attention à la jeune prétentieuse. Emma ne fut pas davantage peinée qu'on lui batte ainsi froid. Au vrai, elle savait que Clara était furieuse qu'une modeste gouvernante fût plus admirée qu'elle. Car telle était la vérité ! Non seulement Emma l'éclipsait par la merveilleuse sobriété de sa mise, mais tous les messieurs n'avaient d'yeux que pour elle ! Jusqu'à la fin du repas, elle dut repousser les avances indésirables de Lufton qui était assis à sa gauche et de son rival Ben Blackburn, assis à sa droite. Elle nota en outre que Chard et son secrétaire glissaient souvent de furtifs regards dans sa direction...

Après le dessert, les dames se rendirent dans le salon pour laisser les gentlemen boire leur porto et allumer leurs cigares. Lady Clara ne condescendant toujours pas à leur parler, Emma et Mme Morton prirent place près du feu et travaillèrent paisiblement à leur ouvrage. Toutes deux brodaient aux armoiries des Hastings des coussins de prie-Dieu destinés à la chapelle de Loudwater.

L'ennui régnait, mais l'arrivée des messieurs, une demi-heure plus tard, apporta une animation bienvenue. Très en verve, Lufton et Bassett firent assaut d'esprit pour arracher un sourire à Emma. M. Cross, lui, vint s'asseoir à côté de la seule femme de son âge — Mme Morton — et conversa avec elle à mi-voix.

Partant, le comte eut l'immense plaisir d'avoir pour lui seul la compagnie de Clara et de Calypso. Et il n'était pas sûr d'apprécier un tel honneur... En fait, il ne pouvait s'empêcher de diriger ses yeux vers Mlle Lawrence pour admirer son profil de déesse antique et ses délicates épaules révélées par sa robe de soie rouge.

A sa plus grande surprise, Chard découvrit qu'il n'appréciait guère les attentions que Lufton et Bassett prodiguaient à la jeune gouvernante. Et il aimait encore moins les œillades concupiscentes dont Blackburn la gratifiait ! Appuyé au manteau de la cheminée, le goujat à demi ivre détaillait Emma en caressant suggestivement la statue de Vénus qui garnissait la tablette cannelée.

Scandalisé par le manège de Blackburn, le comte estima que mieux valait le tenir à l'œil. Il connaissait assez ce diable d'homme pour savoir qu'il était capable du pis lorsqu'il avait bu !

Cette résolution prise, Chard se pencha pour parler aux dames, empanachées comme des chevaux de corbillard et accoutrées de toilettes qui n'eussent point déparé dans un carnaval.

— J'ai réfléchi à notre projet d'excursion, déclara-t-il. Et je suggère, si vous êtes d'accord, que nous l'organisions après-demain. Ainsi aurai-je le loisir de préparer notre voyage.

Calypso Straight applaudit des deux mains à cette idée.

— Je suis très impatiente de voir le Mur ! s'écria-t-elle d'un ton enjoué. Cette promenade dans notre belle campagne sera à n'en pas douter charmante ! N'êtes-vous pas de mon avis, ma chère ?

— Heu, oui, marmonna Clara d'un ton dubitatif. Mais j'espère que l'endroit n'est pas trop venteux. Je ne voudrais pas prendre froid ou pis, être décoiffée.

— Ne vous arrêtez pas à des considérations aussi prosaïques ! répliqua Calypso. Songez plutôt que nous allons fouler le même sol que l'armée romaine. Car il s'agissait bien des Romains ? questionna-t-elle en reportant son attention sur le comte. Je les confonds toujours avec les Egyptiens. Avouez que c'est stupide !

Chard se garda bien de confirmer.

— Ce sont en effet les Romains qui bâtirent le Mur pour protéger leur empire de ceux qu'ils nommaient les Barbares.

— Oh ! Comme c'est intéressant ! pépia Mlle Straight.

Un sourire ironique étirant le coin de ses lèvres, Chard se leva et s'inclina devant les dames.

— Votre société m'enchante, affirma-t-il avec le plus grand sérieux, mais je dois malheureusement vous quitter. Il me faut demander à Lufton si la date que j'ai fixée pour notre petite expédition lui convient. Nous nous reverrons plus tard.

Sur quoi, Chard fit volte-face et porta ses pas vers le baron. Celui-ci hocha la tête avec enthousiasme quand son hôte lui soumit sa proposition.

— C'est entendu, Chard ! Nous visiterons le *Vallum Hadriani* après-demain et nous nous rendrons à Killingworth la semaine prochaine. Le plaisir avant les affaires, en somme !

Emma fut elle aussi ravie d'apprendre que le comte les mènerait au Mur dans deux jours. Cette sortie lui permettrait de découvrir la lande et les vallées boisées qui environnaient Loudwater. Bien plus, Tish pourrait voir l'enceinte fortifiée construite sous le règne du successeur de Trajan, dont elles avaient souvent évoqué les hauts faits durant leurs leçons d'histoire.

Le sourire qui plissait les lèvres d'Emma s'envola lorsqu'elle croisa de nouveau le regard de Blackburn. Dieu ! Que ce goujat la mettait mal à l'aise. Il l'observait comme s'il n'avait plus qu'une idée en tête : la dépouiller de tous ses effets...

Se munissant de sa corbeille à ouvrage, Emma se leva dans un bruit de soie froissée et rejoignit son maître.

— Me permettez-vous de prendre congé, milord ? Je dois me lever de bon matin, car j'ai promis à Tish que nous irions nous promener dans le parc avant le petit déjeuner.

— Oh, je vois. Vous pouvez vous retirer, mademoiselle Lawrence.

Quelque peu soulagée, Emma exécuta une révérence pour saluer les invités du comte, et se dirigea vers la porte.

A peine était-elle sortie que Ben Blackburn fit mine d'étouffer un bâillement.

— Je vais aussi monter m'étendre, mes amis, annonça-t-il. Ce fut une longue journée et je suis roué de fatigue !

Chard fixa un regard soupçonneux sur son ami qui s'avançait vers la porte en titubant. C'était bien la première fois qu'il le voyait se coucher à 23 heures ! D'ordinaire, ce noceur aimait à boire et à plaisanter jusqu'au point du jour...

Contenant son inquiétude au prix d'un immense effort, Chard patienta quelque cinq minutes. Puis il gagna le hall, non sans s'être excusé auprès de ses invités, et gravit quatre à quatre les marches du grand escalier. Par acquit de conscience, il s'engagea alors dans le couloir du premier étage, se dirigea vers la chambre de Blackburn et frappa à la porte. Mais de réponse, point !

Une sourde colère s'insinuant en lui, Chard poussa le battant avec impatience — pour s'apercevoir, ainsi qu'il s'en doutait, que l'entreprenant coureur de jupons n'était pas là...

⁂

Emma ne remarqua pas tout de suite que Ben Blackburn l'avait suivie dans l'escalier. C'est seulement quand elle atteignit la porte de sa chambre qu'elle distingua des pas derrière elle et s'avisa de la présence de son peu recommandable admirateur... Soudain alarmée, elle se prit à frémir et déglutit avec peine.

— Qu... que voulez-vous, monsieur ?

Les yeux étincelants de désir, Blackburn la rejoignit en deux enjambées, et lui agrippa le poignet.

— Ne faites pas l'innocente, ma mignonne, marmonna-t-il. Je vous promets que nous allons bien nous amuser ensemble !

Avant qu'Emma ait pu se dégager, le butor s'empara de sa taille et la cloua violemment contre la porte.

— Lâchez-moi ! s'insurgea-t-elle avec véhémence.

Blackburn éclata d'un rire gras, puis fit courir ses mains sur la poitrine de la jeune femme. Celle-ci essaya de se dégager de son étreinte et se débattit avec la dernière énergie. Las ! Elle eut tôt fait de s'apercevoir que ses efforts étaient vains. Son agresseur la plaquait de tout son poids sur le battant. Il était impossible, dans ces conditions, de le repousser ou de le souffleter pour le rappeler à l'ordre !

— Cessez de jouer les effarouchées, intima Blackburn. Cette nuit, vous m'appartenez, que cela vous plaise ou non !

Un frisson de dégoût la traversant de part en part, Emma comprit que le seul moyen d'échapper à l'ignoble débauché était d'appeler à l'aide. Mais Blackburn avait dû deviner ses intentions, car il écrasa soudain sa bouche sur la sienne et la bâillonna d'un baiser.

Au même instant, la voix de Chard s'éleva au bout du corridor.

— Vous êtes là, mon vieux ! Vous vous êtes perdu, n'est-ce pas ?

Le comte s'approcha sans se presser, ce qui permit à Blackburn de libérer sa victime et à Emma de rajuster sa mise.

— Ou... oui, bredouilla la crapule. Votre demeure est si vaste que je me suis, euh, égaré. Mais... hum ! Mlle Lawrence m'indiquait justement que ma chambre était à l'étage du dessous.

— C'est très aimable de sa part, rétorqua Chard. Vous devriez la remercier de son aide et prendre congé, non ?

Fort d'un inébranlable sang-froid, il avait réussi à s'exprimer avec calme et détachement. Pourtant, un élan de fureur l'avait soulevé lorsqu'il s'était engouffré dans le couloir et qu'il avait vu Emma aux prises avec son assaillant.

— Eh bien, b... bonne nuit, mademoiselle Lawrence.

Là-dessus, Blackburn s'en retourna sans demander son reste. Il pouvait s'estimer heureux de s'en tirer à bon compte ! Chard avait deviné ce qui se passait — il ne pouvait en aller autrement ! Mais de toute évidence, il avait choisi de fermer les yeux...

« Que le diable emporte cet imbécile ! » songea Ben, le feu au visage. Si le maître des lieux n'était pas intervenu, il aurait remporté son pari. Mais qu'à cela ne tienne, il n'avait pas dit son dernier mot ! Il posséderait la belle préceptrice. Rien ni personne ne pourrait l'empêcher de parvenir à ses fins !

Tandis que Blackburn dévalait l'escalier, le comte s'avança vers Emma, qui avait ouvert la porte de sa chambre.

— Pardonnez-moi de n'avoir pas fait grief à ce goujat de son inqualifiable conduite, murmura-t-il. J'aurais pu le corriger, mais j'ai préféré vous éviter le scandale qu'une altercation n'aurait pas manqué de provoquer. L'honneur de Blackburn n'en aurait pas souffert. Le vôtre, en revanche, eût été sans nul doute entaché.

Chard s'appuya au chambranle sans quitter Emma des yeux, et reprit de sa voix la plus douce :

— Sachez toutefois que je n'hésiterai pas à chasser ce gredin si vous le souhaitez. Mais, pour parler franc, je crains qu'une telle mesure ne l'incite à vous traîner dans la boue et à répandre d'odieuses insinuations sur votre compte... Dès lors, le mieux est peut-être d'oublier ce fâcheux incident.

Emma leva fièrement la tête.

— Je vous sais gré de m'être venu en aide, milord, et de l'avoir fait de telle façon que ma réputation demeure intacte. J'ai conscience que c'est moi qui aurait eu le plus à perdre si l'on était venu à apprendre ce qui s'est passé.

La jeune femme écarta une mèche brune qui avait glissé sur son front et hésita un moment avant de se jeter à l'eau.

— Je puis vous jurer que je... je n'ai nullement encouragé M. Blackburn. C'est la pure vérité, milord !

Avec une infinie douceur, Chard effleura la joue d'Emma.

— Je sais que vous n'avez rien à vous reprocher. En réalité, j'ai vu que Blackburn vous considérait d'une curieuse manière, dans le salon, et j'ai tout de suite compris qu'il s'était mis en tête de vous, hum ! importuner...

Un profond émoi s'empara soudain de Chard lorsqu'il s'aperçut que la gouvernante s'était mise à frissonner de tout son être. Il brûlait de l'attirer à lui pour la réconforter. Pour chuchoter à son oreille que tout était fini et qu'elle n'avait plus rien à craindre... Mais il savait que c'eût été un regrettable faux pas. S'il serrait la jeune femme dans ses bras, elle risquait de s'en offusquer et de le tenir lui aussi pour une brute.

— Tâchez de vous reposer à présent, recommanda Chard. Peut-être désirez-vous que je fasse quérir votre bonne ? Ou bien que je voie à ce que l'on vous prépare une tasse de thé ?

Touchée par une telle sollicitude, Emma esquissa un semblant de sourire.

— Ce ne sera pas nécessaire, milord. Je préfère demeurer seule et dormir, si je le puis.

— Fort bien. Je vous laisse donc vous étendre.

Et Chard pivota sur ses talons, préférant fuir que de céder à la tentation.

Quand sa haute silhouette eut disparu au coin du corridor, Emma se glissa dans sa chambre et referma la porte derrière elle. Son cœur tambourinait dans sa poitrine, son pouls lui martelait les tempes, et elle ne savait plus que croire, plus que penser...

La brutalité de Ben Blackburn l'avait plongée dans un indicible effroi. Mais ce n'était pas l'émotion qui l'avait le plus ébranlée. Lorsque Chard était venu à sa rescousse et qu'il avait caressé sa joue en lui témoignant la plus charmante prévenance, Emma avait subitement compris qu'elle ne pouvait plus s'obstiner à nier l'évidence. Il lui fallait admettre la vérité, pour effarante qu'elle fût : elle aimait Chard... Oui, elle aimait ce parfait gentleman, intelligent et généreux, qui la traitait avec maints égards quand tant de ses précédents maîtres lui avaient infligé rebuffades et humiliations. Au fil des jours, une précieuse complicité s'était établie entre eux, et Emma avait découvert sans jamais oser se l'avouer que leurs natures s'accordaient à merveille.

Jadis, elle s'était entichée du futur comte Chard et l'avait vénéré tel un dieu de l'Olympe. Mais tout avait changé depuis, et les sentiments qu'elle éprouvait vis-à-vis de lui étaient eux aussi différents. Il ne s'agissait plus de l'innocente passion d'une enfant surprotégée qui découvrait les plaisirs et les cruautés de la vie. Non. C'était l'amour complexe et tout en nuances d'une femme de vingt-huit ans pour l'homme qu'était devenu Dominic Hastings.

7.

Le surlendemain, Chard et ses invités partirent excursionner sous un soleil radieux. Ils firent d'abord halte à l'Auberge du Roi George, dans le village de Chollenford, et déjeunèrent à l'ombre des chênes séculaires du jardin. Puis, ragaillardis par leur excellent repas, ils remontèrent en voiture et parcoururent les huit miles qui les séparaient du fort de Housesteads — l'un des plus fameux sites du mur d'Hadrien.

A leur arrivée, lady Clara écarquilla les yeux lorsqu'elle découvrit les ruines moussues de la caponnière et des traverses de l'ancienne place d'armes. Ils avaient donc traversé la moitié du comté pour voir de vulgaires vieilles pierres ? s'interrogea-t-elle en faisant la moue. Dieu du ciel ! Elle n'aurait jamais dû accepter de prendre part à cette assommante promenade !

Tandis que ses compagnons se récriaient à la vue du fort, Clara saisit avec dégoût la main que le cocher lui tendait pour l'aider à descendre de la calèche. Après quoi, elle fit signe à Mlle Straight de la suivre et alla s'asseoir à l'écart des autres.

— J'espère que vous ne souffrez pas trop de la chaleur, déclara Chard en la rejoignant.

Il mobilisait toutes les ressources de sa bonne éducation pour se montrer courtois et patient envers la sœur du baron. Mais cette jeune vaniteuse l'exaspérait au plus haut point ! Il n'avait pas été long à comprendre que l'épouser eût été la pire erreur qu'il puisse commettre. Clara était si sotte et si imbue de sa personne qu'elle le rendrait fou en moins d'une semaine ! Certes, elle lui apporterait une dot splendide — Lufton l'avait maintes fois laissé entendre — et cette manne lui permettrait de rétablir sa situation financière. Toutefois, il se refusait à payer un tel prix pour sauver les terres de ses ancêtres. Voilà neuf ans, il s'était déjà abaissé à choisir la facilité — et il s'en repentait encore amèrement. Un autre mariage d'intérêt avec une femme dont il ne pourrait jamais s'éprendre le détruirait à coup sûr...

La voix de Mlle Lawrence ramena soudain Chard au présent. Tish et elle s'étaient approchées sans qu'il les remarque, absorbé qu'il était par ses moroses réflexions.

— Lord Lufton a exprimé le souhait de partir à l'exploration du fort, expliqua la gouvernante. Letitia veut que nous le suivions, mais j'ai préféré demander votre accord au préalable. Voyez-vous, le sentier est assez pentu et je crains qu'il ne soit glissant...

— Vous avez ma permission, répondit Chard. Je sais que ma fille ne courra aucun risque puisque vous veillerez sur elle.

Et il offrit le bras à l'héritière de Lufton.

— Partez en avant, mademoiselle Lawrence, ajouta-t-il avec un affable sourire. Lady Clara et moi vous suivons.

L'insignifiante rouquine prit un petit air pincé.

— Certainement pas ! Je préfère demeurer ici avec ma chère Calypso. Je suis persuadée qu'elle n'a pas plus envie que moi de déambuler parmi de vieux cailloux sans intérêt !

Mlle Straight lui lança un coup d'œil noir. En réalité, rien ne lui aurait souri davantage que de flâner le long des fortifications avec son cher Lufton... C'eût été plus amusant que de rester assise auprès de Clara, qui maugréait à tout propos et n'avait aucune conversation ! Cependant, les convenances exigeaient que Calypso se plie sans broncher aux exigences de la jeune écervelée.

— Je suis de votre avis, Clara, renchérit-elle avec un entrain affecté. Il fait trop chaud pour marcher !

Chard s'efforça non sans mal de dissimuler son soulagement.

— Dans ce cas, je vais vous quitter, déclara-t-il comme Lufton et les autres messieurs s'éloignaient en devisant. Je vois trop peu Letitia pour mon goût, et je tiens à être à ses côtés lors de sa première visite au Mur.

— Bien sûr, mon cher ! lança lady Clara. Emmenez donc cette enfant et sa bonne se promener !

Sur ces aigres paroles, elle détourna sa jolie tête encadrée de grappes d'anglaises. Et dire qu'elle avait dû interrompre sa saison pour que son frère la présente à Chard ! Aurait-elle deviné ce qui l'attendait, elle serait demeurée à Londres ! Du moins s'y divertissait-on !

Ravis d'être débarrassés de la peu accorte demoiselle, Emma et son maître suivirent le sentier caillouteux qui longeait les remparts de Housesteads. Letitia les précédait, protégée du soleil par sa petite ombrelle de soie blanche.

Emma n'osait pas prendre la parole, mais Chard rompit bientôt le silence et commença à l'entretenir de l'empereur Hadrien. La jeune femme l'écouta avec un intérêt manifeste, l'interrompant de temps à autre pour relater des anecdotes sur celui que certains historiens tenaient pour le plus pacifique des Antonins.

Le comte ne fut pas peu surpris par l'érudition d'Emma, et l'observa à la dérobée alors qu'ils passaient près des ruines d'un bastion envahies par les ronces. La société de Mlle Lawrence était généralement très stimulante mais, cet après-midi-là, elle lui procurait encore plus de plaisir qu'à l'accoutumée. La discrète gouvernante, qui possédait à la fois la grâce et l'intelligence, exerçait sur lui une fascination à laquelle il ne pouvait résister. Sa force d'âme l'impressionnait, sa vulnérabilité éveillait en lui un trouble d'une régénérante intensité. Et, curieusement, il avait la sensation de l'avoir toujours connue, d'avoir toujours su que leurs destinées se croiseraient...

La promenade fut si délicieuse que Chard finit par oublier ses soucis et ses indésirables invités. Mais un fâcheux incident survint, qui entama quelque peu sa belle humeur.

Ils avaient presque rejoint Lufton et les autres gentlemen quand Letitia s'exclama de sa petite voix flûtée :

— M. Bassett doit être fourbu, papa ! Regardez, il s'est assis sur une pierre !

Chard conçut une soudaine inquiétude lorsqu'il vit John masser son poignet droit en grimaçant. Il ne portait plus sa cravate : Ben Blackburn, penché sur lui, s'en était apparemment servi pour lui mettre le bras en écharpe...

— Que s'est-il passé ? interrogea le comte en s'avançant.

— Votre secrétaire a trébuché, répondit Blackburn, et je crois qu'il s'est foulé le poignet... Si vous voulez mon avis, il ne pourra pas travailler avant plusieurs semaines !

Sous l'impassible regard de Lufton, Chard s'agenouilla et prit doucement la main de John pour l'examiner.

— Il semble en effet s'agir d'une foulure. Ne vous tracassez pas, mon bon Bassett, ajouta-t-il en se relevant. Nous allons rentrer sur l'heure et faire quérir le médecin.

— Je suis sincèrement navré, milord ! Je ne pensais pas que le sentier était aussi glissant !

— Eh bien, tout porte à croire que vous auriez dû être plus prudent, murmura Chard. Quoi qu'il en soit, vous pouvez remercier Blackburn. Il a pris une heureuse initiative en bandant votre bras en écharpe pour atténuer la douleur !

Un sourire éclaira la face rubiconde de l'intéressé.

— Je sais que c'est difficile à croire, mais il m'arrive d'avoir de bonnes idées !

Là-dessus, les promeneurs rebroussèrent chemin en silence. Ils approchaient des murs délabrés d'un corps de garde lorsque John se figea soudain sur place en blêmissant.

— Quelle malchance, milord ! Il vient de me souvenir que vous devez rencontrer M. Stephenson la semaine prochaine. Et vous allez vous retrouver sans secrétaire puisque je me suis sottement blessé !

— Ne vous mettez pas martel en tête, conseilla Chard. Ce serait bien le diable si nous ne trouvions pas une solution !

Le pauvre John avait recouvré des couleurs quand, peu après, ses compagnons et lui rejoignirent lady Clara. La jeune poseuse fut fort aise d'apprendre qu'ils regagneraient Loudwater plus tôt que prévu... Et elle ne se priva d'ailleurs pas de le signaler.

— Notre calvaire est terminé, confia-t-elle à Calypso avant de monter dans la calèche. Nous allons enfin quitter cet affreux endroit où je m'ennuyais à périr. Ce nigaud a été bien inspiré de se fouler la cheville !

Sa remarque lui valut nombre de regards réprobateurs, et raffermit Chard dans sa résolution : jamais il n'épouserait Clara. Il préférait encourir le déshonneur de la ruine qu'unir son sort à cette créature d'une stupidité abyssale !

Appelé dès leur retour, le médecin confirma le diagnostic de Chard : John s'était fait une légère entorse. Le blessé devait porter le bras en écharpe, conclut l'amène docteur, et ne se servir de sa main sous aucun prétexte.

Cette nouvelle jeta M. Bassett dans une anxiété telle qu'il ne put fermer l'œil de la nuit. Peut-être son maître allait-il le congédier pour engager un autre secrétaire ! Par tous les dieux, qu'adviendrait-il de lui s'il perdait sa place ?

Tenaillé par l'inquiétude, John descendit voir le comte dans son cabinet de travail, le lendemain matin, et s'enquit fébrilement de ses intentions.

— N'ayez aucune crainte, mon vieux ! s'exclama Chard. Il ne saurait être question que je vous renvoie et je puis vous assurer que nous reprendrons notre collaboration dès que vous serez rétabli. Mais, d'ici là, il va falloir vous dénicher un remplaçant...

Et Chard s'adossa à son fauteuil capitonné de soie d'Egypte. Qui pourrait bien assumer les fonctions de Bassett ? Un employé de bureau venant de Newcastle ou de Corbridge — la grande ville la plus proche du domaine — ne lui serait guère utile. M. Cross non plus ! décida Chard. Ce doux rêveur ne s'intéressait qu'à ses livres et se révélerait certainement inapte à le seconder.

Le comte en était là de ses pensées lorsqu'il eut tout à coup une réjouissante inspiration. Il s'appliqua à dissimuler son enthousiasme et rappela Bassett, qui s'était glissé dans le hall.

— Dites-moi, John, n'y a-t-il personne parmi mes gens qui pourrait s'acquitter ne fût-ce que d'une partie de vos fonctions ? Votre remplaçant devra m'accompagner à Killingsworth dans quelques jours. Or, je n'aurai pas le loisir d'embaucher quelqu'un et de l'instruire de mes affaires avant mon départ.

Bassett hocha la tête et fixa son regard sur la cheminée gravée aux armoiries des Hastings. Le premier nom qui lui vint à l'esprit fut celui de M. Cross. Mais, à l'instar de son employeur, John estima que le bibliothécaire, si serviable fût-il, ne serait pas à même de mener à bien la tâche qui lui incomberait.

C'est alors qu'il eut lui aussi une subite inspiration.

— Je crois, milord... Non, cette idée est stupide.

— Faites-m'en part tout de même, insista Chard.

— Eh bien, je pensais à... Mlle Lawrence. Elle est non seulement d'une intelligence lumineuse pour une femme, mais elle a une belle écriture et semble plus douée que moi pour la comptabilité ! Il n'y a qu'elle, à mon sens, qui puisse me remplacer !

« Voilà, j'ai réussi ! » se félicita Chard. Et il n'avait pas mis la puce à l'oreille de John, puisque c'était John lui-même qui lui avait soufflé cette solution !

Il s'accouda à son bureau et fit mine de tergiverser.

— Une femme ? Non, c'est impossible ! Songez à la réaction de Lufton et des autres !

— Cette mesure serait temporaire, fit remarquer Bassett. Et tout le monde s'accordera pour reconnaître qu'il s'agissait du meilleur parti à prendre, étant donné les circonstances.

Chard esquissa une moue dubitative.

— Peut-être votre idée n'est-elle pas si mauvaise, dit-il avec une feinte réserve. Je la soumettrai au plus vite à Mlle Lawrence. Ainsi saurons-nous à quoi nous en tenir...

— Je suis persuadé qu'elle acceptera ! repartit Bassett. Si vous n'avez plus besoin de moi, milord, je vais me retirer.

— Bien sûr, John ! Tâchez de profiter de ces vacances forcées pour vous reposer. Vous l'avez bien mérité !

Tandis que son secrétaire tournait les talons, Chard observa les rayons de soleil jouer sur les lambris et les vieux ors de son bureau. A l'évidence, le regrettable incident de la veille n'induirait pas que des désagréments ! L'indisponibilité de John Bassett allait lui permettre de passer plus de temps auprès de la mystérieuse jeune femme qui avait fait surgir l'espoir dans son cœur las et désabusé...

Au même moment, Emma s'avança sur la terrasse et descendit le grand escalier flanqué de deux dragons de pierre.

Tish et elle avaient coutume de se ménager une pause au milieu de la matinée. Et, avant qu'elles ne reprennent leurs leçons, Emma avait décidé de sortir prendre l'air. Son élève, elle, était restée à la nursery avec Kettie pour dessiner le centurion romain dont elle avait trouvé le portrait dans son manuel d'histoire.

Tout à ses réflexions, Emma emprunta une petite allée bordée de parterres d'azalées et de pétunias. Elle passait près des serres du domaine, quand soudain, des voix féminines attirèrent son attention... Relevant la tête, elle s'aperçut que lady Clara et Mlle Straight étaient assises sur un petit banc de fer forgé, non loin de la forcerie. Les dames, en pleine conversation, lui tournaient le dos et ne remarquèrent donc pas sa présence.

Emma poursuivit son chemin sans se soucier des deux minaudières. Mais les paroles que proféra alors Calypso l'arrêtèrent net. Intriguée, elle s'immobilisa et tendit l'oreille.

— Il apparaît clair que Chard ne ressent pas d'affection à votre endroit. S'il vous épouse, ce sera uniquement pour empocher votre dot. J'espère que vous en êtes consciente, Clara !

— Apprenez que je ne suis pas idiote ! riposta la rouquine d'un ton cinglant. J'ai remarqué que notre hôte me méprise. Et je ne tiens pas plus à lui, du reste ! Cela dit, je lui ferais volontiers don de ma main car son titre m'intéresse. Que de jalousies susciterais-je si je devenais la nouvelle comtesse Chard !

— Oui, vous feriez quantité d'envieuses ! Mais pour que Chard vous mène à l'autel, ma chère, il vous faudra déployer plus d'efforts. Si vous continuez à vous montrer aussi déplaisante envers lui, Mlle Lawrence vous damera le pion !

— Vous plaisantez ! Chard fait les yeux doux à la gouvernante car il souhaite partager sa couche, voilà tout ! Les gens de notre rang n'épousent pas la valetaille. J'ai l'impression que cette petite bécasse ne l'a pas encore compris...

— Qu'à cela ne tienne, je me charge de le lui rappeler ! promit Mlle Straight.

Frémissante d'indignation, Emma se détourna et revint sans bruit sur ses pas. Elle en avait assez entendu ! La fielleuse grossièreté de la si « respectable » lady Clara la révoltait !

— Je serais ravie que vous vous mariez avec le comte, reprit Mlle Straight comme Emma s'éloignait sur la pointe des pieds. Mais avez-vous bien réfléchi à ce qui vous attend ? Vous vivrez auprès d'un homme presque ruiné et qui ne vous aime point. Pis, vous devrez vous accommoder à la présence d'une enfant dont Chard n'est pas le père ! Tout le monde le sait, à commencer par lui... Aussi suis-je étonnée qu'il garde cette petite chez lui. Il aurait dû la mettre en nourrice dans quelque ferme des environs !

Cette révélation ébranla Emma à tel point qu'elle se figea sur place, le souffle coupé. Mais elle se ressaisit bientôt et remonta l'allée aussi silencieusement que possible. Mlle Straight avait-elle dit la vérité ? Ou s'agissait-il d'une de ces odieuses rumeurs que les femmes du monde se plaisaient à colporter ?

Au comble de la perplexité, Emma gravit les marches du porche, à l'arrière de la demeure, puis se glissa dans le vestibule carré. Là, elle rencontra une Mme Morton inhabituellement agitée.

— Je vous cherchais, mademoiselle Lawrence. Allez vite rejoindre lord Chard dans son cabinet de travail. Il demande à vous voir de toute urgence !

8.

— Vous me feriez donc une immense faveur si vous accédiez à ma requête, conclut Chard après avoir exposé sa proposition à Emma. Bien sûr, M. Bassett pourra vous assister et vous éclairer de ses conseils au cas où vous vous heurteriez à quelque difficulté.

Indécise, Emma dirigea son regard vers les grandes fenêtres qui donnaient sur le parc. Non loin de l'avenue gravillonnée se trouvait une gloriette qu'elle n'avait pas encore eu le loisir de visiter. M. Cross lui avait expliqué que les murs de ce petit pavillon d'agrément étaient ornés de remarquables fresques représentant les douze travaux d'Hercule.

Tout en étudiant le gracieux abri tapissé de lierre, Emma se demanda s'il était bien raisonnable d'accepter l'offre de Chard. A supposer qu'ils se rencontrent plus souvent, ne risquait-elle pas de trahir ses sentiments ? Le comte n'allait-il pas s'apercevoir qu'elle avait été assez insensée pour s'éprendre de lui ?

Il ne s'agissait pas du seul problème qui taraudait Emma... Quand elle était arrivée au domaine, elle n'avait d'abord eu aucun scrupule à tromper Chard sur sa véritable identité. Mais maintenant qu'elle savait à quel point il était généreux et digne d'estime, elle se sentait coupable de lui jouer une telle comédie... Il lui fallait révéler son secret — et le plus tôt serait le mieux ! Toutefois,

Emma n'osait pas se décharger du lourd fardeau du mensonge. Elle était heureuse à Loudwater et redoutait que sa confession ne remette en cause cette fragile félicité...

La voix de Chard interrompit ses méditations.

— J'attends votre réponse, mademoiselle Lawrence. Je sais que ma proposition n'est guère conforme aux règles du bon usage. Mais je dois avouer que votre aide serait bienvenue !

Chard ne pouvait dire à la gouvernante ce qu'il se répétait en son for intérieur : « Je vous en prie, ma chère Emma, ne refusez pas ! Vous feriez de moi un homme heureux, qui ne serait plus obligé d'inventer les prétextes les plus saugrenus pour avoir le plaisir de bavarder avec vous... »

Comme si elle avait deviné ses pensées, la jeune femme pivota vers lui et esquissa un sourire radieux.

— C'est entendu, milord. Je remplacerai votre secrétaire, le temps qu'il se rétablisse. Mais il est à présager que ma décision ne sera pas du goût de tous et que je vais m'exposer aux mercuriales de certaines demoiselles...

— Bah, ne prêtez pas attention à lady Clara et à sa dame de compagnie. Ces cancanières vous jalousent car vous leur êtes supérieure à bien des égards. Elles n'ont ni le raffinement de vos manières, ni l'élégance de votre élocution.

Emma, à ces mots, fut traversée par un délicieux frisson. La gorge serrée, elle n'ébaucha pas un geste quand Chard s'approcha d'elle et glissa un bras autour de ses épaules.

— Jamais je ne remercierai assez lady Hampton de vous avoir envoyée à Loudwater, poursuivit-il d'une voix altérée. Depuis que vous êtes parmi nous, j'ai le sentiment que de meilleurs jours sont revenus.

Et le comte se pencha sur Emma pour s'emparer de ses lèvres. Il l'embrassa avec une tendresse mêlée de retenue, comme un papillon eût effleuré de ses ailes la plus fragile des fleurs.

Emportée par un élan de passion, Emma ne le repoussa pas et s'abandonna sans crainte au plaisir de l'instant. Un déluge d'émotions étourdissantes la submergea, qui embrasa chaque parcelle de son être. Eperdue, elle avait l'impression que le sol s'ouvrait sous ses pieds et qu'elle tombait, en chute délicieuse, dans un abîme de volupté.

Mais l'exaltation des sens céda bientôt le pas à la raison. S'avisant enfin de l'impudeur de sa conduite, Emma tressaillit et s'écarta en détournant les yeux.

— Je... je pense qu'une mise au point est nécessaire, balbutia-t-elle. Je consens à devenir votre secrétaire, milord. Mais je ne serai jamais votre maîtresse !

— Voyons, Emma, loin de moi l'idée de...

— Mlle Lawrence, rectifia-t-elle d'un ton sec. Vous devez comprendre que l'honneur est le seul bien dont je dispose. Si vous m'en dépossédez, il ne me restera rien, hormis le regret d'avoir sacrifié ma dignité.

Chard lui fit lever le menton et plongea son regard dans ses grands yeux à l'expression sévère. Peut-être devrait-il renoncer à son égoïste stratagème, après tout... Mais la tentation était trop forte ! Contre toute attente, une source avait jailli dans le désert de son existence. Et, pour rien au monde, il ne se priverait de cette eau pure comme le cristal dont la fraicheur apaisait ses tourments et lui rendait le bonheur de vivre...

— Veuillez me pardonner, dit-il enfin. Je vous promets que ce qui... hum ! s'est passé ne se reproduira plus. Croyez-moi, je ne ferai rien qui puisse porter atteinte à votre réputation.

Emma se détacha à contrecœur de l'étreinte du comte.

— J'espère que vous tiendrez parole, répondit-elle dans un souffle. Si vous me le permettez, je vais à présent rejoindre Tish et sa nurse qui doivent s'étonner de mon absence. Vous m'avez indiqué que vous auriez besoin de mes services l'après-midi. Par conséquent, les matinées de votre fille devront être plus chargées.

— Très bien, approuva Chard. Je vous attendrai dans mon cabinet de travail à 1 heure précise. Je vous signale par ailleurs que je prierai Mme Morton de nous servir de chaperon, en sorte que vous ne soyez pas la cible d'accusations blessantes...

— Il s'agit là d'une sage précaution, milord. Je vous suis reconnaissante d'avoir songé à la prendre.

Sur quoi, Emma fit la révérence et quitta le bureau.

Le comte accompagna du regard sa silhouette racée, puis s'avança vers la fenêtres à cantonnières de velours. L'honneur et le sens du devoir étaient d'implacables tyrans, pensa-t-il avec un profond soupir. Et pour la première fois en presque dix ans, il était tenté de s'affranchir de leur joug. Que n'eût-il pas donné en cet instant pour retrouver la liberté et l'insouciance du jeune Dominic Hastings ! Mû par nulle autre préoccupation que celle d'assouvir ses désirs, il aurait pu faire l'amour à Mlle Lawrence, la couvrir d'ardents baisers et l'enivrer des plus audacieuses caresses...

Mais, quand il fréquentait encore les salles de bal londoniennes, il n'aurait probablement pas accordé un seul regard à cette femme d'une beauté peu conventionnelle. Il avait trop peu d'expérience de la vie, à l'époque, pour distinguer un vrai diamant d'un faux. En somme, conclut-il non sans amertume, les longues années de solitude et de désolation qui s'étaient écoulées depuis sa rencontre avec Isabella Beaumains n'avaient peut-être pas été tout à fait perdues...

Après avoir déjeuné avec sa petite élève, Emma quitta la nursery et se dirigea vers le rez-de-chaussée pour prendre ses nouvelles fonctions. Elle traversait le hall d'un pas résolu, quand soudain, elle découvrit Calypso Straight près du buste de *l'Apollon du Belvédère*. Engoncée dans une robe de crêpe pourpre au décolleté pigeonnant, la dame de compagnie déplia l'éventail dont elle ne semblait jamais se séparer et lança d'une voix acariâtre :

— Un instant, ma fille ! J'ai à vous parler.

Emma s'immobilisa et décocha un coup d'œil à Calypso.

— Lord Lufton nous a confié que vous aviez été promue secrétaire de Chard, déclara la petite demoiselle. Si c'est exact, je vous complimente, car vous avez très habilement manœuvré. Mais, comme vous avez entendu Clara le dire ce matin, Chard ne vous épousera jamais quand bien même deviendriez-vous sa maîtresse !

Ainsi, les dames s'étaient aperçues qu'elle avait écouté leur conversation ! Vivement embarrassée, Emma s'appliqua toutefois à garder un visage impassible et fixa son interlocutrice droit dans les yeux.

— Je n'ai nullement « manœuvré » pour remplacer M. Bassett, répliqua-t-elle avec fermeté.

Calypso partit d'un rire méprisant.

— Sornettes ! A quoi bon me mentir, mademoiselle Lawrence ?

— Telle est la vérité, s'insurgea Emma, piquée au vif. Sachez que je n'ai pas pour habitude d'intriguer ! Oh, bien sûr, l'on ne peut en dire autant de vous, qui excellez dans ce domaine. J'ai constaté que vous maniez la flagornerie à une virtuosité confondante. Quant aux minauderies dont vous gratifiez lord Lufton, elles sont des plus remarquables, bien qu'un peu trop appuyées, à mon sens, pour être charmantes.

Une lueur de colère s'alluma dans les yeux de Calypso.

— Vous ne manquez pas de toupet, ma petite ! Au lieu de jouer les effrontées, vous feriez mieux de vous soucier de votre réputation ! Avez-vous seulement songé que plus personne n'acceptera de vous engager si vous accordez vos faveurs au comte ? Car il est évident qu'une telle liaison ne défraierait pas seulement la chronique dans le Northumberland. La rumeur se propagerait jusqu'à Londres — vous pouvez me faire confiance !

C'était donc du chantage ! s'offusqua Emma. « Effacez-vous pour que lady Clara n'ait point de rivale, ou je vous traînerai dans la boue. » Tel était, en susbstance, ce que sous-entendait Calypso Straight.

Moins effrayée que furieuse, la jeune femme prit une profonde inspiration pour se calmer et riposta d'un ton glacial :

— Je vais être très franche avec vous, mademoiselle Straight. Si vous continuez à m'importuner de la sorte, j'irai trouver lord Chard et l'aviserai des menaces que vous avez proférées contre moi. Je suis prête à parier qu'il vous ordonnerait de quitter les lieux au plus tôt s'il avait vent de vos odieuses intentions. Et tout laisse penser que lord Lufton prendrait lui aussi la chose en mauvaise part. N'êtes-vous pas de mon avis ?

Calypso fut visiblement stupéfaite de découvrir que l'humble gouvernante de lady Letitia se révélait une adversaire plus redoutable qu'elle n'estimait. Elle gloussa derrière son éventail et considéra Emma d'un œil amusé.

— Il semble que je vous aie sous-estimée, ma chère. Et j'avoue que j'admire presque votre audace... Très bien, continuez à jouer à votre dangereux petit jeu si tel est votre souhait. Mais ne vous bercez pas d'espoirs chimériques. Une personne de votre condition ne peut occuper qu'une seule place dans la vie d'un homme titré : celle de sa catin... Tâchez de ne pas l'oublier, conclut Calypso d'une voix plus douce. Cela vous évitera peut-être d'éprouver d'amères désillusions.

Là-dessus, toutes deux se séparèrent, Mlle Straight pour retourner auprès de sa protégée et Emma pour rejoindre son employeur. Cette dernière savait pertinemment que Chard ne la mènerait jamais à l'autel. Cependant, elle avait conçu la certitude qu'il n'épouserait pas non plus lady Clara, qui semblait fortement lui déplaire. Tout semblait donc indiquer que, au « petit jeu » dont avait parlé Mlle Straight, elle, Emma, ne serait pas la seule perdante...

⁂

— J'ai reçu cet après-midi une lettre de sir Thomas, annonça Chard une semaine plus tard tandis que ses invités et lui prenaient le thé sur les pelouses. Il me signale que Stephenson procédera le 25 juillet aux premiers essais de son prototype. Ce cher Liddell sera bien sûr à Killingsworth et nous suggère d'être tous présents.

Chard posa sa tasse sur la table de jardin et fit signe à un valet de le resservir.

— Dès lors, messieurs, nous devrons avancer de six jours la date de notre visite, ajouta-t-il avec enthousiasme. Je suppose que les dames, elles, préféreront rester au domaine.

Lady Clara plaqua un sourire sur ses lèvres et s'efforça d'être agréable à leur hôte.

— Oh, non ! Nous vous accompagnerons avec le plus grand plaisir ! s'exclama-t-elle. Cette visite sera sans nul doute passionnante ! Mais qui, au juste, est ce sir Thomas qui vous a écrit ?

— Bon sang, Clara, je te l'ai déjà expliqué cent fois, marmonna Lufton. Liddell est le propriétaire des plus grandes mines de la région et il estime que la locomotive de Stephenson nous permettra d'acheminer notre charbon à moindre coût. Tu ferais mieux de m'écouter au lieu de passer ton temps à bayer aux corneilles !

Lady Clara pinça les lèvres d'un air ulcéré. Mais les messieurs ne le remarquèrent pas, qui parlaient avec animation de leur voyage dans la petite ville minière où s'était établi George Stephenson.

Contrairement à la sœur du baron, Emma était au courant des ambitieux projets de sir Thomas Liddell. Depuis qu'ils travaillaient ensemble, Chard lui avait souvent parlé de cet apôtre du modernisme que l'on disait doté d'un solide bon sens et d'un caractère à l'emporte-pièce. Il était le représentant d'une petite association d'aristocrates qui possédaient la plupart des houillères du Northumberland et du Durham. Ces messieurs s'étaient baptisés les Grands Alliés et finançaient les travaux de Stephenson, lequel avait entrepris d'améliorer les performances de la locomotive à vapeur conçue par M. Blenkishop, un ingénieur de Leeds. Emma était très impatiente de voir cette fameuse motrice que d'aucuns n'hésitaient pas à qualifier de révolutionnaire !

Après le thé, elle quitta à regret les jardins ensoleillés et regagna le cabinet de travail. Chard lui avait en effet ordonné d'écrire à sir Thomas pour l'informer que ses compagnons et lui se rendraient à Killingsworth le 25.

Alors qu'elle s'installait au bureau de M. Bassett, son maître examina les comptes qu'elle avait mis à jour un peu plus tôt.

— Je vous félicite, mademoiselle Lawrence ! Non seulement votre écriture est plus nette que celle de John, mais vos calculs sont toujours exacts. Je ne pensais pas que vous seriez à ce point fiable et consciencieuse !

Emma lança un regard réprobateur à Chard.

— Au cas où vous ne l'auriez pas remarqué, milord, les femmes ne sont pas uniquement douées pour les fonctions ornementales et domestiques à laquelle leur éducation les destine. Quand on nous donne la chance de faire nos preuves, nous nous révélons souvent aussi brillantes que les messieurs. Sinon plus !

Assise sur l'ottomane, Mme Morton leva les yeux de son tricot et acquiesça d'un signe de tête.

— Je ne puis vous reprocher de m'avoir jeté la pierre, admit Chard en souriant. Veuillez me pardonner cette remarque fort désobligeante. Vous m'avez rendu de précieux services cette semaine, et Bassett lui-même n'aurait pu mieux faire !

— Je suis ravie d'apprendre que je réponds à votre attente, milord.

— Milord, milord, grommela Chard en levant les yeux au ciel. Mon nom est Dominic, mademoiselle Lawrence !

— Et le mien est Emma. Mais je ne vous autorise pas à m'appeler ainsi !

Sur cette malicieuse repartie, elle s'empara de son porte-plume et se mit à l'œuvre. Tout en rédigeant la missive destinée à sir Thomas, elle se prit à réfléchir à sa situation pour le moins embarrassante. Elle, qui n'avait jamais cherché à briller ou à séduire, était devenue en peu de temps l'objet de toutes les passions ! C'était la première fois depuis son unique saison à Londres qu'on la courtisait aussi ardemment !

Par bonheur, Ben Blackburn semblait avoir renoncé à l'importuner. Mais Lufton avait pris le relais — au grand dépit de Mlle Straight. Sitôt qu'Emma sortait effectuer quelques pas dans le parc, il s'empressait de la rejoindre pour converser avec elle et lui susurrer d'impertinentes galanteries. La jeune femme avait maintes fois tenté de le rappeler poliment aux convenances. Mais, sûr de son charme, le baron ne voulait rien savoir et continuait à la poursuivre de ses assiduités malvenues.

M. Bassett, quant à lui, se montrait moins entreprenant que lord Lufton. Emma avait beaucoup d'estime pour ce jeune homme d'une grande courtoisie, qui avait souvent laissé entendre qu'il désirait l'épouser. En vérité, elle avait conscience qu'elle ferait mieux d'encourager John au lieu de repousser ses avances. Si elle l'épousait, tous ses problèmes seraient résolus ! Ils pourraient s'installer dans une petite maison, au village, et couler ensemble des jours heureux... C'était de loin le mieux que la vie puisse offrir à une gouvernante impécunieuse et seule au monde !

Oui, cela ne faisait aucun doute, songea Emma en terminant sa lettre. Unir sa destinée à John Bassett eût été probablement la plus sage décision à prendre. Mais elle n'avait aucune envie d'être raisonnable. Et ce n'était de toute façon pas l'affable secrétaire que son cœur avait choisi.

La seule possibilité qui s'offrait à elle dans l'immédiat était donc de se munir de patience et de voir ce que l'avenir lui réserverait. En espérant que les tourments et les peines de ces dix dernières années étaient lavés, chassés, balayés pour toujours, cédant enfin la place à une aube nouvelle...

9.

Le 25 juillet, Chard et ses invités quittèrent le domaine de bon matin pour assister aux essais de la locomotive de M. Stephenson.

Killingsworth, où ils arrivèrent trois heures plus tard, était un de ces nombreux villages perdus parmi les étendues de bruyère de la lande. Toutes identiques avec leurs toits de chaume et leurs façades grisâtres, les maisonnettes de la cité minière étaient situées à un demi-mile environ du grand puits dont sir Thomas était propriétaire. Non loin de la tour d'extraction, l'on apercevait la masse pyramidale des terrils, et les écuries où étaient logés les chevaux qui, en surface et dans les galeries souterraines, tiraient les convois de berlines.

Toute activité semblait avoir cessé pour la journée. Déjà, la foule s'était rassemblée près de la portion de chemin de fer — une autre des inventions de Stephenson — que la locomotive était supposée parcourir. Unis par un même enthousiasme, ouvriers, aristocrates et membres de la *gentry* locale avaient tous hâte de jauger la fiabilité de la motrice à vapeur si controversée.

Au moment où Chard aidait lady Clara à descendre de voiture, un des mineurs les interpella.

— Vous êtes venu voir la *Blutcher*, m'sieurs dames ?

A ces mots, Emma glissa un regard intrigué vers John qui avait tenu à les accompagner.

— Qu'est la *Blutcher*, monsieur Bassett ?

— Je n'en ai pas la moindre idée !

— Tel est le nom que George Stephenson a donné à sa machine, intervint Chard. Il souhaitait la baptiser « sir Thomas », mais ce bon Liddell a décliné cet honneur.

— Oh, je vois..., répondit Emma en resserrant son châle sur ses épaules. Peut-être M. Stephenson a-t-il appelé sa voiture ainsi en souvenir de Blücher, le grand machéral prussien.

— C'est fort possible. Je vais m'enquérir de l'origine de ce curieux nom !

Sur quoi, Chard offrit le bras à lady Clara et la conduisit vers les rails, près desquels l'ingénieur, sir Thomas et ses Grands Alliés les attendaient. Lufton leur emboîta le pas, escorté par Blackburn et la pimpante Calypso, dont le chapeau empanaché de plumes de paon parut beaucoup amuser les mineurs. Venaient ensuite Emma et M. Bassett, qui avançaient d'un pas nonchalant.

— J'espère que vous n'avez pas froid, s'inquiéta John. L'on gèle toujours dans cette partie de la région.

— Je suis trop intéressée par la machine de M. Stephenson pour me soucier du temps ! Lord Chard m'a confié hier qu'il était sûr que les locomotives remplaceraient bientôt la traction hippomobile.

— J'en doute, en ce qui me concerne ! Un cheval peut emprunter les voies carrossables déjà existantes. Mais une locomotive, elle, aura toujours besoin de rails et de traverses pour fonctionner. Il faudrait en poser dans toute l'Angleterre, et aucun gouvernement ne consentira à engager de telles dépenses.

Sitôt que ses deux employés l'eurent rejoint, Chard fit les présentations en veillant à n'oublier personne. Sir Thomas Liddell, nota Emma, était un petit homme affable et épais d'épaules dont les façons rustiques évoquaient plus celles d'un garde-chasse que d'un membre de la bonne société. Quant à M. Stephenson, il s'agissait d'un solide gaillard au menton volontaire qui s'exprimait avec la franchise et la simplicité des petites gens. Il confirma à la jeune femme que le nom de son prototype lui avait été inspiré par le prince Blücher, l'un des héros de la Campagne de France.

Tout était prêt pour que la démonstration débute... Sous les acclamations de la foule, George Stephenson se hissa à l'arrière de sa voiture, actionna le régulateur de vapeur, puis commença à remonter la voie ferrée à faible allure. La machine tirait huit wagonnets chargés, totalisant un poids de trente tonnes. Sa haute cheminée couronnée de cuivre crachait une épaisse fumée mêlée de fragments de charbon. Installé sur la paroi latérale du dôme, le moteur était quant à lui une chaudière à foyer carré, équipée de cylindres destinés à accroître la surface de chauffe.

Les vivats et les cris d'allégresse redoublèrent tandis que la locomotive poursuivait sa lente progression. L'assemblée tout entière était en liesse — les mineurs et leurs épouses, comme sir Thomas et ses puissants associés. Les seules personnes que ce spectacle laissa de marbre furent Blackburn, Lufton et sa cadette.

— Est-ce tout ? lança Clara en prenant un air pincé. Nous sommes venus jusqu'ici pour voir une machine nauséabonde et une horde de va-nu-pieds repoussants de saleté ? Quelle charmante promenade !

Le baron, de son côté, partit d'un petit rire moqueur.

— Mes suppositions se confirment, dit-il à Chard. L'invention de Stephenson ne présente aucun intérêt ! N'importe quel cheval pourrait aller au même train que la *Blutcher*. Libre à vous de jeter votre argent par les fenêtres, mon vieux ! Mais sachez que je n'investirai pas un seul denier dans cette machine sans avenir !

— Il s'agit seulement du début de l'aventure, argua le comte. Sephenson m'a assuré qu'il pourrait bientôt doubler la vitesse de sa locomotive et augmenter sa puissance de traction !

— Balivernes ! riposta Lufton. Je suis persuadé que cette bruyante motrice ne pourra jamais rivaliser avec un attelage. N'êtes-vous pas de mon avis, Blackburn ?

Celui-ci acquiesça d'un signe de tête.

— Je pensais que la *Blutcher* serait plus rapide et suis bien déçu par ses piètres performances.

La foule fit un nouveau triomphe à Stephenson quand, un instant plus tard, sa voiture s'immobilisa au bout de la voie ferrée. Impatients de recueillir les impressions de l'ingénieur, sir Thomas, ses Grands Alliés et Chard se portèrent aussitôt à sa rencontre. Les autres les suivirent en continuant d'échanger leurs points de vue sur la démonstration à laquelle ils avaient assisté. Tous étaient sceptiques, constata Emma, et s'étonnaient qu'un homme d'affaires aussi avisé que Liddell ait pu consacrer autant d'argent à cette entreprise qu'ils jugeaient fantaisiste.

Cependant que son maître discutait avec Stephenson des modifications à apporter au prototype, la jeune femme s'approcha de la *Blutcher* pour étudier le réservoir d'eau installé sur le premier wagonnet. Puis elle fixa son regard sur la cheminée d'où s'échappaient toujours d'épais tourbillons de fumée. Mal lui en prit... Elle poussa soudain un petit cri et posa sa main gantée sur son visage en s'exclamant :

— Mon Dieu ! Je crois que j'ai une escarbille dans l'œil !

Tous les messieurs firent volte-face, prêts à aider la désirable gouvernante. Mais Chard fut le plus prompt à réagir. Il accourut dare-dare et sortit son mouchoir de la poche de sa redingote.

— Je vais tâcher de remédier au problème, mademoiselle Lawrence. Je vous promets que ce ne sera pas long.

Ce disant, Chard se pencha sur elle et lui souleva la paupière avec une délicatesse infinie. Quand, le moment d'après, il retira l'incommodante escarbille, Emma éprouva un soulagement immédiat, bien que son œil se fût mis à larmoyer de plus belle.

— Merci, milord, murmura-t-elle avec un petit sourire.

Chard le lui rendit, et effleura sa joue. Il avait toutes les peines du monde à ne pas succomber au désir de baiser les lèvres d'Emma, si proches des siennes.

— Je vous en prie, chuchota-t-il. Vous rendre service est toujours un plaisir.

Tous deux avaient oublié que les regards étaient braqués sur eux — les uns indulgents, les autres réprobateurs ou jaloux. Pis, ils ne s'aperçurent pas que leurs paroles et leurs marques de tendresse réciproques les avaient trahis. Plus personne n'avait désormais de doute sur les sentiments que Chard et la préceptrice de sa fille nourrissaient l'un pour l'autre...

10.

Lorsqu'ils regagnèrent Loudwater, en début d'après-midi, Emma suivit le comte dans son cabinet de travail, où Mme Morton s'empressa de les rejoindre. Tandis que leur chaperon s'installait près des fenêtres avec sa corbeille à ouvrage, Chard retira ses gants, les jeta sur l'ottomane, puis se mit à arpenter la pièce.

— Je suis honoré que sir Thomas m'ait proposé de devenir membre de sa Grande Alliance, confia-t-il à Emma. Et j'avoue que les premiers essais de la *Blutcher* m'ont convaincu. Cela dit, j'étais loin d'imaginer que Lufton et Blackburn seraient à ce point déçus !

Chard s'immobilisa devant un classeur à feuillures de bronze, et ajouta d'un air songeur :

— Je sais que vous êtes de bon conseil, mademoiselle Lawrence, et j'aimerais avoir votre avis sur la question. Croyez-vous que j'ai raison de prendre part à un tel projet ? Ou bien estimez-vous à l'instar du baron que c'est pure folie ?

— Je partage votre enthousiasme ! s'exclama Emma. J'ai été très impressionnée par la *Blutcher* et par M. Stephenson lui-même ! L'on dit qu'il était encore mineur voilà dix ans, et le chemin qu'il a parcouru depuis force l'admiration. Si j'étais un homme, ou si j'avais quelque fortune, je n'hésiterais pas à lui octroyer des fonds pour qu'il puisse poursuivre ses recherches. Et je ne tiendrais pas compte des frileuses réserves émises par certains grincheux qui ne voient pas plus loin que le bout de leur nez !

Un sourire s'épanouit sur les lèvres de Chard.

— Vous me rassurez ! Je commençais à croire que j'étais le seul à trouver quelque intérêt à la *Blutcher*.

Mme Morton exhala un profond soupir alors que son neveu et Emma continuaient à vanter les mérites de la locomotive de M. Stephenson. Il s'agissait d'un sujet de conversation peu séant pour une demoiselle distinguée ! Fort heureusement, John Bassett était presque rétabli et la gouvernante de Tish n'aurait bientôt plus à assumer des fonctions aussi inconvenantes !

Le secrétaire choisit cet instant pour pénétrer dans le bureau, un gros registre sous le bras. Il avait effectué le relevé des bénéfices trimestriels du domaine et venait informer Chard de la somme d'argent qu'il pouvait investir dans les travaux de George Stephenson. Même s'il ne pouvait toujours pas écrire, il s'efforçait d'aider Emma de son mieux et se chargeait des tâches dont elle n'avait pas le loisir de s'acquitter.

Les deux collaborateurs du comte travaillèrent d'arrache-pied tout l'après-midi. Ils firent l'inventaire des profits et pertes des six derniers mois pour évaluer le montant global du revenu de Loudwater. Bien que leur maître fût encore à butte à certaines difficultés pécuniaires — principalement dues aux dettes contractées par son prédécesseur — il était évident que ses méthodes de gestion rigoureuses commençaient à porter leurs fruits.

Chard, pendant ce temps, rédigea plusieurs missives, dont une à sir Thomas pour lui confirmer qu'il apporterait son soutien financier à Stephenson. Puis il cacheta ses plis, et s'approcha de ses employés pour examiner le bilan qu'ils avaient dressé.

— Excellent travail ! commenta-t-il. J'ai constaté que nous allons plus vite en besogne depuis que vous nous offrez votre concours, mademoiselle Lawrence. Ne prenez pas ma remarque en mauvaise part, ajouta-t-il à l'adresse de John. Mais il apparaît manifeste que les bons offices d'Emma ne sont pas superflus. Votre accident m'aura permis de comprendre que vous aviez trop d'ouvrage et que ce n'est pas d'un seul secrétaire dont j'ai besoin, mais de deux.

Mme Morton, à ces mots, roula des yeux inquiets.

— J'espère que vous n'envisagez pas d'embaucher Mlle Lawrence à titre permanent, milord ! Il serait très incongru de proposer un tel poste à une femme.

— J'en ai conscience, soupira Chard. Et je le regrette sincèrement, car il me sera difficile de trouver un secrétaire plus méticuleux. Si je doutais au début qu'une dame puisse occuper cet emploi, j'ai révisé mon opinion. Vos compétences sont admirables, mademoiselle Lawrence, et vous faites honneur à votre sexe !

Mme Morton secoua la tête lorsqu'elle vit son neveu fixer un regard empreint de tendresse sur Emma. Il avait tort de donner de faux espoirs à cette jeune personne ! Et il ne semblait pas se rendre compte que les domestiques commençaient à jaser...

— Je ne doute pas que Mlle Lawrence vous soit d'un grand secours, dit l'intendante d'un ton glacial. Mais je vous rappelle que lady Hampton ne nous l'a pas envoyée pour vous seconder. Sa place est auprès de Tish, qui a plus besoin d'elle que vous !

Emma accorda un sourire à la tante de Chard.

— N'ayez crainte, madame Morton. Letitia et moi reprendrons nos anciennes habitudes dès la semaine prochaine !

— Et, pour ma part, j'engagerai un autre secrétaire, lança le comte. Ainsi serez-vous moins surchargé de travail, Bassett ! D'une certaine façon, l'incident du mur d'Hadrien aura été une véritable aubaine pour vous !

L'heure du dîner approchant, Chard et ses employés

quittèrent le bureau un moment plus tard, et se dirigèrent vers le salon. Lady Clara, son aîné et leurs compagnons les y attendaient, de même que Tish qui avait eu la permission de prendre part au repas. Vêtue de sa plus belle robe de soie rose, l'élève était assise dans une causeuse et répondait aux aimables questions que lui posait Calypso Straight.

Après avoir échangé quelques banalités avec lady Clara, Chard s'installa à côté de sa fille et la considéra d'un regard fier. Elle avait réellement acquis des manières plus raffinées depuis que Mlle Lawrence avait la charge de son éducation. Bien sûr, il lui arrivait encore d'imiter la lingère et le majordome. Mais il était indéniable que, sous la férule de sa gouvernante, la sauvageonne effrontée se muait peu à peu en enfant modèle...

Emma, quant à elle, prit place à l'écart et observa son bien-aimé se pencher vers Tish pour l'entretenir de leur expédition à Killingsworth. Une fois de plus, elle fut émerveillée par la tendresse qu'il montrait envers cette petite fille dont il n'était peut-être pas le père... De crainte qu'on ne la juge trop indiscrète, la jeune femme n'avait jamais osé interroger qui que ce fût sur ce sujet. Mais, si Letitia était vraiment le fruit d'une union adultère, l'amour et la bienveillance que Chard lui témoignait n'en étaient que plus admirables.

Le majordome parut sur ces entrefaites pour annoncer que Sa Seigneurie était servie. Prenant la main de Tish, Chard se leva de son fauteuil, puis suggéra que l'on gagne la salle à manger.

La présence de ses invités commençait à lui peser et il avait hâte d'être débarrassé de ces importuns qui se conduisaient avec un sans-gêne déplorable. Mais il découvrit durant le dîner que Lufton et Blackburn se trouvaient si bien à Loudwater qu'ils n'avaient nulle envie d'en partir.

Tout en savourant son gratin d'écrevisses, le pingre

baron déclara qu'il ne s'en retournerait pas avant le début du mois d'août. Lui qui s'était refusé pendant des années de rendre visite à ses amis prenait de plus en plus de plaisir à résider chez les autres... Son séjour l'avait convaincu des multiples avantages qu'il y avait à vivre aux dépens d'un amphitryon aussi généreux que Chard. Voilà deux semaines qu'on le traitait comme un prince, et il n'avait pas encore déboursé un seul penny...

Ben Blackburn était aussi peu désireux que Lufton de regagner ses pénates. Il s'ennuyait moins à Loudwater que dans sa vieille demeure isolée des environs de Morpeth. En outre, il s'était promis de passer de nouveau à l'action pour remporter son pari... La jolie gouvernante lui appartiendrait bientôt, n'en déplaise à Chard ! Et cette fois-ci, songea Blackburn, un sourire retroussant le coin de ses lèvres, il veillerait à ce que personne ne les dérange...

11.

Le lendemain, Mme Morton vint trouver Emma pendant le déjeuner pour l'informer que le comte n'aurait pas besoin de ses services cet après-midi-là. Ravie de cette journée de congé bienvenue — ses doubles fonctions commençaient à l'épuiser —, la jeune femme confia Tish aux bons soins de sa nurse, et décida de gagner le pavillon d'agrément pour admirer les fresques dont M. Cross lui avait parlé.

Munie de son sac à ouvrage, Emma emprunta l'avenue gravillonnée, où elle croisa les Lufton et Mlle Straight, qui revenaient d'une promenade au village. Le baron se découvrit à son passage, lady Clara l'ignora et Calypso, elle, la salua d'un signe de tête. A la vérité, la dame de compagnie se montrait moins hautaine depuis leur orageuse explication dans le hall. Néanmoins, elle tenait toujours Emma pour une rivale, attendu que Lufton continuait à lui faire des ronds de jambe. Et elle avait d'ailleurs tort de s'inquiéter ! Eussent-elles été plus intimes, Emma lui aurait confié qu'elle n'avait aucune intention de céder aux avances de ce coureur de jupons. Et elle aurait suggéré à Calypso de ne pas bâtir de châteaux en Espagne... La petite demoiselle ne semblait pas comprendre que la bataille qu'elle livrait pour conquérir l'aîné de Clara était perdue d'avance. Son élu, butor de la pire espèce, considérait toutes les femmes comme des courtisanes dissolues, dont l'unique office était de procurer des intermèdes amoureux aux messieurs. Si

Calypso réussissait à le prendre dans ses filets, nul doute qu'elle déchanterait vite et paierait chèrement sa victoire !

Parvenue au pavillon d'agrément, dix minutes plus tard, Emma gravit l'escalier et poussa la porte flanquée de deux colonnes doriques. Puis elle s'installa près de la seule fenêtre de la bâtisse et sortit son ouvrage tout en contemplant les peintures murales cerclées de stuc. Elles étaient aussi remarquables que le bibliothécaire le lui avait indiqué !

Emma étudiait la fresque représentant Hercule enchaînant le gardien des Enfers quand soudain, elle entendit des pas dans l'escalier. Elle se prit à espérer qu'il s'agissait de Chard, ou bien de Letitia accompagnée de sa nurse. Las ! Le moment d'après, c'est sa bête noire, Ben Blackburn, qu'elle vit s'engouffrer dans la pièce octogonale...

La gorge nouée par l'inquiétude, Emma rangea sa broderie à la hâte et se leva d'un bond. Elle devait prendre ses jambes à son cou — et vite ! Mais Blackburn ne l'entendait pas de cette oreille, qui lui bloqua le chemin en souriant d'un air narquois.

— Vous voulez me fausser compagnie, ma belle ?

— Je dois... hum ! retourner auprès de lady Letitia.

Blackburn renifla avec dédain et saisit Emma aux épaules.

— Oh, non, ma belle ! Vous allez rester avec moi !

Tout près de céder à la panique, la jeune femme s'efforça de se dégager — en vain ! Elle n'aurait jamais dû venir seule dans le petit pavillon isolé. Cependant, elle ne pouvait pas prévoir que Blackburn tenterait de nouveau d'abuser d'elle !

— Lâchez-moi ! s'offusqua-t-elle, le cœur cognant à se rompre. Sa Seigneurie vous a ordonné de ne plus m'importuner et vous feriez bien de tenir compte de ses recommandations !

— Je n'ai cure des ordres de cet imbécile. Et je me réjouis à l'avance de son dépit quand il saura que j'ai obtenu vos faveurs !

— Vous ne me forcerez pas la main, monsieur !

— C'est ce que nous allons voir !

Emma poussa un cri étranglé quand Blackburn la souleva de terre et la jeta brutalement sur le sofa, dans un coin de la pièce. Avant qu'elle ait pu se redresser, il déchira son corsage d'un coup sec et roula sur elle en émettant un rire gras.

Glacée de peur, Emma crut défaillir comme son agresseur pressait sa bouche visqueuse contre la sienne. Un voile noir dansait devant ses yeux, et ses forces commençaient à la déserter. Néanmoins, elle continua de crier en espérant que quelqu'un volerait à son secours. Mais elle savait qu'il y avait peu de chances qu'on l'entende. Elle était seule, prisonnière de ce débauché dont les caresses lui donnaient la nausée !

Emma eût été incapable de dire combien de temps elle resta ainsi allongée, à bout de souffle, luttant avec une farouche énergie pour défendre sa vertu. Mais, soudain, elle sentit le poids énorme de Blackburn s'arracher à elle tandis que jaillissaient des insultes et des cris furieux. Elle tourna la tête, sa respiration sifflant dans sa poitrine, et écarquilla les yeux lorsqu'elle aperçut son maître aux prises avec le manant qui avait voulu la violenter.

Blême de fureur, Chard infligeait la correction de sa vie à son adversaire et esquivait ses coups avec l'habileté d'un pugiliste émérite. D'un dernier crochet, il envoya Blackburn au tapis. Celui-ci s'effondra près du sofa en proférant de virulentes invectives.

Le pendard n'eut même pas le temps de se redresser. Déjà, Chard s'était penché sur lui, et empoignait ses cheveux à pleines mains pour le contraindre à regarder Emma.

— Vous êtes un scélérat, monsieur, et je ne veux plus vous voir chez moi ! Présentez vos excuses à Mlle Lawrence avant que je ne vous fasse chasser !

— Allez au diable ! Jamais je ne demanderai pardon à cette catin !

Outré par tant d'impudence, le comte frappa si violemment l'agresseur d'Emma qu'il l'envoya buter contre un mur, sous la fresque représentant Hercule tuant l'Hydre de Lerne. Blackburn était à demi évanoui, ce qui n'empêcha pas Chard de le remettre debout et de le rosser avec une vigueur décuplée.

C'est Emma qui l'arrêta en lui agrippant le bras.

— Il suffit, milord ! Voyez, Blackburn est blessé !

— Ce vaurien doit être puni pour son ignoble conduite envers vous ! J'aurais dû le jeter dehors la première fois qu'il vous a manqué de respect. L'on ne peut se fier à un tel Judas !

— L'essentiel est que vous m'ayez sauvée, argua Emma d'une voix suppliante. Mais ne le battez plus, ou vous le tuerez !

Cette mise en garde parut ramener Chard à de meilleurs sentiments. Il reporta son attention sur le visage tuméfié de son adversaire et inspira à fond pour se calmer. Puis, recouvrant enfin ses esprits, il lâcha Blackburn, qui s'écroula à ses pieds avec un cri de douleur et de rage mêlées.

— Soit, monsieur, nous en resterons là. Mais vous ne partirez pas avant de m'avoir juré que vous n'approcherez plus de Mlle Lawrence, ni ne flétrirez son honneur en colportant Dieu sait quelles rumeurs sur son compte.

Le vaincu se releva et porta une main à son nez en sang.

— Je vous le promets, dit-il dans un souffle.

— Fort bien, grommela Chard. Je vous ordonne de quitter Loudwater et de n'y plus revenir. Et ne parlez de notre échauffourée à personne, ou vous aurez affaire à moi !

Blackburn acquiesça, puis déguerpit sans demander son reste.

Dès que le ruffian eut disparu, Emma s'effondra sur le canapé et tenta de rajuster son corsage lacéré. Chard, inquiet de la voir si pâle, vint aussitôt s'asseoir à ses côtés.

— Tout va bien, murmura-t-il d'un ton apaisant. Je suis là et vous n'avez plus rien à craindre.

Emma écarta une mèche qui tombait sur ses yeux.

— Que j'ai été sotte de venir ici toute seule ! N'était votre intervention, milord, il...

— N'y songez plus, Emma. Il vous faut oublier cette brute.

Et, soucieux de la réconforter, Chard lui entoura les épaules avec une infinie tendresse.

La jeune femme, toujours sous le choc, se prit à frissonner et s'écarta brusquement. Mais elle se reprocha d'avoir réagi de la sorte. Elle ne devait pas repousser le comte, lui qui n'avait pas hésité à en venir aux mains avec son agresseur pour la secourir. En outre, elle n'avait pas lieu d'avoir peur du seul homme qu'elle ait jamais aimé...

Dès lors, elle n'opposa plus aucune résistance. Elle enfouit son visage contre le torse de Chard tandis qu'il l'attirait de nouveau à lui. Et, quand il lui releva le menton pour l'embrasser, un long moment plus tard, elle noua les bras autour de son cou et lui rendit son baiser avec une audace qui la surprit elle-même.

Le comte, lui, ne savait plus que songer. Un violent désir l'avait submergé, qui affolait son cœur et ses sens. Il brûlait de débarrasser Emma de ses effets, de l'étreindre, de la sentir frémir dans ses bras jusqu'à ce qu'elle cède à l'ivresse. Mais, en même temps, il redoutait de passer pour le plus odieux des goujats. Pis, il se sentait coupable d'éprouver une envie déraisonnée de la faire sienne après ce qu'elle avait subi.

— Je ne veux vous forcer à rien, chuchota Chard quand, finalement, leurs lèvres se séparèrent. Si vous souhaitez que j'arrête, faites-le-moi savoir et je vous obéirai.

Pour toute réponse, Emma esquissa un sourire. Puis, résignée à assumer les conséquences de sa décision, elle baisa les mains de Chard — ces mains blessées qui l'avaient courageusement défendue.

Leurs caresses, d'abord timides, se firent plus impatientes, plus passionnées. Et bientôt, tous deux célébrèrent leur amour en oubliant leurs belles résolutions, le sens des convenances et tous les autres interdits qui les avaient empêchés jusqu'ici de donner libre cours à leur attirance mutuelle. Au-delà de l'exultation des corps, c'était la fusion sans réserve de deux êtres, de deux âmes. Entre eux, il n'y avait plus de barrières, plus d'hésitation, plus de honte. Le corps tendu telle une corde prête à se rompre, Emma fit don à son aimé du présent que l'on octroie à un seul homme. Et Chard le reçut, ébloui, en comprenant que c'était à cette femme merveilleuse qu'il devait unir sa destinée.

Blottis l'un contre l'autre, sous la fresque représentant Hercule et son épouse Mégara, tous deux s'abandonnèrent à la lassitude qui succède aux élans de passion les plus enflammés. Chard n'avait pas prononcé un seul mot depuis que le plaisir l'avait emporté dans un déluge de feu et de lumière. Au bout d'un moment, toutefois, il se souleva sur un coude et rompit le silence.

— Me pardonnerez-vous jamais ? Je vous avais promis de...

— Je n'ai rien à vous pardonner, milord, coupa Emma. J'ai voulu ceci autant que vous.

Chard la serra plus étroitement contre lui.

— Vous possédez d'innombrables qualités, ma douce. Mais celles que j'admire le plus sont votre franchise et votre honnêteté. De toutes les femmes que j'ai connues, vous êtes la seule à qui je puis faire confiance. Jamais vous ne trichez ni ne mentez.

Le rouge de la honte monta aux joues d'Emma. Mais Chard ne le remarqua pas, qui poursuivit à demi voix :

— Oui, vous êtes la loyauté incarnée. Et je me demande si je vous mérite attendu que, pour ma part, je n'ai pas toujours été honnête... Lorsque j'avais une vingtaine d'années, il m'est arrivé de mentir et de jouer la comédie à certaines héritières de la haute société. Je me repens de m'être livré à semblables sournoiseries, mais telle est la règle du jeu quand l'on n'a pas le sou. Du reste, la plupart des débutantes que j'ai courtisées n'étaient pas dupes et usaient aussi de tous les artifices pour me séduire...

Et Chard se rembrunit, comme si l'évocation de ces souvenirs lui était pénible.

— Je me rappelle qu'à l'époque lady Melbourne m'a présenté une jeune fille bègue et replète. Cette enfant avait le cœur pur des gens de bien, et Dieu me pardonne, je l'aurais volontiers menée à l'autel pour la fortune qu'elle m'aurait apportée. Or, elle a changé d'avis au dernier moment et m'a éconduit. J'ai donc jeté mon dévolu sur une autre femme à qui j'ai accepté de me vendre. Mal m'en prit car ce mariage fut un désastre... Mon épouse semblait prendre un malin plaisir à m'infliger les pires humiliations.

Chard hésita un instant avant d'ajouter :

— Bien sûr, je comprendrais que vous me jugiez indigne de votre amour après pareille confession. Mais je ne veux pas vous mentir et tiens à me montrer aussi franc que vous l'êtes envers moi.

— Oh, milord, je... je...

Mortifiée, Emma ne put terminer sa phrase. Comment pouvait-elle révéler son secret à Chard à présent ? Elle n'osait pas imaginer sa réaction s'il découvrait qu'elle était « la jeune fille bègue et replète » dont il avait habilement conquis le cœur. Et qu'elle, l'honorable Emma qui jamais ne trichait lui cachait sa véritable identité depuis son arrivée à Loudwater...

— Que vouliez-vous dire, ma chérie ?

— Rien, milord, fit Emma au désespoir. Rien...

Chard aurait voulu lui confier qu'il l'aimait et avait résolu de l'épouser, quitte à bousculer les conventions. Mais rien ne pressait... Il avait tout le temps d'expliquer à Emma qu'elle lui était si précieuse qu'il ne pouvait plus concevoir de vivre sans elle. Dans l'immédiat, il préférait garder le silence et savourer la réconfortante quiétude qu'elle avait fait naître en lui.

Rasséréné, et confiant en l'avenir, Chard ferma les yeux et sombra peu après dans un profond sommeil.

Emma, elle, ne put s'endormir, car elle était la proie des plus douloureux tourments. Bien qu'elle aimât le comte de toute son âme, elle se refusait à devenir sa maîtresse attitrée. Son honneur le lui interdisait... Elle avait partagé avec lui des instants inoubliables et c'était tout ce dont elle devrait se contenter. Chard n'avait jamais laissé entendre qu'il souhaitait l'épouser, et elle était trop fière pour aborder elle-même le sujet. D'ailleurs, à quoi bon lui en parler ? Il était impensable qu'un homme de son rang puisse demander en mariage une gouvernante sans sou ni maille.

Emma se détacha doucement des bras de Chard pour ne pas l'éveiller, puis commença à se vêtir. Quand, enfin, elle fut prête, elle accorda un dernier regard à son amant. Elle devait le quitter — telle était la meilleure solution... Il valait mieux fuir que de se compromettre dans une liaison clandestine qui ferait scandale et leur vaudrait à tous deux d'encourir l'opprobre. Chard ne méritait pas de subir un tel affront, lui qui de son propre aveu en avait déjà tant essuyés par le passé.

Emma ramassa son sac à ouvrage, serra son châle sur son corsage et sortit sans bruit du pavillon. La seule idée de partir lui chavirait le cœur, mais elle n'avait pas le choix... Il lui fallait désormais faire preuve de courage et se raccrocher à l'idée que le comte s'était épris d'elle. « Aimer et être aimée », songea-t-elle en s'engageant tristement dans l'avenue du parc. N'était-ce pas un privilège dont peu de femmes pouvaient se targuer ?

12.

Un mouchoir sur le nez, Ben Blackburn grimpa prestement dans son phaéton et décocha un coup d'œil noir à lord Lufton, qui traversait la cour des écuries pour le rejoindre.

— Vous nous quittez ? s'étonna le baron.

— En effet. Je, hum ! dois retourner à Morpeth sur l'instant afin de régler une affaire urgente avec mon frère.

Lord Lufton considéra Blackburn d'un air amusé.

— Diable ! L'on dirait que vous vous êtes battu, non ?

— Eh bien, je suis, euh, tombé de cheval cet après-midi. J'ai eu de la chance de n'être pas plus gravement blessé !

— Mmm, fit Lufton, dubitatif. Je crois plutôt que vous avez tenté votre chance auprès de Mlle Lawrence et que Chard vous a pris sur le fait ! Tout à l'heure, je vous ai vu suivre la belle Emma dans le pavillon d'agrément...

Une reflet de colère passa dans les yeux de Blackburn.

— Ecoutez, Lufton, je n'ai pas le temps de vous parler. Il me faut rentrer de toute urgence.

— Pas avant que vous ne m'ayez payé mes cinquantes guinées ! riposta le baron. Car vous avez perdu votre pari, n'est-ce pas ? Vous n'avez pas réussi à obtenir les faveurs de la dulcinée de Chard ?

Excédé, Blackburn maugréa un juron et se débarrassa de son mouchoir, montrant son nez en sang à Lufton.

— Oui, je reconnais avoir perdu, marmonna-t-il. J'étais cependant tout près du but quand Chard a brusquement surgi pour m'agripper par le col de ma jaquette et me rouer de coups ! Si je peux vous donner un conseil, mon vieux, cessez de courtiser Mlle Lawrence, ou vous subirez le même sort que moi !

Sur cette recommandation, Blackburn fouilla dans la poche de sa veste et jeta quelques guinées aux pieds de Lufton.

— Voilà qui devrait vous faire patienter, lança-t-il avec mépris. Le reste vous parviendra d'ici à deux ou trois jours.

Mis en gaieté par l'échec de son rival, Lufton eut un sourire réjoui et se hâta de ramasser les pièces.

— Je sais que vous êtes un homme de parole, mon cher Ben, et que vous honorerez votre dette. Quoi qu'il en soit, je me garderai dorénavant d'importuner la gouvernante. Je tiens trop à mon nez !

Tandis que le baron s'éloignait en sifflotant, Blackburn saisit ses rênes et lança ses chevaux dans l'avenue du parc.

Chard ne perdait pour rien pour attendre ! se promit-il quand il franchit l'imposant portail en fer forgé. Le maître de Loudwater n'aurait jamais dû le corriger de la sorte et il se repentirait de lui avoir infligé pareil camouflet !

Deux des convives habituels de Chard ne dînèrent pas à sa table ce soir-là. Blackburn, bien sûr, mais aussi Emma qui, prétextant une migraine, avait indiqué à Mme Morton qu'elle prendrait son repas dans sa chambre et se coucherait tôt.

En vérité, la jeune femme veilla toute la nuit, assise près des fenêtres ogivales. Une indicible détresse la saisissait à la seule pensée d'abandonner Chard et Letitia, qui lui était très chère. Toutefois, l'honneur exigeait qu'elle prenne la fuite...

Emma avait résolu de patienter jusqu'à l'aube, puis d'aller trouver Caleb, le valet d'écurie qu'elle connaissait le mieux, pour le prier de la conduire à Alnwick. Si le jeune homme s'étonnait de son départ imprévu, elle allèguerait que des raisons familiales la rappelaient à Londres. Et, au cas où il refuserait d'accéder à sa requête, Emma se rendrait à pied au village de Loudwater, où elle louerait une voiture avec cocher.

Lorsque, enfin, l'orient s'illumina, la jeune femme se munit des deux bagages contenant ses quelques effets, et se glissa dans le corridor sur la pointe des pieds. Elle espérait ne rencontrer personne, mais son vœu ne fut point exaucé.

Quand elle atteignit le palier du premier étage, elle eut la surprise de croiser... Calypso Straight, qui remontait dans sa chambre. Ses cheveux bruns flottant sur ses épaules, la dame de compagnie portait un peignoir de soie, sous lequel l'on devinait une camisole qui ne laissait rien à l'imagination.

Un tel embarras se reflétait sur le visage de la petite demoiselle qu'Emma ne fut pas longue à deviner où elle avait passé la nuit. A l'évidence, elle sortait de la chambre de Lufton...

Calypso, quant à elle, eut tôt fait de se ressaisir, et observa avec étonnement les deux sacs de cuir qu'Emma portait.

— Je vois que vous avez décidé de partir, mademoiselle Lawrence, dit-elle à mi-voix. Vous quittez le comte car vous avez fini par lui céder, n'est-ce pas ? Je vous félicite pour votre bon sens, attendu qu'il ne convolera jamais avec vous.

Trop peinée pour prendre ombrage de cette pique, Emma soutint le regard de son interlocutrice, et répondit avec calme :

— Il semble que vous, en revanche, n'ayez pas deux sous de jugeote. Certes, le comte ne me prendra pas pour épouse. Mais lord Lufton ne convolera pas non plus avec vous.

— Vous avez tort, ma chère ! répliqua Mlle Straight en relevant fièrement le menton. Vous pouvez d'ores et déjà me féliciter parce qu'il m'a demandée en mariage ! Il écrira dès demain au *Morning Post* pour annoncer officiellement nos fiançailles. Jamais je ne me serais donnée à lui s'il ne me l'avait pas promis...

Emma considéra avec tristesse la naïve dame de compagnie, dont la situation était si semblable à la sienne.

— A votre place, mademoiselle Straight, j'éviterais de me bercer de vaines illusions. Et je tiendrais compte du sage proverbe selon lequel il y a loin de la coupe aux lèvres.

A ces mots, Calypso parut se troubler.

— C'est plutôt vous qui devriez méditer cette maxime, rétorqua-t-elle d'une voix mal assurée. Mais je ne veux vous retarder plus longtemps : la diligence de Londres ne s'arrête que cinq minutes à Alnwick... Adieu, mademoiselle Lawrence, conclut Calypso en lui effleurant timidement le bras. Je vous souhaite bonne chance et espère que vous trouverez très vite une autre place.

Emma salua Mlle Straight d'une inclination et, les yeux voilés de larmes, se dirigea sans bruit vers le rez-de-chaussée.

Installé à son bureau, ce même matin, Chard tentait de fixer son attention sur les comptes que son régisseur lui avait apportés. En vain ! Son aimée occupait toutes ses pensées... La veille, il avait été déçu d'apprendre qu'elle n'assisterait pas au dîner. Il serait volontiers monté la voir mais, respectant son désir de s'isoler, il avait préféré s'en abstenir et demeurer auprès de ses invités.

Chard étudiait distraitement les revenus d'une de ses propriétés du Bedfordshire, quand soudain, Mme Morton s'engouffra dans le cabinet de travail. Son visage était pâle comme la craie et trahissait une agitation inhabituelle.

— Que se passe-t-il, ma tante ? s'inquiéta Chard.

— Oh, milord ! Mlle Lawrence a quitté Loudwater à l'aube ! J'ai cru comprendre que Caleb l'a emmenée à Alnwick, où elle a pris la diligence de Londres. Elle a laissé trois missives sur ma table de travail, dont une qui m'était destinée et que j'ai pris la liberté de lire. Kettie a donné la sienne à Letitia. Voici la vôtre.

Et Mme Morton tendit la lettre à son neveu.

— Non ! C'est impossible ! objecta celui-ci. Emma n'a pu partir ! Je suis sûr que vous faites erreur !

— Hélas, non. Et tout indique qu'elle ne reviendra pas de sitôt !

Abasourdi, Chard s'empara du pli et le décacheta avec fébrilité. Cependant que Mme Morton se retirait, il parcourut le bref contenu du billet dont chaque mot le transperça tel un coup de poignard.

« Milord,

» Pour paradoxal que cela puisse paraître, je m'en vais parce que je vous aime. Notre étreinte m'a procuré un immense bonheur et, si je ne vous quittais pas, je serais incapable de résister à la tentation de goûter encore à cette félicité.

» Or, vous savez que je ne veux pas devenir votre maîtresse. Non seulement nous commettrions un péché mais, pis, nous serions à n'en point douter la cible des plus perfides médisances.

» Mon départ me brise le cœur et me chagrine à tel point que j'ai peine à écrire cette lettre. Toutefois, l'honneur et la dignité m'interdisent de rester plus longtemps auprès de vous.

» Ne m'oubliez pas.

Emma Lawrence »

L'oublier ? Comment le pourrait-il ? songea Chard en portant une main tremblante à son front. Dieu du ciel, pourquoi n'avait-il pas dit à Emma qu'il souhaitait l'épouser ? S'il lui avait confié ses intentions, la veille, elle ne se serait jamais enfuie !

Un étau de glace lui enserrant le cœur, Chard se leva

d'un bond et se précipita vers la porte. Il lui fallait détromper Emma et la ramener de suite à Loudwater! Mais, atterré, il se rappela soudain qu'il ignorait où elle vivait avant d'arriver au domaine...

Au prix d'un immense effort de volonté, le comte s'interdit de céder au découragement. Non, tout n'était pas perdu! Peut-être Emma avait-elle indiqué à l'un des employés du Lion Rouge où elle se rendrait, une fois parvenue à Londres! Le mieux était de gagner la taverne sur-le-champ afin d'interroger le tenancier, les filles de salle et les valets d'écurie.

Chard donna ordre que l'on attelle son phaéton, puis fit route vers Alnwick à un train étourdissant. Au vrai, il ne se faisait aucune illusion sur l'issue de sa démarche qui se révélerait probablement infructueuse. Pour autant, il ne baisserait pas les bras! se jura-t-il comme il cravachait ses deux bais. Il avait le ferme propos de remuer ciel et terre pour retrouver sa bien-aimée!

— Quelle heureuse surprise! s'exclama Mme Moore en invitant Emma à entrer dans son humble demeure des environs de Londres. Je ne m'attendais pas à vous revoir aussi vite, ma chère enfant! Votre arrivée est providentielle, car j'ai une bien curieuse nouvelle à vous communiquer!

Exténuée, Emma posa ses bagages près de la petite cheminée en briques tandis qu'Antonia poursuivait avec excitation :

— J'ai reçu ce matin la visite de M. Manson, le notaire de votre défunt père. Il ignorait que vous aviez changé d'identité et vous cherche depuis plus de trois mois. Votre ancien majordome lui a appris que nous étions amies. Aussi M. Manson est-il venu me voir pour me demander si j'étais restée en contact avec vous.

— J'espère que vous ne lui avez pas dit que je me trouvais à Loudwater, murmura Emma en retirant sa capeline de voyage.

— Oh, bien sûr que non ! J'ai dit à M. Manson que je savais où vous résidiez et vous écrirais pour vous aviser qu'il souhaitait vous parler. Je me disposais justement à rédiger mon pli, ajouta Mme Moore en désignant le petit encrier et le papier à lettres posés sur la table du salon.

Perplexe, Emma s'effondra dans un fauteuil.

— Pourquoi M. Manson tient-il à me voir après toutes ces années ? A-t-il indiqué de quel sujet il entendait m'instruire ?

— Il ne m'a fourni aucune explication ! Il m'a simplement donné l'adresse de son étude en précisant que vous deviez immédiatement vous mettre en rapport avec lui, si vous reveniez à Londres.

Sur quoi, Mme Moore considéra d'un air préoccupé le visage hâve et défait de sa protégée.

— Je suis si agitée que je n'ai même pas remarqué que vous tombiez de sommeil, mon pigeon ! Je vais tout de suite vous apporter une bonne tasse de thé. Ensuite, je vous préparerai à dîner et vous irez vous étendre. Il faut que vous soyez fraîche et dispose pour rencontrer M. Manson demain matin ! Car il vaudrait mieux, à mon sens, que vous lui rendiez visite sans tarder !

Emma acquiesça, trop lasse et trop éprouvée pour partager l'enthousiasme de Mme Moore. Dans l'immédiat, elle n'avait plus qu'une envie : dormir, en espérant que le sommeil lui ferait oublier son chagrin et le nombre de miles qui la séparaient de Chard.

Le lendemain, toutefois, l'indifférence d'Emma avait cédé le pas à une certaine curiosité. Levée de bon matin, elle prit un fiacre qui la mena à Curzon Street, où se trouvait l'étude de M. Manson.

Le notaire — un homme aux favoris grisonnants dont les yeux d'un bleu limpide pétillaient d'intelligence — accueillit sa visiteuse avec chaleur lorsqu'on la fit passer dans son bureau.

— Je suis infiniment soulagé de vous voir, mademoiselle Lincoln ! Asseyez-vous, je vous prie. Nous devons discuter.

Emma s'installa dans la bergère en tapisserie que M. Manson désignait, et arrangea nerveusement les plis de sa robe.

— J'ai cru comprendre que vous aviez eu peine à me retrouver, murmura-t-elle. Pour ne rien vous cacher, j'ai décidé de changer de nom lorsqu'il est apparu évident que personne n'accepterait d'engager la fille d'un suicidé.

L'homme de loi hocha la tête d'un air compatissant.

— C'est précisément l'une des questions que je voulais aborder avec vous. J'ai en ma possession des documents qui me permettent d'affirmer que M. Lincoln ne s'est pas donné la mort...

Emma lui lança un regard éberlué.

— Qu'est-ce à dire, monsieur Manson ?

— En fait, votre défunt père fut assassiné par la personne qui l'escroqua et le spolia de sa fortune !

Emma crut soudain défaillir. La tête lui tournait et son souffle s'était bloqué dans sa gorge. « Bonté divine ! songea-t-elle au comble de la stupeur. Un *meurtre* ? »

Le cœur frappant sa poitrine à coups redoublés, la jeune femme s'aperçut au bout d'un moment que M. Manson s'était penché sur elle et lui tendait un verre d'eau, l'air inquiet.

— Buvez ceci, mademoiselle Lincoln. J'ai été stupide de vous faire part de la nouvelle aussi brutalement.

— Non, répliqua Emma après avoir bu une gorgée d'eau. C'est moi qui suis stupide de me montrer à ce point faible. Mais voyez-vous, votre révélation m'a fait un tel choc ! Quand avez-vous découvert la vérité, monsieur Manson ?

Le notaire retourna s'asseoir à son bureau.

— Je suppose qu'il vous souvient de George Swain, l'associé de votre père ? Eh bien, j'ai appris voici trois mois que la ruine de M. Lincoln était imputable à cet aigrefin, qui détourna des sommes considérables en falsifiant les comptes de l'affaire qu'ils avaient montée ensemble. Un an après le drame, Swain a quitté l'Angleterre pour s'établir à Paris. Nul ici ne savait qu'il roulait carrosse et menait la vie à grandes guides grâce à l'argent dont il avait dépossédé votre pauvre père...

M. Manson marqua une pause avant d'ajouter :

— En février dernier, l'épouse et les deux enfants de George Swain périrent dans un tragique accident. Le malhonnête a, semble-t-il, estimé qu'il s'agissait d'une décision divine destinée à le châtier pour les méfaits dont il s'était rendu coupable. Désespéré, Swain a décidé de se tirer une balle dans la tête. Mais, avant que de commettre ce geste fatal, il m'a adressé une longue lettre pour m'expliquer comment il procéda pour ruiner et éliminer son associé. C'est ainsi que j'ai découvert qu'il a tué M. Lincoln et maquillé son crime en suicide... Tout porte à croire que votre père s'était aperçu que Swain se livrait à des malversations et l'avait menacé de le dénoncer aux autorités.

Ebahie, Emma s'adossa sans dire mot au dossier de son fauteuil.

— Swain a joint son testament à sa confession écrite, reprit M. Manson. Dans le but de se faire pardonner les tourments qu'il vous a infligés, il vous a légué la totalité de ses biens. Vous pourrez donc bientôt reprendre votre ancien train de vie, mademoiselle Lincoln, et retrouver votre place dans la haute société !

Emma baissa les yeux vers ses mains tremblantes.

— Je suis navrée que Swain ait perdu les siens, dit-elle après un long silence. Mais je ne lui pardonnerai jamais le préjudice qu'il porta à mon père, dont la réputation fut injustement souillée par sa faute. Quant à retrouver ma place dans la société, ajouta-t-elle d'un ton moins sévère, je ne sais qu'en penser, car ce monde n'est plus le mien. Voyez-vous, je travaille depuis neuf ans. Les vicissitudes du sort ont fait que je suis devenue gouvernante.

Le saisissement se peignit sur le visage du notaire.

— Je sais que M. Lincoln n'avait plus de parents en vie,

fit-il observer. Cependant, votre mère avait encore de la famille, n'est-ce pas ? Ces gens ne vous ont donc pas offert leur soutien ?

— Non, tous m'ont fermé leur porte.

Emma ne jugea pas utile de préciser que, sitôt après la mort de son père, elle s'était rendue au domicile londonien de sa tante en espérant que celle-ci lui viendrait en aide. Mais son oncle, lord Fontaine, avait refusé de la recevoir. Il avait investi plusieurs milliers de livres dans le négoce de son beau-frère — et avait tout perdu quand M. Lincoln avait fait faillite. Dépité, Fontaine avait gardé rancune à Emma des revers de fortune de son père et n'avait jamais consenti à lever le petit doigt pour elle.

— Vous êtes pâle comme un linge, ma chère, s'inquiéta M. Manson. Voulez-vous que mon clerc vous apporte une tasse de thé ?

— Non, ce ne sera pas nécessaire. Si je comprends bien, l'argent que George Swain subtilisa à mon père va me revenir ?

— En effet, et ce n'est que justice ! Lorsque nous nous serons acquittés de toutes les formalités légales, vous vous retrouverez à la tête d'un capital que beaucoup vous envieront ! Vous êtes redevenue riche, mademoiselle Lincoln ! conclut M. Manson avec un affable sourire. Immensément riche !

13.

La réapparition d'Emilia Lincoln fut sans conteste l'un des événements les plus marquants de l'année. L'on en parla autant dans la presse et dans les salons londoniens que de la fuite de Napoléon qui, échappant à la surveillance anglaise, quitta l'île d'Elbe pour faire voile vers la France.

En août 1814, le *Morning Post* publia les lignes suivantes :

« Nous avons appris de source certaine que M. Wilhem Lincoln, décédé voilà dix ans, ne s'est pas donné la mort ainsi qu'on le crut à l'époque. Il fut de fait assassiné par M. George Swain, son associé, dont les scandaleuses malversations provoquèrent la ruine du négociant. Bourrelé de remords, le criminel s'est supprimé, non sans avoir confessé son meurtre et restitué la fortune des Lincoln à la fille unique de l'homme d'affaires.

Le nom de M. Lincoln est blanchi et la vérité enfin rétablie. Mais comme l'affirme une vieille maxime latine, elle finit toujours par triompher du mensonge... »

S'ensuivit cet extrait du journal intime de lady Clara, durant le même mois :

« Nous quitterons Loudwater plus tôt que prévu, attendu que Chard nous bat froid. Depuis que Mlle Lawrence s'est enfuie, il ne prend plus part aux repas et s'enferme toute la journée dans son cabinet de travail sans nous prêter la moindre attention. Ma chère Calypso avait donc raison : aussi incroyable que cela puisse paraître, Chard est éperdument épris de la gouvernante !

Je sais désormais qu'il ne m'épousera point. Et j'ai peine à comprendre pourquoi je n'ai pas réussi à le charmer. Certes, je sais que je ne suis pas jolie. Mais j'ai de la fortune ! Et ne dit-on pas que les femmes riches sont forcément séduisantes ? »

Sir Thomas Liddell, lui, écrivit à Chard, en novembre 1814 :

« A mon immense surprise, on a remis hier un ordre de paiement de la banque Coutts. Il m'a été adressé par une certaine Emilia Lincoln, qui entend investir son argent dans les recherches de Stephenson. Cette demoiselle me prie de la tenir informée des progrès de notre bon George. Et je serai ravi de l'obliger ! »

Lady Anne Fontaine, de son côté, tenta de rentrer dans les bonnes grâces d'Emilia Lincoln en plaidant ainsi sa cause :

« Ma chère nièce,

» Je t'écris avec une sincère émotion pour te supplier d'oublier ce qui s'est passé entre nous quand ton pauvre père rendit l'âme. Sache que ce n'est pas moi qui t'ai interdit de te présenter à notre hôtel particulier. Il s'agissait d'une décision de mon époux et j'ai dû lui obéir, de crainte d'encourir ses foudres.

» Il va sans dire que Fontaine se repent de sa dureté

depuis qu'il a reçu le versement de ton banquier, lui remboursant l'intégralité de la somme qu'il avait investie dans les affaires de Wilhem. Pour ma part, j'avoue avoir été étonnée, et déçue, que tu n'aies pas joint une lettre à ton généreux envoi.

» J'espère que tu pardonneras notre intransigeance et accepteras de nous rencontrer quand nous reviendrons à Londres au début avril. Je sais que c'est peut-être trop te demander après ce que tu as subi. Mais tu es la fille de ma chère sœur et je tiens à réparer l'injustice dont tu fus victime. »

Ce à quoi Emilia répondit, en décembre 1814 :

« Je ne vous surprendrai pas en vous apprenant que je vous ai longtemps tenu rigueur de m'avoir refusé votre aide à l'époque où j'en avais tant besoin. Mais le passé est le passé, et je conçois que, tel nombre de femmes, vous ayez été obligée de vous soumettre aux exigences de votre époux.

» Je serai naturellement ravie de recevoir votre visite. Nous essaierons d'oublier les années qui se sont écoulées depuis notre dernière rencontre et ne parlerons que de l'avenir. »

Le *Morning Post*, de son côté, publia en février 1815 l'entrefilet suivant :

« Le mariage qui devait unir Augustus, troisième baron Lufton, et Mlle Calypso Straight n'aura finalement pas lieu. »

Furieuse, Calypso Straight expédia à lord Lufton la missive suivante :

« Comment avez-vous osé prévenir les journaux de l'annulation de notre mariage avant même de m'en informer ? Vous m'avez humiliée et tout le monde à Londres se gausse de moi !

» Je vous en prie, mon ami, dites-moi qu'il s'agit d'une erreur ou d'une mauvaise farce. Si, par malheur, ce n'était pas le cas, ma réputation serait irrémédiablement ruinée. »

Mais, loin de la réconforter, lord Lufton lui retourna ces mots :

« Je vous ai écrit voilà deux semaines pour vous faire savoir que je vous rendais ma parole. Mais tout porte à croire que ma lettre s'est égarée en raison de quelque déficience postale...

» Vous avez sans doute compris que j'ai demandé votre main dans un moment d'égarement : vous n'êtes pas du tout l'épouse qu'il me faut ! Il y a fort à songer que, après notre mariage, vous auriez offert vos faveurs à d'autres aussi facilement que vous me les avez accordées. Or, je tiens à ce que ma femme soit fidèle et respectable.

» Bien entendu, vous ne reviendrez pas au manoir ni ne reprendrez vos fonctions auprès de Clara. Vous devrez trouver une autre place — si quelqu'un accepte de vous engager... »

Un mois plus tard, en mars 1815, le *Times* publiait en gros titre :

« L'on nous apprend que l'usurpateur, Bonaparte, a débarqué le 1er mars à Golfe Juan et atteindra bientôt Paris. »

Dans le même temps, lady Letitia Hastings implorait ainsi son père :

« Quand rentrerez-vous de Newcastle, papa ? Je m'ennuie tellement de vous ! Vous m'aviez assuré que vous ne partiriez pas longtemps, mais voilà déjà un mois que vous êtes absent.

» Mme Morton est très gentille avec moi, mais ses leçons sont bien moins intéressantes que celles de Mlle Lawrence. Elle me manque beaucoup... Pourquoi a-t-elle dû partir ? »

Bouleversé par le chagrin de sa fille, le comte Chard tenta de la réconforter en ces termes :

« Je suis navré que mes affaires m'aient retenu à Newcastle plus longtemps que je ne pensais. Mais je serai bientôt de retour.

» Mme Morton m'a confié que tu étais sage et te montrais appliquée dans tes études. A mon grand regret, je n'ai pas encore trouvé une gouvernante susceptible de te donner l'éducation d'une jeune lady accomplie. Comme l'ont fait observer ta nurse et tous nos gens, il sera très difficile de remplacer Mlle Lawrence. »

Chard posa son porte-plume et se frotta les yeux avec lassitude. Letitia n'était pas la seule à qui Emma manquait ! Ainsi qu'il le redoutait, ses efforts pour la retrouver s'étaient soldés par un échec. Il avait écrit à sa sœur, à Mme Gardiner et à tous les précédents employeurs de la jeune femme. Mais nul n'avait été en mesure de lui dire où elle avait pu se réfugier.

Accablé, Chard avait résolu de vivre en ermite aussitôt qu'il rentrerait à Loudwater. Il se cloîtrerait chez lui, ne recevrait plus personne et cultiverait le souvenir de son amour perdu.

Cependant, sir Thomas avait d'autres projets pour lui...

— Vous devez vous rendre à Londres, mon cher ! déclara Liddell, le lendemain, comme tous deux dînaient dans une auberge de Newcastle. Je compte sur vous pour promouvoir les travaux de Stephenson auprès de vos pairs ! Ainsi disposerons-nous de l'appui de certains d'entre eux quand nous déposerons un projet de loi visant à installer dans tout le pays le système de voies ferrées que George a conçu.

— J'ai peu d'influence dans le monde politique, argua Chard.

— Balivernes ! Je sais que vous entreteniez jadis d'excellentes relations avec la plupart des grands hommes qui nous gouvernent. Peut-être les avez-vous perdus de vue depuis que vous vivez dans le Nord, convint sir Thomas, mais ce voyage sera l'occasion de renouer avec eux. Et de vous assurer leur adhésion à notre cause !

Liddell sirota une gorgée de vin avant d'ajouter :

— Puisque vous serez en ville, vous pourrez également rencontrer Mlle Lincoln. Gageons qu'elle appréciera que l'un des Grands Alliés vienne la remercier en personne de son soutien financier.

Rencontrer Emilia ? Et la remercier, elle qui l'avait envoyé au diable ? C'était bien la dernière chose dont le comte avait envie ! Mais il s'abstint cependant de faire part à Liddell du peu d'enthousiasme que lui inspirait l'idée de revoir l'héritière dont les journaux avait tant parlé, l'an passé.

— Très bien, soupira-t-il. J'irai d'abord à Loudwater pour voir ma fille et régler certains détails avec mon régisseur. Puis je partirai pour Londres aussitôt que possible.

— A la bonne heure ! lança joyeusement sir Thomas.

Pour dire le vrai, Chard était peu désireux de retourner en ville. Toutefois, il ne pouvait pas refuser de rendre ce service au bon Liddell — le seul ami qu'il possédait. Son unique consolation était qu'il réussirait peut-être à retrouver son amour disparu, dont le souvenir hantait ses pensées et ses rêves.

***

Emma — elle s'appelait ainsi depuis trop longtemps pour reprendre son ancien prénom — essayait quant à elle de s'habituer à sa nouvelle existence. Elle avait fait l'acquisition d'une petite demeure dans le quartier de Chelsea, qu'elle avait garnie de tableaux, de soieries et de meubles précieux qui lui rappelaient ceux de l'hôtel particulier des Lincoln, à Picadilly.

Menant une vie retirée, loin du tumulte mondain, Emma passait ses journées à lire et à jouer du pianoforte. Autant d'occupations qui l'apaisaient et l'aidaient à détacher ses pensées de Chard.

Bien souvent, la nuit, la jeune femme s'éveillait en sursaut, pour s'apercevoir que ses joues étaient baignées de larmes. Mais, pour affligée qu'elle fût, elle ne parla jamais de son bien-aimé à quiconque. Ni à Mme Moore, ni à sa tante, qui lui rendit visite au tout début de la saison de 1815.

— Que tu as changé, ma chérie ! s'exclama Anne Fontaine quand Emma la reçut dans son boudoir. Loin de te faire outrage, les années t'ont embellie. Tous les gentlemen doivent t'admirer !

— Trêve de flatteries, ma tante, rétorqua Emma avec amusement. Je sais que je ne suis plus toute jeune... Et quand bien même les messieurs me trouveraient-ils séduisante que cela n'infléchira pas ma décision : je resterai vieille fille.

Lady Fontaine adressa un sourire bienveillant à sa nièce.

— Allons, tu as à peine trente ans ! Et tu es riche, qui plus est ! Je suis persuadée que tu crouleras bientôt sous les demandes en mariage et les invitations des hôtesses les plus en vue !

— Je n'entends pas retourner dans le monde, répliqua Emilia. Je serai inévitablement courtisée par tout ce que

Londres compte de chasseurs de fortune. Ce fut déjà le cas lors de ma première saison et je ne tiens pas à renouveler l'expérience !

— Fort bien. Je n'insiste pas. Mais nous en reparlerons, crois-moi ! Il serait dommage qu'une aussi jolie personne que toi se prive des plaisirs de Londres !

Tandis qu'Emma sonnait pour qu'on apporte le thé, sa tante prit place sur une marquise de soie brodée, et continua à babiller avec entrain. Elle se cantonna aux sujets de conversation les plus futiles en évitant de faire allusion aux années d'exil d'Emma. Laquelle lui en sut gré, qui mettait un point d'honneur à garder le silence sur ce chapitre définitivement clos de sa vie.

— Il va me falloir trouver une nouvelle dame de compagnie, fit lady Fontaine comme le majordome leur servait le thé. Figure-toi que Mlle Harley me quittera bientôt pour épouser un vicaire des plus respectables. Cette chère Alice est une femme exquise, avec qui je m'entends à merveille. Nul doute que j'aurai peine à lui trouver une remplaçante !

Emma s'appliqua à garder un air intéressé. Puis, tout en sirotant son thé, elle écouta distraitement sa tante quand celle-ci entreprit peu après de la mettre au courant des derniers potins qui défrayaient la chronique.

Bien entendu, Anne Fontaine ne manqua pas d'évoquer avec un cruel ravissement les déboires de Calypso Straight...

— Quel scandale, ma chérie ! Lufton a rompu avec elle le jour où elle a acheté sa robe de mariée ! D'aucuns affirment que le baron lui a rendu sa parole parce qu'elle s'est montrée par trop... audacieuse avec lui. Tu comprends certainement ce que je veux dire, n'est-ce pas ? Quoi qu'il en soit, le sort de cette malheureuse est peu enviable, ajouta lady Fontaine. Lufton l'a congédiée et la rumeur prétend qu'elle n'a plus un sou vaillant !

Emma conçut une sincère tristesse pour la petite

demoiselle dont elle se sentait curieusement proche. Issues d'excellentes familles, toutes deux avaient connu la pauvreté, avant d'entrer au service de membres de la bonne société qui les avaient traitées pour la plupart comme de vulgaires bonnes. La différence était qu'Emma se trouvait maintenant en haut de l'échelle, tandis que Calypso luttait désespérément pour ne pas lâcher le dernier barreau.

Lady Fontaine prit congé d'Emma en fin d'après-midi, non sans lui avoir promis de revenir la voir. Ce qu'elle fit presque tous les jours durant la semaine qui suivit.

Résolue à obtenir gain de cause, la pimpante aristocrate fit tous ses efforts pour persuader sa nièce de reprendre sa place dans le beau monde. Et sa détermination porta bientôt ses fruits : à bout d'arguments, Emma finit par capituler.

Le verdict de la haute société fut des plus flatteurs. L'on vanta la grâce d'Emma, et d'aucuns s'étonnèrent de ce qu'elle fût devenue à ce point charmante. « Celui qui parviendra à la conquérir sera le plus chanceux des hommes », chuchotait-on dans les boudoirs et les salles de bal de Belgravia Square.

Or, la société ignorait qu'Emma ne souhaitait être conquise par aucun gentleman. Son cœur appartenait à Chard et, si elle devait se marier, ce serait avec lui et personne d'autre. Mais comme il y avait peu de chances qu'ils se revoient — Emma savait que le comte ne venait jamais en ville et elle avait décidé de ne plus retourner dans le Northumberland —, elle passerait certainement le reste de sa vie dans le plus strict célibat...

Emma remporta un si joli succès durant la saison qu'elle eut le privilège d'être remarquée par lady Cowper, qui se prit d'amitié pour elle. Non seulement la célèbre hôtesse lui présenta l'élite de l'aristocratie londonienne, mais elle la convia aussi à des soupers, à des parties de canotage sur la Tamise, ou à d'agréables promenades en calèche dans les jardins du Ranelagh.

Par un bel après-midi, alors qu'elles rentraient de Hyde Park, lady Cowper entretint Emma et sa tante de son bal, qui était sans nul doute l'événement mondain le plus attendu de l'année.

— Mon raout sera sûrement moins divertissant qu'à l'accoutumée, puisque tant de nos jeunes gens sont partis pour le front, expliqua l'affable hôtesse. Néanmoins, j'espère que votre tante et vous, mademoiselle Lincoln, honorerez mon invitation.

— Bien sûr que oui ! s'exclama Anne Fontaine. Pour rien au monde, nous ne manquerions une soirée aussi splendide ! Qui sait ? Peut-être ma nièce rencontrera-t-elle à votre bal le gentleman qui lui fera oublier sa ridicule idée de rester vieille fille !

Lady Fontaine ne croyait pas si bien dire...

14.

Le lendemain soir, Chard accepta à contrecœur d'accompagner son cousin, William Lamb, au bal de lady Cowper.

Depuis son retour en ville, un mois plus tôt, le comte avait été fort occupé à promouvoir l'invention révolutionnaire de Stephenson. Mais il ne s'était toujours pas acquitté de la seconde mission que sir Thomas lui avait confiée : remercier Emilia Lincoln.

Chard se serait volontiers passé de revoir cette demoiselle qui, à en croire les journaux, remportait un immense succès aux soirées du Tout-Londres. Cependant, s'il ne lui rendait pas visite, il était à prévoir que Liddell lui en tiendrait rigueur !

Dès que le comte et son cousin arrivèrent à l'hôtel particulier des Cowper, leur hôtesse s'avança vers eux dans un froufrou soyeux. Elle salua d'abord le jeune Lamb, puis posa sa main sur le bras de Chard, un sourire incurvant ses lèvres au modelé sensuel.

— Quelle joie de vous voir, Dominic ! J'ai appris que vous étiez revenu à la demande de sir Thomas. C'est un homme délicieux, doté d'un bon sens et d'une intelligence exceptionnels !

Tandis que William Lamb s'éloignait pour rejoindre l'une de ses relations, lady Cowper agita gracieusement son éventail à fleurs peintes et ajouta sur le ton de la confidence :

— Mlle Lincoln est là, mon cher... Peut-être aurez-vous enfin l'occasion de vous réconcilier avec elle ! Si vous ne parvenez pas à la trouver, je vous l'amènerai moi-même.

— Vous êtes trop aimable, milady, grommela Chard.

Et, décidé à éviter Mlle Lincoln aussi longtemps que possible, il se dirigea vers la salle de réception. Il eut le plaisir d'y retrouver plusieurs de ses anciennes connaissances, tel lord Worcester qu'il n'avait vu depuis son mariage.

Le comte évoquait ses souvenirs de jeunesse avec son ami, quand soudain, il crut apercevoir son amour perdu... Ebahi, il s'excusa auprès de Worcester et s'élança sans attendre à la suite de la jeune femme. Las ! Celle-ci s'était déjà glissée dans la salle de bal adjacente et avait disparu parmi la foule.

Il avait dû rêver, décida-t-il en secouant la tête. Ce n'était pas *son* Emma qu'il avait vue. Il était impossible que lady Cowper ait convié à sa soirée une petite gouvernante impécunieuse !

Plongé dans ses réflexions, Chard s'adossa à un mur de la salle de bal et observa distraitement les danseurs qui évoluaient sur le parquet ciré. Dieu ! Que ces raouts compassés l'ennuyaient ! Il avait peine à s'expliquer pourquoi, jadis, il prenait un tel plaisir à ces soirées mondaines dépourvues d'intérêt.

C'est alors que Chard *la* vit sur la piste.

Et cette fois, le doute n'était plus permis : il s'agissait bien d'Emma. Mais d'une Emma très différente de l'austère préceptrice qui l'avait abandonné voilà presque un an.

Elle portait une élégante robe de soie crème, ajustée à la taille et garnie d'une petite traîne de gaze mauve. La merveilleuse simplicité de sa toilette mettait en valeur les bijoux dont elle s'était parée : un collier d'améthystes et, scintillant dans ses boucles brunes, une tiare sertie des mêmes pierres.

Une violente jalousie, soudain, déferla en Chard. Tout devenait clair à présent ! Emma l'avait quitté pour un autre gentleman, qui la couvrait de présents et l'avait introduite dans la haute société ! Les femmes étaient donc toutes semblables — des créatures infidèles qui butinaient d'amant en amant !

Un tel désespoir durcissait les traits de Chard que lady Cowper leva un sourcil étonné lorsqu'elle le rejoignit.

— A vous voir, mon cher, l'on dirait que ce n'est pas à un bal que vous assistez, mais à une exécution publique !

Le comte parvint à plaquer un sourire sur ses lèvres.

— Voilà qui est mieux ! dit son hôtesse avec entrain. J'ai vu que Mlle Lincoln était sur la piste. J'irai la chercher dès la fin de la danse pour que vous puissiez bavarder.

« Au diable Emilia Lincoln ! » pesta Chard en son for intérieur. Il n'avait aucune envie de s'entretenir avec cette demoiselle dont il se souciait bien peu. C'était à Emma Lawrence qu'il avait le ferme propos de parler et à nulle autre qu'elle !

Lorsque la valse s'acheva, l'instant d'après, Chard regarda la jeune femme quitter la piste au bras du dandy brun avec qui elle avait dansé. Son amant, sans aucun doute !

— Ne bougez pas, Dominic, suggéra alors lady Cowper. Je reviens tout de suite avec Mlle Lincoln.

Raide comme un piquet, Chard regarda son hôtesse s'éloigner et retint soudain son souffle quand il la vit se diriger vers... Emma. Que diantre se passait-il ? Se moquait-on de lui ?

— Ma chère mademoiselle Lincoln, fit lady Cowper quand toutes deux se furent approchées du comte, voici lord Chard que vous avez connu autrefois, me semble-t-il... Vous avez sûrement quantité de choses à vous dire ! Aussi vaut-il mieux que je m'éclipse et vous laisse en tête à tête. A plus tard !

Et l'élégante hôtesse pivota sur ses talons.

La gorge serrée, Emma fut incapable de prononcer un mot. Elle était frappée de stupeur depuis que son regard s'était porté sur le comte, tandis que lady Cowper la menait auprès de lui.

Chard, non moins éberlué, demeura lui aussi silencieux. Au bout d'un moment, toutefois, il parvint à se ressaisir.

— Il semble qu'une explication s'impose, lança-t-il d'une voix cinglante. Pourquoi m'avoir dupé aussi cruellement, mademoiselle Lincoln ? Quel jeu jouiez-vous donc à Loudwater quand vous vous fîtes passer pour quelqu'un que vous n'étiez pas ? Est-ce dans le dessein de vous venger que vous m'avez abusé et séduit ?

Emma releva la tête avec fierté.

— Ne m'accablez pas de reproches, milord. Apprenez que j'étais réellement gouvernante à l'époque où je vivais au domaine. Et je n'avais pas lc sou, car c'est après mon départ que la fortune de mon père m'a été restituée et que j'ai pu reprendre ma place dans le monde. Certes, je vous ai menti sur mon identité, admit Emma en soutenant le regard dur et froid de Chard. Mais, à mon regret, il s'agissait de la seule solution. J'ai été obligée de me rebaptiser Emma Lawrence, attendu que personne ne voulait engager Emilia Lincoln, la fille d'un homme qui, le croyait-on, s'était suicidé. Si je m'étais présentée à Loudwater sous mon vrai nom, auriez-vous consenti à me prendre à votre service ?

Non sans embarras, Emma s'aperçut à cet instant que tous les regards s'étaient braqués sur eux.

— Ne restons pas ici, suggéra-t-elle. L'on nous observe.

Chard acquiesça en silence, et offrit le bras à la jeune femme. Quittant la salle de bal, tous deux empruntèrent un petit corridor, puis pénétrèrent dans un salon aux soieries bleu de Prusse.

— J'aimerais comprendre, madame, gronda le comte tandis qu'Emma s'asseyait sur une causeuse. Il me souvient que vous étiez bègue quand nous nous sommes connus. Or, vous possédez désormais une élocution que vous envierait un orateur parlementaire !

Emma ne put s'empêcher de sourire.

— La vie m'a profondément changée, milord. Mais ma transformation n'est pas plus surprenante que la vôtre.

— La mienne ? Que voulez-vous dire ?

— Eh bien, vous étiez jadis l'un de ces dandys fats et frivoles qui ne s'intéressent qu'à leur mise. Et vous êtes maintenant aussi austère qu'un clergyman, vous passionnant pour l'administration de vos houillères, ou la promotion du système de voies ferrées de M. Stephenson ! Et, soit dit sans offense, vous êtes plus souvent vêtu tel un garde-chasse qu'un élégant du beau monde. La première fois que je vous ai vu, à Loudwater, je vous ai à peine reconnu.

— Et moi, je ne vous ai pas reconnue du tout... Oh, je vous en prie, Emma ! ajouta Chard d'une voix brisée. Je veux savoir la vérité ! Pourquoi êtes-vous partie ? Pourquoi m'avez-vous éconduit et infligé un camouflet, encore plus cuisant que le premier, en m'abandonnant une nouvelle fois ?

Emma joua nerveusement avec son bracelet serti de diamants.

— J'ai quitté Loudwater pour les raisons que j'ai mentionnées dans ma lettre : vous ne m'avez jamais indiqué que vous désiriez m'épouser et j'ai préféré fuir que de m'abaisser à devenir votre maîtresse attitrée. Quant au refus que je vous ai opposé voilà dix ans, l'explication en est fort simple et je vais vous la fournir, même si exhumer de tels souvenirs me brise toujours le cœur...

Alors, d'une voix altérée, Emma entretint Chard du soir où elle s'était rendue, sans qu'il le sache, au bal de lady Corbridge.

— Je vous ai cherché à mon arrivée et vous ai finalement trouvé dans un salon semblable à celui-ci. Vous étiez à demi ivre et avez confié à vos amis que vous déploriez de devoir unir votre sort à un « laideron comme la fille du vieux Lincoln ». J'ai soudain compris que vous m'aviez courtisée pour mon argent. Pis encore, que vous m'aviez toujours tenue en piètre estime. J'ai écouté chacune de vos railleries, puis j'ai regagné la salle de bal sans que vous m'ayez remarquée. Affligée au-delà de tout, je ne souhaitais plus qu'une chose : vous blesser autant vous m'aviez fait mal. Dès lors, j'ai décliné votre demande en alléguant que vous vous étiez mépris sur mes intentions et que je vous tenais simplement pour un ami. Bien sûr, il s'agissait d'un mensonge, conclut Emma dans un souffle. Je vous aimais alors et vous aime toujours autant.

Comme Chard gardait le silence, la jeune femme reprit :

— J'ai souffert de votre cruauté, mais je ne vous en veux plus désormais. Et, tout bien réfléchi, cette éprouvante soirée me fut salutaire. J'ai miraculeusement cessé de bégayer après avoir entendu les commentaires que vos amis et vous proférèrent à mon sujet. De même, j'ai pris le parti de ne plus reparaître en société tant que ma silhouette ne se serait pas affinée. Mais personne ne sut jamais à quel point j'avais changé : mon père, ruiné, est mort avant que j'aie pu effectuer une deuxième saison. Sans ressources, j'ai alors dû travailler et suis devenue gouvernante.

Livide, Chard s'avança vers la petite cheminée de pierre grise. Il se rappelait s'être souvent gaussé de l'enfant replète qu'il avait failli mener à l'autel. Et le sort l'avait puni pour son cynisme puisque, n'ayant pu se marier avec Emilia, il avait dû épouser une autre femme, qui l'avait méprisé, trompé, trahi.

— Il est inutile que j'implore votre pardon, dit-il

enfin. Rien ne pourra effacer la douleur que vous avez dû éprouver en entendant mes odieux propos. Je comprends maintenant pourquoi vous ne m'avez pas agréé, ajouta Chard d'un ton amer. Votre refus humilia le jeune paon que j'étais et, piqué au vif, je me suis juré de vous oublier à jamais. En vain... Je n'ai pu vous chasser de mes souvenirs, Emma. Ce qui explique peut-être pourquoi j'ai si souvent eu l'impression, à Loudwater, de vous avoir déjà rencontrée.

Chard, enfin, pivota vers la jeune femme.

— Je ne suis plus surpris que vous ayez résolu de vous enfuir. Puisque je me suis conduit autrefois tel le pire des butors, vous avez estimé que je continuerais à faire preuve du même irrespect envers vous. Et que je n'hésiterais pas à vous compromettre en vous prenant pour maîtresse. Sachez cependant que mes intentions étaient tout autres. Après notre étreinte, dans le pavillon d'agrément, j'ai décidé de demander votre main.

Abasourdie, Emma en resta coite.

— Bien sûr, il n'est plus question que je me marie avec vous, à présent, reprit Chard. L'honneur me le défend : l'on croirait que je vous épouse par intérêt... De toute façon, vous méritez mieux que moi, qui fit preuve à votre endroit d'une inexcusable cruauté. Je dois renoncer à vous, de sorte que vous puissiez convoler avec un homme bon, respectable et plus digne de vous que je ne le suis.

Emma, à ces mots, se leva d'un bond.

— Non ! C'est vous que je souhaite épouser, milord !

— Ce serait une regrettable erreur. Adieu, Emma, murmura Chard en pivotant sur ses talons. J'espère que vous rencontrerez bientôt celui qui aura la chance de vous avoir pour femme.

Et il disparut dans le corridor, sans un regard en arrière.

Emma eût voulu courir à suite, mais elle était figée,

pétrifiée. Ah ! Que le destin était ironique ! Dix ans plus tôt, Chard avait voulu l'épouser pour sa fortune. Et aujourd'hui, c'était à cause de ce même argent qu'il se refusait à demander sa main.

Peu à peu, cependant, Emma reprit espoir. Tout n'était peut-être pas perdu ! Elle devait convaincre son bien-aimé de s'unir à elle et d'accepter ses deniers, qu'elle était disposée à lui offrir pour sauver Loudwater.

Oui. D'une manière ou d'une autre, elle amènerait Chard à se rétracter. Elle serait bientôt sa comtesse, et aurait la joie de porter ses enfants. Rien, ni personne, ne pourrait la détourner de cette résolution !

15.

Tandis que, à Waterloo, la coalition mettait en déroute l'armée napoléonienne, Emma, à Londres, préparait avec minutie la campagne qu'elle entendait mener pour épouser Chard.

Elle avait écrit à sir Thomas afin de lui indiquer qu'elle désirait investir plus d'argent dans les recherches de M. Stephenson et visiter le Northumberland. Elle tenait de sa tante que le comte y était déjà retourné. A en croire la rumeur, il avait quitté Londres au lendemain du bal de lady Cowper.

Le représentant des Grands Alliés avait adressé une réponse enthousiaste à Emma, quelques jours plus tard. Il ne pouvait pas l'accueillir chez lui, sa gentilhommière étant en restauration. Mais sa cousine, Deirdra Whately, serait très honorée de recevoir la jeune femme dans son manoir de Dovecote. Sir Thomas précisait en outre qu'il se réjouissait de faire découvrir le Nord à Emma et, bien sûr, de lui présenter le concepteur de la *Blutcher*.

— J'espère que tu plaisantes, ma chérie ! s'exclama lady Fontaine quand sa nièce l'avisa de son départ. Tu ne vas pas t'en aller avant la fin de la saison, toi qui as tant de succès !

— En toute franchise, je commence à me lasser des bals et des sorties en calèche. Et puis, il me faut régler au plus tôt une affaire qui me tient particulièrement à cœur...

Lady Fontaine lui adressa un coup d'œil intrigué.

— Fort bien, agis comme bon te semble. Mais j'aurais préféré que tu attendes et viennes séjourner quelque temps dans notre propriété du Yorkshire ! Comme je n'ai plus de dame de compagnie, je me faisais une joie à l'idée de passer l'hiver avec toi !

Sa tante eut beau insister, Emma ne voulut rien savoir.

Le problème de lady Fontaine fut toutefois bientôt résolu... Peu de temps avant que la jeune femme retourne dans le Northumberland, son majordome lui annonça une visite inattendue :

— Une certaine Calypso Straight demande à vous voir.

Emma roula des yeux surpris. Mlle Straight ? Se pouvait-il que celle-ci ait découvert qu'Emilia Lincoln et Emma Lawrence n'étaient en réalité qu'une seule et même personne ?

— Faites-la entrer, Eagleton.

Lorsque le majordome la fit passer dans le salon, Calypso s'inclina poliment et remercia Emma de l'avoir reçue.

— Je vous ai vue à Hyde Park voilà deux jours, expliqua-t-elle. J'étais avec une des seules amies sur qui je puis encore compter, laquelle m'a indiqué que vous étiez la fameuse Mlle Lincoln dont les journaux ont tant parlé. Je vous laisse juger de ma surprise !

Mlle Straight baissa humblement les yeux avant d'ajouter :

— Je sais que j'ai souvent été odieuse vis-à-vis de vous. Aussi tenais-je à me faire pardonner en vous éclairant sur un point qui concerne vos relations avec lord Chard. J'ai toujours cru que son attachement à votre endroit n'était pas sincère, et qu'il n'avait pas plus de respect pour vous que Lufton n'en eut pour moi. Mais, quand vous avez quitté Loudwater, je me suis aperçue que j'avais tort. Le comte était comme un fou après votre départ. Jamais je n'ai vu un homme souffrir à ce point !

Mlle Straight leva son visage défait vers Emma.

— L'on chuchote que vous avez éconduit Chard une seconde fois au bal de lady Cowper, reprit-elle d'une voix presque inaudible. Et j'ai estimé de mon devoir de vous détromper, si vous pensiez qu'il souhaite vous épouser pour votre argent. Chard est réellement épris de vous et ses intentions sont les plus pures... Voilà ce que je désirais vous faire savoir. Je vous laisse à présent.

Emma demeura sans voix. Calypso — et toute la société — se méprenait : c'était Chard qui refusait de s'unir à elle, et non l'inverse ! Mais, quand bien même Mlle Straight se fourvoyait-elle, cela n'enlevait rien à l'étonnante gentillesse de sa démarche...

Tout en observant sa visiteuse se diriger vers la porte, Emma décida qu'il lui fallait venir à son aide. Lorsqu'elle s'était retrouvée aussi seule et aussi démunie que Calypso, après la mort de son père, elle aurait apprécié que quelqu'un lui témoigne un peu de commisération et consente à lui tendre la main.

— Un instant, mademoiselle Straight. Vous n'avez nulle part où aller, n'est-ce pas ? Et aucun emploi en vue ?

— Non. Je ne sais ce que je vais devenir.

— Je crois tenir la solution à vos ennuis, assura Emma. Ma tante cherche une dame de compagnie d'excellente famille, et je vais vous recommander auprès d'elle !

Ce disant, la jeune femme s'approcha de son scriban. Elle prit ensuite une feuille de papier à lettres dans un tiroir, et commença à rédiger une lettre à l'intention de lady Fontaine.

— Ma réputation est irrémédiablement flétrie..., rappela Mlle Straight d'un ton dubitatif.

— Nous considérerons que cela n'a aucune importance. Ma tante a une dette envers moi, car elle ne m'a pas apporté son soutien à l'époque où j'étais perdue et sans le sou... Si je lui explique qu'elle me ferait une grande faveur en vous engageant, je suis convaincue qu'elle ne refusera pas d'accéder à ma demande !

Sur ces mots, Emma signa sa missive, la cacheta et la remit à une Mlle Straight visiblement éberluée.

— Je ne suis pas venue pour que vous me procuriez un emploi, balbutia celle-ci. Cependant, je vous remercie de tout cœur, bien que je ne sois pas certaine d'être digne de votre bonté.

— Ce n'est pas à moi d'en juger. Mais, puisque la fortune m'a enfin souri, il est normal que j'en fasse profiter les autres !

Mlle Straight glissa le pli d'Emma dans son réticule.

— Rares sont ceux qui partagent votre opinion, mademoiselle Lincoln... Quoi qu'il en soit, j'espère que vous aurez plus de chance avec votre lord que je n'en eus avec le mien.

— Ce ne fait aucun doute, rétorqua Emma avec douceur. Absolument aucun !

En revenant d'un entretien d'affaires à Newcastle, ce même jour, sir Thomas rendit visite à sa cousine, Deirdra Whately.

— La conduite de Chard est parfois étrange, nota-t-il tandis que tous deux s'installaient dans le salon. Je l'ai vu à Alnwick, hier matin, et l'ai averti de l'arrivée prochaine de Mlle Lincoln. Figurez-vous qu'il a brusquement blêmi et tourné les talons sans un mot d'explication. Avouez que c'est curieux !

— Pas quand on sait qu'ils ont failli se marier, répliqua Mlle Whately. A l'évidence, vous ignorez qu'Emilia Lincoln a éconduit lord Chard voilà neuf ou dix ans. Le Tout-Londres était pourtant persuadé qu'ils convoleraient en justes noces !

— Oh, je vois... Je n'avais jamais eu vent de cette histoire.

Et, songeur, sir Thomas frotta son menton proéminent.

— Peut-être Mlle Lincoln ne refuserait-elle plus d'épouser le comte, à présent, remarqua-t-il. Nous devons veiller à ce qu'ils se rencontrent, Deirdra ! Chard ne serait sûrement pas mécontent de percevoir un apport de capitaux. Il fait des merveilles depuis qu'il tient les rênes de Loudwater, mais il tire toujours le diable par la queue. En outre, il lui faut se remarier, car il n'a pas d'héritier. Conviez-le à dîner quand Mlle Lincoln sera là !

Mlle Whately applaudit des deux mains à cette idée.

— Oui, nous allons essayer de réunir ces jeunes gens ! insista sir Thomas de sa voix sonore. Epouser Mlle Lincoln serait, à mon sens, la meilleure décision que Chard puisse prendre !

Deirdra Whately reçut Emma avec chaleur et simplicité lorsque celle-ci parvint à Dovecote, le surlendemain. L'amène petite dame montra à son invitée la chambre qu'elle lui avait réservée — la plus confortable du manoir—, et lui recommanda de profiter des jours suivants pour se reposer.

— Ensuite, je donnerai un dîner, confia Deirdra. Sir Thomas y prendra part, qui est impatient de faire votre connaissance !

Emma se garda bien de signaler qu'elle avait déjà rencontré Liddell, à Killingsworth. En vérité, elle se demandait comment le fondateur des Grands Alliés réagirait lorsqu'il découvrirait que l'héritière qui apportait son soutien financier à M. Stephenson n'était autre que l'ancienne gouvernante de lady Letitia...

Conformément aux instructions de son cousin, Deirdra Whately ne révéla pas à Emma que son ex-fiancé devait assister au dîner. Et quand elle écrivit à Chard en précisant qu'elle comptait sur lui, elle n'indiqua pas non plus que Mlle Lincoln était invitée.

— Ne leur dites surtout rien, avait suggéré Liddell, qui

prenait son rôle de marieur très au sérieux. Si nous les prévenons, tous deux pourraient se décommander... Nous les placerons devant le fait accompli, ma chère ! Il ne reste plus qu'à souhaiter qu'un cinquième convive sera des nôtres : Cupidon. Et que ses flèches feront mouche !

Le dîner de Deirdra eut lieu trois jours plus tard. Arrivé le premier à Dovecote, sir Thomas reconnut immédiatement Mlle Lincoln lorsque sa cousine la lui présenta. Il resta un moment bouche bée, avant de partir d'un grand éclat de rire et de se déclarer enchanté de ces retrouvailles inattendues.

Chard fut introduit peu après dans le salon de Mlle Whately. Si la vue d'Emma bavardant avec sir Thomas suscita sa stupéfaction, il n'en laissa rien paraître... Il s'approcha de la jeune femme, plus ravissante que jamais dans sa robe de tulle grisé, et s'inclina avec raideur.

Passé la première surprise, Emma adressa un coup d'œil amusé à sir Thomas et à Mlle Whately. Puis elle tendit la main à Chard, qui l'effleura d'un baiser en évitant de croiser son regard.

— Je suis ravie de vous voir, lança-t-elle d'un ton de défi.

Le comte se détourna sans rétorquer quoi que ce fût, et s'avança vers Mlle Whately pour lui présenter ses hommages.

Peu décontenancée, Emma essaya d'engager la conversation quand, l'instant suivant, Chard s'assit auprès de leur hôtesse.

— Sir Thomas m'a expliqué que M. Stephenson procédera la semaine prochaine aux essais de sa nouvelle motrice, la *Wellington*. Il m'a aimablement proposé d'y assister, et je serais très honorée que vous acceptiez de vous joindre à nous, milord.

— J'ignore s'il me sera possible de venir à Killingsworth. J'ai... hum ! beaucoup de travail en ce moment.

— Balivernes ! intervint sir Thomas avec malice. Il faut que vous soyez présent, mon cher ! S'il en était autrement, Mlle Lincoln et moi ne vous le pardonnerions jamais. George non plus, du reste !

Le comte lui décocha un coup d'œil noir.

— Fort bien. J'essaierai de me libérer.

— Votre joie fait plaisir à voir ! ironisa sir Thomas. Tâchez de sourire, que diable ! Il ne sied pas de faire cette figure de Carême lorsqu'on a la chance d'avoir auprès de soi une jeune femme aussi séduisante que Mlle Lincoln !

Mais Chard ne se dérida pas, et demeura silencieux comme Liddell et les dames continuaient de deviser. La discussion roula bientôt sur la cinglante défaite qu'avait essuyée le Petit Caporal, et l'on vanta avec enthousiasme la bravoure du duc de Wellington, de même que la redoutable ingéniosité du maréchal Blücher.

Se carrant dans le sofa trilobé, sir Thomas aborda ensuite un sujet moins réjouissant : les déboires de Ben Blackburn.

— Voilà plusieurs années que sa situation financière n'est guère brillante, mais elle a brusquement empiré à la suite de placements hasardeux. Il est ruiné, et d'aucuns affirment que sa propriété de Morpeth sera bientôt mise en vente. Le pire est qu'il vous tient pour responsable de ses revers de fortune, Chard.

Le comte, enfin, prit la parole.

— Moi ? Que diantre voulez-vous dire ?

— J'ai cru comprendre que Blackburn espérait épouser une dame nantie pour régler une fois pour toutes ses difficultés d'argent. Mais vous l'avez involontairement empêché de mettre son projet à exécution. Voyez-vous, Lufton a crié sur les toits que vous aviez chassé Ben de Loudwater, car il s'était montré irrévérencieux envers, euh, certaine de vos anciennes employées... La nouvelle s'est répandue dans toute la région, si bien que plus personne ne veut recevoir Blackburn ! En moins d'un an, il est devenu *persona non grata* de Newcastle à Corbridge ! Partant, il n'a pu trouver une épouse susceptible de le tirer de l'ornière.

Et sir Thomas attacha un regard soucieux sur Chard.

— Blackburn répète à qui veut l'entendre qu'il se vengera. Je ne crois pas qu'il faille prendre ses menaces au sérieux. Néanmoins, mieux vaut que vous fassiez preuve de prudence.

Chard hocha pensivement la tête.

— Mais ne gâchons pas une si belle soirée en parlant de cet idiot ! s'exclama Liddell avec sa jovialité habituelle. Venez, ma chère Deirdra. Retirons-nous pour que ces jeunes gens puissent bavarder. Sans doute ont-ils moult choses à se dire !

Sitôt que sir Thomas eut quitté le salon, sa cousine dans son sillage, le comte se leva et rejoignit Emma.

— Permettez-moi de vous escorter sur la terrasse, mademoiselle Lincoln. Il est vrai que nous avons à discuter.

La jeune femme prit le bras que Chard lui offrait, et tous deux sortirent par la porte-fenêtre au linteau doré. Sans dire mot, ils s'appuyèrent à la balustrade en contemplant le North Tyne que l'on apercevait au loin, entre les ormes du jardin.

— Je suis surpris que vous soyez revenue, dit enfin Chard. Je croyais pourtant avoir été clair au bal de lady Cowper.

— On ne peut plus clair, milord. Mais si vous avez choisi de renoncer à moi, apprenez que je n'ai pas renoncé à vous. J'ai le ferme propos de vous faire changer d'avis !

— C'est inutile. Vous n'y parviendrez pas.

— Vous mésestimez ma détermination, repartit Emma, un sourire au coin des lèvres. A quoi bon me tenir tête ? Vous savez que je vous aime et souhaite être votre épouse.

Chard laissa échapper un soupir.

— Tout autant que vous, je voudrais que nous nous unissions. Or, l'honneur me l'interdit... Nous devons nous contenter d'entretenir des relations amicales. Il n'est d'autre possibilité.

— Je vois que vous êtes déterminé à camper sur vos positions. Qu'à cela ne tienne, je finirai par vous faire entendre raison !

Le cœur martelant sa poitrine, le comte tourna son regard vers Emma. Elle était si désirable dans sa légère robe d'été qu'il éprouva soudain l'envie déraisonnée de la serrer dans ses bras et de l'embrasser. Mais il n'en fit cependant rien...

— Rentrons, décréta-t-il. Si nous restons plus longtemps seul à seule, Liddell en tirera Dieu sait quelles conclusions. Tout porte à croire qu'il est acquis à votre cause, Emma... Vous n'avez pas été longue à vous assurer de son soutien.

— Je ne l'ai pas prié de m'appuyer ! Sir Thomas n'a nullement eu besoin de moi pour comprendre que vous auriez beaucoup à gagner et peu à perdre en m'épousant. Ce qui démontre, une fois de plus, que sa réputation d'homme de bon sens n'est pas usurpée !

Chard esquissa un sourire fugace. Après son douloureux entretien avec Emma, lors du bal de lady Cowper, il avait conçu la certitude que leur séparation était définitive. Il était donc loin d'imaginer qu'elle viendrait le relancer jusqu'au fin fond du Northumberland ! Combien de temps encore pourrait-il résister à cette femme ensorcelante et farouchement résolue à tout mettre œuvre pour qu'il capitule ?

16.

Une semaine plus tard, Emma et Mlle Whately quittèrent Dovecote dans la matinée afin d'assister aux essais de la *Wellington*. Elles furent bientôt rendues, car le manoir de Deirdra était situé à moins de cinq miles de Killingsworth.

Tandis que le cocher l'aidait à descendre de voiture, Emma constata que la nouvelle locomotive de Stephenson avait attiré encore plus de curieux quc l'an passé. Mineurs et notables de la région s'étaient réunis près de la portion de chemin de fer pour admirer la motrice, moins rudimentaire que la *Blutcher*.

Le cœur battant d'une folle impatience, Emma parcourut la foule du regard, et aperçut sir Thomas non loin de l'humble chaumière où résidait l'inventeur. Les Grands Alliés étaient tous présents — sauf celui que la jeune femme espérait voir... Etait-ce à dire que Chard avait finalement décidé de ne pas paraître ?

Il était revenu dîner à Dovecote quelques jours plus tôt. Mais, ainsi qu'il était prévisible, il avait de nouveau insisté pour qu'Emma et lui « soient amis et rien d'autre ». Pourquoi avait-il fallu qu'elle choisisse le plus obstiné des hommes ? Et, surtout, quand Chard accepterait-il enfin de déroger à son fameux code d'honneur qui entravait un mariage que tous deux souhaitaient ?

Il suffit de songer à quelqu'un pour qu'il surgisse, avait-on coutume de dire. Et tel fut le cas... Un quart d'heure après son arrivée, Emma vit soudain l'attelage de Chard s'arrêter à quelque distance du chemin de fer. M. Bassett, Letitia et Mme Morton accompagnaient ce jour-là le maître de Loudwater.

Emma n'eut même pas besoin d'adresser un petit signe au comte pour qu'il s'avise de sa présence. Il posa les yeux sur elle dès qu'il eut bondi à terre, et se porta aussitôt à sa rencontre.

Derrière lui, Tish et les autres descendaient de la calèche. La petite fille poussa un cri de joie et lâcha la main de Mme Morton lorsqu'elle aperçut son ancienne gouvernante.

— Bonjour, mademoiselle Lawrence ! s'exclama-t-elle en courant vers Emma. Oh, pardon ! Mademoiselle Lincoln... Papa m'a dit que vous aviez repris votre premier nom et que c'est ainsi qu'il faut vous appeler désormais. Je suis si heureuse de vous voir !

— Moi de même, Tish. Vous m'avez beaucoup manqué.

— Nous sommes tous très tristes depuis votre départ ! Il faut que vous reveniez vite à Loudwater ! Promettez-le-moi !

— Nous en reparlerons, ma chérie.

Et Emma accorda un sourire à la petite fille, qui s'agrippait à son bras comme si elle ne voulait plus jamais la laisser partir.

Puis, le cœur battant la chamade, elle fixa son regard sur le comte quand celui-ci les rejoignit.

— J'espérais que vous viendriez, milord.

— Je n'aurais manqué cette démonstration pour rien au monde ! Je tenais à m'assurer que la *Wellington* est réellement aussi fiable et aussi rapide que sir Thomas l'affirme.

L'affable Liddell choisit cet instant pour s'approcher. Après avoir courtoisement salué les dames, il prit le comte en aparté et l'instruisit de la rumeur qui circulait.

— L'on chuchote que Blackburn serait dans la foule, proférant de vagues menaces contre vous. Sans doute a-t-il décidé de se rendre à Killingsworth, car il était sûr de vous y trouver. Je demanderai à mes mineurs de le chasser si d'aventure il ose se montrer. Mais tâchez tout de même d'être vigilant.

Emma, pendant ce temps, salua M. Bassett qui la considéra d'un air admiratif, puis présenta Mlle Whately à la tante de Chard.

Suivies de Letitia, les deux dames s'éloignèrent peu après en parlant de l'été inhabituellement clément pour la région — un sujet qui les passionnaient davantage que la *Wellington*. Sir Thomas, lui, entraîna M. Bassett à l'écart, de sorte que ses protégés puissent demeurer seuls.

Tous deux s'observèrent un long moment en silence.

— J'ai peine à croire qu'il y a déjà un an que nous sommes venus voir la *Blutcher*, dit enfin Emma. Vous en souvient-il ?

— Fort bien. Mais je vous avouerai franchement que les choses me semblaient beaucoup plus simples à l'époque.

— Il ne tient qu'à vous qu'elles le redeviennent, milord...

A son grand regret, Emma ne put rester aussi longtemps qu'elle l'eût souhaité auprès de son élu. Tish l'appela joyeusement, dix minutes plus tard, et M. Bassett vint trouver le comte pour l'informer que sir Thomas l'attendait près de la voie ferrée.

— Eh bien, je vais rejoindre votre fille, dit Emma.

— Souhaitez-vous que je vous escorte ? L'on prétend que Blackburn est ici, et nous ferions mieux de nous tenir sur nos gardes.

— Oh, il est inutile que vous m'accompagniez, milord. Je n'ai que deux ou trois mètres à parcourir !

Et Emma se détourna, non sans avoir rendu son sourire à Chard.

Mais, à peine avait-elle effectué quelques pas parmi la foule, on lui agrippa brusquement la taille et marmonna à son oreille :

— Ne faites plus un geste, ma jolie.

Emma jeta un coup d'œil inquiet par-dessus son épaule et se raidit tout à coup lorsqu'elle reconnut Ben Blackburn.

Ce dernier l'attira plus près de lui, et interpella le comte :

— Chard ! Voyez la belle prise que j'ai faite ! Si vous voulez que je la libère, vous devrez m'obéir sans discuter. Est-ce compris ?

Le comte fit volte-face, pour découvrir avec stupeur que Blackburn, armé d'un pistolet, retenait Emma prisonnière.

— Lâchez-la de suite, misérable !

— Votre catin ne court aucun danger : elle me sert simplement d'appât. Ce n'est pas avec elle que j'ai un compte à régler !

Chard, pâle comme la craie, s'avança vers le dangereux vaurien. Au même instant, plusieurs mineurs de l'assistance menacèrent Ben de lui infliger une correction s'il ne libérait pas la jeune femme.

Sans se démonter, Blackburn pointa son arme sur la tempe d'Emma et grommela d'une voix avinée :

— Si l'un de vous me met des bâtons dans les roues, je tirerai une balle dans la tête de cette idiote ! Allons, approchez-vous, Chard, ajouta Blackburn en étrécissant ses yeux injectés de sang. Je la laisserai partir aussitôt que vous m'aurez rejoint. Ensuite, nous aurons une explication d'homme à homme !

C'est alors que la *Wellington* s'ébranla à l'autre bout de la portion de voie ferrée. Ignorant qu'un drame se déroulait — la foule était trop dense pour qu'il puisse apercevoir Blackburn et Emma — Stephenson avait ordonné à son fils aîné, Jem, de grimper dans la voiture pour procéder à la démonstration tant attendue.

Cependant que Chard continuait à s'approcher d'eux, Emma jugea bon d'intervenir, bien qu'une peur sans nom se fût emparée d'elle.

— Restez où vous êtes, milord ! Si cet homme doit tuer quelqu'un, je préfère encore que ce soit moi !

— Quel courage, ma petite ! grommela Ben. Mais c'est

le sang de votre amant que je veux voir couler, et non le vôtre.

Comme Chard, ignorant la prière de son aimée, avançait toujours vers lui, Blackburn poussa Emma si brutalement qu'elle trébucha et tomba à la renverse. Puis il braqua son pistolet à un coup sur l'homme qui l'avait ruiné. Enfin, il tenait sa revanche !

Mais Chard passa à l'action avant que le pendard ait pu tirer. Livide de rage, il se jeta sur son adversaire pour lui entourer les jambes et le plaquer à terre. Blackburn poussa un cri étranglé et, perdant l'équilibre, appuya involontairement sur la détente de son pistolet. Le coup partit en l'air, sans blesser quiconque.

Les deux hommes roulèrent au sol à quelques pas de la voie ferrée. Ben lâcha furieusement son arme, dont le chargeur était vide, porta le bras en arrière, puis asséna un crochet si violent à Chard qu'il faillit l'assommer.

Quand Blackburn se releva, une fraction de seconde plus tard, il promena un regard paniqué autour de lui, et vit Emma se précipiter vers le comte. Derrière elle, accourait une trentaine de mineurs, bien décidés à maîtriser le forcené.

Apeuré, et furieux de n'avoir pu venger son honneur, Blackburn prit ses jambes à son cou. Son seul espoir de s'échapper était de traverser les rails devant la locomotive, qui approchait dans un vacarme assourdissant. Les mineurs seraient alors bloqués par le passage de la motrice, et il pourrait s'enfuir !

Le plan de Blackburn aurait pu réussir s'il n'avait méjugé de la vitesse de la voiture, qu'il croyait aussi lente que la *Blutcher*. Hélas, la *Wellington*, deux fois plus puissante, fonça droit sur lui tandis qu'il franchissait la voie ferrée.

Jem Stephenson eut beau essayer de stopper sa machine, il était trop tard... Sous le regard effaré des spectateurs, la *Wellington* heurta Blackburn de plein fouet. Le malheureux s'effondra sur les rails, le visage en sang et un bras à demi déchiqueté.

Emma, elle, ne vit pas l'accident, et n'entendit pas davantage les cris d'effroi qui jaillissaient de toutes parts. Quand enfin elle rejoignit Chard, elle s'avisa qu'il s'était assis et frottait sa mâchoire enflée en grimaçant de douleur. Immensément soulagée qu'il fût sauf, la jeune femme s'agenouilla à ses côtés, puis noua les bras autour de son cou dans un élan spontané.

— J'ai eu si peur pour vous, milord !

— Rassurez-vous. Je n'ai rien, hormis quelques égratignures.

Emma aidait prudemment le comte à se relever, le moment d'après, quand John Bassett se rua vers eux.

— Dieu soit loué ! Vous êtes indemne, milord !

— Que s'est-il passé ? questionna Chard en s'avisant que la motrice s'était immobilisée. Pourquoi les gens crient-ils ?

— N'avez-vous pas vu ce qui s'est produit ?

Comme son maître et Mlle Lincoln niaient d'un signe de tête, Bassett entreprit de leur relater le tragique accident.

— Sir Thomas dit que Blackburn est toujours en vie, conclut-il. Mais l'on ignore pour l'heure s'il survivra à ses blessures. A supposer que les médecins parviennent à le sauver, il devra répondre de sa tentative de meurtre devant un tribunal !

Le comte exhala un profond soupir.

— Même si je tiens Blackburn en piètre estime, je ne lui aurais jamais souhaité d'être ainsi châtié par le sort. Cependant, il se conduisait de façon tellement odieuse depuis quelque temps qu'une telle issue était inévitable.

Emma enfouit son visage contre l'épaule de Chard.

— Oh, milord, chuchota-t-elle d'une voix étranglée. J'ai cru que ce dément vous avait tué quand il vous a frappé si sauvagement.

— Pour ma part, j'ai pensé qu'il allait faire feu sur vous. Il n'en aurait pas été incapable, aveuglé qu'il était par la haine !

Et, ébranlé, Chard glissa son bras autour des épaules

d'Emma. Il avait eu l'impression que le monde s'écroulait autour de lui quand Blackburn avait menacé de tirer une balle dans la tête de la jeune femme. Tout à coup, en un instant d'aveuglante révélation, il avait compris qu'il serait inconsolable s'il devait être séparé d'Emma à jamais. Bien plus, qu'il était un idiot de la pire espèce pour refuser, au nom de ses principes, de se marier avec elle.

Il devait la demander en mariage. Et sans attendre, cette fois-ci ! Rien ne pourrait l'en empêcher — pas même la foule qui les entourait et les observait avec curiosité.

Dans un élan, il prit les mains d'Emma et les baisa dévotement.

— Je reconnais que le moment est peut-être mal choisi, mais je ne veux pas patienter plus longtemps.. Mademoiselle Lincoln, me ferez-vous l'insigne honneur de m'épouser ?

— Oh, oui, souffla Emma. Oui !

Elle tenta de refouler ses larmes tandis que le comte l'attirait à lui. Bien sûr, elle savait que tout le monde les contemplait — les mineurs, Tish, qui sautait de joie, et sir Thomas arrivé à temps pour entendre avec soulagement la déclaration de son protégé. Mais elle n'avait cure du regard des autres. Plus rien n'avait d'importance lorsque Chard la serrait dans ses bras...

La cérémonie eut lieu la semaine suivante en la petite chapelle de Loudwater. Seuls y assistèrent quelques amis et parents des mariés, dont Mme Morton, sir Thomas, et les Fontaine.

— Je crois que Tish était aussi heureuse que nous, aujourd'hui, remarqua Chard quand il put enfin mener son épouse dans la chambre nuptiale. Elle est enchantée que vous soyez revenue au domaine et que vous y demeuriez pour toujours.

Emma considéra son époux avec tendresse.

— Vous avez une fille adorable, milord.

— Dominic. Appelez-moi Dominic, mon amour. Vous n'êtes plus la gouvernante de Tish, à présent, mais la maîtresse de Loudwater !

Puis il plongea un regard grave dans l'or des yeux d'Emma.

— J'ai un aveu à vous faire concernant Letitia. La première fois que nous avons fait l'amour, je vous ai dit que mon premier mariage avait été malheureux. Ma femme m'a souvent été infidèle, et Tish n'est ma pas fille. Avant sa naissance, j'étais déterminé à chasser la mère et l'enfant de Loudwater. Or, Isabella mourut en couches. Et, quand on m'a conduit auprès de Letitia, si fragile dans son berceau, j'ai compris que je n'avais pas le droit de l'abandonner... J'ai donc décidé de la reconnaître et la considère depuis telle ma propre fille. J'espère, ma douce, qu'elle sera aussi la vôtre.

— Oui, assura Emma. J'aime Letitia de tout mon cœur. Et je souhaite qu'elle ait de nombreux frères et sœurs !

Chard l'étreignit de toutes ses forces.

— Vous êtes si bonne, Emma, si généreuse. Je me demande comment vous avez pu de nouveau vous éprendre de moi après...

— N'y pensons plus, Dominic. Le passé est derrière nous.

Sans quitter Emma des yeux, Chard souleva son voile de mariée, puis s'empara passionnément de ses lèvres. Tous deux avaient l'éclatante certitude qu'ils étaient enfin au bout de leurs épreuves, et qu'ils connaîtraient désormais pour l'éternité le bonheur que le destin leur avait si longtemps interdit.

Collection *Les Historiques*

HARLEQUIN

PROCHAINS RENDEZ-VOUS LE

1er octobre 2006

LES NOCES DU CORSAIRE, *d'Anne Herries* **•** *n°347*

SAGA AU NOM DE LA REINE, 3e PARTIE.

Angleterre, 1586. *Intrigues de cœur et de Cour sous le règne d'Elizabeth I…*

Sir Christopher Hamilton, ancien corsaire de la reine Elizabeth, est chargé par Sa Majesté d'espionner Anne-Marie Fraser dont le père est soupçonné de comploter pour établir Mary Stuart sur le trône. Mais Christopher s'éprend de la jeune fille et, apprenant que son père la maltraite, décide de l'enlever. Avec lui, Anne-Marie découvre l'amour et se prend à rêver d'un avenir radieux _ jusqu'à ce qu'elle ait vent de ses activités secrètes…

A L'OMBRE DE LA COURONNE, *de Claire Thornton* **•** *n°348*

Angleterre, 1666. Promise contre son gré à Samuel, partisan et ami d'Oliver Cromwell, Athena s'enfuit de chez elle et se réfugie à Londres où elle rencontre le marquis de Halross. Entre eux, c'est le coup de foudre. La date de leur mariage est arrêtée, mais, la veille de la cérémonie, Samuel retrouve Athena et la menace : si elle ne rompt pas avec le marquis, il veillera à ce que ce dernier soit convaincu d'intelligence avec les Royalistes et pendu pour trahison…

SCANDALE AU MANOIR, *de Georgina Devon* **•** *n°349*

Angleterre, 1815. Après une longue absence, sir Hugo Fitzsimmon rentre chez lui et découvre avec stupeur que son intendant a engagé, pour gérer le domaine, non pas un homme comme il eût convenu, mais… une femme! Embarrassé, sir Hugo fait alors valoir à l'intéressée que leur cohabitation est impossible, car elle ruinerait sa réputation. Mais, contre toute attente, la demoiselle lui rétorque que «les ragots l'indiffèrent », et refuse de plier bagages…

LA CITADELLE AUX SECRETS, *de Joanne Rock* **•** *n°350*

Bretagne, 1300. Passionnée par son métier de tisserande, Elysia déplore de devoir y renoncer pour épouser lord St. Siméon, le vieux barbon auquel son père l'a promise. Mais le soir des noces, St. Siméon décède dans la chambre nuptiale et Elysia se retrouve veuve avant même d'avoir été dûment mariée. Pourtant, peu désireuse d'obtenir une annulation qui risquerait de la placer de nouveau sous le joug d'un homme, Elysia laisse croire que l'union a bel et bien été consommée…

LE RETOUR DE LORD ADAM, *de Gail Ranstrom* **•** *n°351*

Angleterre, 1805. Présumé disparu lors d'un voyage en Amérique, lord Adam Hawthorne rentre en Angleterre pour découvrir que son oncle est décédé dans de mystérieuses conditions et que, en l'absence d'un héritier, c'est sa jeune veuve, Grace, qui a désormais la jouissance de l'héritage familial. Persuadé d'avoir affaire à une intrigante, Adam en vient à la soupçonner du meurtre de son oncle…

Le 1er septembre,
découvrez deux romans inédits

Grands Romans Historiques

LE CYGNE ET LE FAUCON,
d'Anne Stuart • n°29

Angleterre, 1203

Depuis l'enfance, Elisabeth de Bredon n'a qu'une obsession : fuir le château familial pour ne plus subir la brutalité de son père. Aussi a-t-elle décidé de prendre le voile. Certes, renoncer aux plaisirs du monde lui coûte, mais au moins au couvent trouvera-t-elle la paix... C'est dans cet espoir qu'elle chemine vers l'abbaye de Sainte-Anne avec le prince Guillaume, fils bâtard du roi Jean sans Terre, qui effectue cette retraite pour expier la mort suspecte de sa maîtresse. La rumeur le dit diabolique, un jugement sévère qu'Elizabeth s'étonne de ne pas partager. Troublée par le charme du prince, elle s'en éprend secrètement _ sans savoir que son aimé est en réalité un moine, qui, sur ordre du roi, a échangé sa place avec Guillaume pour le protéger durant ce périlleux voyage. Le vrai prince, lui, a endossé la robe de bure pour se fondre au groupe de pèlerins...

LE DONJON DU DRAGON, de Rebecca Brandewyne

France et Ecosse, 1848

Depuis l'enfance, Ariane de Valcoeur fait un rêve étrange qui l'entraîne dans les Highlands, sur les rives brumeuses du Loch Ness. Là se dresse un inquiétant château fort dont la porte munie d'une herse, telle une gueule béante aux crocs acérés, menace de l'engloutir quand un cavalier surgit de l'ombre et l'arrache à l'antre monstrueux. Elle s'éveille alors en sursaut, oppressée et tremblante. Que signifie ce songe récurrent ? Pourquoi elle, qui n'a jamais quitté Paris, a-t-elle la troublante impression de connaître l'Ecosse, et pour quelle raison le visage de son sauveur lui semble-t-il familier ? Autant d'énigmes restées en suspens… jusqu'au jour où l'abdication du roi Louis-Philippe, en contraignant les Valcoeur à s'exiler Outre Manche, fait basculer le destin d'Ariane. Pour aller à la rencontre de son passé et exorciser ses démons, elle va devoir démêler les fils d'une incroyable intrigue qui a débuté deux cents ans avant sa naissance…

BEST SELLERS

Les Best-Sellers Harlequin, c'est la promesse d'une lecture intense : romans policiers, thrillers médicaux, drames psychologiques, sagas, ce programme est riche d'émotions.

Ne manquez pas, ce mois-ci :

Le cercle secret, de Suzanne Forster • N°264

En 1982, dans une école privée de Californie, quatre adolescentes humiliées et martyrisées par leur directrice ont formé un club secret en jurant de toujours se soutenir. Jusqu'au jour où l'une d'elles se suicide, et où la directrice de l'établissement est retrouvée assassinée...

Vingt ans plus tard, Mattie, Jane et Breeze ont gardé le silence sur ce qui s'est réellement passé. Mais, parvenues au sommet de l'échelle sociale, elles sont aujourd'hui menacées de tout perdre lorsqu'un journaliste entreprend de faire la lumière sur le drame...

Noirs desseins, de Carla Neggers • N°265

Une balle sur le siège de la voiture. Une vitre brisée dans le salon. Des appels anonymes. Trois ans après la mort de son mari, un ancien agent du FBI, Lucy Blacker Swift sent un danger mortel planer sur elle et ses enfants. Pour ne pas alarmer les siens, elle décide de faire appel en secret à Sebastian Redwing, le meilleur ami de son mari. Sans savoir qu'elle va l'entraîner dans une spirale incontrôlable, où se mêlent chantage, vengeance et trahison…

La piste du tueur, de Christiane Heggan • N°266

Lorsqu'elle découvre un soir le corps sans vie d'une jeune femme, dans une ruelle de New York, Zoe Forster s'empresse de prévenir la police. Mais à l'arrivée des secours, c'est la stupéfaction : le cadavre a disparu. Persuadée que quelqu'un a voulu supprimer toute trace du meurtre, Zoe réalise un portrait de la victime et lance un appel à témoin dans le journal où elle travaille. Au risque de devenir ainsi la prochaine cible de l'assassin…

Le silence des anges, de Dinah McCall • N°267

Dans une maison en travaux, au nord du Texas, un couple découvre une valise contenant le squelette d'un bébé. La découverte sème un vent d'effroi et d'horreur parmi la population : vingt-cinq ans plus tôt, l'endroit avait en effet servi de cachette aux ravisseurs d'une enfant de deux ans, Olivia Sealy. Celle-ci ayant été libérée après le versement d'une énorme rançon, une question se pose alors avec insistance : qui est l'enfant retrouvé mort ?

La fortune des Carstairs, de Fiona Hood-Stewart • N°268

Avocate à Savannah, Meredith Hunter est chargée à la mort de l'excentrique Rowena Carstairs de retrouver celui que la vieille dame a désigné comme son unique héritier : Grant Gallagher, son petit-fils illégitime, dont personne ne soupçonnait l'existence. Contrainte de faire face à la colère de la famille Carstairs, Meredith découvre que Grant lui-même ne lui facilitera pas la tâche : amer d'avoir été abandonné à la naissance, il ne veut pas entendre parler de cet héritage, et refuse même de recevoir la jeune femme…

Les portes du destin, de Catherine Lanigan • N°126 *(Réédition)*

Participer à une exploration de la forêt équatorienne : pour la géologue M.J. Callahan, il s'agit avant tout d'un voyage strictement professionnel. Mais avec ses deux coéquipiers, un aventurier entreprenant et un industriel plus réservé, la jeune femme découvre une jungle au charme envoûtant… et aux dangers mortels. Car une expédition a autrefois suivi le même chemin qu'elle à la recherche d'un trésor fabuleux. Et personne n'en est jamais revenu…

Composé et édité
PAR LES ÉDITIONS HARLEQUIN
Achevé d'imprimer en août 2006

BUSSIÈRE
GROUPE CPI

à Saint-Amand-Montrond (Cher)
Dépôt légal : septembre 2006
N° d'imprimeur : 61501 — N° d'éditeur : 12354

Imprimé en France